感　谢

本书在研究与创作过程中，获得以下资助与支持：
- 上海海洋大学科研处"上海高水平地方高校建设项目"
- 上海海洋大学区域与国别研究中心
- 上海海洋大学教务处教改课题"英语专业'课程思政图谱'的构建"
- 上海高校市级重点课程"海洋文学"

READING CLASSICS IN
WORLD SEA LITERATURE

世界海洋文学经典研读

朱骅 著

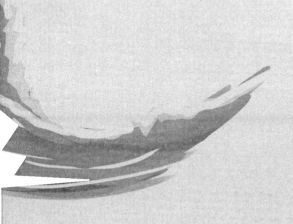

江苏大学出版社
JIANGSU UNIVERSITY PRESS

镇 江

图书在版编目（CIP）数据

世界海洋文学经典研读 / 朱骅著. -- 镇江 ： 江苏
大学出版社，2024. 12. -- ISBN 978-7-5684-2351-9

Ⅰ. Ⅰ11

中国国家版本馆CIP数据核字第202424B1L3号

世界海洋文学经典研读

Shijie Haiyang Wenxue Jingdian Yandu

著　　者/朱　骅

责任编辑/柳　艳

出版发行/江苏大学出版社

地　　址/江苏省镇江市京口区学府路 301 号（邮编：212013）

电　　话/0511-84446464（传真）

网　　址/http：//press.ujs.edu.cn

排　　版/镇江文苑制版印刷有限责任公司

印　　刷/江苏凤凰光彩印务有限公司

开　　本/700 mm×1 000 mm　1/16

印　　张/16

字　　数/270 千字

版　　次/2024 年 12 月第 1 版

印　　次/2024 年 12 月第 1 次印刷

书　　号/ISBN 978-7-5684-2351-9

定　　价/68.00 元

如有印装质量问题请与本社营销部联系（电话：0511-84440882）

前 言

　　海洋是地球的生命之源，我们既以水为田，耕海牧渔；也会扬帆远征，纵横四海。海是田，海是路；海是战场，海是仙都；海是音乐，海是文学。曹操、沈约、祖珽、独孤及等人登碣石，观沧海；海空中响彻着精卫填海时的尖鸣与暴风雨前海燕的欢歌；海面上有奥德修斯和贝奥武甫的刀光剑影，有加勒比海盗的隆隆炮声，有黑奴塔曼戈绝望的悲号；水中游弋着麦尔维尔笔下孤注一掷的白鲸，圣地亚哥老人身后紧追不舍的鲨鱼，还有凡尔纳所描绘的，在神秘海底长达两万里的奇幻冒险征程。远方地平线上八仙过海，仙乐飘飘；海市蜃楼，蓬莱绝佳；金银岛上有藏宝图的诱惑，珊瑚岛上有英帝国的理想，食人岛上有少年派漂流的迷惘；康拉德的台风、艾伦坡的漂流瓶、伍尔夫的海浪、鲁滨逊的垦拓、格列佛的逍遥、辛巴达的财运、蝇王的暗影，都在波涛中斗转星移。

　　每一阵涛声都诉说着一段传奇，每一朵浪花都绽放着一瓣历史。要了解世界海洋文学概貌，最佳路径是建立微缩景观，分区呈现主题。鉴于此，本书将世界海洋文学经典研读分为六个主题区域。

　　第一章"初民的海洋想象"包含四方面内容。首先是追根溯源，比较性地呈现世界不同国家或民族对海洋起源的想象，不仅讨论了盘古创世的神话，还讨论了日本、菲律宾等岛屿国家的海洋起源传说，甚至连小亚细亚两河流域的创世神话中有关海洋起源的故事都有所涉及，并对这种海洋想象的差异性做了一定程度的分析。对于海洋原住民中流传的与海洋迁徙、探险与求生有关的传说，本研究以不太被学界关注的北冰洋原住民爱斯基摩人的传说做案例分析，所选的两个传说《孤儿奥–安–沃克》（*Ol-an-uk the Orphan*）和《沃–沽恩的冒险》（*Adventures of Oo-Goon-Gor-O-*

Seok）具有相当的代表性，可以从其中管窥在极地海洋生存的所有核心要素，具有文学、人类学和历史学的跨学科价值。

当某一民族有关冒险的英雄传说足够丰富，恰好该民族中又出现一位理性的文学天才时，这些彼此关联的传说就可能被系统化，从而创造出体系性的民族史诗，譬如荷马史诗《奥德赛》（*ΟΔΥΣΣΕΙΑ/Odyssey*）及古英语叙事长诗《贝奥武甫》（*Beowulf*）。如果不对这两部影响了世界文学史与文化史的史诗巨著进行研究，则不能称为世界海洋文学研究。从这两部史诗中，我们可以看到西方海洋文明的发展及海洋文化发展的总体规律与特质，这是世界人民共同的文化记忆。

第二章"环球航海的惊心动魄"所关注的是大航海及大航海时代结束后的全球航海图景。海洋曾经是陆地文明的阻隔，然而到了15世纪，一些有识之士在快速发展的航海技术加持下，开始反其道而行之，将割裂陆地的海洋变成连接陆地的文明纽带。明朝永乐年间，郑和利用季风变化的规律从中国的长江口七下西洋，直抵非洲东海岸。中南半岛、南洋诸岛、南亚次大陆、阿拉伯海沿岸，到处都留下了郑和航海的遗迹，中华文明被带到了沿线各地并产生深刻影响，正如永乐皇帝所说："皇风宣畅西夷，夷而慕华，莫之大益。"与此同时，欧洲葡萄牙的亨利王子（Infante D. Henrique，1394—1460）等一众航海开拓者，也在尝试如何连接上利润丰厚的海上丝绸之路，同印度、中国、日本等东方国家直接开展贸易，这其中最杰出的几位莫过于在大西洋上向西航行寻找印度和中国，从而发现美洲的哥伦布（Christopher Columbus，1451—1506），越过非洲最南端进入传说中的印度洋，从而来到真正印度的达·伽玛（Vasco da Gama，1469—1524），以及完成人类首次环球航行的麦哲伦（Fernando de Magallanes，1480—1521）。由于以麦哲伦航海为基础出版的《环球航行记》（*Journal of Magellan's Voyage*）是船上随行人员皮加费塔（Antonio Pigafetta，1491—1534）撰写的，看不到麦哲伦的真实内心世界，詹姆斯·库克（James Cook，1728—1779）的《库克船长日记》（*The Journals of James Cook*）又过于偏重技术性，所以本研究选取了文学性和技术性并重的哥伦布《航海日记》（*Diario de Navegacion*）作为大航海时代的代表性文本，让读者一窥大航海时代的航海精神。当然，对于人类发展来说，更重要的也许是大航海的后续影响，这主要体现在三个方面：商业拓展、技术拓展和伦理拓展。

海洋不仅是运载船只的商贸之路，其本身还提供丰饶的海产。中国人从春秋时代起就开始以水为田，耕海牧渔。从 17 世纪开始，将海洋的商路功能和海产功能相结合的捕鲸业在欧洲形成。从 19 世纪开始，美国后来居上，成为世界捕鲸业的领跑者，尤其以东北部的南塔开特捕鲸人最为著名。有着多年海上历险经历的麦尔维尔把握住了时代脉搏，《白鲸》（*Moby Dick*）描写了"裴阔德号"捕鲸船在亚哈船长的指挥下，在世界各大洋拓展商业捕鲸版图的惊险历程。白鲸莫比·迪克只是象征物，就像电子地图上的图钉，不断标注着美国势力所能抵达的极限范围，最后以船毁鲸亡隐喻霸权力量失控的海洋悲剧。

19 世纪不仅是全球商业飞速发展的时代，也是科技突飞猛进的时代，航海技术是其中重要的部分。大航海的先驱者们将世界的角角落落一衣带水地连接起来，促进了世界的互联互通。贸易、殖民、战争在水面上精彩演绎，水下世界的探险也开始受到关注，这是在非人类生活环境下更具挑战的探险，是另一层意义上的地理大发现。儒勒·凡尔纳（Jules Gabriel Verne，1828—1905）以其丰富的想象力，在地理科学、地球物理学、流体力学、海洋生物学等多学科的新理论和新发现的基础上，对海洋深处进行了尽可能科学的想象，同时对地理大发现带来的殖民、霸权、海上冲突等负面后果进行了反思。《海底两万里》（*Twenty Thousand Leagues Under the Sea*）是向水下地理大发现致敬的作品，同时也代表了海洋探索新时代的开始。

海洋不仅为商贸和技术发展提供了舞台，还为检测人性的本质提供了不受干扰的实验室。扬·马特尔（Yann Martel，1963—）的《少年派的奇幻漂流》（*Life of Pi*）将人的生物性、信仰的灵性及后殖民的社会性全部置放到一艘因海难而随波逐流的救生船上。一个因后殖民时代来临而举家移民加拿大的印度少年和一只凶猛的孟加拉虎在小船上相爱相杀、相濡以沫地一起生活了二百多天，最终抵达墨西哥的太平洋海岸。在生存受到威胁之际，人的信仰如何安置？人性与兽性之间是否存在转换的法则？后殖民时代的个体是否存在选择的能动性？这一切都是在技术征服海洋，人类注意力重新回到海洋之际，我们需要思考的问题。

如果说哥伦布代表的西方大航海开启了人类活动的全球化，将海洋由天堑转变为纽带，那么在大航海之前的人类有哪些航海的尝试呢？事实上，西方在 5000 年前就开始了地中海的航海创举，并开创了以希腊、罗马为代表的辉煌的欧亚非环地中海海洋文明；同样，亚洲也因为类似的地理状况，出现了被凌纯声称为"亚洲的地中海"的环中国海文明，滨下武志称之为环中国海的"亚洲经济圈"，沙畹（Emmanuel-Édouard Chavannes，1865—1918）则称之为"海上丝绸之路"。海上丝绸之路是一条生机勃勃的商业与文化纽带，是与普通人日常生活密切相关的商贸型航线，郑和以举国之力将原本接驳型的商道整合贯通，形成一条从长江口直到南亚、阿拉伯湾、红海和东非的贸易通道。那么在这条线路上发生了哪些有趣抑或悲伤的故事呢？第三章"海上丝绸之路的财富愿景"从丰富的世界海洋文学叙事中选择了 3 个以普通商人为主角的海上丝绸之路故事。

首先是来自海上丝绸之路西端的阿拉伯商人辛巴达的七段航海传奇，分析他如何在达·伽玛的欧洲探险船来到阿拉伯海之前，在红海、波斯湾、阿拉伯海的沿线港口四处经商。从他的历险可以了解到海上丝绸之路西端普通商人的悲欢人生。而在海上丝绸之路东端起点中国，明朝的苏州人文若虚与波斯人马宝哈在海上丝绸之路节点之一的泉州相遇，演绎了一段商业传奇。《转运汉巧遇洞庭红　波斯胡指破鼍龙壳》（以下简称《转运汉巧遇洞庭红》）一文展示了普通人利用海上丝绸之路改变命运的机制。清人李汝珍在海禁松而不弛的时期，在英国人马戛尔尼（George Macartney，1737—1806）面见乾隆皇帝之际，以家族的海商经历为框架，以《山海经》的内容为蓝本，假托唐朝落魄文人唐敖、林之洋、多九公的海上历险，成就了以才学见长的小说《镜花缘》。这部鸿篇巨制涉及海商域外经历的部分虽然只有三十三回，但李汝珍却展示了中华制度文化和技术文明在海外的传播，例如儒家伦理、私塾、官学、科举、火药、冶铁、治洪、养蚕、缫丝、纺织等。他还关注到了海洋文明中重要的移民现象，关注因为各种原因流落在海上丝绸之路沿线国家中的海外华人，关注他们在海外的生存状况，关注他们对中华海外形象的塑造及其对当地民俗文化、政治结构、语言传承的影响。

在大航海时代开始之初，葡萄牙和西班牙冠绝群雄。数世纪之后，欧洲沿海国家荷兰崛起，随后法国、英国也开始加入海权游戏。英国作为后起之秀，迅速取代了其他欧洲国家的海上地位。然而不管国家多么强大，只要有航海就有海难。作为航海强国的英国，其文学中的海难与荒岛叙事相当丰富，因此有必要单独设立一章探讨具有英国特色的海洋文学。

在英国加入海权游戏之初，冒险精神、工具理性、商业法是昂扬向上的国民精神的核心要素，因此第四章"荒岛求生的帝国话语"首先选取了最具代表性的海难与荒岛叙事文本《鲁滨逊漂流记》（*Robinson Crusoe*），探讨作品中深嵌的工具理性与帝国潜意识。《鲁滨逊漂流记》出版之后的一二百年是英国的全盛时期，此时英国由一个岛国一跃成为"日不落帝国"，这时的文学精神也从"伦敦蝴蝶"变成"帝国之鹰"，大量文学作品讨论帝国建设者的男性气质。来自英国的巴兰坦（Robert Michael Ballantyne，1825—1894）终身致力于塑造男孩的帝国价值观，本章以他的代表作《珊瑚岛》（*The Coral Island*）为蓝本，分析他如何将帝国精神具体化为英国少年形象及他如何形塑英国男孩读者观察世界的视角。

值得注意的是，到了19世纪后期，随着美国的崛起，大英帝国出现盛极而衰的迹象，不少善于自我反思的知识分子开始思考帝国精神对国家的负面影响。斯蒂文森（Robert Louis Stevenson，1850—1894）的《金银岛》（*Treasure Island*），从表面上看不过是由一张藏宝图引发的海盗与绅士的道德对抗，但从更深的层次去理解却是对绅士精神与海盗精神辩证关系的反思。凭借工业革命和庞大的殖民体系，英国产生了大量以投资和食利为生的绅士，他们不工作，整日空谈，举止僵化，衣冠华丽地聚集在伦敦，是社交场上的翩翩蝴蝶。《金银岛》中那为了目的不择手段的海盗头子西尔弗，却是全书中最有魅力的男人，反衬着绅士群体的矫揉造作、教条乏味、装模作样。故事叙述者男孩吉姆徘徊在这两个成年群体之间，不断比较，引发对"英国的精神建设将往何处去"的思考。

到了二战之后，原本的大英帝国基本崩溃，只剩下一个松散的英联邦勉强延续着过去的辉煌，以殖民和资源掠夺为主要特征的帝国精神走向了终点。那么在曾经如此辉煌的废墟上，有识之士的关注点会转向哪里？是哀叹还是反思？还是向废墟的深处剖析？戈尔丁（William Golding，

1911—1993）试图追溯帝国精神的源头，从英国儿童的内心深处寻找答案。他的《蝇王》（*Lord of the Flies*）将一座热带荒岛作为实验室，将一群接受过帝国文明初等教育的男孩，以飞机失事的方式送到荒岛，让读者看看被褒扬了几个世纪的帝国精神是否真的具有普适性与永恒性。在短暂的有序自救之后，帝国的开拓精神、互助精神、工具理性等土崩瓦解，人与人之间只有猜忌、残杀，一直以来备受赞扬的充满正能量的帝国荒岛文学被彻底颠覆。

有人说海洋文学作品中几乎不出现女性，海洋文学是男性荷尔蒙文学，存在性别樊篱。事实上，我们忽略了一个常常被高度性别化和伦理化的海洋主题，那就是人鱼书写。第五章"中西人鱼的海陆之恋"所选的中西方人鱼故事，都是文人根据民间故事、元素进行的二次创作。蒲松龄的《白秋练》在中国文学研究中并没有受到多少重视，但与西方的人鱼故事比较，就显示出其独特的魅力来。白秋练是一条长江白鲟（现已被官方宣布灭绝），化身为人，喜欢吟诵诗词，爱上从事末业的商人之子慕生。最终，崇尚灵性自由的道家风范屈从于强调尊卑的儒家纲常，白秋练跟随慕生去往内陆生活，每天以饮一勺江水，聊慰乡愁。

相比而言，在严酷的基督教法则中，人鱼相对于人是低而下之的无灵魂生物。她们获取灵魂的捷径是拥有人的爱情，而爱情最不可靠，因此这些人鱼往往以悲剧收场。安徒生（Hans Christian Andersen，1805—1875）的《海的女儿》（*The Little Mermaid*）中的人鱼公主化为泡沫，富凯（Friedrich de la Motte Fouqué，1777—1843）的《水妖》（*Undine*）中的温婷娜给了情人致命一吻，自己则化为一泓清泉围绕在情人的坟墓周围。唯一例外的是叛逆者王尔德（Oscar Wilde，1854—1900）的童话《渔夫和他的灵魂》（*The Fisherman and His Soul*），故事里的人鱼对拥有灵魂不感兴趣，她拒绝了渔夫的爱慕。渔夫万般无奈之下，只好放弃灵魂入海追随人鱼。这个特立独行的人鱼让人们不得不反思基督教以灵魂为核心所建构的伦理框架，这种以灵魂束缚人的天性的做法是否合理？

在对海洋文学的多元主题探索中，当我们的目光从人鱼故事的奇幻浪漫逐渐转移，会发现一个更为深沉且亟待关注的领域——海洋生态。正如第五章聚焦中西人鱼的海陆之恋，为我们展现了海洋主题在性别与伦理维

度的独特魅力，第六章"碧波万顷的生态忧思"将带领我们深入探寻海洋
生态这一重要却常被忽视的层面。当我们一直关注人类在海洋上的活动
时，是否意识到我们疏忽了对海洋自身的关注？在予取予求之时，人类是
否反客为主了？海洋作为万物之源，作为地球能量的调节器、天气的调度
站、吸收人类碳排放的最大碳泵，目前已被开发得遍体鳞伤。20 世纪中
后期开始的生态主义使得对人类被异化的生存环境的思考日益得到关注。
雷切尔·卡森（Rachel Carson，1907—1964）作为美国海洋生物学家，努
力以文学的笔法向公众普及海洋知识。她的海洋三部曲《海风下》（*Under
the Sea Wind*）、《我们周围的海洋》（*The Sea Around Us*）、《海之滨》（*The
Edge of the Sea*），以严谨的学术性及优美的诗性而广受赞誉。她从海洋生
物的视角，呈现海空、海中、海底的缤纷世界，并通过描述鳗鱼、三文鱼、
鲭鱼等生物的生命轨迹，将内陆水体与海洋水体组合成地球水系网络。

　　当卡森以海洋生物为主体，将人从海洋的景观中选择性屏蔽之时，另
一位同时代的美国作家海明威（Ernest Hemingway，1899—1961）却将人
置入海洋场景，书写人与海洋生物之间的生死较量及人类在这一过程中的
伦理困境。他笔下的《老人与海》（*The Old Man and the Sea*）充满哲理，
读者看到了老人在幽蓝的湾流中对生命存在的意义、对人和海洋的关系、
对人和海洋生物的关系、对个体与群氓的关系的思考，是一种生态维度上
的后现代禅意书写。

　　当然，在有关生态的思考中，究竟该以人为中心还是以宏大的环境或
地球整体为中心，学界对此一直存在争议。段义孚、劳伦斯·布伊尔
（Lawrence Buell，1939—）、加里·斯奈德（Gary Snyder，1930—）等引
导的处所理论对此做了一个良好的折中。他们认为，一个人长期居住在某
个地方，当地独特的自然特征，包括气候、土地和生物等，会对人的生理构
造和心理特征产生影响，这样人的内在和外在环境之间就会形成一种联系，
只有真正深入了解所在地区的自然环境，将生态的重要性嵌入人的自我认知
与身份认同，才能解释生态保护的重要性及生态主义中人的整体性位置。

　　处所理论不仅有助于从生态视角理解后现代被异化而无所皈依的人类
的生存窘境，还有利于理解被工业化和商业化入侵的世界各地的原住民的
生存困境。那些离开原住民生活区，尝试到外界生活的人们，最终不得不

又重新回归故土。有的在回归后重振衰败的族裔文化，有的则沉沦于酒精中寻求片刻的放空。不管是处所剥夺还是处所想象，重建人与环境的平衡，都事关人的福祉。新西兰原住民毛利作家威提·依希马埃拉（Witi Ihimaera，1944—）的《骑鲸人》（*The Whale Rider*，1987）典型地体现了海洋处所在原住民身份认同、文化定位等方面的作用。

世界海洋文学中优秀的作品实在太多，我只能按照主题框架，选择有限的作品，从特定的角度为读者做初步的解读，期望感兴趣的读者做更深层次的研究。一部堪称经典的作品，往往蕴含着多重主题，能够让读者从不同视角切入进行跨学科分析。本书所确定的六大主题类型主要是为了阅读与撰写的方便，如存在疏漏之处，敬望多多反馈指点！

本书是我多年讲授"世界海洋文学"课程的思想汇总，上课时我总是跨学科地从多理论视角解读作品，期望能激发学生的思考。正因如此，本书的21个专题没有使用单一理论框架，而选取了后殖民批评、生态主义批评、文学伦理学批评、生命书写理论等多个理论视角，也吸收了经济学、人类学、历史学等学科的研究方法，希望不会影响读者的阅读体验。也正因如此，本专著也可以作为"海洋文学"类课程的教材。需要说明的是，书中对外语文献的引用与标注均为自译，文责自负，正文中不再另作说明。

本书得以出版，是各方努力的结果。我的研究生黄旭、冯庆庆、张亭葳给予了很大的帮助。她们收集整理文献，拟定部分章节框架，在此向她们表示由衷的感谢！此外，我还要感谢父亲步岭、兰英阿姨、女儿进思、我的妻子、妹妹一家、春年舅舅一家，以及一直支持我的亲人群体，他们数十年如一日，对我报以宽容与理解。那些选修我的"世界海洋文学"课程的同学，那些在超星慕课平台观看我的"世界海洋文学"在线课程的朋友们，感谢你们的讨论、发言和反馈，你们给了我很多灵感。

最后，我还要感谢上海海洋大学外国语学院的领导集体对我科研的支持，感谢各位同仁的帮助，感谢上海海洋大学图书馆"海韵导读"系列讲座，感谢《英美文学研究论丛》对本书的授权，在此一并致谢！

谨以此书献给深爱的母亲薛秀峰，她的爱永存！

朱骅

2024 年 8 月 30 日

目 录

第一章
初民的海洋想象

导 语

人类来自哪里？海洋是谁的创造？

海天相接，烟波浩渺

海天之外，飞的是什么鸟？

游的是什么鱼？

先祖们在问，在想，

用神话推证创世的奥秘

用传说铭刻民族的海上迁徙

用史诗吟唱英雄的海上壮举

帆、舵、桨是逐浪狂书的笔法

欸乃依依　风涛长吟

潮汐中轮回的是民族的集体记忆

第一节 璀璨多样的海洋起源神话

地球约70%的表面为水所覆盖，从外太空看，地球就是一座蓝色的水球，陆地不过是点缀在广阔海洋上的点点浮萍。《庄子·秋水》有云："天下之水，莫大于海，万川归之，不知何时止而不盈；尾闾泄之，不知何时已而不虚；春秋不变，水旱不知。此其过江河之流，不可为量数。"① 庄子在这里对海的博大无垠及永恒做了朴素的思考。那么海洋究竟是怎么来的呢？

因为无人目睹海洋的形成，所以海洋的形成只能是一种地质推演，不同推演理论之间存在出入，也不足为奇。著名的海洋生态学家与作家雷切尔·卡森（Rachel Carson，1907—1964）在其代表作《我们周围的海洋》（*The Sea Around Us*，1951，又译《我们身边的海洋》《海洋传》）中，结合地球物理学的发展提出有趣的海洋起源说。

大约在50亿年前，太阳星云中分离出一些大大小小的星云团块，它们一边绕太阳旋转，一边自转。在运动过程中，互相碰撞，有些团块彼此结合，由小变大，逐渐成为原始的地球。新诞生的地球只是一团炽热的气体，在运动过程中，这团高温气体开始冷却并逐渐液化，于是地球变成一团熔岩状的物体。包含在这液状体中的物质，按照密度的不同开始分层。在重力作用下，密度大的下沉并趋向地心，形成地核；密度较小的上浮形成地幔，主要成分是熔岩态玄武岩；密度最小的浮到表层形成地壳，并逐渐冷却凝固，由液态向半液态、固态转变，主要成分是固态玄武岩和花

---

① 庄周：《庄子》，孙通海译注，中华书局，2007，第243页。

岗岩。

部分科学家认为，了解诞生于地球的月球的形成过程有助于理解海盆的形成，继而理解海洋的形成。当地球表面还处于半液态时，受太阳引力的作用，这些熔岩状液体会形成潮汐，即陆潮。当太阳潮的周期与液态地球表面的自由振荡周期越来越接近，共振就会发生，产生巨浪。这个由熔岩（花岗岩）组成的巨浪，由于受到强大的太阳牵引力作用，最终脱离了地球，被抛向太空，并在地球引力的作用下，沿着固定的轨道，围绕地球运转，逐渐形成月球。由于月球是由地球表面较轻的物质组成，所以月球的平均密度也就大大低于地球的平均密度。熔岩脱离地球而留下的凹痕就是如今的太平洋海盆，正因为花岗岩的流失，如今太平洋海床的组成物质主要是密度较大的玄武岩。当地壳中的一部分花岗岩脱离地球成为月球之后，地球上剩余的尚不坚硬的地壳受到张力的拉扯，出现裂口，在地球自转与公转引力的共同作用下，裂口不断增大，这些玄武岩裂口表面又被流动的较轻的花岗岩覆盖，这些裂口随着玄武岩凝成固态而逐渐稳定，成为其他几大洋的海盆。

在月球与海盆形成之时，地球上并不存在主要由水组成的海洋。地球内部的水分汽化，并与其他各种气体在高温作用下冲出来，飞升入空中。受地心引力的作用，这些混合气体环绕在地球周围，成为不透光的气层，地球表面一片黑暗。此时地球这颗新生行星上的水，差不多都储存在这些云层里，密密地包裹着逐渐冷却的地球。随着地壳的逐渐冷却，大气的温度也慢慢地降低，大气变成水滴，越积越多。由于冷却不均，空气对流剧烈，形成雷电狂风，暴雨浊流。雨越下越大，持续了千百年，浇在空荡荡的海盆深渊上，也降落在较高的岩石表面。滔滔的洪水，通过千川万壑，汇入几大海盆，汇集成巨大的水体，形成原始的海洋。

自降雨开始，岩表就有了雨水侵蚀，水流夹带着溶解的物质汇入海洋。据推断，原始的海洋水并不咸，而是呈酸性，当然也缺氧，经过亿万年的积累，这些溶解的矿物质使海水越来越咸。在这个过程中，云层也变得稀薄，太阳光可以穿过云层，照射到海洋与陆地之上。据推测，在复杂的光合生化反应下，大约在38亿年前海洋里产生了有机物，先产生低等的单细胞生物。逐渐进化发展，直到6亿年前的古生代，才产生了藻类，通过光合作用，产生了氧气。经过地质史上的沧桑巨变，原始海洋逐渐演变成今天生机勃勃的海洋。

对于海洋的起源，科学界一直存在争论，世界各地不同民族也都有各自的诗性想象与思考。不过综合来看，主要有两大类：一类是神转化（或孕育）人与自然万物；另一类是神创造了人与自然万物。

首先，来看一看中国的先祖们有关海洋形成的想象。华夏民族众多，绝大多数民族都有自己的创世神话，以巨人化生型为主，[①] 其中影响最大的当属盘古创世神话，即世界由巨人盘古转化而来。《艺文类聚》中记载了三国时东吴的太常卿徐整辑录的《三五历记》，这可能是最早记载盘古开天传说的一部著作。主要记载如下：天地混沌如鸡子，盘古生其中。万八千岁，天地开辟，阳清为天，阴浊为地。盘古在其中，一日九变，神于天，圣于地。天日高一丈，地日厚一丈，盘古日长一丈，如此万八千岁，天数极高，地数极深，盘古极长。后乃有三皇。数起于一，立于三，成于五，盛于七，处于九，故天去地九万里。[②] 可以看出，中国古人对地球的原初想象和天体起源的科学推演比较接近，都是气态向液态再向固态转化的过程。地球如鸡蛋，而盘古就是蛋中那集天地之灵气的原生质，经过不断的演化而成人。盘古又像是原始地球上各种引力与能量关系的拟人化表达，数十亿年的地球物理演化史被浓缩为一个"人的生命史"，具有逻辑同构性。如此形象化的比喻，更容易为普通人所理解。

巨人以其神力开天辟地，创造出天地二分的物理空间后，具体的世间万物则往往由其躯体幻化而成。明朝董斯张《广博物志》卷九作如是说："盘古之君，龙首蛇身，嘘为风雨，吹为雷电，开目为昼，闭目为夜，死后骨节为山林，肠为江海，血为淮渎，毛发为草木。"[③] 这则盘古创世故

---

① 薛凡：《比较文化视阈下的中西创世神话探析》，《中共济南市委党校学报》2018 年第 3 期。陶阳先生在研究中国的创世神话时，曾把天地开辟神话单列出来，并且进行了详细的分类。他认为，天地开辟神话可以细分为六类：自生型、胎生型、蛋生型、开辟型、创造型、变成型，见陶阳、牟钟秀：《中国创世神话》，上海人民出版社，2006，第 108—121 页。日本学者大林太良将宇宙起源神话分出两种，一种是创造型，另一种是进化型，每一种下面有几个不同的亚型，见大林太良：《神话学入门》，林相泰、贾福水译，中国民间文艺出版社，1989，第 49 页。

② 欧阳询：《艺文类聚》，上海古籍出版社，2010，第 2—3 页。

③ 董斯张：《广博物志》卷九，上海古籍出版社，1992，第 178 页。

事直接指明盘古和海洋的关系，而且暗示水乃万物之源，雨水对万物生长十分重要。"龙首蛇身"显示盘古为水生生物，因此这则故事可能更多源于南方多雨临海的百越民族。

在汉民族中，虽然还有女娲、伏羲等相关创世传说，但盘古的传说流传最广，溯源最深，推究到地球的诞生，其中蕴含了丰富的华夏文化、科学和哲学内涵，是研究地球起源和人类起源的重要线索。更重要的是，有关盘古死而后已的精神及其精灵魂魄变成世间万物的传说，为中华民族留下了积极进取、自强不息的文化记忆。当我们对中华民族与海洋相关的创世神话有所了解之后，有必要再以比较的视角看看世界上其他民族尤其是那些公认的传统海洋民族的创世神话，了解这些民族认识世界的方式和价值传统。

东南亚和太平洋上大大小小岛国的创世神话都与海洋密切相关。以群岛国家菲律宾为例，尽管这里居住着来源各异的90多个民族，但对世界起源的想象都和海洋密切相关，认为宇宙初始，没有陆地，只有大海和天空。那么菲律宾群岛及其初民又是怎么来的呢？菲律宾的先民们想象一只巨大的海鸟曼纽尔在无边的海洋上自由飞翔，但无处栖息，便请求至高无上的神给予帮助，没想到大神卡皮坦和玛嘎鸟瓦颜都想借此机会显示能耐，战争因此爆发。卡皮坦刮起台风，卷起巨浪，整个海洋都在震颤；玛嘎鸟瓦颜则刮起旋风，击退海浪，创造了大地。为了停止这场战争，大海鸟曼纽尔收集巨石，并将巨石投向两位大神。战争终于结束了，曼纽尔飞到一片竹林处栖息，它听到竹节中有响动，好奇心驱使它打开竹节，结果从里面出来一男一女两个人，他们便是世界上的初民，那些巨石则变成了菲律宾群岛。[①] 多民族的菲律宾有不少类似的创世神话，另外一个故事说，世界初始没有大地，只有大海和天空。有只老鹰飞累了却找不到休息的地方，于是它怂恿大海用海水撞击天空。天空为了治服大海就抛下许多岛屿，以使大海不能兴风作浪，然后又将老鹰安置在一座岛屿上，从此天空与大海和平相处。后来，海风和陆风结婚生下竹子。一天，竹子在水中漂游时碰到了在海滩上觅食的老鹰的爪子。老鹰十分气愤，啄开了竹子的两

---

① 张玉安主编《东方神话传说第 6 卷》，北京大学出版社，1999，第 245 页。

端，结果从里面出来一男一女。地震神召集所有的鸟和鱼共同商讨如何处置这两个人，最后一致决定让他们结婚，于是就有了人类。① "海洋—岛屿"的创世结构体现了海洋作为宇宙的原初要素，是一切生命之源。岛屿和自然现象包括风雨雷电等的形成也与海洋有关。

同样是群岛国家的印度尼西亚，因为受伊斯兰教、印度教等外来宗教的影响，其创世神话在流传过程中发生了较多变化，② 但仍然有一些保留了原初的叙事结构与海岛型认知模式。以印度尼西亚西部加里曼丹雅米人的创世神话《玛哈塔拉创世》为例：相传，洪荒时代，瀛海中有一座金山和一座金刚石山。这两座山相撞生成了宇宙，随即出现了造物主玛哈塔拉（Mahatala）。那时，宇宙十分空旷，只分上界和下界，即天界和水下世界。造物主玛哈塔拉是天界之神，水下世界则由蛇形女神贾塔（Djata）统辖。造物主玛哈塔拉居住在天界的山峦之巅，那里与下界相隔四十二层云。一天，玛哈塔拉约蛇形女神贾塔来到上界，共同用金刚石造了一棵宇宙树，树上落有一雄一雌两只犀鸟。雄鸟是上界的象征，而雌鸟是下界的象征。两鸟相互争斗，双双身亡，宇宙树也不复存在。于是从两鸟的躯体和宇宙树的碎片中生出山川、景物和一对男女。这对初人乘金舟和金刚石舟在下界的海洋中久久漂流。玛哈塔拉用日月的碎片造了一把土，并将其扔到海上，转瞬间，这把土变成了陆地。此后，这对初民结束了在下界海洋中漂泊的生活，开始在大地上繁衍生息。从此宇宙不只分为上下两界，又多了个中界，那就是人间大地。③

下面，再来看看地中海文化之集大成者希腊群岛的创世故事。古希腊背倚大陆，岛屿众多，人类生活和海洋关系密切。和中华民族的认知相似，古希腊人也认为世界源于一片混沌的状态。他们将这混沌称为卡俄斯（Chaos），认为其是一个无边无际、一无所有的空间。从混沌卡俄斯的怀抱里，大地女神盖亚（Gaia）以一种难以解释的方式产生了，这同中国汉民族神话中盘古的诞生类似。盖亚体内分娩出蔚蓝色的天空之神乌拉诺斯（Ouranos）、海洋之神蓬托斯（Pontus）、山脉之神乌瑞亚（Ourea）。每一

① 张玉安主编《东方神话传说第6卷》，北京大学出版社，1999，第271页。
② 张玉安：《印度尼西亚的创世神话》，《东南亚研究》2007年第2期，第82-89页。
③ 张玉安主编《东方神话传说第7卷》，北京大学出版社，1999，第88页。

位神代表一种主要自然物，山脉骄傲地高耸向天空，呼啸的大海无尽地蔓延开来，由此可以看出希腊创世神话属于孕生型。天空之神乌拉诺斯与大地女神盖亚结合，生出 6 男 6 女 12 提坦巨神，提坦巨神中一位叫普罗米修斯（Promētheus）的神创造了人类，并为人类盗来天上的火种。盖亚与后来成为第二代宇宙之王，也是提坦神之一的克洛诺斯（Kronus）结合，又生下了许多神，其中之一就是海神波塞冬（Poseidón），他也是后来第三代主神宙斯（Zeus）的哥哥。波塞冬不和其他诸神一起住奥林波斯山，而是住在爱琴海深处的一座金碧辉煌的宫殿中，类似中国的东海水晶宫。波塞冬凶猛残暴，能引起风暴、地震、海岸坍塌等。他也是掌管一切与海有关的职业的神，希腊沿海各地都有他的雕塑和寺庙。有趣的是波塞冬唯一的儿子咆哮者特里同（Triton）居然是半鱼半人的形象，是一条雄人鱼。在希腊创世神话中，海神、天神、冥神虽然彼此之间界限明确，但诸神之间都为同胞手足，是地母盖亚孕育而生，血脉相连，且富有诗性，为西方的文学艺术发展带来巨大的想象空间。

多冰雪、多火山的北欧，其创世神话也自有其独特之处。据说，世界原先也是一片混沌，没有大海，没有天空，没有大地。在这一片混沌的中间既有一个寒冷巨大的无底洞，又有一团巨大的火焰，热浪和寒气相互作用产生巨人伊密尔，伊密尔生出更多的巨人，这些巨人和神发生战争。伊密尔战死后，他的肉化为大地，他的汗和血液化为河流与海洋，绕在大地周围，骨头成为山脉，牙齿成为悬崖，头发成为花草树木，颅骨化为天体。[①] 这个化身型创世故事和中国的盘古创世说有异曲同工之处。不同的是，中国的盘古创世叙事有一种自强不息、努力造福他人的价值指向，北欧的神话则充满战争的血腥，人与神之间始终在争夺资源与生存空间，战争绵延不绝。

在西亚底格里斯河和幼发拉底河之间的两河流域，历史上主要经历了苏美尔时期、巴比伦时期和亚述时期，因此就有苏美尔、巴比伦和亚述的创世神话。虽然记载苏美尔神话的泥板很多都不完整，但是从其他相对完整的泥板文献中可以发现一些端倪，这几个不同时期的创世神话彼此有一

---

① 袁博、钟健编选《西方神话经典》，长江文艺出版社，2009，第 157-158 页。

定的继承关系。① 两河流域的创世神话主要记载在苏美尔创世神话《恩基与宁玛赫》（*Enki and Ninhursag*）、巴比伦创世神话《埃努玛–埃利什》（*Enūma Eliš*）、《马尔都克创造世界》（*Marduk Creating the World*），以及巴比伦洪水神话《阿特拉哈西斯》（*Atra-hasis*）等中。如果没有这两条大河，就没有两河流域文明，所以古代两河流域先民认为，宇宙诞生前的初始状态应为水，是水这一物质孕育了古代两河流域文明，而且河里的淡水和波斯湾的咸水的交汇所产生的神奇效应让先民们相当震撼。归纳起来，这个地区的创世神话的主要框架如下：太古之初的世界一片汪洋，没有天，没有地，只有主神马尔杜克，他也是巴比伦城的保护神。海中有一股咸水叫阿普苏，还有一股甜水叫提阿玛特，它们分别代表阴阳两性，这两股水流在汪洋中不断交汇，由此生出诸多神祇。诸神由原始父神阿普苏和母神提阿玛特创造；马尔杜克利用提阿玛特身体的各部位创造了天、地、日、月、山、河、湖、海等事物，创造了底格里斯河和幼发拉底河，使它们各行其道。最后在马尔杜克的授意下，埃阿利用罪神金古的血液创造了人类。② 水与流动性是这一地区创世神话中最突出的意象，在巴比伦著名的创世史诗《埃努玛–埃利什》中，天空是由水组成的，马尔杜克用提阿玛特富含水分的尸体做成天空，并且将提阿玛特的皮撕展开来布满天空，并委派看管者看管，以防止其尸体中的水分外流到地势较低的宇宙其他区域，可见水在两河流域创世神话中的地位。③

　　紧邻地中海东岸的以色列人是如何想象世界与海洋形成的过程的？他们的想象被以教义的方式记录在《圣经》的"创世纪"中。据"创世纪"描述，世界起初一片混沌，只有茫茫无垠的水。第一天，神创造了光，于是有了昼夜之分；第二天，神造出了空气，天空和水面分开；第三天，神将水聚到一处，称之为海，露出水面部分的被称为陆地，这一天神又创造了各种植物；第四天，神造出太阳管理白天，造出月亮管理夜晚，还造出

---

① 国洪更：《古代两河流域的创世神话与历史》，《世界历史》2006 年第 4 期，第 79—88 页。

② Heidel A, *The Babylonian Genesis*：*The Story of Creation*（Chicago：The University of Chicago Press，1951），pp. 62-65.

③ P.Talon, *The Standard Babylonian Creation Myth*：*Enūma Eliš*（Helsinki：Vammalan Kirjapaino Oy，2005），p. 56.

了各种星体；第五天，神为天空和海洋造出各种动物；第六天，神造出陆地动物，又照着自己的形象造人，让人管理世上的一切生物。因造物完毕，神在第七天安息。这是典型的创造型神话，神是至高无上的，神同人、动植物所生活的自然，处于二元对立的关系。

在中国的创世神话中，盘古的血液化作海洋，盘古的精魂化作人类，物我是统一的，只是经过一个形式的转化过程，这和中国古典哲学中的"天人合一"思想一脉贯之。然而在《圣经》中，包括海洋在内的万事万物都是上帝创造的，与上帝之间物我两分。上帝创造了一切，并为其命名，确定其功能定位，各司其职，彼此之间不可逾越。至于人的产生，不同于中国创世神话中的巨人化生，《圣经》中的人只在外形上像上帝，而且只是部分相似，人类并没有获得理性，所以后来人类只有偷吃智慧树上的禁果，才能获得部分理性，为人类认识世界和改造世界建立逻辑合理性，但同时也以原罪的伦理框架束缚了对理性的过度使用。

这则创世神话可能还涉及西方哲学认知论的基础问题。那就是，海洋是在上帝创世计划中的哪一天产生的？根据《圣经》描述，起初世界是一个巨大的水体，渊面黑暗，神的灵运行在水面上。第一天，神造出昼夜；第二天，神将天空和水面分开了；第三天，神为了造出陆地，将水聚在一处，称之为海。根据这一叙述，海洋是自在体还是为上帝所创造？如果海洋是上帝创造，又是在哪一天被创造的？这个问题涉及大家如何理解海洋。如果将海洋理解为庞大的水体，那么在上帝创世之前其就已存在，是自在体，和创世无关；如果将海洋看作与天空相对的存在，将海洋理解为地球之水聚合与再循环的起点，那么就涉及水的蒸发、流动和降水过程，即海洋产生于创世的第二天。到此时，我们都是从海洋的物理属性"水"来理解这一存在物的。然而，如果将海洋看作一个相对于陆地的存在，那么海洋直到创世第三天有了陆地后才出现。从命名的角度看，没有陆地何谓海洋？二者相辅相成，水是在陆地产生后才获得命名"海洋"的。没有名分的存在物，从认知学的角度，可以认为其不存在。

在简单了解不同民族有关海洋的创世神话后，我们有必要思考如下问题：中国的创世神话"盘古开天辟地"和《圣经》中的创世想象有什么不一样？创世的顺序和时间性有什么哲学内涵？对于这两个问题，我们发现，在中国的创世想象中，自然万物和人是在盘古去世后同时产生的，盘古身体的不同部位化为不同的自然物，人与动植物、自然环境具有同源性，因此人、动植物和水土山川是平等的，物我相合、物我一体也就有了哲学基础。这种"天人合一"理念和生态主义地球生理学（Geophysiology）中的盖亚假说（Gaia Hypothesis）异曲同工，将地球的生命节律和人的生命节律同构，认为地球也是一个富有生命的有机体。与此相对，在《圣经》的创世想象中，自然和人之间是有等级关系的，人处于最高级。虽然物和人的出现有时间顺序，但物和人却不是按照进化顺序排序的，而是按照等级顺序排序的，其等级是被指定的，人是凌驾于自然之上的。这和中国的"天人合一"相反。

第二节 极地民族口述中的海洋冒险

河流、海洋与季节性风向促进了人类先祖在广阔范围内的迁徙。北太平洋的环白令海各部族，如美国的因纽特人（Iñupiaq），亦称爱斯基摩人（Eshimo）、阿留申人（Aleuts），俄罗斯的科利亚克人（Koryak）、楚科奇人（Chukchee），虽然其语言在今天听起来有明显差别，但他们显然是同宗同源，都属于爱斯基摩-阿留申语族（Eskimo-Aleut language family）的分支，在文化方面也有相似之处。美国极地考古人类学家威廉·W. 菲茨休（William W. Fitzhugh）在大量考古实证基础上指出，白令海峡两岸民族在衣物、装饰、工具、武器、船只、房屋、社会组织、语言、神话、艺术和信仰等所有方面都反映出历史上的共性，[1] 显然北太平洋的洋流系统也为这种相关性提供了有力支撑。

遗憾的是，环北太平洋原住民均没有发明文字系统，研究者无法通过各民族的文字记录去梳理其海上迁徙。北冰洋研究者曲枫主张在极地史前史研究中关注器物文化，通过数量相对丰富的出土文物和当下依然发挥特定功能的工具、艺术品等，对原住民的生存状况进行推理。[2] 丹麦北极人类学家库纳德·拉斯穆森（Knud Rasmussen，1879—1933）等人示范了另一种研究方法，即通过收集原住民口述故事、传说、神话等，从中洞悉特定群体的集体记忆，以此了解这一族群的历史发展，尤其是种族发展中可

---

[1] William W.Fitzhugh, Julie Hollowell and Aron L.Crowell, *Gifts From the Ancestors*: *Ancient Ivories of Bering Strait*(Princeton: Princeton University Art Museum, 2009), pp. 18-41.

[2] 曲枫:《东北亚走廊与史前爱斯基摩文化中的中国因素》,《广西民族大学学报》2017 年第 5 期，第 25-31 页。

能有过的重大事件。

为了更好地了解北太平洋族群的海洋性与流动性，本书从人类学家所收集的口述中选择两个民间故事做文本分析。一是北令海南缘的阿留申人传说《孤儿奥-安-沃克》（*Ol-an-uk the Orphan*），① 二是北令海北缘的爱斯基摩人传说《沃-沽恩的冒险》（*Adventures of Oo-Goon-Gor-O-Seok*）。②

一、环白令海的海洋口述

学者张德明曾经指出，人、船、岛、水是海洋文学的最基本元素，这4个元素的不同组合方式及其形成的人文价值，正是海洋文学不断探索的主题。③ 作为完全以海洋为生的阿留申人或主要以海洋为生的因纽特人，人、船、岛、水是其生存的决定性因素与不二选择，因此其口述传说也是海洋文学中富有特色的类别。

《孤儿奥-安-沃克》的故事发生在阿留申群岛。这个群岛由阿拉斯加半岛向西延伸而成，跨越整个北太平洋，直抵俄罗斯的堪察加半岛，就像是太平洋脖子上的一根岛链。由于日本暖流所挟带的暖湿气团与从白令海峡吹来的寒风在此相遇，所以阿留申群岛多狂风，多暴雨，多巨浪，多浓雾，气温相对温和，全年在-7℃～16℃。因风势过猛，这一长串火山群岛上没有树，陆上资源贫瘠。阿留申人靠海吃海，数千年来一直以渔猎海洋动物为生，航海能力首屈一指，能在浓雾和黑暗中通过感受水的流向和风吹来的方向判断航向，擅长驾驭蒙皮小艇"比达卡"（Bidarka）④ 捕鲸。其捕鲸手法也别具一格，在哈喷枪（harpoon）上涂抹植物乌头的毒汁，刺中鲸后，待其毒性慢慢发作死去，再拖回。⑤

---

① Frank Albert Golder, "Eskimo and Aleut Stories from Alaska," *Journal of American Folklore* 22 (1909):17-18. 不同版本的标题略有不同，但内容差别不大。

② Edward Kiethahn, *Igloo Tales*(Washington, D.C.: Department of the Interior, 1944), pp. 48-55. 不同版本的标题略有不同，但内容差别不大。本文中的两则故事引文是 Evelyn Wolfson 结合多个讲说版本做的重新整理版，该版本对语言与叙事流畅度略作润饰，但故事的内容和叙事框架保持一致，只是标题有修改，见 Evelyn Wolfson, *Mythology of the Inuit*(New Jersey: Enslow Publishers, Inc. 2001).

③ 张德明：《海洋文化研究模式初探》，《宁波大学学报》2014 年第 1 期，第 1-6 页。

④ 虽然这种皮艇和爱斯基摩人所用的蒙皮艇卡亚克（Kayak）在发音上有区别，但二者在所用材料、造型、工艺、功能等方面几乎一样。

⑤ 武尚清：《北溟千岛国，极地海洋民——兰登阿留申人研究评介》，《世界民族》2003 年第 3 期，第 59-64 页。

奥-安-沃克在很年幼的时候，父母就被风浪卷走，一个人孤独地生活在一座终年刮着狂风的小岛上。他在悲痛中自救，习得了在浓雾中辨声捕鲸的高超技能。成年后，他决定找一个妻子化解孤独，于是开始了他的海上冒险。凭着对水流和风向的把握及在浓雾中操作小皮艇的本领，他终于抵达一座人口众多的大岛。一个姑娘将他领回家，招待他吃喝。正巧当地人在即将开始的捕鲸季前进行热身赛，酋长力邀奥-安-沃克参加，让他同当地冠军萨米克一决高下。第一场比赛是看他们谁先捕到一头白鲸，然而比赛遇上了极其凶险的海浪与浓雾，两人都没有捕到鲸，打了平手。几天后，酋长又要求他们比试划"比达卡"的本领，看谁能绕过远方的一个小岛并最先划回来。眼看着因为不熟悉当地海况而落后，奥-安-沃克祈求自己的灵物（amulet）——一块白鲸皮帮忙，于是他立刻化身为一头白鲸，从水下飞快地超过对手，率先折返回终点。等萨米克返回时，奥-安-沃克按照规则，投出一支长矛，将其刺死，但酋长又去求他将长矛从萨米克的胸膛拔出。长矛拔出后，萨米克复活。第二天萨米克又来挑衅，要奥-安-沃克和他比赛摔跤，输者将被扔进蠕虫坑喂虫子。经过一番斗智斗勇，奥-安-沃克赢得了比赛，并将萨米克扔进了虫坑。最终他带着自己心爱的姑娘返回故乡小岛，从此不再孤独。

另一个故事《沃-沽恩的冒险》发生在太平洋与北冰洋交汇之地的苏厄德半岛和科策布湾，这里有三条大河汇入科策布湾，分别是科伯克河（Kobuk River）、诺阿塔克河（Noatak River）、塞里克河（Selic River）。爱斯基摩人沿着河流在海陆之间进行季节性迁徙，春季到海边捕鲸、海豹、海象等海洋哺乳动物，夏季则逆河而上，捕猎驯鹿、麝牛等陆生哺乳动物，因此他们有更好的内河航行技术。他们的航行工具与阿留申人的几乎一样，狩猎时使用单人皮艇卡亚克，运输或搬迁时使用较大的皮舟沃米亚克（Umiak）。受洋流影响，科策布湾常年风高浪急，海冰不稳定，因此这里的爱斯基摩人主要生活于海岸，而不像格陵兰岛的爱斯基摩人那样生活在海冰上。科策布湾房屋的建筑方式和阿留申人的相似，都是在地上挖坑，用漂流木或鲸骨支撑地上部分，外面铺上草皮、苔藓等，以保持屋内温度，人们通过具有保温功能的地道进出。①

这个冒险故事说的是，沃-沽恩的父母在年龄较大时才生下他，他上面的兄长们都已成年，且外出独立谋生，但从未回过家，也未给家里带过口信。父亲认为儿子们可能已在外遭遇不幸，他们的灵魂找不到家，只能成为漂泊的游魂，于是就想趁沃-沽恩未成年时杀了他，好让他的灵魂永远留在家里。得益于灵物貂皮帽的帮助，沃-沽恩一次次地成功脱险，父亲最后不得不妥协。于是，沃-沽恩划着皮艇顺着科伯克河去探索海洋世界，顺便寻找兄长。一路上他遇到各种险情：一个无缘无故想要加害于他的老太婆，一头想杀死他而化身为老妇人的黑熊等，他在灵物貂皮帽的帮助下，每次都能化身为貂，钻洞逃出困境。他终于来到科伯克河入海口，循着灯光来到一个姑娘家。他凭借超群的智慧与捕猎能力赢得姑娘家人的肯定，并被纳为婿，但翁婿间听不懂彼此的方言，沟通需要姑娘翻译，这种沟通困难导致沃-沽恩有一天没领会岳父的警告，误杀了两个妻弟。岳父发誓报复，但岳父的每一次谋杀均被貂皮帽挫败，最后沃-沽恩杀死岳父，带着妻儿，克服海湾的风高浪急，沿内河回归故土，孝敬父母。

两则故事中有几点非常明确的信息：（1）海洋有丰富的资源，海上冒险可以带来资源和种族繁衍；（2）海水的流动性及海上气流为航海提供了动能保证。从生态学角度看，如果某一物种的资源利用谱（Resources utilization spectrum）在其种类上无法扩展，最好的办法就是扩大空间范围，以数量弥补种类的不足，这冥冥中决定了这两位北极年轻人的选择。海洋对于陆生且有文化能动性的人类族群来说，也是一个能有效避开其他陆生动物竞争的空白生态位。海上冒险是占有空白生态位的必要途径，是一个有良好预期结果的行为，海洋的物理流动属性，又为这种探索行为提供了介质与动能。

二、海洋作为冒险的目的地

海洋的资源属性为冒险提供了回报预期，平衡了人们对铤而走险的灾难性后果的恐惧，但冒险背后的生存需求和物质属性使人们对冒险的评判

---

① Steve J.Langdon, *The Native People of Alaska* (Alaska: Greatland Graphics Anchorage, 2002), pp. 36-45.

标准单一：满载而归即为成功，其他形式皆为失败。因此，在相关口述中不仅可以看到对有助于成功的高超航海技术的渲染，也可以看到对血腥的丛林法则的赞美，对杀与被杀的漠然。当然，也可以看到人与动物互为主体的观照主义（perspectivism）认知方式。[①]

对于陆地动植物资源极其贫瘠的阿留申地区的人来说，海洋几乎是其唯一的资源来源地，因此其就与海洋形成共生关系。阿留申人要从这一生境中获取足够种族生存的生活物资，包括食物、衣服（皮毛）、建材（漂流木、鲸骨等）、工具（鲸须、海象牙等原料），就必须不断提高其从海中获取资源的能力，阿留申人因此进化为世界上航海技艺最高超的种族之一。

海洋民族的航海经验、技能、造船工艺等作为信息体系，代代传承，代代发展，就积淀为与地方深度内嵌的地方性知识（local knowledge），继而与其原始的信仰体系、休娱体系相互渗透融合，形成民族特色文化，最终在族人的思维方式和行动方式上，留下共同的烙印，形成学界常说的民族性格、文化性格等，形成社会生境与自然生境的耦合，一种生态意义上的最佳状态。只是工业化后西方从 18 世纪开始大举进入北极，寻求鲸油、皮毛等工业原料，将北极原先动态稳定的生境破坏殆尽。

同样，冒险也是族群自身繁衍与扩大的必要条件。无论是孤儿奥-安-沃克还是与父母相伴的沃-沽恩，如果不冒险就没有生育机会，也不可能形成更适合极地生存的男女各司其职的分工组合家庭团队。由于高纬度地区物种资源匮乏，人类为了在不发生流血冲突的情况下获取足够的资源，往往只是以血缘亲属关系组成人数不多的、仅够合作捕猎的游群（band）。各游群彼此之间居住相当分散，只在外出狩猎困难的冬季，才聚拢到特定海岸，互相协助度过严冬。只有冒险，才有可能为自己找到配偶兼合作者，因为储存加工肉类、做饭、制革、裁衣、造船、养狗等活动往往需要

---

① 范可等学者将 perspectivism 翻译为"观照主义"，曲枫等学者将该术语译为"视角主义"，我觉得"视角主义"易引起误解，不如"观照主义"直观。见范可：《狩猎采集社会及其当下意义》，《民族研究》，2018 年第 4 期，第 57—70 页；曲枫：《平等、互惠与共享：人与动物关系的灵性本体论审视——以阿拉斯加爱斯基摩社会为例》，《广西民族大学学报》（哲学社会科学版），2020 年第 3 期，第 2—8 页。

女性的配合，繁衍后代更是需要女性，而这种既是社会功能又是生理功能的实现，只有依赖海洋这个包括人在内的各种资源汇聚的平台才能实现。

冒险既有对回报结果的预期，又有对确保冒险达到预期的行为方式的要求。冒险中，生存与死亡、非此即彼的单一价值判断，使冒险与血腥暴力无法分割。唯有果断杀伐才能保证以最低成本实现目标。由此可以理解海洋口述中为何充满血腥暴力，因为让对手死亡，可以永久排除已知的和潜在的危险，这是在凶险环境中解决问题的捷径。沃-沽恩用计让化身为老妇人的黑熊杀死自己的女儿，将与自己作对的岳父关在狩猎小屋中烧死；奥-安-沃克则将对手扔进蠕虫坑中，让其被蠕虫群活活吞噬等，这些都体现了海洋冒险中以血腥手法解决冲突的极简化逻辑。

对于始终为衣食劳碌的原住民来说，死亡是一个日常的存在，只是早与迟的问题，人们的平均寿命都很短。在极地环境中，生与死之间并不存在漫长的过渡带。要么杀死北极熊，要么被熊杀死；要么在决斗中杀死对手，要么被对手杀死；要么猎捕呆萌可爱的海豹、白鲸、驯鹿，要么使全族人饿死。这种非生即死的日常状态简化了冲突逻辑，造成几乎所有海洋原住民口述都以杀戮解决问题。现代读者对血腥的反感，源于在物资充盈的语境下培养出的回旋余地较大的价值标准。对海洋口述的评判需要情境化，真正的海洋冒险叙事作为进入另一生态系统抢夺生态位的越界行为，根本无法回避血腥。

海洋对于人类来说是永远异类的生存环境，在蕴含资源的同时也是死亡陷阱，因此到陷阱中探囊取物的航海技艺，就成为冒险叙事首先歌颂的对象。阿留申人奥-安-沃克掌握了在浓雾和黑夜中以风向与水流辨别方向，在惊涛骇浪中稳住小艇的高超技艺；爱斯基摩人沃-沽恩也同样具有高超的驾船技术，即使其岳父用法术带来风暴，将其妻儿扫入海洋，他也能发挥航海技艺安全回到岸上。如果不是具有如此高超的技艺，冒险无异于死亡。

在海洋以其蕴含的资源而成为探索与冒险的目的地时，其凶险与不可知性又促成了原住民对人和宇宙关系的思考及由此产生的趋利避害的实践，从而形成万物有灵（animism）的世界观及基于这种世界观的萨满信仰（Shamanism）和灵物（amulet）崇拜。美国社会学家罗伯特·贝拉

（Robert Bellah）曾经指出，狩猎采集社会所处的是一个"神话世界与现实世界难以区分"的世界。[1] 在这个世界里，文化与自然浑然一体，而非截然二分。自然被视为生活的赐予者（giver），在隐藏危险的同时也塑造与考验原住民的人格品性，这是他们道义的决斗场与诞生地，是他们身体与灵魂最终回归的家园。最后，狩猎采集者在这样的家园（自然环境）中成长为符合其社会文化所期待的成员，他们将这个家园里的动物们看作与自己外形有别但灵魂相似的家人。

巴西人类学家爱德华多·维韦罗斯·德·卡斯特罗（Eduardo Viveiros de Castro）在对亚马逊丛林中的狩猎采集群体进行研究后指出，狩猎采集群体并不将自身及与自身有关的一切与自然区分开来，而是把自己视为自然的一部分。他们认为动物也把自己视为人类，无非有着不同的外表。所有的物种，从自身的关照（perspective）出发，也把包括人类在内的所有其他物种看作"自然的存在"（natural being）。动物与人类的内在认同使其成为与人类一样的"文化的存在"（cultural being）。[2] 正因为动物与人互相认同，心神相通，所以奥-安-沃克与白鲸之间，沃-沽恩与雪貂之间，在危难来临时互相帮助、互换身体就具有了逻辑可能性。

三、海洋推动的流动性

要获取资源，就要冒险，冒险就意味着离开资源不足的原生环境去寻找资源充足的新生环境，流动性由此产生。生境资源越是不足，流动性就越强，这是任何人类社会都无法回避的规律。实际上，极地族群在其发展过程中产生了三种不同的流动形式：一是地理空间层面的流动，二是社会组织层面的流动，三是文化信仰层面的流动。三种形式的流动互相交织，形成动态稳定的民族生境。

流动需要动力，因此这里就需要关注海洋的介质作用。在前现代，人们只有人力、畜力和自然力这三种选择，牛、马等食草动物在北极无法生存，能在北极提供畜力的，除了极少的驯鹿（只适合苔原陆地，不适合海

---

[1] Robert Bella, "Religious Evolution," in *Reader in Comparative Religion*. W. A. Lessa and E. Z. Vogt (eds.) (New York: Harper and Row, 1965), pp. 36–50.

[2] Eduardo Viveiros de Castro, "Cosmological Deixis and Amerindian Perspectivism," *Journal of the Royal Anthropological Institute* 4, no. 3 (1998): 469–488.

冰上狩猎使用），主要依赖北极犬，而犬类又需要消耗大量肉食，因此对本就资源匮乏的原住民来说，海洋的自流系统显然具有无比优越性，尤其是在不适合雪橇运输的夏秋季节，海洋的重要性更加凸显。海洋作为最便捷的地球自然能量传输带，使那些具有良好停靠点，尤其是河流入海口的海岸，成为物资流通、社会交往、信息传递、技术创新的汇集点。这也可以理解，为什么奥-安-沃克和沃-沽恩两人最后的落脚点都在人口季节性聚集的海岸。

海洋的环流功能与季节性变化，使人种和文明在更广阔的空间范围内流动，从奥-安-沃克和沃-沽恩海上冒险所用的蒙皮小艇卡亚克、捕鲸用的哈喷枪，以及随身带着灵物的习惯，可以看出生活在白令海一南一北边缘的族群彼此在文化与人种方面的渊源。从人种学和文化实践看，分布在环北太平洋的楚科奇人、科利亚克人、阿留申人、爱斯基摩人等，都是中北亚通古斯人的不同分支，海洋在其中显然起了巨大的作用。

从生态学角度说，任何特定地理范围内的生物资源总是有限的，而且有季节性起落，所以当一个区域内的资源不足以维持族群的生存时，他们就需要搬往下一个觅食点。作为陆生物种，人类如果将海洋作为觅食地，除了和北极熊等个别动物的生态位有季节性重叠，和其他陆生物种的生态位基本不会重叠，这就保证了人类食物的稳定供应与人身安全，进而形成了北极原住民海陆间的生计流动性。

形成这种海陆间的流动的另一个原因是人们力求将资源利用谱最大化，减少资源的季节性变化对部族生存的影响。考古人类学家费茨指出，北极民族文化形态与地理形态（geographic patterning）形成对应关系，极地浮冰在冬季越过白令海峡，延伸到太平洋的奥霍茨克海和白令海，夏季则退回到北冰洋的楚科奇海，许多与这一边界适应的动物与其他物种随浮冰或进或退，为人类的生计方式圈定了一个大致的范围。[1]

还有一种流动性是原住民族群社会组织层面的季节性分分合合（concentration and dispersion）而形成的流动性。在动植物资源较少的情况

---

[1]　William W. Fitzhugh and Aron Crowell, *Crossroads of Continents: Cultures of Siberia and Alaska*（Washington D.C.: Smithsonian Institution Press, 1998）, p. 13.

下，族群分成许多个有亲缘关系的小游群，但在捕猎鲸、熊等较为大型或凶猛的动物捕猎季到来时，部族成员则聚集到特定地点，协同行动。在难得的聚会期，人们开展各种游戏，唱歌跳舞，讲述奇闻异事，热闹非凡。从奥-安-沃克在白鲸洄游期即将开始之时，到达同族人聚集点并受邀参加各种比赛，可以看出这种游群的流动性，以及这种流动性与重要的生物物种（白鲸、弓头鲸、驯鹿等）的季节性迁徙的对应关系。此外，北极圈内冬季漫长，又有极夜，生存条件极其严酷，原住民在冬季到来时，由之前分散的小游群聚集到特定的海岸边，过上季节性村落生活，既能提高族群总体生存概率，同时又可以交流见闻，切磋技艺，歌舞娱乐，谈今论古，在娱乐的同时，强化族群的文化记忆、文化认同及共同体意识。到了开春，弓头鲸、白鲸、独角鲸等大型海洋哺乳动物开始沿裂开的冰缝（lead）迁徙，众人亦可合作捕鲸。由此可以看出，以海岸为中轴，形成了原住民地理空间与社会空间的流动，这是一种围绕海岸线的轴式循环流动。

此外，这种对资源的艰苦求索，对可持续性资源供应的期盼，还促成了另一种别开生面的流动性，即文化信仰层面的人与非人（动物）之间的流动。正如英国人类学家提姆·英戈尔德（Tim Ingold）针对人与自然物种的生态关系所指出的，生命在整个关系领域中具有动态的和转换的潜能，所有生命都在不间断地、在一种互惠模式中彼此促成对方的存在，各种运动的生命之线交织、勾连、缠绕成一个"纠缠域"（a domain of entanglement）。[1] 在这个缠绕的网络中，人与动物之间以自己为节点，顺着不同连接线的方向，以"灵"的方式滑动，甚至临时性变换"灵"所附着的形体。

在爱斯基摩文化中，这种普遍共有的"灵"呈现人的形状。在因努皮亚特爱斯基摩语中"灵"被称作"因努阿"（Inua），在尤皮克（Upik）爱斯基摩语中被称作"尤阿"（Yua），这些都是"人"的意思。[2] 动物的"因努阿"同样具有人格，与人处于平等地位，属于"非人之人"（non-

---

① Tim Ingold, "Rethinking the Animate, Re-Animating Thought," *Ethnos* 71, no. 1 (2006): 14.

② Edward William Nelson, *The Eskimo about Bering Strait* Annual Report of the Bureau of American Ethnology (Washington D.C.: Government Printing Office, 1900), pp. 393-415.

human persons），人与动物之间只存在生理上的区别。① 故而，爱斯基摩人并不认为自己君临万物，相反，他们将人与动物之间视为互惠（reciprocity）的平等关系。动物愿意将自己奉献（giving）给猎人，是因为猎人们把他们当作"非人之人"而予以尊重对待。所有的事物——鲸叉、长矛、浮标、团队用的蒙皮捕鲸船（umiaq）框架，都必须是新做的或者擦刮干净的，他们相信没有鲸鱼会接近旧的或者不干净的工具。② 爱斯基摩人每年都重新清理深挖于永冻土中的储肉冰窖，为鲸鱼的身体提供一个受欢迎的家。猎人的妻子要向被猎杀的鲸等海洋哺乳动物口中注入淡水以示敬重与感激，要慷慨地与尽可能多的人分享猎物，还要将动物皮毛缝制成尽可能精致的衣服，让动物的外皮转化为与人类亲密无间的"皮肤"等。③ 这些被猎杀的动物被善待，被分享，其"因努亚"就会再次化身为人类的猎物。正如人类学家安·芬奴普–里奥丹（Ann Fienup-Riordan）所指出的，人与动物的关系反映了周期性的互惠原则。动物们虽然献出了自己的身体，但其"因努亚"得到了厚待和尊重。④

法国人类学家菲利普·德斯科拉（Philippe Descola）认为，既然人与动物之间存在着灵魂的连续性与生理外形的非连续性，那么不同身体和自然就可以共享文化和灵魂，这种共享使身体转换有了可能。⑤ 这种"我可以成为你，你可以成为我"的形体流动关系，一般呈现两种文化表达方式。一种是私人化的，即部族成员佩戴灵物/护身符，或用灵物装饰自己的雪橇、船只、狩猎工具等；另一种是公共的，即在仪式、庆典活动中佩戴刻有"因努亚"的动物面具，表演歌舞或进入迷狂状态（ecstasy）。

灵物一般形体较小，分为两种：一种是用鹿角、骨头或海象牙雕刻的动物造型，另一种则是由动物的毛皮、骷髅头、牙齿、干尸等身体部件制

---

① Ann Fienup-Riordan, *Boundaries and Passages: Rule and Ritual in Yup'ik Eskimo Oral Tradition* (Norman: University of Oklahoma Press, 1994), p. 50.

② Froelich Rainey, "The Whale Hunters of Tigara," *Anthropological Papers of the American Museum of Natural History* 41, no. 2 (1947): 62.

③ Barbara Bodenhorn, "I'm Not the Great Hunter, My Wife Is," *Iñupiat and anthropological models of gender*, Études/Inuit/Studies 14 (1990): 55-74.

④ Ann Fienup-Riordan, *Boundaries and Passages: Rule and Ritual in Yup'ik Eskimo Oral Tradition Civilization of the American Indian Series* (Norman: University of Oklahoma Press, 1994), p. 355.

⑤ Philippe Descola, *Beyond Nature and Culture* (Chicago: University of Chicago Press, 2013), p. 130.

作而成。这些动物既包括海洋动物，也包括陆生动物和各种鸟类。灵物与佩戴者构成两位一体的关系，佩戴者从灵物身上汲取该动物特有的智慧与力量。人类学家艾丽卡·希尔（Erica Hill）认为，这些灵物代表着具象化的人与动物互为主体的关系，代表着人与动物对自然与社会的共享。[①] 帮助沃–沽恩的灵物貂皮帽，帮助奥–安–沃克的灵物白鲸皮，都是由被猎杀的动物制成，因其受到猎人的崇信，故与猎人之间形成共灵关系。

众目可见的人与动物间的流动关系，更多地出现在庆典仪式中，尤其是萨满佩戴刻有"因努亚"的面具向族人展示灵魂旅行。常见的动物面具有鲸、海豹、海象、乌鸦、渡鸦、雪鸮、狼、驯鹿等，在面具中心雕刻出的人形就是该动物的"因努阿"，这是对动物潜在的人形本质的象征性揭示，英戈尔德甚至将其称为"作为主体的他者"。[②] 佩戴面具并非为了隐藏舞者的人的本质，而是为了与"非人之人"在特定情景下融合，从而获得这个动物面具所持有的独特能力、能量和智慧。当面具戴在舞者（往往是萨满）的脸上时，人与动物的"因努阿"就在表演中融合，人的身体就会神秘地不知不觉地充满动物面具的体征和步伐，形神兼备。[③] 人和动物的身体犹如衣服，既可以脱下和穿上，也可以交换。在我们所讨论的故事中，奥–安–沃克直接化身白鲸，从而在比赛中拔得头筹，沃–沽恩每次被密封进充满危险的空间中，都会变成灵活细长的貂而逃脱。人和动物之间灵智相同而形体两别，多样化的世界具有内在灵的统一性。身体的流动，对于萨满来说，可以与他界（天上、深海和地下）沟通，获得非凡力量；对于猎人来说，可以实现狩猎的成功。

结 论

本章作为案例分析的两个故事都以水为介质，以船为载体。蕴藏的流动性资源，使高纬度地区的人们主要生活在海岸地带。但海洋环境相对于

---

① Erica Hill, "Animal as Agents: Hunting Ritual and Relational Ontologies in Prehistoric Alaska and Chukotka," *Cambridge Archaeological Journal* 21(2011):407.

② Tim Ingold, "Totemism, Animism and the Depiction of Animals," in M. Seppälä, J. Vanhala and L. Weintraub(eds), *Animal. Anima. Animus.*, Pori: Pori Art Museum(1998):196.

③ Edward William Nelson, *The Eskimo about Bering Strait* Annual Report of the Burean of American Ethnology, (Washington DC: Government Printing Office, 1900), p. 395.

陆生动物的异质性，也使从海洋中获取资源成为生死难卜的冒险，故而极地海洋冒险叙事化解困境的逻辑简单化且充满血腥。另外，海洋本身的流动性又促成了极地原住民灵活的生态位调节机制，形成地理层面的海陆间季节性流动，社会组织层面的小游群与大社区之间季节性分分合合，还有自然信仰层面人与动物间的形体转换，在对自然万物的敬重中形成了以万物有灵为基础的观照主义自然宇宙观。海洋冒险在对生存资源的追求过程中，逐渐生发出融合了地方性生存智慧的人与自然互惠的符号象征体系，成为可反复再现的种族集体记忆，进而构成重要的部族文化传承经络，使北太平洋的原住民海洋口述成为极其重要的文化遗产。

第三节　《奥德赛》：希腊史诗的海洋合唱

荷马（Ὅμηρος/Homer，约公元前 9 世纪—前 8 世纪）是古希腊最重要的诗人之一。关于他的具体生平和出生地至今仍无定论，一般认为他生活于公元前 8 世纪左右。荷马以其两部伟大的史诗《伊利亚特》（ΙΛΙΑΣ/Lliad）和《奥德赛》（ΟΔΥΣΣΕΙΑ/Odyssey）闻名于世。这两部作品被认为是古希腊文学的巅峰之作，以英雄、战争、命运、爱情和人性等主题为中心，深刻地探讨了人类存在和生活的意义，同时也反映了古希腊社会的价值观和文化观念，对世界文学、哲学和文化产生了深远的影响。

值得注意的是，《奥德赛》这部 3000 年前的史诗实际上是一部希腊群岛的冒险史，是关于航海、海岛文化的古代史。通过描述奥德修斯历经万难的海上返家旅程，荷马既展现了人类面对海洋时的恐惧与敬畏之情，也通过奥德修斯的个人经历讴歌了人类挑战海洋的勇敢。荷马书写了这样一部有关海洋的史诗性巨作，再现了古希腊人民对海洋的集体记忆。

一、有家难回的海上十年

《奥德赛》约成书于公元前 8 世纪，用古希腊语写成。全书共 24 卷，采用倒叙手法展现奥德修斯长达 10 年的海上历险经历。史诗由奥德修斯艰难返乡、儿子忒勒马科斯寻父、返乡后父子联合杀敌三部分构成。开篇即交代伊萨卡岛国王奥德修斯已经离家 20 年，在 10 年特洛伊战争结束之后的 10 年，仍然生死不明，杳无音信。儿子忒勒马科斯此时已经成年，来自希腊各地的有权势的男人聚集在奥德修斯家中，向他的妻子裴奈罗珮求婚，想以此巧夺奥德修斯的王位与财富。裴奈罗珮想尽一切办法拖延和拒绝，身心疲惫，家财日渐耗尽。面对此情此景，忒勒马科斯非常痛苦："王子坐在求婚者之中，心里悲苦难言，/幻想着高贵的父亲，回归家园，/杀散求婚的人们，使其奔窜在宫居里面，/夺回属于他的权势，拥占自己的家产。"① 雅典娜化身一位途经伊萨卡的勇士，向忒勒马科斯透露天机："我来到此地，只因听说他，你的父亲，/已回返乡园。看来是我错了，神明滞阻了他的回归。/卓著的奥德修斯并不曾倒死陆野，/而是活在某个地方，禁滞在苍森的大海，/一座水浪扑击的海岛，受制于野蛮人的束管，/一帮粗莽的汉子，阻止他回返，违背他的意愿。"② 忒勒马科斯对雅典娜感慨道："全都在追求我的母亲，败毁我的家院。/母亲既不拒绝可恨的婚姻，也无力/结束这场纷乱；这帮人挥霍我的家产，/吞糜我的所有，用不了多久，还会把我撕裂！"③ 他在雅典娜的指引下开始了寻父之旅。

接着史诗将忒勒马科斯的寻父之旅悬置，开展另一条故事线，讲述此时奥德修斯的状况，以倒叙的手法讲述奥德修斯在特洛伊战争结束后的 10 年的海上历险。此时，奥德修斯正在法伊阿基亚人的王宫里，该国的公主娜乌茜卡搭救了在沙滩上奄奄一息的奥德修斯，并爱上了他。国王阿尔基努斯也非常喜欢这位成熟健壮的落难者，意欲招其为婿。在欢迎的宴席上，奥德修斯被游吟诗人吟唱的有关特洛伊战争的诗篇所感动。在国王的鼓励下，他开始讲述这些年来的海上返家险途："好吧，我将告诉你我的回航，充满艰辛的/旅程，宙斯使我受难，在我离开特洛伊的时光。"④

原来，离开特洛伊返家时，对奥德修斯不满的海神波塞冬用风暴将奥德修斯一行吹偏航向，来到一个小岛上。一些船员吃下了忘忧的"落拓花"（lotus），不愿离去，奥德修斯只得强行将他们绑回船上："我把这些人强行弄回海船，任凭他们啼哭呜咽，/把他们拖上船面，塞在凳板下，

---

① 荷马：《荷马史诗：伊利亚特·奥德赛（全2册）》，陈中梅译，上海译文出版社，2016，第692页。

② 荷马：《荷马史诗：伊利亚特·奥德赛（全2册）》，陈中梅译，上海译文出版社，2016，第695页。

③ 荷马：《荷马史诗：伊利亚特·奥德赛（全2册）》，陈中梅译，上海译文出版社，2016，第697页。

④ 荷马：《荷马史诗：伊利亚特·奥德赛（全2册）》，陈中梅译，上海译文出版社，2016，第847页。

绑得结结实实，/发出命令，要其他可以信靠的/伙伴们赶紧上船，惟恐有人/尝吃枣果，忘却还家的当务之急。"①

离开了忘忧之地后，他们来到巨人族库克洛普斯们的邦界。奥德修斯一行在寻找食物时，被巨人囚禁在洞穴中。奥德修斯告诉巨人自己名叫"无人"，并设计用酒灌醉巨人，然后用烧红的橄榄木刺瞎巨人的眼睛："库克洛普斯的眼里嗞嗞作响，环围着橄榄木的树干。/他发出一声剧烈、可怕的号叫，山岩回荡着他的呼喊，/把我们吓得畏畏缩缩，往后躲闪。"② 叫喊声召唤来巨人的伙伴，他们问受伤的巨人出了什么事情，号叫的巨人答道："无人，我的朋友们，试图把我杀了，用他的武力或欺骗。"③ 其他巨人听说"无人"祸害他，就离去了。勇士们躲在羊腹下，在天亮后逃离巨人洞穴，并将大量的绵羊赶上船。然而奥德修斯在离开时，仍不住羞辱巨人："你想生食他的伙伴，库克洛普斯，凭你的强蛮粗野，/在深旷的岩洞，现在看来，此人可不是个懦夫弱汉！/暴虐的行径已使你自食其果，毫无疑问，/残忍的东西，竟敢吞食造访的客人，在/自己家里。现在，你已受到责惩，被宙斯和列位神明！"④ 奥德修斯的言辞激怒了巨人，他搬起巨石砸向划船逃离的奥德修斯船队，差点砸死他们。受到伤害的独眼巨人请求海神波塞冬为自己报仇，奥德修斯此后一路屡遭风暴。

离开巨人岛之后，他们来到风神居住的浮岛埃俄利亚，正如奥德修斯所讲述："埃俄洛斯盛情款待我们，整整一月，问了许多问题，/关于伊利昂，阿耳吉维人的海船和阿开亚人的回归；/我详细回答了他的问话，讲述了战争的全过程。/其后，当我问及是否可继续回航，并请他提供/便利时，他满口答应，表示愿意帮忙。"⑤ 随后，风神给了奥德修斯一只用牛

---

① 荷马：《荷马史诗：伊利亚特·奥德赛（全2册）》，陈中梅译，上海译文出版社，2016，第849页。

② 荷马：《荷马史诗：伊利亚特·奥德赛（全2册）》，陈中梅译，上海译文出版社，2016，第860页。

③ 荷马：《荷马史诗：伊利亚特·奥德赛（全2册）》，陈中梅译，上海译文出版社，2016，第861页。

④ 荷马：《荷马史诗：伊利亚特·奥德赛（全2册）》，陈中梅译，上海译文出版社，2016，第864页。

⑤ 荷马：《荷马史诗：伊利亚特·奥德赛（全2册）》，陈中梅译，上海译文出版社，2016，第868页。

皮制成的风袋，内灌各个方向的疾风。风神用一根银绳将皮袋扎紧，放进海船，但特意留下西风以帮助奥德修斯回家。奥德修斯一行的航程非常顺利，十天后船就靠近了伊萨卡岛，已经可以看见故乡的房屋和行人。奥德修斯终于放下紧绷的神经，一下子睡意袭来，沉沉睡去。然而，此刻伙伴们却对他心生嫉妒："瞧瞧这个人儿，不管身临哪座城市，哪片国土，/都会受到城民的尊敬，每个人的爱慕！/他从特洛伊掠得珍贵的财宝，带着回返，/而我们，虽然也经历了同样的航程，/但却两手空空，面对家乡就在眼前。/现在，埃俄洛斯，出于友爱，又给了他这些财富，/让我们快快瞥上一眼，看看袋里装着什么，/有多少黄金，多少白银，藏挤在里面。"① 于是，他们打开了皮袋，各种疾风随之冲泄而出，转瞬之间他们被扫向海面，最终将他们重新冲回到风神的海岛。无论奥德修斯如何解释，风神再也不愿提供任何帮助，奥德修斯一行只好继续海上旅程。随后，一行人来到食人族安提法忒斯的领地，很多人被捕杀，船只被砸沉，最后只有奥德修斯所在的那条船逃出港湾。

逃离食人族的领地后，一船人来到了埃阿亚岛，岛上住着发辫秀美的魔女基尔凯，然而第一批前去探路的几十个兄弟，却因喝下了基尔凯招待他们的拌入魔药的饮料而变成猪，被关入基尔凯的猪圈。就在这时，天神赫耳墨斯化身一个青年男子向奥德修斯面授机宜，并给了他一只开着乳白色花儿的乌黑的块茎，以挫败魔女基尔凯的阴谋。奥德修斯见到基尔凯后，假装天真地喝下拌有魔药的饮料，随后抽剑制服基尔凯，威逼基尔凯发誓不再对他使用损招。在得到基尔凯发誓后，奥德修斯成为基尔凯的情人，兄弟们恢复人形，并搬到宫中一起享受荣华富贵。一年后奥德修斯幡然悔悟，向基尔凯告辞，基尔凯为他的返乡意志感动，决定出手相助。

基尔凯要求奥德修斯在离开埃阿亚岛之前，先去哀地斯的冥府，去见一见故人，更重要的是见一见先知泰瑞西亚斯的灵魂。奥德修斯与一众兄弟们对冥府之行充满畏惧，但基尔凯的意愿无法违背，他们只得悲悲切切地上路。在经过一番复杂的献祭仪式后，众人终于进入冥府与亡魂们有了

---

① 荷马：《荷马史诗：伊利亚特·奥德赛（全2册）》，陈中梅译，上海译文出版社，2016，第869页。

一次面对面的叙谈。奥德修斯在这里见到了自己的母亲，以及希腊历史上几乎所有的传奇女性。后来，奥德修斯又见到阿伽门农、阿基琉斯及诸多其他英雄的灵魂，这其中包括宙斯的儿子米诺斯、大地的儿子提图俄斯、推着巨石上山又滚下的西西弗斯、大力士赫拉克勒斯等。先知泰瑞西亚斯给他的预言是："我想你/躲不过裂地之神的责惩，他对你心怀愤怨，/恼恨你的作为，弄瞎他心爱的儿男。/但即便如此，你等或许仍可返家，受尽磨难。"① 这次冥府之行增强了奥德修斯返回伊萨卡的信心。

返回埃阿亚岛后，魔女基尔凯信守诺言，悉心指导奥利修斯如何应对未来归家的凶险。他们首先会遇到歌声优美引人误入迷津的女妖塞壬（Siren）："你必须驱船一驶而过，烘暖蜜甜的蜂蜡，/塞住伙伴们的耳朵，使他们听不见歌唱；/但是，倘若你自己心想聆听，那就/让他们捆住你的手脚，在迅捷的海船。"② 在塞壬之后还有两个女妖，一是长有十二只腿脚，六个脖子和脑袋，三层牙齿的斯库拉（Scylla）；二是每天吐水三次、吸水三次的漩涡女妖卡鲁伯底丝（Charybdis）。基尔凯一一密授应对办法，奥德修斯最后以牺牲六个兄弟的代价，渡过了这一段最凶险的海洋，很快来到太阳神赫利俄斯放牧牛羊的斯里那基亚岛。

基尔凯已警告众人，千万不要去碰岛上的牛羊，否则将大祸临头："倘若你一心只想回家，不伤害牛羊，/那么，你们便可悉数返回伊萨卡，虽然会历经磨难；/但是，倘若你动手伤害，我便可预言你们的覆亡，/你的海船和伙伴。即使你只身出逃。/也只能迟迟而归，狼狈不堪，痛失所有的朋伴。"③ 奥德修斯难以违背众兄弟们需要休整的要求，只好在岛上稍作休息。他反复强调只吃基尔凯赠予的食品，不要碰岛上的牛羊。然而，一等他们登上岛屿，就无法重新启航，一个月后储备的食物吃完，恰好这一天奥德修斯在祈祷后陷入沉睡，兄弟们趁机宰杀了岛上最好的壮牛。等他们再次启航后，愤怒的宙斯开始用风暴惩罚他们。危急之际，奥

① 荷马：《荷马史诗：伊利亚特·奥德赛（全2册）》，陈中梅译，上海译文出版社，2016，第895页。

② 荷马：《荷马史诗：伊利亚特·奥德赛（全2册）》，陈中梅译，上海译文出版社，2016，第918页。

③ 荷马：《荷马史诗：伊利亚特·奥德赛（全2册）》，陈中梅译，上海译文出版社，2016，第922页。

德修斯跳起来抓住悬崖上的一棵无花果树，才得以幸免。他在海上漂流十天后来到女神卡鲁普索（Kalupso）所在的俄古吉亚岛。

卡鲁普索深深地爱上魅力非凡的奥德修斯，将他羁留在岛上长达七年。面对女神的百般眷恋，他却每天都会避开，坐在海边的岩石上泪流满面。女神被他的思乡之情感动，对他说："可怜的人，不要哭了，在我身边枯萎/你的命脉。现在，我将送你登程，心怀友善。/去吧，用那青铜的斧斤，砍下长长的树段，捆绑起来，/做成一条宽大的木船，筑起高高的舱基，在它的/正面，载你渡越混沌的大海。/我将把食物装上船面，给你面包、净水和暗红的醇酒，/为你增力的好东西，使你免受饥饿的骚烦。"[1] 然而，他的行程被波塞冬发现，波塞冬掀起巨浪，击毁他的航船，他失去了女神赠送的一切。

经过十九天的漂泊，奥德修斯来到了法伊阿基亚人的海岛，受到热烈的欢迎。在国王的鼓励下，他开始讲述这十年来的海上返家险途。他的讲述打动了国王阿尔基努斯，国王让国内的士兵用船将他送到伊萨卡海岸，并赠予他大量昂贵的礼品。当然，阿尔基努斯因这一善举遭到了波塞冬的报复，突然隆起的一座大山将法伊阿基亚人的城池包围。

史诗的另外五分之二的内容是关于奥德修斯返回故乡伊萨卡后如何考验妻子的贞洁、如何与忒勒马科斯父子相认，父子如何联手杀死那些十年来对裴奈罗珮死打烂缠的求婚者的。在史诗的结尾，宙斯对一直帮助奥德修斯渡过各种海难的智慧女神说："难道这不是你的意图，你的谋划，/让奥德修斯回返，惩罚那帮人的行为？做去吧，/凭你的自由，但我仍想告诉你处置此事的机宜。/现在，既然高贵的奥德修斯已仇报了求婚者，/何不让双方订立庄重的誓约，让他终身王统在那边。/我等可使他们忘却兄弟和儿子的死亡，/互相间重建友谊，像在过去的岁月；/让他们欣享和平，生活富足美满。"[2]

---

[1] 荷马：《荷马史诗：伊利亚特·奥德赛（全2册）》，陈中梅译，上海译文出版社，2016，第783页。

[2] 荷马：《荷马史诗：伊利亚特·奥德赛（全2册）》，陈中梅译，上海译文出版社，2016，第1167页。

二、海神信仰和海怪想象

古希腊地处地中海东部，地理范围以希腊半岛为中心，包括爱琴海诸岛、小亚细亚西部沿海、爱奥尼亚群岛及意大利南部和西西里岛等。它的自然地理条件是多山环海，地势崎岖不平，海岸曲折，有许多天然良港，适合进行海洋商业贸易。古希腊及其分布于地中海的众多岛屿，成为联络南边古埃及文明、东边古巴比伦文明的中介。这种以流动性与商业性为主要特点的海洋文化，对海洋天气、海底地质、航海技术等的依赖性很大，为了能够对各种悲伤的海难、突如其来的风暴、不可思议的死里逃生经历等作出合理性解释，并能为未来的航海提供策略性借鉴，希腊先民将与海洋相关的众多自然现象神化并在相当程度上人格化，海里大大小小的海神和海怪都有时而与人对抗，时而又与人为善的特征。希腊人会举行各种宗教仪式和祭祀活动，向海洋神祇表达崇敬和祈祷。他们会将祭品投入海中，以示对海洋神灵的敬意和感谢。

古希腊在神话中建构起了五彩缤纷的海神体系，波塞冬（Poseidón）、忒提斯（Thetis）、阿弗洛狄忒（Aphroditē）、蓬托斯（Pontos）、涅柔斯（Nereus）、奇观海神陶玛斯（Thaumas）、破坏之神福耳库斯（Phorcus）、危险海神刻托（Ceto）、海面抑或咸水女神塔拉萨（Thalassa）等神灵，均与海洋有关。历史学家希罗多德（Herodotus）揣测是荷马或者是更古老的一位诗人最终发明了"欧凯阿诺斯"（Oceanus，意为"海洋"）这个词，并将之运用到自己的诗行中。[1] 老海神涅柔斯能够预知未来，知道未来的一切秘密。他是一个温和、善良的神明，经常帮助和指导航海者、渔民及其他涉及海洋活动的人。忒提斯作为海洋老人的女儿，美丽娴静，具有预知未来的能力和卓越的智慧，在伊阿宋（Iason）寻找金羊毛、特洛伊战争等故事中均能看到她的身影。欧凯阿诺斯被认为是世界之河的源头，代表着无边无际的海洋。他统治着大洋和深渊，掌管着水在海陆之间的流动和循环，他的后代都与海洋、河流、泉水及水生动植物有紧密的联系。

在《奥德赛》开头，海伦的丈夫莫奈劳斯向寻父的忒勒马科斯描述海洋老人："说话从不出错的海洋老人出没在这一带海域，/出生埃及的普罗

---

[1] 希罗多德：《希罗多德历史：希腊波斯战争史》，王以铸译，商务印书馆，1997，第119页。

丢斯，不死的海神，谙知/水底的每一道深谷，波塞冬的助手……在太阳中移，日当中午的时分，/说话从不出错的海洋老人会从浪花里出来，/从劲吹的西风下面，藏身浑黑的水流。/出海后，他将睡躺在深旷的岩洞，/周围集聚着成群的海豹，美貌的海洋之女的孩儿，/缩蜷着睡觉，从灰蓝的大海里出来，/呼吐出深海的苦味，/强烈的腥涩。"① 而贯穿《奥德赛》始终，一手操纵了奥德修斯苦难的正是海神波塞冬。

波塞冬是奥林匹斯十二主神之一，是主神宙斯的兄弟，集海神、裂地之神和马神于一身。他在史诗中的另一称号是"绕地之神"（Enfolder of Earth），因为古希腊人相信人地被海洋包围，所以"绕地之神"也可以理解为"海神"。强大的波塞冬手持三叉戟（trident）、身披海藻和贝壳，由海豚陪伴，驾着海马拉的战车。希腊人相信波塞冬能够引发海啸、暴风雨和地震，为此他们经常向波塞冬祈求航海安全，然而波塞冬却喜怒无常。特洛伊陷落后，英雄小埃阿斯（Aias）于归途中，站在岸边悬崖上，夸口说天意并不难逃，他成功地逃出了大海的漩涡。语未毕，波塞冬用手中的三叉戟便将他脚下的海岸削落一半，他随即坠入海中溺亡。

当波塞冬从埃塞俄比亚回来，发现奥德修斯正驾船驶往故乡时，不由得怒火中烧。"他汇聚云朵，双手紧握/三叉戟，搅荡着海面，鼓起每一股狂飙，/所有的疾风，密布起沉沉积云，/掩罩起大地和海洋。黑夜从天空里跳将出来，/东风和南风互相缠卷，还有凶猛的西风和/高天养育的北风，掀起汹涌的海浪，/奥德修斯吓得双膝发软，心志涣散。"② 奥德修斯奋力挣脱风暴的纠缠，让波塞冬更加恼怒。"一峰巨浪从高处冲砸下来，/以排山倒海般的巨力，打得木船不停摇转，/把奥德修斯远远地扫出船板，脱手/握掌的舵杆。凶猛暴烈的旋风/汇聚荡击，拦腰截断桅杆，/卷走船帆和舱板，抛落在远处的峰尖。"③ 好在奥德修斯并没有生出绝望之情，反而抱着"向死而生"的态度，毫不退缩地进行反抗，赢得众神的尊敬，

---

① 荷马：《荷马史诗：伊利亚特·奥德赛（全2册）》，陈中梅译，上海译文出版社，2016，第757-758页。

② 荷马：《荷马史诗：伊利亚特·奥德赛（全2册）》，陈中梅译，上海译文出版社，2016，第788页。

③ 荷马：《荷马史诗：伊利亚特·奥德赛（全2册）》，陈中梅译，上海译文出版社，2016，第788页。

最终成功返乡。

《奥德赛》中也有多个海怪形象。塞壬多以半人半鸟或半人半鱼的形象存在，她美丽的面容和迷人的歌声，足以诱惑过往的船员，她是海上诸多石头和隐藏的危险的化身。在魔女基尔凯的指导下，奥德修斯用蜂蜡堵上了船员的耳朵，最终顺利越过了这片水域。另外，两个危险的海怪斯库拉和卡鲁伯底丝居住在一片狭窄海域的两边，袭击经过的船只和水手。斯库拉住在高崖的洞里，有十二条腿、六颗头，每张嘴里有三排牙齿。她的脖子很长，能把头探下来，捕食过往船只上的水手。海峡对面的卡鲁伯底丝每天吞吐三次海水，使海水形成巨大的漩涡。船只经过该海域时，如果靠近斯库拉，船上将有六名水手成为斯库拉的美食；如果靠近卡鲁伯底丝，则整条船将被吸进漩涡。据说形成这两个怪兽的灵感可能源于墨西拿海峡的礁石、激流与漩涡。为了生存，奥德修斯一行人只能放弃六名船员的生命来保障其他船员的安全。海怪的巨大威胁显示出希腊先民对海洋未知凶险的恐惧，但即使面临这些海洋怪物，奥德修斯也依旧勇敢无畏，智胜海怪。

三、"智者乐水"的海洋精神

学者徐晓望认为，海洋文化是人类征服海洋、依赖海洋生活的一种文化方式。成熟的海洋文化表现为：在某一区域人类的生活与生产中，海洋已是不可缺少的因素，并在开发、征服海洋方面形成系统的文化方式，即包含生产方式与生活方式及特定的文化消费方式。[①] 从徐晓望提及的海洋文化标准来看，古希腊文化是典型的海洋文化。

海洋地理在人们的生产与消费方式中起着关键性作用。希腊的地理布局非常特别，希腊国土主要由地中海东部和东北部沿海地区及海中的大小岛屿构成，往内陆的纵深很短。在《斐多篇》中，柏拉图借老师苏格拉底之口说道："我们沿着大海生活，就像蚂蚁或青蛙围绕着一个池塘，大地上有许多人居住在类似区域。"[②] 黑格尔也看到了海洋对希腊文化的影响："活跃在希腊民族生活里的第二个元素就是海。他们的国土的地形，

---

① 徐晓望：《论古代中国海洋文化在世界史上的地位》，《学术研究》，1998 年第 3 期，第 93 页。
② 柏拉图：《柏拉图全集》，王晓朝译，人民出版社，2002，第 123 页。

造成了他们的两栖类式的生活，使他们能够随心所欲地凌波往来，无异于陆上行走。"① 奥德修斯的十年海上历险实际上是在迷宫一般的海岛间进行。撤离特洛伊后，奥德修斯首先来到基科尼亚人的海岛，抢劫了他们的牛羊后，来到吃"忘忧花"的海岛，将同伴绑上船后，来到牧羊巨人们的海岛，逃离后又来到风神所在的埃俄利亚岛，然后又落难到魔女基尔凯所在的埃阿亚岛。离开女神后经过女妖塞壬所在的岛屿，不久后经过六头十二腿的女妖斯库拉和漩涡女妖卡鲁伯底丝对望的海岛。逃离这些劫难后，他们来到太阳神赫利俄斯放牧牛羊的斯里那基亚岛，最后奥德修斯只身一人漂流到女神卡鲁普索所在的俄古吉亚岛，离开女神后漂流到法伊阿基亚人的斯库罗斯岛，在他们的帮助下回到故乡伊萨卡岛。

从史诗对各岛屿物质资源的描写来看，希腊并不以捕捞业或海水养殖业为生，而是不同岛屿因地制宜地发展畜牧业和种植橄榄等各具特色的经济作物。不同地区的特产有差异，加之各地之间便捷的海运，就产生了繁忙的海上商品交易，这是不同于中国农业型海洋开发的另一种"靠海吃海"，即以海为路，实现区域间的物资流动与需求平衡。航运对造船与航海经验相当依赖，这也就是为什么徐晓望认为在海洋文化诸多要素中，最核心的是船只的制造与航海能力。对于古希腊人来说，最正常的生产和消费方式，就是在不同海岛和狭窄的沿海平原上生产供交易的商品，然后利用船只开展贸易，甚至利用海路做海盗，抢劫他人用于交易的物资，用奥德修斯的话来陈述就是："疾风推搡着我漂走，从伊利昂来到伊斯马罗斯的海滩，/基科尼亚人的地方。我攻劫了他们的城堡，杀了他们的/民众，夺得他们的妻子和众多的财富，在那处国邦，/分发了战礼，尽我所能，使人人都得到应得的份赏。"② 回到故乡，在牧猪奴面前伪造身份时，奥德修斯又说："我随着漫游的海盗，抢劫的人们，/前往埃及，偌长的旅程，足以把我毁灭。/我把弯翘的海船停住埃古普托斯河边，/命嘱豪侠的伙伴们留等原地，/近离船队，看守舟船，同时/派出侦探，前往哨点监望。然而，/伙伴们受纵于自己的莽荡，凭恃他们的蛮力，/突起奔袭，劫

---

① 黑格尔：《历史哲学》，王造时译，上海书店出版社，2006，第 213 页。
② 荷马：《荷马史诗：伊利亚特·奥德赛（全 2 册）》，陈中梅译，上海译文出版社，2016，第847 页。

掠埃及人秀美的/田庄，抢走女人和幼小无助的孩童，/杀死男人，哭喊之声很快传入城邦。"[①] 奥德修斯在返家的一路上从各种岛屿获得的补给，多数是其擅自从沿途岛屿上劫掠的物资。

这独特的以流动性为特征的生计方式，带来了整个社会风气的海洋特色，最典型的特色是文化流动产生的文化杂糅与宽容。希腊神话故事里被尊崇的神有很多，这些神话中除了有希腊半岛原住民族皮拉斯齐人的文化遗产因素，还有来自埃及、两河流域、小亚细亚等先进国家和区域的文化要素。再如奥德修斯讲述克里特岛时说："有一座海岛，在那酒蓝色的大海之中，叫做克利特，/土地肥沃，景色秀丽，海浪环抱，住着许多/生民，多得难以数计，拥有九十座城市，/语言汇杂，五花八门。那里有阿开亚人，/本地的心志豪莽的克里特人，有库多尼亚人，/多里斯人，分为三个部族，以及高贵的裴拉斯吉亚人。"[②]

孔子在《论语》中说："知者乐水，仁者乐山；知者动，仁者静；知者乐，仁者寿。"所谓"知者乐水"，指因水的流动性带来各种变数，各种不同水流、物质、观念的交汇与激荡，能诞生出新的资源与理念。面对瞬息万变的海洋，生存意味着敏捷的应变能力，因此如两栖动物般生存的希腊人特别关注智慧、谋略。《奥德赛》中的所有出色人物都充满智慧，当然也不免有些许奸诈。智慧女神与奥德修斯有着智者间的惺惺相惜。当回到伊萨卡的奥德修斯向化身年轻人的雅典娜编造了一个如何漂来此处的故事时，雅典娜恢复女神模样，笑着对奥德修斯说："此君必得十分诡谲狡诈，方能胜过/你的心计，哪怕他是一位神明，和你会面。/顽倔的汉子，诡计多端，喜诈不疲，即便在/自己的国土，亦不愿停止巧用舌尖，用/瞎编的故事哄骗，如此这般，是你的本性再现。/好了，让我们中止此番细谈；你我都谙熟/精辩的门槛。你是凡人中远为杰出的/辩才，能说会道，而在神祇中，我亦以智巧/和聪灵闻传……现在，我又来到这里，/帮

---

① 荷马：《荷马史诗：伊利亚特·奥德赛（全2册）》，陈中梅译，上海译文出版社，2016，第1031页。

② 荷马：《荷马史诗：伊利亚特·奥德赛（全2册）》，陈中梅译，上海译文出版社，2016，第1062页。

助你定设谋略。"①

虽然一路上很多险情的化解都得益于众女神的指点，但很多策略还是来自奥德修斯自己，如他告诉牧羊巨人自己名叫"无人"，导致巨人在被刺瞎双眼后，其他巨人听说"无人"将他伤害，而没有及时施以援手。回到伊萨卡后，奥德修斯不断变化各种身份去检验妻儿、女仆、奴隶等人的忠诚，并刺探那些求婚者的实力。之后他巧妙指挥，关闭宫殿和武器库的大门，将求婚者赶尽杀绝。为了防止那些有权有势的求婚者的家属联合起来报复，他又施以计谋，维护了伊萨卡的稳定与安全。

在智慧变成实践之间，往往还需要一座桥梁，那就是"领导力"。有勇无谋是莽夫，有勇有谋才是英雄，但无论英雄有多少能耐，如果不能指挥一个群体为一个目标奋斗，最终英雄也只能"壮志未酬身先死"。奥德修斯凡事都身先士卒，无论指挥军队进攻特洛伊，还是战后带领众人回返伊萨卡，他都在不断解决协调众人之间的困惑、气馁和冲突。当他和同伴被囚困于巨人的山洞时，他没有独自逃生，而是想出良策，让同伴们藏于羊腹下出逃；当同伴被魔女基尔凯变成猪时，他勇敢前往解救；当同伴们趁他睡着打开风神的袋子导致他们重回大海，当同伴们吃了忘忧花不愿回乡，当同伴们偷杀太阳神的牛羊导致天降大难时，他始终选择隐忍与宽容，始终以集体利益为第一位。尽管灾难使他们不断蒙受船只和人员的损失，但从没有引起船员对奥德修斯指挥能力的怀疑与反叛。从奥德修斯的身上，我们看到了一个积极进取、挑战命运的英雄形象，特别是在面对大海和厄运时，英雄都能千方百计地化解难题，体现人的力量和生命的尊严。

结　论

英雄史诗是"王者归来"叙事模式的滥觞，展示着英雄恢宏的出场、搏斗、回归与退场的生命轨迹。上至众神，下至贩夫走卒，都各有其位，每个位置之间保持着理性的张力，秩序井然。史诗采用了真正的神的视角，但其震撼力却并非来自神力对普通人命运的操控。史诗的大部分读者

---

① 荷马：《荷马史诗：伊利亚特·奥德赛（全2册）》，陈中梅译，上海译文出版社，2016，第946页。

在对神灵表达一定敬畏的同时，更多的是表达对那些向死而生、明知神意难为而为之的英雄的敬佩。奥德修斯的人生险途替代性地满足了读者从帝王到奴隶的想象和对个体生命潜能的探知欲。

《奥德赛》也是海洋文学的滥觞。奥德修斯的生命三维空间中有海、岛与导航的星体，有以船为载体对抗水对人类生命的束缚的壮举，有用船去探索水域的无限及水体深处的神秘的尝试。奥德修斯的历险体现着海洋支配力从神到人的过渡，此后随着海洋生产力的提升，航海的主导者从神到王公贵族再到普通百姓。海洋文学中的主角，从人与神两界的中间人，即那些超级英雄，向有魔法的贵族、富有的商人、技艺超群的水手、胆大包天的海盗等社会阶层逐渐转变。《鲁滨逊漂流记》是一个重要分水岭，在鲁滨逊之后，海洋英雄彻底世俗化。法国的大仲马、雨果、凡尔纳、洛蒂，英国的斯蒂文森、巴兰坦、康拉德、毛姆、吉卜林、戈尔丁，美国的库柏、麦尔维尔、海明威等作家，出版了大量以海为题材的作品，虽然其主角大都是普通人，但是向海而生，探索生命潜能的英雄叙事模式却贯穿始终。

第四节 《贝奥武甫》: 日耳曼民族的海洋记忆

　　《贝奥武甫》(*Beowulf*) 是关于古代盎格鲁-撒克逊 (Anglo-Saxon) 民族的英雄叙事长诗, 是现存古英语文学中最古老、最长、最完整的作品, 也是欧洲最早的方言史诗, 作者未知。全诗共 3182 行, 采用独特的头韵写作技巧, 因此有学者将其作者称为 "贝奥武甫诗人"①。诗人或者说记录整理者, 结合了日耳曼英雄传说、斯堪的纳维亚民间故事和相当多的真实历史事件, 还不时加入带有基督教观点的议论, 呈现给后世这首意义重大的史诗。现存于伦敦大英博物馆的唯一手抄本是用公元 10—11 世纪的古英语西撒克逊方言书写而成。通过语言特征对比, 学者们推测这首诗的创作时间可能早至公元 8 世纪, 但其文本最终定型不晚于 11 世纪。

一、为民除害的英雄人生

　　诗歌中的故事发生在公元 6 世纪, 丹麦国王赫罗斯加 (King Hrothgar) 修建了一座宏伟的宫殿, 命名为 "鹿厅" (Hereot), 并为此举行了盛大的庆典, 不料却引起了妖怪格兰道尔 (Grendel) 的注意。此后, 半人半魔的格兰道尔经常在晚上过来破坏鹿厅, 捉食战士, 长达 12 年。"整整十二个冬天, 丹麦人的领袖历尽困苦, 蒙受万般艰难……双方不共戴天, 战争无休无止。"② 瑞典南部高特 (Geats) 王国的勇士贝奥武甫,

---

① Andy Orchard, "Beowulf," in *The Cambridge Companion to Old English Literature* 2nd ed. Malcolm Godden & Michael Lapidge(New York: Cambridge University Press, 2013) , p. 144.

② 佚名:《贝奥武甫》, 陈才宇译, 译林出版社, 2018, 第 7 页。

国王的外甥，听闻此事，决定过海相助，为民除害。"这位英雄出身高贵、勇力过人，同时代人当中堪称卓绝超凡。他命人马上为他备好一艘快船，他说他要跨过天鹅之路，拜访一下那位著名的国王，因为他此刻正需要有人出力相助……在高特人中，贝奥武甫精心挑选一批最勇敢的武士偕他同行，连他自己在内，一共十五位壮士一道奔向快船；这位老练的水手，很快把他的勇士带到海岸……武士们争先恐后登上甲板；潮水汹涌激荡，冲击着沙滩；勇敢的武士们把闪光的盔甲、珍贵的兵器搬进船舱；然后船儿被推进深水，武士们登上了备受祝福的航程。"①

他们抵达的当晚，国王在鹿厅设宴款待。"勇士们一个个气宇非凡，坐到各自的座位上。这时有一位执勤的侍臣端上一只镂金的大酒杯，给他们倒上美酒。吟游诗人则放声歌唱。丹麦人与高特人一起饮宴作乐，那气氛好不欢畅！"② 妖怪格兰道尔再次出现。"只见这恶魔一刻也不迟缓，迅速抓住一个沉睡的武士急切撕裂他的肢体，咬断他的锁骨，吮吸他的鲜血，吞食他的肌肉。"③ 贝奥武甫一跃而起，与之展开搏斗。"海格拉克英勇卓绝的外甥一直把他牢牢抓住。双方都想置对手于死地。凶残的恶魔已感疼痛难忍，他的肩膀豁开一个大口，筋肉已经绽开，锁骨已经拉断。"④ 妖怪虽然逃回了沼泽深处的洞穴中，却因受重伤最终死去。

第二天晚上，格兰道尔的母亲来到鹿厅为儿复仇，贝奥武甫追击她到一处深潭。贝奥武甫"潜入潭底，进入她的巢穴；尽管他英勇无比，但他也无法挥动他的武器，许许多多水怪，各种各样海兽，用他们尖利的牙齿向他攻击，撕咬着他的盔甲"⑤。危急之时，他在洞穴的墙上发现了一柄古代巨人锻造的神剑，并用神剑将女妖杀死。贝奥武甫还割下了格兰道尔的头颅，作为战利品献给国王。贝奥武甫英勇除害的消息传回本国，广受赞扬。

贝奥武甫回国后不久，高特国王与王子相继在战争中阵亡，贝奥武甫

① 佚名：《贝奥武甫》，陈才宇译，译林出版社，2018，第9页。
② 佚名：《贝奥武甫》，陈才宇译，译林出版社，2018，第20页。
③ 佚名：《贝奥武甫》，陈才宇译，译林出版社，2018，第29页。
④ 佚名：《贝奥武甫》，陈才宇译，译林出版社，2018，第32页。
⑤ 佚名：《贝奥武甫》，陈才宇译，译林出版社，2018，第59页。

因其胆识与智慧，被拥戴为王，统治国家五十年，国泰民安。在高特王国波涛汹涌的海岸上，有一座天然的古墓，依傍着悬崖海岬，入口处极为隐蔽，里面有无数的奇珍异宝。有一只火龙守着这座古墓。有一天，火龙发现有人盗窃了一只嵌着珠宝的金杯，十分恼怒，于是喷火烧毁附近的村庄，给百姓造成极大的灾难。为了保护人民，八旬高龄的贝奥武甫决心杀死恶龙，但在与火龙的搏斗中却身受重伤。"那百姓的屠夫，可怕的火龙，念念不忘自己的仇恨，觑准机会第三次向勇士发动进攻。他吐着火，用尖利的毒牙咬住国王的脖子，生命的鲜血喷涌而出，流遍了他的全身。"① 贝奥武甫终因毒素发作死去。死前他对身边的勇士说："在临终以前为自己的人民获得这么巨大的一笔财富。我用自己的残生换来这一切，你务必拿它去供养百姓。我的生命已经十分有限，请你在我火化后吩咐士兵，让他们在海岸上为我造一穴墓……这样，当航海者在茫茫的大海上驾驶他们高大的帆船航行，就可称之为'贝奥武甫之墓'。"② 史诗以贝奥武甫盛大的葬礼结束，高特人遵照贝奥武甫的遗愿在海岬上动工修建了一座又高又大的陵墓。陵墓在老远的地方就能被看见，成为指引航海者的灯塔。虽然全诗的时间跨度长达半个多世纪，但诗中具体描绘的事件只发生在几个时间点，不过短短几天，叙事详略与视角转换的技巧相当高超。

二、日耳曼人的海洋迁徙记忆

英雄史诗《贝奥武甫》被誉为"古代日耳曼人文化的结晶，中世纪欧洲第一篇民族史诗，英国文学的开山巨著"。③ 早在19世纪，著名的德语研究专家西姆洛克（Simrock）就指出，德国人、英国人、丹麦人和瑞典人都宣称《贝奥武甫》属于各自的民族。然而，只有丹麦人和英国人的主张更为有力。之所以学者们总是将之称为英国史诗，是因为诗歌的语言是古英语，但诗里却没有提到或者暗示任何英国的地点与事件，涉及的真实历史事件与人物不是在现今的丹麦就是在瑞典，所以西姆洛克进一步认为，"《贝奥武甫》很有可能是盎格鲁的吟游诗人将相邻部落的民间传说

---

① 佚名：《贝奥武甫》，陈才宇译，译林出版社，2018，第105页。
② 佚名：《贝奥武甫》，陈才宇译，译林出版社，2018，第109页。
③ 佚名：《贝奥武甫古英语史诗》，冯象译，三联书店，1992，第2页。

融合加工而成，这包括了瑞典人、希腊人、丹麦人、朱特人、希托巴德人、胡加斯人、弗里斯兰人、海瓦人和法兰克人，诸多传说合而为一成就了一部伟大的史诗。"[1] 也就是说，这是一部以日耳曼人的海洋扩张为基础的史诗。

日耳曼人并非单一的民族群体，他们起源于古代北欧地区，后向其他地区扩散，现分布于整个欧洲大陆，包括英国、比利时、德国、挪威、瑞典、丹麦等国。他们在欧洲历史上发挥着重大作用，对欧洲的语言、文化产生了重大影响。欧洲近代文明常被认为源于古希腊、古罗马。事实上，"欧洲文明采纳和改造的对象不单单是古典文明，还有日耳曼传统文化和基督宗教、以色列文化等"。[2] 日耳曼民族对欧洲文明的发展做出重大贡献，也是欧洲文明的源流之一。他们的居住地临近海洋，多山崎岖的地理环境使他们的迁移主要依赖航海，因此日耳曼文明也有着典型的海洋文明特征，其民族特征与价值观同海洋紧密相连。分散在不同地区的日耳曼人形成了某种以海洋为纽带的文化共同体，共享某些价值观。当然，北欧寒冷多变的天气给航行带来诸多不安全因素，彼时落后的航行技术更是让行程的结果不确定，因此海洋成为日耳曼民族心中危险的象征。

公元5—6世纪，生活于斯堪的纳维亚半岛到今天德国东北部这一区域内的日耳曼人入侵大不列颠岛，后被称为盎格鲁-撒克逊人。朱寰先生在《世界中古史》中指出：公元5世纪中叶，盎格鲁-撒克逊人渡海侵入不列颠时，正处于原始社会末期军事民主制阶段。战争及进行战争的组织已成为民族生活的正常职能。他们向不列颠迁徙就是为了掠夺，他们把掠夺他人的财富看成最荣耀的事情，这是盎格鲁-撒克逊的"英雄时代"。[3]他们将之前在此生活的凯尔特人赶到大不列颠岛的西部地区，逐渐占领了岛屿的大部分地区，并建立了七个王国，史称"七国时代"。日耳曼人对大不列颠的入侵并没有大肆破坏岛上原本的文化传统，相反日耳曼人继承

---

[1] K.Joseph Simrock, "Myth and Legend: German Origin, Mythical Meaning, and Poetic Value," in *A Critical Companion to Beowulf and Old English Literature*. Amirhossein Nemati (Beau Bassin: LAP LAMBERT Academic Publishing, 2017), p.68.

[2] 侯建新：《"准独立个体"：日耳曼人突破性贡献》，《史学月刊》2021年第10期，第8页。

[3] 朱寰主编《世界中古史》，吉林人民出版社，1981，第70页。

了罗马时期的传统，甚至融汇出了现代英语的基础——古英语。日耳曼人威塞克斯国王阿尔弗雷德的后裔统一了英格兰，为大不列颠的统一奠定了基础。可以说，日耳曼文明是英国文明的要素之一。英语的《贝奥武甫》中融入许多斯堪的纳维亚的英雄传说、神话故事和历史事件，展现日耳曼民族共同体的价值观念，也就不足为奇了。

日耳曼人对海洋的族群记忆，在《贝奥武甫》中最典型地体现在史诗开篇"引子　丹麦早期的历史"中。在这一部分，丹麦历史上开疆辟土的英雄国王希尔德去世了，遵照他的遗嘱，亲密的伙伴们把他抬到了海边，这时"港口停泊着国王自己的灵船，船身结着一层冰，正准备启航；他们将可敬的首领抬进船舱，就这样，这位项圈的赐予者荣耀地靠近桅杆。他的身边堆着来自四方的无数财宝；我从未听说世上有哪只航船曾装载过那么多的武器和甲胄，那么多的战刀和锁子甲；他的胸前还摆满金子银子，它们将随着他一道远远地漂流，进入大海的怀抱。他们把礼物慷慨地送给国王，那都是人民的财物，想当初，襁褓中他独自漂洋过海，带来一船财宝，这次他带走的礼品决（绝）不比那次少。在他头顶，他们还树①起一面锦旗，然后才让海水把他卷进海洋"②。船葬仪式赋予了大海和船只神圣的内涵，大海被看成死者生命的归属，船是带领灵魂进入大海深处的引路人，船的航程被看成生命继续的航行，大海被看成精神家园。1939 年，考古学家在英国英格兰东盎格利亚萨福克郡的萨顿胡（Sutton Hoo）发现了一个船葬古墓，古墓中大量的宝藏被埋在一条 24 米长的木船里。船型墓室中存有兵器、珠宝、金币，以及铁制的权杖、盾牌、头盔等随葬品。"萨顿胡船葬"的考古发掘印证了《贝奥武甫》开头海盗船葬场景的历史真实性。

以船为核心文化意象的民族基本都是海洋民族，如早期丹麦人的船葬、中国海南岛和台湾岛上不同民族建造的船屋等。被古罗马人和古希腊人认为是北方蛮族的日耳曼人，使用船这种便捷的工具去寻找更好的生存资源。他们驾船到了波罗的海、北海，发现了资源丰富的斯堪的纳维亚半岛、丹麦半岛，继而又迁徙到不列颠群岛。几乎所有与海洋、海船相关的

---

① 疑为"竖"。
② 佚名：《贝奥武甫》，陈才宇译，译林出版社，2018，第 2 页。

北欧民间传说和历史故事，都随着盎格鲁-萨克逊人来到英伦，从这些故事中可以看到船是如何成就古代日耳曼人的英雄的，如何帮助他们不断征服新的领海土地的。

面对北欧的寒冷和汹涌的海洋，日耳曼人需要将分散的个体团结起来，共同对抗异己力量，以谋求生存，船成为将不同日耳曼部落织成网络的梭子。从某种意义上来说，穿梭往来的船只成就了日耳曼人在高纬度地区的强大力量及具有强大影响力的文化。高特人贝奥武甫记得自己父亲受过丹麦国王的帮助，在丹麦王国饱受怪物侵犯之苦时毅然决然前去除怪，向丹麦国王报恩。日耳曼人虽分为不同的部落，但却处于共同体之中，具体表现为"马尔克（Mark）村庄共同体制度"。[①] 日耳曼人的个体不够强大，需要依靠强大的跨区域联盟作为支撑；共同体是部落之间的联系，成员之间没有根本的隶属和支配关系，其基础是部落领导者的口碑与英雄壮举。中世纪日耳曼人的团结互助呈现了他们的氏族观念。当然，随着日耳曼人的不断迁移，原有的共同体不断遭到破坏，氏族结构逐渐解体。诗中的吟游诗人已经开始讲述日耳曼不同部落之间的残杀和冤冤相报。

刀光剑影的沿海征服是人类历史发展的必然，也往往因其昂扬奋进的精神力量被后世子孙歌颂，但其本质上是一种海盗行为。正因为海盗行为可以带来短时暴富，史诗对财富的描写才不吝笔墨，这尤其体现在诗歌对葬礼、狂欢与被征服的妖魔洞窟的描写中。例如，贝奥武甫在弥留之际，要求一位勇士进入龙窟查看火龙守卫的财富，诗人写道："年轻的武士迈着胜利的步伐越过毒龙的宝座，即刻看见不计其数的财宝在龙窟，在黑夜的飞行者的老巢闪闪发光。其中有各种金杯，古人的饮具，因没有人擦它，装饰已经剥落。此外还有许多锈迹斑斑的头盔，精巧的臂环……武士还在这堆宝藏的上方看见一面用金丝织成的战旗，它巧夺天工，不愧为人间奇迹。"[②] 诗人用大量篇幅讴歌国王和海盗掠夺与占有财富的正义性。这些财富与日耳曼人的迁徙互为因果，彼此成全。

当海盗们在沿海地区定居下来，并向内陆不断推进时，海盗就由流寇

---

① 侯建新：《"准独立个体"：日耳曼人突破性贡献》，《史学月刊》2021 年第 10 期，第 9 页。
② 佚名：《贝奥武甫》，陈才宇译，译林出版社，2018，第 108 页。

转变为开拓者，海盗的能动性就转化为拓殖精神，同样日耳曼人漂泊的船葬也改为稳定的火葬，但贝奥武甫本人的火葬却保留了海洋元素。他的骨灰被安葬在海岬之上，墓冢成为航海者的灯塔，成为指引漂泊者归航的精神丰碑。肖明翰就指出："这部以葬礼开始也以葬礼结束的史诗更像一首英雄时代的挽歌。"① 李零在考察了日耳曼人中的维京海盗船葬现象后就说："维京人的生活，是以船为中心，船是他们的生命……他们活在船上，死在船上，体现的是视死如生的宗教观念。"②

三、海盗精神与海洋英雄

北欧日耳曼人的造船与导航技术在中世纪之前的欧洲遥遥领先，因此也成就了他们的自信，这种自信支撑着他们骁勇善战的价值取向，从而一举统治了北欧航路，并不断向南扩张，给欧洲的广大沿海地区构成巨大威胁，因此以丹麦为基础的维京海盗一时威名大振，让欧洲人闻风丧胆。《贝奥武甫》开篇就借吟游诗人之口赞美丹麦王希尔德的勇武精神，对这种海盗精神大加颂扬，对海盗的崇尚之情溢于言表："斯基夫之子希尔德，常常从敌人手中，从诸多部落那里，夺得领土……直到鲸鱼之路四邻的部落一个个不得不向他臣服，向他纳贡；哦，好一个强大的国王！"③ 再如，在庆祝贝奥武甫杀死格兰道尔母子的宴席上，吟游诗人重现丹麦辉煌历史，吟诵道："当古德拉夫和奥斯拉夫渡过大海，抱怨那场屠杀和伤害，并痛斥造成不幸的元凶：不平静的心就再难约束。宫廷于是被鲜血染红，芬恩及其部下被杀，王后被掳。丹麦人的武士把国王的财富，包括项链和各种宝石珍玩——凡是在芬恩家里能找到的——全部装船运走。他们把高贵的夫人从海上带回丹麦，回到她自己的部落。"④

在几乎所有的史诗叙事中，海盗精神都会集中在一个海洋英雄形象身上。在《奥德赛》中以足智多谋、品德高尚、意志顽强的奥德修斯呈现，

---

① 肖明翰：《〈贝奥武甫〉中基督教和日耳曼两大传统的并存与融合》，《外国文学评论》2005年第2期，第91页。
② 李零：《印山大墓与维京船葬——读〈印山越王陵〉》，《中国历史文物》2003年第3期，第60—61页。
③ 佚名：《贝奥武甫》，陈才宇译，译林出版社，2018，第1页。
④ 佚名：《贝奥武甫》，陈才宇译，译林出版社，2018，第45—46页。

在《贝奥武甫》中毫无疑问地以骁勇善战、不惧冒险的贝奥武甫呈现。有趣的是，《奥德赛》和《贝奥武甫》都是通过当事人自己来表述丰功伟绩的。当艾格拉夫之子安佛斯嫉妒贝奥武甫而出言不逊时，贝奥武甫否定了他的诽谤，并讲述了自己当年的海上冒险："我们像孩子一样吹嘘打赌——当年我们两人的确年纪轻轻——决计拿生命在大海上冒险，这事我们而且说到做到。游泳时我们手上握着宝剑，以便在鲸鱼向我们袭击时，用来保护自己。在大海的波涛上，他根本无法超到我的前面，而我也未能把他抛在背后。整整五天五夜，我们并肩前进，直到汹涌的潮水把我们分开。当时海浪滔天，天气寒冷，北风呼啸，黑夜渐次深沉，一切都于我们不利，大海变得凶险无比。海怪此时也惹得怒气冲冲；多亏了坚固的盔甲保护着我的身体，使我免遭他们的袭击，那镶金的护胸甲为我抵御来犯之敌。然而，一头凶残的怪兽还是把我紧紧抓住，并把我拖进大海的深渊；幸好，我及时腾出手，用锋利的宝剑向那头怪物刺去；就这样，我亲手铲除了一头海中巨兽。别的海怪来势汹汹，继续向我频频攻击。但我不失时机挥舞着宝剑，跟他们周旋。这班食人怪兽未能如愿以偿，在海底围着我举行盛宴，把我当成他们的美餐。相反的，第二天早上，他们带着致命伤被海水冲上岸，就此长眠不醒，从那以后，在大海的深渊，他们再不能兴风作浪，阻挡航海者的行程……不管怎么说，我用我的宝剑杀死了九个海怪。我从未听说天底下有谁经历过更艰苦的夜战，有谁在海里遭际更多的凶顽。"[1]

　　海洋是无情冷漠的，它并不关注人的生死。在不断迁移的过程中，这些日耳曼民族早已认识到了海洋的残酷与神秘，生发出对海洋的崇拜。在高特人看来，海洋不仅仅是危险、无情、冷漠的代名词，也是勇气的重要来源。面对危险的大海，这些高特勇士不仅毫不畏惧，还从中汲取了巨大力量。贝奥武甫被汹汹恶浪包围，处于冰冷刺骨的海水之中，无尽的海风令大海狂暴不已，一个接一个的海怪欲将他拖至海底，要将他吞噬。勇敢的贝奥武甫抽出宝剑杀死了一个又一个海怪，这是日耳曼民族艰险的迁徙过程的隐喻。他们的迁徙需要穿越汹涌而又刺骨的海水，经受寒冷的海风。海洋成为日耳曼民族磨炼意志、锻炼耐力的重要方式。恶劣的生活环

---

[1]　佚名：《贝奥武甫》，陈才宇译，译林出版社，2018，第22—23页。

境磨炼了日耳曼人的意志与勇气。"日耳曼民族为了生存，最为重要的方式就是掠夺和征服，所以崇尚武力、尊崇民族中勇敢的英雄是其英雄观的重要内容。"①

海盗价值体系中的一个重要特征是英雄个人的义务和责任，他们不关注善恶，也不关注正义，贝奥武甫越海除怪是为了争取个人荣誉。成功除掉怪物母子后的贝奥武甫获得了丹麦国王赫罗斯加的赞赏，得到了许多财富。他将自己的事迹讲给舅舅高特国王海格拉克，再次获得许多赏赐，但他并未从格兰道尔母亲那里带走任何财富，因为那会有损个人荣誉。贵族英雄在与普通人分享财物时采用的是一种制度性的封赏制，激情与冲动决定封赏的力度和价值波动，并导致人与人之间的猜忌与不满，引发更多的暴力冲突，这些也是较为典型的海盗特色。这些流动性强、高风险、高收益、不稳定的海盗行为，最终被细水长流的、稳定的、定居的农牧经济取代，劈波斩浪的维京海盗也终将成为在农田与牛羊间劳作的农民，唯有海盗精神永远活在民间歌谣中。

结　论

《贝奥武甫》使用了日耳曼人的诗歌语言，"庄严、华丽、隐晦、迷离、多比喻、多省略、既简练又复杂、既含蓄又强烈"。② 它不仅是英国文学的开篇之作，也是一部有关日耳曼民族的重要作品，讲述了有关迁徙、战争、团结、互助、英勇、荣誉等内容，其中也穿插了一些基督教思想。史诗中贝奥武甫跨海前往丹麦除怪的行为显示了日耳曼民族的共同体精神，更反映了日耳曼人的海洋记忆。《贝奥武甫》蕴含的北欧异教传统承载了盎格鲁-撒克逊人的文化记忆，特别是他们对北欧海盗精神的留恋和推崇。正如史诗译者之一的陈才宇在《译序》中所言，如果把《贝奥武甫》看成英国民族的史诗，那么有一点必须明确，正如盎格鲁-撒克逊人是外来民族一样，《贝奥武甫》也是一部"舶来的史诗"。③

---

① 王春雨：《〈贝奥武甫〉的英雄观与英国文化传统》，《外国问题研究》2013 年第 1 期，第 87 页。

② 李赋宁：《古英语史诗〈贝奥武夫〉》，《外国文学》1998 年第 6 期，第 69 页。本书采用书名《贝奥武甫》。

③ 佚名：《贝奥武甫》，陈才宇译，译林出版社，2018，译序第 1 页。

第二章
环球航海的惊心动魄

导　语

当迪亚士的风帆绕过好望角

当哥伦布的梦想抵达新大陆

当达·伽马的船队发现真正的印度

当麦哲伦的孤魂完成首次环球航行

伊比利亚的十字旗随着波涛猎猎征伐

达尔文的考察船冲破创世纪的禁忌

鹦鹉螺号潜艇开始海底两万里的拓疆

独腿亚哈驾驶"裴阔德号"捕鲸船追逐白色幻影

印度少年却在救生船上与虎为伴

航海大发现让欧洲的世界扩大几十倍

却又让人类的世界微缩成一个小小的地球

第一节 《航海日记》: 知识文本化与航海大发现

由于中世纪蒙古帖木儿帝国和奥斯曼帝国的相继崛起，中亚沙漠和草原区域上广阔的陆上丝绸之路，对欧洲商人来说，已经成为一条昂贵且危险的道路。直到中世纪后期，欧洲与东方之间的陆上贸易通道，即丝绸之路，仍处于断绝状态。欧洲富有阶层享受的亚洲香料、瓷器、丝绸均由大食商人通过海上丝绸之路运输至阿拉伯海、红海和波斯湾沿岸各个港口，再经过一段陆上运输，经由地中海运送到欧洲沿岸各港口。位于地中海东岸和波斯湾之间的巴格达的码头有好几里长，经常停泊着数百艘船只，从本地的羊皮筏子到中国的大商船一应俱全。"市场上有从中国运来的瓷器、丝绸和麝香；从印度和马来群岛运来的香料、矿物和染料；从中亚细亚突厥人的地方运来的红宝石、青金石、织造品和奴隶；从斯堪的纳维亚和俄罗斯运来的蜂蜜、黄蜡、毛皮和白奴；从非洲东部运来的象牙、金粉和黑奴。"[1] 欧洲贸易商当然渴望与亚洲建立直接贸易联系，与大食人分享收益丰厚的亚欧贸易。因此，欧洲人不得不转向海洋这个"宽阔的跳板"，试图通过海路与东方进行直接贸易。

这里需要提及的是，激发欧洲人的东方财富之梦的马可·波罗（Marco Polo, 1254—1324）之所以能够骑着骆驼来华，是因为元朝将中亚大部分地区统一，回程时他避开了路况危险的陆路，选择乘船通过成熟的海上丝绸之路抵达中东，经地中海回到欧洲。他的游记暗示了两条路径可

---

① 希提：《阿拉伯简史》，马坚译，商务印书馆，1973，第136页。

以抵达梦想中的神秘的东方国家：一是在圆形的地球上向西航行，可以抵达中国，但当时谁也没想到这中间居然隔着一个庞大的美洲及远比大西洋宽阔的太平洋；二是绕过非洲最南端，进入印度洋和阿拉伯海，也就是马可·波罗回程时上岸的地方，沿着海上丝绸之路，在经验丰富的阿拉伯导航员的带领下，可以顺利抵达印度和中国。他的游记详细书写了从阿拉伯海到达中国南海、东海、黄海的古丝绸之路的路线。他的游记和相当多学者支持的圆形地球理论，促进了西班牙和葡萄牙向两个不同航海方向的探索。西班牙向西穿越大西洋，葡萄牙向南过好望角再折向东，各自寻找东方，都取得了巨大的成功，这就是后人所谓的大航海时代。

一、哥伦布与大航海

大航海，也称为新航路的开辟，实际上主要是欧洲视域下发生的历史事件，具体是指欧洲人开辟了绕道非洲南端到达印度的新航线及横渡大西洋到达美洲之后取得第一次环球航行的成功。从此，地球在人类文明的意义上真正成了一个整体，也是我们今天所说的全球化。这个大航海实际上是以印度和中国为目的地，由葡萄牙和西班牙这两个海洋国家发起，往东和西两个方向探险，最后合拢而成。

说到大航海，大家脑海中可能会立刻浮现出一个重要人物——哥伦布，将哥伦布发现美洲等同于地理大发现，其实非也。地理大发现实际上是一个前赴后继的过程，每一位伟大的航海家都是站在前一位伟大航海家的"桅杆"上的，只是哥伦布所走的西线有了巨大的发现，更为人所知而已。以葡萄牙发起的东线为例，这里要提一下堂·恩里克王子（Infante D. Henrique，1394—1460），英国人称其为航海家亨利（Henry the Navegator）。他的功绩在于推进了航海技术，最早开始在大西洋向西和向南探险，发现、拓展和征服大西洋中的三大群岛：加纳利群岛、马德拉群岛和亚速尔群岛。葡萄牙人探索西非海岸，为最后开辟东线的航路打下了良好的基础，也为西班牙后来派出的哥伦布船队打下了中途的补给基础。在恩里克王子的基础上，葡萄牙著名航海家迪亚士早哥伦布4年，即1488年，绕过非洲最南端的好望角进入印度洋，但由于供给等各种原因，不得不过早返航，未能抵达印度。葡萄牙的另一名航海家达·伽马晚于哥伦布发现美洲 6 年，率船队抵达印度。如果大航海以寻找东方的印度和中国为重要目的地，那么东线行程由葡萄牙人首先完成。

再来看西线航程，这条航线的代表人物当然是哥伦布。他出生于意大利热那亚共和国的商人家庭，早年在船上工作，并通过多次航行积累了丰富的航海经验。他一直怀有远航梦想，相信"地圆说"，相信可以通过向西航行到达东方。实际上，他先去游说的是葡萄牙国王，但提案被拒，只好又去游说英国和法国的国王，也没有结果。即使在西班牙，他也是遇挫多次之后才获得支持的，并与女王签了圣塔菲协议，确定了利益分成。哥伦布的远航多少属于无知者无畏，因为他根据前人的信息和自己的算法，得出加那利群岛到日本仅 2400 海里，到中国是 3550 海里，而这只是实际航程的 28% 和 42%，[①] 所以这实际上是一个巨大的错误，却促成了一次极其伟大的发现。

1492 年 8 月 3 日拂晓，哥伦布怀揣献给中国皇帝的国书，率领 3 艘帆船及 96 名船员从西班牙南端的巴罗斯（Palos）港起航，经由葡萄牙海岸到达恩里克王子发现的加那利群岛（Islas Canarias），并一直向西前行。此刻，他的心情非常复杂，因为"地圆说"在当时只是一种假设。在基督教传说中，大海四周是无底深渊，当船到达那里时会被魔鬼吞没。也就是说，他既可能到达遍地黄金的地方，也可能葬身海底。当时，他并没有意识到这将是人类的地理大发现。在航行过程中，船队遇到了很多挑战，如飓风、大浪和水手们的恐慌等。然而，哥伦布以信仰之名，凭借高超的航海技术，带领船队克服了这些困难。1492 年 10 月 12 日，哥伦布踏上了加勒比海中的一个岛屿。该岛被当地人称作瓜哈尼岛（Guanahani），哥伦布将其命名为圣萨尔瓦多（San Salvador）。这标志着哥伦布发现了新大陆。这一天后来成为十几个美洲国家的哥伦布纪念日和西班牙的国庆节。哥伦布以为自己抵达了印度，这些岛屿今天仍然被统称为西印度群岛。有趣的是，葡萄牙和西班牙在数年内各自宣布发现了东方的印度，东线的发现称为东印度，西线的发现称为西印度，前者为真印度，后者为假印度，但是

[①] Samuel Eliot Morison, *Admiral of the Ocean Sea: A Life of Christopher Columbus* (Boston: Little, Brown and Company, 1942), p. 64.

这个错误直到多年后才被发现。

1492 年到 1502 年间，哥伦布在西班牙国王的支持下，先后 4 次出海远航，开辟了横渡大西洋到美洲的航路，为后来的航海探险和地理学发展打下了重要基础。他发现了美洲大陆，在欧洲与美洲之间建立起第一次联系，使世界连为一个整体，漫长的分散发展的世界历史由此结束，全球的政治、经济和文化生态彻底改变。西班牙王国从中受益，在 16 世纪成为欧洲最富有和最强大的国家。这也引发了后续欧洲国家对新大陆一系列的殖民活动。哥伦布的航海大发现鼓舞了欧洲王室和平民冒险家们。紧随其后，意大利的亚美利哥（Amerigo Vespucci，1454—1512）到南美探险，英国的卡波特（John Cabot，1450—1498）父子到北美探险，各种信息汇总后，欧洲人才逐渐意识到这是一块巨型的新大陆，因为这块新大陆是阿美利哥所发现，遂被命名为阿美利加。

1513 年，西班牙探险家巴尔博亚（Vasco Núñez de Balboa，1475—1519）在巴拿马发现了被他称为"大南海"的太平洋，这启发了葡萄牙人麦哲伦的环球航行。麦哲伦大胆的环球冒险计划遭到葡萄牙国王的讥讽与拒绝，1517 年，他的探险计划最终获得了西班牙国王的支持。有趣的是，麦哲伦和哥伦布一样，受限于当时的地理知识，将地球的周长少算了3000 公里，因此以为大南海（太平洋）只有几千英里宽，比地中海稍长一些。[1] 同样，一个巨大的错误促成了一次极其伟大的发现。

1519 年 9 月 20 日，麦哲伦率领由 5 艘船只组成的船队开始横渡大西洋，同行的船员为 260 多人。经过一年多的航行，船队进入现在的麦哲伦海峡。进入太平洋时，他们只剩下 3 艘船。海上风平浪静，麦哲伦将其称为"太平洋"。由于低估了太平洋的宽度，给养储备不足，导致船上物资匮乏，坏血病猖獗，加之又得不到淡水和新鲜食物，船员连牛皮绳都吃了。1521 年 4 月，麦哲伦抵达菲律宾，但因卷入当地人的争斗而被打死。维多利亚号在船长埃尔卡洛（Juan Sebastian Elcano，1476—1526）的指挥下，向西越过好望角，于 1522 年 9 月 8 日回到西班牙，此时 260 多人仅剩下 18 人。麦哲伦环球航行真正发现了地球，用恩格斯的话来说，"世界

---

[1]　R. 汉布尔：《探险者——航海的人们》，焦永科译，邹德慈校，海洋出版社，1985，第 100 页。

一下子大了差不多10倍"。① 正如与麦哲伦同时代的史学家奥维埃多所言，"'维多利亚'号所循的航迹是从上帝创造了第一个人并把世界安排到我们今天的时代以来的一个最不可思议的事情，是一个最大的奇迹。自人类的始祖诺亚航海以来，人们从未听说，也不曾见过一件事比这次航海更著名"②。此后，包括南北极在内的各种地理发现持续了数百年，1770年英国航海家詹姆斯·库克（James Cook，1728—1779）船长抵达澳洲东岸，至此有人类居住的大洲全部进入欧洲的开发范围。

地理大发现彻底改变了世界，颠覆了全球政治、经济和社会结构，使海外贸易路线由地中海转移到大西洋沿岸。从那以后，西方终于走出了中世纪的黑暗，开始以不可阻挡之势崛起于世界，并在之后的几个世纪成就海上霸业。大航海也促进了文化的交流和融合，甚至改变了人类的饮食结构和生活方式。正是从大航海时代起，世界各个国家和民族才纷纷走出封闭孤立的大门，面向世界，进行频繁的交往活动，封闭、孤立、分散的世界逐渐形成一个整体。大航海改变了美洲的历史，改变了欧洲的历史，更改变了世界的历史乃至人类的历史。以动植物交流为例，哥伦布远航美洲后，将印第安人栽培和种植的作物及美洲所独有的植物移植到了欧洲，进而又传播到了全球各地，这些物种中最重要的有玉米、马铃薯、番薯、烟草、橡胶、棉花、花生、向日葵、可可、番茄、辣椒、西瓜、西葫芦、四季豆、菠萝等。这大大改变了人类的饮食结构，促进了世界总人口的增长。英国历史学家汤因比（Toynbee，1889—1975）认为，近代的欧洲人正是通过海洋这个"宽阔的跳板"征服了整个世界。他们以"海洋"代替"草原"，以劈波斩浪的船队代替迅疾奔驰的马队，最终完成了草原游牧民族几千年来始终未能完成的宏伟业绩，将整个世界都置于西方文化影响之下。

二、《航海日记》：知识与梦想的综合体

1493年4月，海军元帅克里斯托弗·哥伦布首次横渡大西洋返回西班

---

① 恩格斯：《家庭、私有制和国家的起源》，中共中央马克思、恩格斯、列宁、斯大林著作编译局译，人民出版社，1972，第77页。

② R. 汉布尔：《探险者——航海的人们》，焦永科译，邹德慈校，海洋出版社，1985，第141页。

牙后，受到西班牙王室的隆重欢迎。在盛大的庆祝活动上，他向王后伊莎贝拉献上了自己的《航海日记》。这本日记，又名《首次航行之书》，曾有三份手抄本，涉及航海技艺、船员管理、危机处理、星象水文、洋流气候、地质物产、民族特征、经济结构等，为欧洲国家之后评估固定的商业航线、殖民价值与殖民策略，提供了海量的知识信息。《航海日记》语言通俗、流畅，描写细腻，表述生动。经常设置悬念，融入神话和传说。哥伦布在管理危机时的策略运用，对船上各色人等的描写，如对原住民的体质和生活方式的描写，对船员和原住民的交往方式及对自己跌宕起伏的心理描写都非常具有文学性，可以看作是具有传奇色彩的游记文学。

首先，《航海日志》记载了哥伦布的航行计划和目的。在呈献给国王与王后的日记序言部分，哥伦布开宗明义地说："作为炽爱神圣基督教并努力推动其发展的天主教徒，作为穆罕默德教及所有偶像（像）和异教之敌人，国王与王后二陛下决意派臣，克里斯托瓦尔·哥伦布前往上述印度各地，拜谒该地诸君王，察访民情，观光名胜，了解风土并使其人民皈依吾神圣宗教。二位陛下还令臣一反昔日之旧径，勿由陆路东行而另辟新途，专取海路西行，即沿直至目前臣等尚不知是否有人经过之路线航行。"[1] 以传播宗教的名义开疆辟土，是中世纪写作的固定范式。实际上，等船队抵达加勒比诸海岛后，哥伦布在日记中没有丝毫掩饰对土地、黄金、香料、各种物产的执着。在 1493 年 11 月 12 日的日记中，针对太阳河附近的居民，他这样写道："他们认为天上有神灵，吾等乃从天上下凡。他们很快随吾人学会祈祷和划十字。鉴于此，仰祈二位陛下尽早圣断，将彼等变成基督徒。臣认为，一旦发轫，毋须多久，大批居民即会信奉吾人之天主教，二位陛下即能取得大片领土和财产，这里所有人皆会成为西班牙臣民。"[2] 在日记中，哥伦布也会时不时提及自己在传教之外对王室的贡献："只是臣前来为陛下效力后——到本月二十日臣为陛下效劳已满七载——王室才多得一亿的进项，今后收入还会增加。当然这将取决于万能的上帝。"[3]

---

[1] 哥伦布：《航海日记》，孙家堃译，上海外语教育出版社，1987，第 7 页。
[2] 哥伦布：《航海日记》，孙家堃译，上海外语教育出版社，1987，第 60 页。
[3] 哥伦布：《航海日记》，孙家堃译，上海外语教育出版社，1987，第 139 页。

在航海途中，哥伦布通过文字、图画和地理坐标等方式详细描述了他所经历的航行路线，沿途的海况、地质和天气变化，不仅自己在之后的航行中根据这些信息进行航行决策和导航，也为后续的其他航海者提供了宝贵的决策资讯。他在呈现日记序言部分直言自己的计划："臣拟在航行中逐日记录所见、所闻、所做以及可能发生之事。另外，二位陛下，臣除每晚记述白天经历之事，白天记述夜间之事外，尚拟绘制一册新航海图，标清沿途大洋里各大海和陆地之方位。除此之外，臣还拟制彩图一册，以赤道纬线和西经线为准，标出海陆位置。"[①] 从日记来看，他的确是一个职业素养很高的船长，对异常现象均予以记载。例如，他在 9 月 13 日首次记载了磁偏现象，在 9 月 17 日记载了罗盘指针向西北整整偏了一个罗经点的发现，在 9 月 15 日记载了陨石现象。每到一地，他都对该地进行测量并评估其经济价值。譬如他对后来被称为尼古拉斯港的地方做了如下记录："处测深锤下沉四十㖊仍不见底，然而在与陆地相同距离处，部分海面水深仅十五㖊，但无论水深水浅皆无礁石，全港各个海角情况大多如此，水深十五㖊，无礁石。总之，整个海岸大体一致，即水深十五㖊，无礁石。与陆地仅一浆（桨）距离处，水深也有五㖊之多。在港湾东南以南，同样与陆地一浆（桨）距离处可停泊一千条大货船。"[②]

《航海日志》详细描述了哥伦布在每个海岛的停靠地点、停留时间、所见所闻及勘探活动，记载的海岸线、岛屿、河流和山脉等自然地理信息都非常精准且详细，为后来的欧洲探险家提供了便利。例如，对于 11 月 27 日他们在古巴岛北的坎帕纳角进行的勘探，他这样写道："此角的那一边，有个小湾似与陆地分开，形成一个岛屿。远征军司令决定趁西南风返航，来到一片原先看到的开阔水域，实际上那是一个大港湾，其东南部有一海角，上有一高山成方形，酷似一个海岛。不久，刮起北风，船队又折向东南航行，沿整个海岸观察岛情。不久，在坎帕纳角附近发现一良港和一条大河。由此前行四分之一里格又发现另一条河，再行半里格又见第三条河，复行半里格见第四条河，又一里格见第五条河，再一里格见第六条

---

① 哥伦布：《航海日记》，孙家堃译，上海外语教育出版社，1987，第 8 页。
② 哥伦布：《航海日记》，孙家堃译，上海外语教育出版社，1987，第 85 页。

河，继行四分之一里格见第七条河，再行一里格见第八条河。最后一条河距坎帕纳角约二十海里。八条河均在此角东南方。其中大多数河流入海处宽广，没有暗礁，无沙滩礁石，形成天然良港，可容大船停泊。"①

哥伦布对发现的新大陆的动植物有详细记录，包括它们的外形、习性和用途。譬如，10月16日，他在费尔南迪纳岛观察到一种与欧洲大不一样的动植物："此岛地势平坦，林木葱茏，土壤膏腴。吾获悉，全年都可种植和收获玉米以及其它作物。吾看见当地长着和吾国相异的树木，其树枝独特，且同一树上长有不同形状的树枝，此乃世界之最大奇迹。例如，同一株树上的叶子有的象芦苇，有的则象乳香黄连叶，甚至有时同一株树竟能生出五六种不同形状的叶子，且枝枝各异。这并非嫁接而成，因为若说是嫁接，不可能遍野皆是，更何况当地人根本不懂此种技术……真是奇怪之极，此岛海面之鱼亦与我们的不同，公鸡的羽毛可谓集人间色彩之大成，兰、黄、红，各种颜色均有，有时，一只鸡就五彩缤纷，花团锦簇，其色彩之斑斓无人不为之惊叹，无人不为此驻足观赏，留（流）连忘返。"②

《航海日志》还记录了土著居民的外貌、语言、文化习惯、社会组织及他们使用的物品和掌握的技术等。哥伦布将抵达的第一个岛屿命名为圣萨尔瓦多，并如此描写初见到的原住民："彼等个个身躯魁伟，体态俊美，相貌端庄。像马尾一样粗硬的短发垂于眉端，少数长发披在肩上，这部分头发好像从不剪短似的。他们有的把身体涂成褐色，有的涂成白色、红色以及任何可以办得到的颜色，也有的只涂面或仅仅涂眼周和鼻子。彼等肤色不黑也不白，颇象加纳利人。"③ 他的日记对在任何岛上遇到的原住民都做了生动而概括的描写，指出不同岛屿的人种存在外貌和个性上的差异，明确说明哪些岛屿的人温和、懦弱，容易被征服并使他们皈依天主教，哪些岛屿的人骁勇善战，需要策略性征服。

哥伦布对海岛原住民的不同评价来自他和岛民交往的时候是否能占到便宜，还总是强调原住民将他们一行人当作来自天上的神灵。譬如，他如

① 哥伦布：《航海日记》，孙家堃译，上海外语教育出版社，1987，第74页。
② 哥伦布：《航海日记》，孙家堃译，上海外语教育出版社，1987，第36页。
③ 哥伦布：《航海日记》，孙家堃译，上海外语教育出版社，1987，第29页。

此描写圣萨尔瓦多岛上的居民：“岛上居民十分温顺。彼等很想要吾人的东西，但又深知，如不以物交换，别人不会白给，而他们又无值得交换之物，于是，随便拿起什么物件游过来换取吾人的小东西，甚至连破汤盆、碎玻璃也如获至宝。吾曾见有人用十六团棉线仅换走三个葡萄牙塞乌第，只相当于西班牙一布朗克，而他们的棉线都足有一阿罗巴重。”[1] 有几个水手报告说，他们在古巴岛上探险时，“所有男女村民都出来迎接他们，请他们住进最好的房子。众土人好奇地触摸他们，吻他们的手脚，村民以为两人乃从天上降至人间，感到十分新奇，并纷纷拿出自己的东西款待客人……村里几个德高望众（重）的土人便扶着他俩臂膀，让进大厅，递过两把椅子请他们坐，众土人则团团围在四周席地而坐”[2]。哥伦布对古巴的原住民评价很高，评价其热情又单纯，“彼等带来投枪和棉线团，以此换走水手们的玻璃片，破杯子和破瓷碗等。有些人鼻端系着金片，彼等很愿意用这些金片换一枚系于鹰脚的小铃和一串念珠。吾人给彼等的东西很少，且不值钱，但无论给什么，他们皆兴高采烈、视如至宝。彼等以为吾人来自天国，故对吾等竭诚欢迎”[3]。

哥伦布以传播上帝福音作为这次远航探险的神圣理由，但他的逻辑是先为西班牙王室占领这块土地，然后将土地上的原住民作为西班牙国王的臣民，迫使其皈依天主教。他踏上第一座岛屿时，就邀请两名船长、其他登陆水手和船队上的王室公证人作证，当着众人的面，他以其主人国王和王后的名义占领了这座岛屿，前述人员做了必要的口头声明，随后这些声明又以文字的形式被记录在案。[4] 哥伦布用西班牙语给每一个抵达的岛屿命名，用他的原话来说：“吾下决心，凡抵达一个岛，必占领之，惟如此，方谈得上占领了所有岛屿。”[5] 他不仅以西班牙国王的名义占领了各个岛屿，而且在日记中敦促国王尽快在这些岛屿和港口建立管理机构，不让其他欧洲列强染指：“除此地和其他已发现的地方之外，在返回卡斯蒂利亚

---

① 哥伦布：《航海日记》，孙家堃译，上海外语教育出版社，1987，第30页。
② 哥伦布：《航海日记》，孙家堃译，上海外语教育出版社，1987，第56页。
③ 哥伦布：《航海日记》，孙家堃译，上海外语教育出版社，1987，第43页。
④ 哥伦布：《航海日记》，孙家堃译，上海外语教育出版社，1987，第28页。
⑤ 哥伦布：《航海日记》，孙家堃译，上海外语教育出版社，1987，第33页。

之前，臣还指望有更多的发现。臣相信基督教在此地将大有作为，西班牙也会在此处发挥其影响，这里的一切都应置于其统治之下，臣以为此地除天主教徒外，陛下不应准许任何异国人染指其间。因为发扬光大基督教乃吾人此行之初衷和目的。"①

《航海日志》帮助欧洲政要和探险者对新世界的地理、海洋、气候、环境、物产、居民等有了初步认识，在当时引起了欧洲人的美洲热，更是引发了欧洲对全球的探索热潮，很多人试图去验证那些古希腊时期就流传下来的关于北极、南大陆、亚特兰提斯国等的神秘地理传说。《航海日记》激发了此后不久的麦哲伦环球航海、德雷克环球航海，也推动了海权思想的发展。面对因为航海大发现而如日中天的西班牙和葡萄牙，英国探险家沃尔特·雷利（Walter Raleigh，1552—1618）爵士无限感慨地说："谁控制了海洋，谁就控制了贸易，谁控制了世界贸易，谁就控制了世界财富，最后也就控制了世界本身。"

三、《航海日记》的价值与影响

哥伦布的《航海日记》详细记录了其航行计划、实际航行情况、航行路线和中途停靠地点，记述了他的航线坐标和船队的行进速度。这些记录为后来的探险家们提供了有关如何穿越大西洋到达美洲大陆的宝贵信息。

《航海日记》特别强调了这次航行的宗教意义和必要性。哥伦布每到一处就架起一座十字架，甚至在11月6日的日记中认为可以不惜诉诸暴力迫使原住民皈依。黑格尔在评论哥伦布远航的目的时指出，哥伦布对财富的追求和其传播上帝教义之间并不矛盾，甚至彼此促进。如果没有这种特殊的宗教自信，征服者很难取得胜利。在发现美洲后，西班牙就开始在那里建立自己的天主教文明。距离哥伦布发现新大陆仅半个世纪，到16世纪中叶，安第利亚群岛就有8个教区，墨西哥有8个教区，南美洲有3个教区。到16世纪末，据说西班牙帝国在名义上有700万印第安人基督徒，当时的查利五世和腓力二世父子两代西班牙国王的梦想就是建立一个"天主教的日不落帝国"。

《航海日记》详细描述了哥伦布对当地土著居民的文化习俗和社会组

---

① 哥伦布：《航海日记》，孙家堃译，上海外语教育出版社，1987，第76-77页。

织的观察和彼此之间的互动。哥伦布为什么要在《航海日记》中对印第安人和文化做详细的描写？这里涉及一个重要的后殖民概念"文本化"（textuality），也就是当代美国学者玛丽·路易斯·普拉特在《帝国的眼睛：旅行写作与文化嫁接》（*Imperial Eyes: Travel Writing and Transculturation*，1992）一书中提到的面对文明落后的他者的帝国式态度，即"将世界放到纸上"（put the world on paper）。官方鼓励并要求水手们记录下新发现的岛屿的气候、洋流、植被和当地的风土人情等，以便为进一步殖民统治和移民管理提供资料。不仅如此，在海外殖民、移民和遣送过程中，事先都有规划文本，事后有航海日志、商业报告，甚至那些被遣送的刑事犯和海盗也写下了他们的或真实或虚构的海上生活报告，所有这些文本构成了西方丰富多样的海洋文化和文学传统。哥伦布记录印第安人的态度，显然和不同印第安部落的富有程度及印第安人对他们的友好程度密切相关。也就是说，在表面的忠实记录之下，隐藏有深刻的功利性。

《航海日记》有助于后来的探险家们和殖民者在行动过程中制定决策。通过了解当地的地理环境和土著居民，他们能更好地规划航行路线、选择合适的港口，以及评估潜在的商机和资源价值。在其后的几十年里，西班牙向新大陆派遣了大批船队和殖民者，建立了一系列的殖民地，例如墨西哥、秘鲁和加勒比海地区的西班牙属地。同时，他们也大规模引入非洲奴隶劳动力，以推动殖民地的发展。与此同时，葡萄牙也积极参与美洲的殖民竞争，通过南美洲的巴西地区进入美洲，并建立了巴西殖民地，注重经济种植业的发展。随着西班牙和葡萄牙在美洲殖民的成功，其他欧洲国家也纷纷参与进来。英国、法国、荷兰等国家开始派遣船队和殖民者前往美洲，争夺殖民地和资源，形成了一场规模浩大的殖民运动。

这场殖民竞争也给美洲土著居民带来了巨大的伤害。欧洲殖民者为了掠夺土地和资源，对土著居民进行了残酷的剥削和压迫，加上欧洲人带来的传染病，导致大量土著人口死亡和美洲文化被破坏。被征服前的古巴岛原有 30 万居民，到 1548 年几乎被杀绝；西班牙岛原有 25 万居民，到1542 年仅存 200 人。[①] 早在 2003 年，委内瑞拉总统查韦斯就呼吁广大拉

---

① 王学玢：《浅论哥伦布发现美洲的历史影响》，《新丝路》2016 年第 12 期，第 253 页。

丁美洲人不要庆祝"哥伦布日",认为哥伦布是人类历史上最大的侵略者与种族灭绝的先锋。[1]

《航海日记》也为后来的航海文学、海难文学和荒岛探险文学提供了母题和叙事框架,甚至塑造了这类作品的阅读期待。在弗朗西斯·培根(Francis Bacon,1561—1626)那里,哥伦布的《航海日记》体现了"知识就是力量"这一信念和知识观,也激发他创作了小说《新大西岛》(*The New Atlantis*,1627)。这本书模仿《航海日记》中船员的视角和航行路线,讲述了一个由于迷失方向,海船被海风吹到一个神秘海岛的故事。根据书中的外邦人宾馆馆长的介绍,大西岛就是哥伦布发现的美洲。[2] 培根通过这本书提出"拓殖强国"思想,认为一个殖民地最好是在一片处女地上,这样就不需要因为培植新者而拔除旧者。显然,培根对哥伦布到海外探险去寻求资源的做法非常赞同。培根告诫英国人要有长远的战略眼光,有必要开发永久性殖民地,这启蒙了英国的海外拓殖意识。不久,英国人登上北美土地,殖民北美,最后建立美利坚合众国。

18世纪英国著名的讽刺小说家乔纳森·斯威夫特(Jonathan Swift,1667—1745)创作的长篇小说《格列佛游记》(*Gulliver's Travels*,1726)在思想和叙事结构方面也与《航海日记》相当契合。小说描述了主人公格列佛的4次航行,格列佛分别到达小人国利立浦特(Lilliput)、巨人国布罗卜丁奈格(Brobdingnag)、飞岛勒皮他(Laputa)和巫人国(Glubbdubdrig),他在最后一次航行来到慧骃国(Houyhnhnms)。格列佛在发现新陆地的4次航行中遭遇了和哥伦布一样多的危险。"发现新大陆"就是进入一个未知的世界,整个过程充满了不确定性,其结果同样充满不确定性。和哥伦布一样,格列佛对新知识充满渴望,认真学习到达的新陆地的新语言,记录看到的一切,以便和其他航行者或探险者分享。对航海知识、海外地理知识、人文风情的记录,是大航海时代所有航海日记的共同之处,也是一个时代的精神。

世界海洋文学中的航海叙事和荒岛叙事多多少少都有哥伦布《航海日

---

[1] 王学玢:《浅论哥伦布发现美洲的历史影响》,《新丝路》2016年第12期,第254页。

[2] 弗·培根:《新大西岛》,何新译,商务印书馆,2016年,第15页。

记》的影子。譬如《白鲸》（*Moby Dick*，1851）中亚哈船长寻找白鲸莫比·迪克和哥伦布寻找中国-印度的记述存在平行结构关系，亚哈和船员们的关系也类似于哥伦布和船员的关系；《鲁滨逊漂流记》中鲁滨逊对荒岛资源的探索与观察，鲁滨逊和岛上原住民的关系，也都和哥伦布相似；《珊瑚岛》上的青少年对所发现的岛屿的考察方式与记录方式，甚至语言表述方式，似乎都在模仿哥伦布，孩子们也自称英国的哥伦布。

结　论

哥伦布的《航海日记》以精细的观察力和翔实的记录享有盛誉，饱含着哥伦布对于航行目标和结果的总结与展望。他坚信自己发现了"东方"新世界，为欧洲创造了新的贸易与开发机会，尽管他最终并未找到连接欧洲和亚洲的通道，没有真正实现自己的最初目标，但他的航海活动为后来的探险家和殖民者奠定了基础。《航海日记》对西欧国家扩张殖民地和控制资源的需求产生了重要影响，也为后来的殖民活动与美洲地方文化的碰撞提供了知识前提。同时，《航海日记》也成为记载当时地理探险和人类发现新世界的重要文献，对地理学的发展产生了一定影响，推动了其他重要的航行，尤其是后来的系列环球航行。《航海日记》对加勒比海岛屿风物与居民的描写，不仅为人类学研究提供了美洲被殖民之前状况的珍贵资料，还为后来的荒岛文学提供了故事原型与叙事框架。

第二节 《海底两万里》：水下的地理大发现

《海底两万里》发表于 1870 年，当时欧美的探险家已经探索了包括南北极在内的地理极限。表面上看，人类已经完成了于三个世纪前开始的地理大发现，然而当人们将地球表面看得见的地方都标注出来之后，对于真正的求知者来说，新的问题又出现了：（1）地球之外的宇宙是怎样的？离我们看似最近的月球、太阳是怎样的？（2）海洋的内部是怎样的？（3）地球的岩石外壳内部是怎样的？（4）怎么实现地表各地方之间最快速的互联互通？实际上凡尔纳的作品，如果做大类划分的话，主要就是在太空、海底、地表、地心这 4 个维度的探索。[①]《海底两万里》则是海底地理大发现的代表作。

儒勒·凡尔纳（Jules Gabriel Verne，1828—1905）出生于法国港口城市南特，是 19 世纪法国著名小说家、剧作家及诗人，早年在巴黎学习法律，之后开始文学创作。他一生中总共创作了 104 部科幻小说，共近 800 万字。在中国译介较多的有他的海洋三部曲《格兰特船长的儿女们》（*In Search of the Castaways*，1868）、《海底两万里》（*Twenty Thousand Leagues Under the Sea*，1871）、《神秘岛》（*The Mysterious Island*，1874）。此外，赞美 19 世纪人类交通技术发展的《地心游记》（*Journey to the Center of the Earth*，1866）、《从地球到月球》（*From the Earth to the Moon*，1865）、《八十天环游地球》（*Around the World in Eighty Days*，1872）等，也深受读者

---

① 太空探索代表作有《从地球到月球》《太阳系历险记》《气球上的五星期》，地心探索代表作有《地心游记》，地表探索代表作有《八十天环游地球》，海底探索代表作有《海底两万里》等。

喜欢，人们尊他为"科学幻想小说之父"。世界上有许多科学家正是因为受到凡尔纳的影响，走上了科学研究之路。潜水艇发明者之一的美国科学家西蒙·莱克说，儒勒·凡尔纳是他一生事业的总指导；北极探险家伯德和汉逊，南极探险家贝尔得，无线电发明者之一的马可尼，火箭动力学家齐奥尔科夫斯基，航空学家茹可夫斯基及物理学家爱因斯坦等，在谈到他们的创造发明时，均认为凡尔纳的科学幻想小说给了他们启发。

凡尔纳自幼热爱海洋探险。11岁时，他瞒着家人报名当见习水手，准备远航印度，他的父亲赶到下一个港口将他接回了家。成名之后，凡尔纳先后购买和改装了三艘海船，他称之为"圣米歇尔号""圣米歇尔2号""圣米歇尔3号"。他只有三种爱好：自由、音乐和海洋。凡尔纳把这三种爱好赋予给了《海底两万里》中的主人公奈莫船长（Capitaine Nemo）。

一、海底的地理奇观

《海底两万里》是凡尔纳海洋三部曲中的第二部。《海底两万里》讲述的故事是这样的：法国博物学教授阿罗纳克斯（Pierre Aronnax）和仆人龚赛伊（Conseil）及加拿大捕鲸手内德·兰德（Ned Land）在追捕一只神秘海洋怪物的时候被撞落海，他们逃到这怪物的背上，才发现原来所谓的怪物是一艘钢铁制成的电力驱动潜艇——鹦鹉螺号（Nautiloidea）。而后，潜艇的主人奈莫船长扣押了他们三人，带他们从太平洋出发，经过各大洋，到了南北极，饱览海底变幻无穷的地理奇观、古城废墟和不可思议的生物世界。10个月的海底旅行高潮迭起，海底狩猎，参观海底森林，探访海底亚特兰蒂斯城废墟，打捞西班牙沉船中的财宝，在珊瑚丛林目睹同伴的葬礼，与巨型海蜘蛛、鲨鱼、章鱼、鲸鱼搏斗，击退荒岛土著人的围攻等。最让人耳目一新的是潜艇的全部供给都来自海洋，这为今天人类如何利用海洋提供了一幅值得借鉴的图景。正如奈莫船长在面对无边浩瀚的大海时对阿罗纳克斯所言："我热爱它，大海是一切！它覆盖着地球的十分之七。它的呼吸是纯净和健康的。它茫茫无边，但人在里面从来不孤独，因为人感到生命在他身边搏动。大海只是超自然而又神奇的生命载体；它只是运动和爱，就像你们的一位诗人所说的，是无限大的生命体⋯⋯可以说，地球先是以大海开始，谁知道是不是最终以大海结束？那里是最高程度的平静。"①

大家是否想过一个问题：在凡尔纳幻想的电动潜艇出现之前，人类发明过潜艇吗？实际上，远古时期人类就有过这样的尝试。中国晋代王嘉所著《拾遗记》中有关于"沦波舟"的记载：始皇好神仙之事，有宛渠之民，乘螺舟而至。舟形似螺，沉行海底，而水不浸入，一名沦波舟。其国人长十丈，编鸟兽之毛以蔽形。始皇与之语，及天地初开之时，了如亲睹。② 这个潜艇"沦波舟"与鹦鹉螺号有异曲同工之妙，只是我们不知道它的动力推进系统为何。而在古希腊亚历山大大帝时代，欧洲就已有人幻想一种不受风浪影响的"水下航船"，直至1800年美国人富尔顿建成了第一艘原始潜艇诺第留斯号（意思就是"鹦鹉螺"号）。至《海底两万里》出版，已有25艘潜艇先后下水试验，但是都处于实验阶段，距离实用还很遥远。据说凡尔纳创作《海底两万里》的念头是受1867年巴黎博览会上展出的法国"潜水鸟号"潜艇的模型启发而萌发的。凡尔纳对深海抗压材料、动力系统、换气系统、给养系统等，提出了独到而又可行的见解。

这里特别值得关注的是鹦鹉螺号的行程。这"两万里"究竟是公里、英里，还是其他什么里？如果是公里或英里，那么其行程并不能算特别长。根据随同麦哲伦航行的皮加费塔在其日记中的记载，麦哲伦完成的首次环球航行里程达到14460里格，约80340公里。③ 显然，鹦鹉螺号潜艇从太平洋到印度洋，到南北极，再到大西洋，其行程不止两万公里或英里的距离。实际上这"两万里"是两万"法国古海里"（lieue）。法文书名中用的就是lieue。1古海里大约等于5.556公里，因此鹦鹉螺号的总行程大约是11万公里。

在阿罗纳克斯教授刚上潜艇时，奈莫船长就对他说："您发表过一部关于海底的著作⋯⋯您把您的著作推到陆地科学所能达到的深度，但是您并非知道一切，您没有看到一切。因此，教授先生，让我告诉您，您不会

---

① 凡尔纳：《海底两万里》，郑克鲁译，中国文联出版社，2021，第75页。
② 王嘉：《拾遗记》，王根林等校点，上海古籍出版社，2012，第32页。
③ Charles E.Nowell（ed）, *Magellan's Voyage around the World*：three Contemporary Accounts（London：Evanston,1962）,p.331.

遗憾在我的船上度过的时间，您会到奇妙之境去漫游。惊讶和惊愕可能是您的思想的常态，您会观赏到百看不厌目不暇接的景致，我会在一次新的海底世界中漫游，再看看我在多少次周游过的海底所能研究的一切，您将是我的研究工作伙伴。从今天起，您将进入一个新环境，您会看到还没有任何人看到过的东西，由于我的缘故，我们的星球会把他最后的秘密摆在您面前。"① 那么这艘穿越了除北冰洋核心区之外所有海域的鹦鹉螺号潜艇，究竟有哪些不同凡响的发现呢？

首先是对三个世纪前地理大发现的佐证与补充。鹦鹉螺号于 1867 年 11 月 8 日，从距离日本海岸约 300 海里的地方，即西经 37°15′、北纬 30° 7′的地方正式开始海底探险，最后在挪威著名的迈尔大漩涡处结束。对于当时世人所不熟悉的太平洋、印度洋、大西洋、南大洋的神秘群岛、海底地质和海底生物，《海底两万里》的描写令人瞠目结舌。凡尔纳对库克船长在 18 世纪所展开的 4 次航行与地理大发现予以特别关注，尤其是对夏威夷群岛、塔希提群岛、澳大利亚、新西兰、新几内亚等当时世人了解不多的太平洋岛屿展示较多。此外，他对当时因为技术条件难以开展研究的南极洲也予以特别关注，并对其进行了引人入胜的描述。能看出被称作"太平洋之王"的探险家库克船长的人类学与博物学记录是《海底两万里》的重要资料来源，但凡尔纳以其丰富的想象力，进一步将这些新发现的地理空间拓展到了海面以下。譬如，他对珊瑚礁的描写就是对库克船长记录的有益补充："给珊瑚骨分泌液体的微生物，数十亿计地生活在他们的细胞中。正是石灰质的沉淀物变成了岩石、暗礁、小岛和大海岛。这里，他们形成一个圆圈，围绕一个潟湖或者一个小小的内湖，湖的缺口与海相通。在那里，它们形成一些礁坝，像陡直的高墙，附近的海水深不可测……我可以就近观察这些奇特的高墙，因为从陡墙下探测到的深度超过 300 米，我们的电灯光使这发亮的石灰质照得闪闪发亮。"② 鹦鹉螺号在太平洋中所走的路线，与库克船长的地理考察路线基本重叠。凡尔纳极好地以幻想的形式，向世界证明了库克探险所取得的伟大成就，《海底两万里》

---

① 凡尔纳：《海底两万里》，郑克鲁译，中国文联出版社，2021，第 72 页。
② 凡尔纳：《海底两万里》，郑克鲁译，中国文联出版社，2021，第 141 页。

算是向库克船长的探险成果与探险精神致以的文学的敬意。

　　尽管凡尔纳的海底旅行是以强大的科学数据为支撑的，但他的水下地理大发现，毕竟源自幻想，所以有一些所谓令人震惊的发现，在今天看来并不准确。就像艾伦·坡（Edgar Allan Poe，1809—1849）《瓶中手稿》（*MS. Found in a Bottle*）所借用的约翰·西姆斯船长提出的地球中空而两头贯通的"西姆斯同心圆理论"如今被证明为谬论一样，凡尔纳所假想的贯通红海与地中海的"阿拉伯通道"也不存在，今天这两处之间的贯通是人工开凿的苏伊士运河。然而，在阅读小说时读者并不会觉得这是谬论，在震惊中会产生地理大发现的强烈喜悦："十点一刻，奈莫艇长亲自掌舵。一条宽敞的走廊，黝黑而深邃，展现在我们面前。鹦鹉螺号大胆地开了进去。潜艇两侧响起了不同寻常的噪声，这是红海的海水，顺着隧道的坡，泄入地中海。鹦鹉螺号虽然让螺旋桨逆向转动，抵挡冲力，仍然像箭一样飞快地顺流而下。在通道的狭窄石壁上，我只能看到一束束光、一些直线和飞速行驶在电灯光下划出的痕迹。我的心怦然乱跳，我用手按着心窝。十点三十五分，奈莫艇长放开舵轮，向我回过身来对我说，地中海到了。鹦鹉螺号被激流推动着，用了不到 20 分钟，刚刚通过了苏伊士地峡。"[1]

　　凡尔纳对南极的描写也有不精准的地方。他梳理了从 1600 年荷兰人杰里特克发现新设得兰群岛到想象中的 1868 年 3 月 21 日阿罗纳克斯和奈莫船长成功到达南极点间的整个南极探险史，根据库克船长及其他人的描述，臆测南极与北极一样，是一个有很多岛屿的冰封海洋。整本书中最精彩的部分就是南极海底探险，雄奇的冰景，水生动植物让人大开眼界。鹦鹉螺号被困于海底两片冰层之间数日，所有解困的努力都几乎失败，空气逐渐耗尽，险情紧张到令人窒息。"（轮班凿冰的工作结束）回到潜艇上以后，我处于半窒息状态。夜里多难受啊！我无法描绘。这样的痛苦是笔墨难以形容的。第二天，我的呼吸受到压抑，昏眩使我变成一个醉汉似的，再加上头痛。我的两个同伴感到同样的症状，有几个船员发出嘶哑的喘气声。"[2] 但今天的极地科学证明，南极洲是一块被冰原覆盖的陆地，

①　凡尔纳：《海底两万里》，郑克鲁译，中国文联出版社，2021，第 249 页。
②　凡尔纳：《海底两万里》，郑克鲁译，中国文联出版社，2021，第 362 页。

南极陆地面积与凡尔纳的推理存在巨大出入。

为了增加神秘感与阅读趣味，凡尔纳在小说中对传说中靠近欧洲海岸但在数千年前已沉入洋底的大西洋城（亚特兰蒂斯城）进行了探险。他综合了从古希腊到19世纪晚期有关大西洋城的各种记录，又加入自己对大西洋地质史的演绎与推理，从而写出了书中最精彩的海底探险之一。"在我眼前出现的是一座被摧毁的，落入深渊的城市，屋顶坍塌了，庙宇倾倒了，拱顶散架了，石柱倒在地上，但依然能从中感到托斯卡纳式建筑的坚实比例；稍远的地方是一条巨大引水渠的遗迹；这边是一座卫城变得臃肿的增高，有着帕特农神庙漂浮的形状；那边是码头的遗迹，仿佛一个古代港口，曾在一个消失了的大洋边上庇护过商船和三层桨战船；更远的地方，倒塌了的长条城墙，宽阔的无人的街道。奈莫艇长在我眼前复活的简直是整座沉入海底的庞贝古城。我在什么地方……一道闪光掠过我的脑际，大西洋岛！"[①] 遗憾的是，现在仍然没有考古证明究竟是否真正存在过因地质原因沉入大西洋深处的大西洋城。

《海底两万里》对洋流的描写也堪称一绝。当时已有科学家针对海洋的水循环与气流状况提出洋流循环理论，但猜测多于实证，凡尔纳则用"想象性实证"对洋流做了科普，其中落笔最多的是大西洋中对欧美海岸影响最大的墨西哥湾暖流。"我们随着最大的一股海流往前，这股海流有自己的边界，自己的鱼和温度，我称之为墨西哥湾暖流。这实际上是在大西洋中自由流动的一条河，它的水和大洋的水并不混同。这是一条咸水河，比周围的海水更咸。它的平均深度是3000英尺，平均宽度60海里，在某些地方，它的流速是每小时4公里。流量不变，比地球上所有河流的流量都更大。莫里船长测到的墨西哥湾暖流的真正发源地位于比斯开湾，墨西哥湾暖流在那里形成，水温较低，颜色较浅。它南下，沿着赤道非洲流去，在炎热地区的阳光照射下，水温升高，穿过大西洋抵达巴西海岸的圣洛克岬角，一分为二，其中一股还要吸收安的列斯海域的热量。于是，墨西哥湾暖流平衡温度，使热带海水和北极海水混合，发挥调理器的作用。暖流在墨西哥湾温度升至最高点，往北向美洲海岸流去，一直到纽芬

---

① 凡尔纳：《海底两万里》，郑克鲁译，中国文联出版社，2021，第287-288页。

兰，在戴维斯海峡冷水流的推动下，沿着地球最大的圈子之一的等角线，重新奔向大洋；在北纬43度附近分成两股，其中一股在东北信风的推动下，又回到比斯开湾和亚速尔群岛；另一股在爱尔兰和挪威沿岸降温之后，一直流到斯匹茨卑尔根群岛以远，它的水温跌到4度，造成北极不结冰的海域。"[1] 在他看来，大海就是一个有机体，洋流就是海的循环系统。"教授先生请看这片大洋，难道他不具有真正的生命吗……追踪它的机体活动是很有意义的研究。它有脉搏、动脉、痉挛，我认为那位学者莫里说的对，他在大洋那里发现了一个循环系统，像动物身上的血液循环一样真实……大洋具有真正的循环系统，为了让它运作起来，创造万物的造物主，只要在大洋里增加热量、盐和微小生物。热量确实产生不同的密度，带来海流和逆向海流，造成热带地区和极地地区海水的不断交流。"[2]

凡尔纳对独特的海洋地理奇观的描写，虽然大多出于想象，但实际上填补了地理大发现的不足。令读者难以忘怀的景色描写与科学解释相当多，这里不妨举几个例子。

首先是"海底森林"：海底根本没有铺着草，灌木枝条并不下垂，既不在地上蔓延，也不向水平方向伸展，每一根都伸向海面。没有细枝条，没有带状的枝叶，灌木不管多么细，都像铁丝一样笔直。受到海水密度控制，它们都垂直地向上生长，这些植物一动不动，用手一拨，枝干就马上恢复原状，这里是垂直线的王国。森林的土地布满尖石块，很难躲开。这里的海底植物相当全，甚至比北极地区或者热带地区还要多。因此容易混淆它们之间所属的"界"，将植形动物看作水生植物，将动物看作植物。谁不会搞错呢？在这个海底世界里，动物区系和植物区系相邻得这样近！在各种大如温带地区树木的森林中，在这些树木的潮湿阴影下，麇集开着生意盎然的鲜花的真正灌木，一排排植形动物，上面绽放布满弯曲条纹的脑珊瑚，触角透明的淡黄色石竹珊瑚，以及长成丛草一样的石花珊瑚。[3]

其次是"乳海"：在安博亚纳海岸和这片海域，经常可以看到这样广阔的白色波浪，这片令人感到吃惊的"白色"，仅仅是由于无数的纤毛虫

---

① 凡尔纳：《海底两万里》，郑克鲁译，中国文联出版社，2021，第387页。
② 凡尔纳：《海底两万里》，郑克鲁译，中国文联出版社，2021，第134页。
③ 凡尔纳：《海底两万里》，郑克鲁译，中国文联出版社，2021，第126-127页。

纲小动物造成的。它是一种发光的小虫子，外表无色，呈胶状，像头发那么细，长度不超过五分之一毫米，这些小动物互相粘连在一起，长达几法里。①

再有"海底峡谷"：这个峡谷在安的列斯群岛附近分岔，在北边，以一个九千米的巨大深沟结束。在这个地方，直到小安的列斯群岛，大洋的地质剖面显示一面六公里的峭壁，直上直下，而在佛得角附近，也有另一面同样可观的峭壁，两处峭壁就这样封闭了沉没的大西洋岛这片大陆。这巨大峡谷的底部连绵起伏着高山，为海底设置了美景。②

甚至还有"南极大浮冰"：不久，更大块的浮冰出现了，浮冰的光彩随着雾气的变化而变化。有的浮冰呈现出绿色条纹，宛若硫酸铜溶液在上面留下了起伏的痕迹。还有的浮冰像巨大的紫晶石，被阳光渗透进去。有些在它们水晶体的千百个面反射出光线，而另外一些具有石灰石的强烈光泽，足以建造一座大理石城市。③ 这些具有一定推导性质的地理奇观，如今都被证明是真实存在的。

还值得注意的是，《海底两万里》也是一部人类航海史，尤其是一本向前辈开拓者致敬的书，其中不时提及沿途遇到的沉船，多次叙述人类航海史上的大灾难。譬如，在经过瓦尼科罗岛附近的一条狭窄航道时，奈莫船长讲述了法国著名的环球航行船长拉彼鲁兹在此遇难，并由此引发一连串营救船相继遇难的故事。④ 再如在鹦鹉螺号抵达南极冰区，准备登岸探寻南极点时，奈莫船长向阿罗纳克斯介绍了整个南极发现与科考史，从1600年第一次发现南极，抵达南纬67°30′，随后的几百年中各路探险者不断往南推进，到1842年抵达南纬78°4′的不懈拓展的历史。⑤

二、海底资源奇观

正如哥伦布、库克、皮加费塔、马欢、巩珍、费信等大航海时代航海者的航海日志所展示的，航海者不仅要寻找新航路，还要考虑新航路的经

---

① 凡尔纳:《海底两万里》, 郑克鲁译, 中国文联出版社, 2021, 第 206 页。
② 凡尔纳:《海底两万里》, 郑克鲁译, 中国文联出版社, 2021, 第 369 页。
③ 凡尔纳:《海底两万里》, 郑克鲁译, 中国文联出版社, 2021, 第 322 页。
④ 凡尔纳:《海底两万里》, 郑克鲁译, 中国文联出版社, 2021, 第 145-149 页。
⑤ 凡尔纳:《海底两万里》, 郑克鲁译, 中国文联出版社, 2021, 第 344-345 页。

济价值，也就是沿途的物产、人口、文化、海港等与经济有关的各种要素，这其中最重要的当属黄金、香料等物产。譬如，哥伦布在其航海日志中不吝笔墨地描写了加勒比海群岛的出产，在登岛后的 10 月 13 日（星期六）的日记中写道："彼等携来棉线团、鹦鹉、投枪和其它东西，此不再赘述，以此换取任何吾方所给之物。吾密切注视，仔细观察可有黄金。果然他们中有些人在穿孔的鼻下挂有小块黄金。借助手势吾了解到，此岛以南有一王国拥有大量黄金。"① 再如马欢在随郑和下西洋之后撰写的《〈瀛涯胜览〉校注》中描写了占城国："气候暖热，无霜雪，常如四五月之时。草木长青，山产乌木、伽蓝香、观音竹、降真香。乌木甚润黑，绝胜他国出者。伽蓝香惟此国之大山出产，天下再无出处，其价甚贵，以银对换。"②

19 世纪中后期正是欧洲海外殖民的鼎盛时期，作为老牌殖民帝国法国的国民，凡尔纳不可能不内化某种殖民价值观，尽管他借奈莫船长之口，对殖民的残暴作出批判，但他在《海底两万里》的续集《神秘岛》中仍然表达了一个观点：作为理性与德行代表的现代欧美人，更有资格利用其现代科技去寻找并开发未知的或只为土著人所占有的土地，这些地域当然也包括海底世界。

凡尔纳选用阿罗纳克斯这个法国博物学家做主角，是非常高明的举措。博物学家的关注点与对现象的分类和解说，能让较为乏味的科普变得妙趣横生，能让他对物产的关注显得自然而不别扭，实际上是以科学探测，掩盖了对物产的欲望，尽管这种欲望时不时因无法掩饰而流露出来。凡尔纳所呈现的海底世界，彼时还未受到各国的重视，因为还没有哪个国家有能力去开发，200 海里专属经济区的概念也尚未形成，他所关注的主要有三大资源：生物资源、矿产资源和历史遗产资源。对这三大资源的探求作为重要的情节要素贯穿整个海底探险过程。

独特的生物资源，五光十色的海底水族，既是读者的好奇心所在，也能推动情节发展，增强可读性，当然最重要的是，它们是人类需要的资

---

① 哥伦布：《航海日记》，孙家堃译，上海外语教育出版社，1987，第 30 页。
② 马欢：《〈瀛涯胜览〉校注》，冯承钧校注，华文出版社，2019，第 3 页。

源。当阿罗纳克斯一行三人苏醒后，在吃潜水艇上的第一顿饭时，奈莫船长就告诉他们，潜水艇中所有营养又美味的食品都源自海洋。他指着盘中的菜肴说："教授先生，您以为是肉的东西，不是别的，只是海豚的脊肉，这儿同样是海豚肝，您大概当成炖猪肉了。我的厨师做菜灵巧，善于保存各种各样的海产品。尝尝所有这些菜吧，这儿是保存下来的海参，有个马来人说是世上无与伦比的；这儿是奶油，奶是鲸类动物的乳房提供的，糖是从北海的大墨角藻提取的；最后请允许我给您一点海藻酱，能与最美味的果酱媲美。"① 当潜艇开启太平洋水下旅程时，凡尔纳专门描写了一次捕捞作业，水手们将夜里放在海里的拖网拖到艇上，只需将网挂在艇后几小时就能获得一千多磅的各种鱼，如海鲑鱼、黑蝶鱼、七腮鳗、虾虎鱼等。

奈莫船长不无自豪地对阿罗纳克斯他们说："海洋提供我所有的需要，有时我放下拖网，到快要撑破时才拉上来。有时我到似乎人类无法接近的海水中去捕猎，制服潜伏在我的海底森林中的猎物。我的畜群像涅普图努斯这位老牧人的畜群一样，毫无恐惧地啃食海洋广阔牧场的青草。我有广大的海洋产业，亲自经营，造物主的手总是在那里播种千殊万类。"② 当奈莫船长将海洋看作牧场与粮仓时，我们看到了凡尔纳的前瞻意识，这些理念与我们今天大力倡导与推进的海洋牧场和蓝色粮仓理念多么一致！我们以最先进的海洋生态理念与海洋养殖技术，将海洋建设成零碳排放的海洋牧场，这不仅能实现零碳排放，还能利用养殖产品的碳捕获能力，将海洋牧场建设成碳汇渔业的代表形式，最终将海洋纳入国家粮食安全的重要环节，将海洋建设成为人人受益的蓝色粮仓。奈莫船长的海洋牧场与当今海洋牧场的主要区别在于：前者靠天吃饭，产量与品种都不能保证，随机性强；后者则是人工的科学筛选与管理，可以实现产量与产品种类的可持续性增长，从而实现生态效益与经济效益的耦合，以保证海洋牧场的可持续性。

当然，海洋不仅能为人类提供食物，还可以为人类提供生存所需要的

---

① 凡尔纳：《海底两万里》，郑克鲁译，中国文联出版社，2021，第74页。
② 凡尔纳：《海底两万里》，郑克鲁译，中国文联出版社，2021，第74页。

绝大多数用品，正如奈莫船长所言："这大海呀，这神奇的取之不尽的乳母，她不仅养育我，还提供我穿着。您身上这件衣服是某种贝壳动物的足丝织成的，用古人的大红螺染色，用我在从地中海的海兔身上提取的紫色调节一下色调。您在舱室卫生间里会找到的香水，是从海洋植物中提取的产品；您的床是用海洋里最柔软的大叶藻铺成的，您的笔是鲸须制成的，您的墨水则是乌贼或者枪乌贼分泌的汁液，眼下我的一切都来自大海！"① 这也就能理解，为什么潜水艇开到哪里，凡尔纳总是首先向读者呈现令人目不暇接的动植物资源。

不过值得注意的是，奈莫船长还缺乏今天的真正意义上的生态整体观与生态保护意识。例如他使用的大型拖网作业是今天所有国家都明令禁止的，因为拖网会将所经过区域的所有生物一网打尽，危害该地区的生态平衡。他批评以尼德·兰德为代表的捕鲸人将鲸捕杀到成为濒危动物，使残存的鲸只能躲避到人迹罕至的两极地区的海洋之中："兰德师傅，您的同类毁灭南极鲸和露脊鲸这类无害而善良的动物，犯下应受谴责的行为。正因如此，他们在巴芬湾已经使鲸鱼减少，并将毁灭这种有益的动物，因此让这些不幸的鲸类动物安生吧。"② 然而，他对鲸的捕杀标准是建立在他的善恶标准之上，而这个标准相当主观。他对尼德·兰德说："这是抹香鲸，一些可怕的动物，我有时遇到成群的抹香鲸，有两三百头，至于这种作恶多端的残忍动物，倒是应该灭绝的。"随后，他指挥鹦鹉螺号潜艇高速冲撞抹香鲸群，带来一场血肉横飞的大屠杀，不少鲸被拦腰截断或者撕裂，大海上布满支离破碎的鲸尸，好几海里的波涛都被染红。连尼德·兰德都说，这确实是一个恐怖的场景，是一场屠杀。③

这种矛盾的生态意识，在这漫长的海底探险中不时出现。例如，在红海准备通过阿拉伯隧道前往地中海之前，他们发现了传说中的"美人鱼"儒艮，奈莫船长说儒艮的肉很珍贵，在整个马来西亚，是专门为王公们保留的。因此，这美好的动物遭到大肆追捕，和它的同类海牛一样，变得越来越稀罕。贡塞伊就问，如果这头儒艮凑巧是最后一头，从科学的角度出

---

① 凡尔纳：《海底两万里》，郑克鲁译，中国文联出版社，2021，第 75 页。
② 凡尔纳：《海底两万里》，郑克鲁译，中国文联出版社，2021，第 318 页。
③ 凡尔纳：《海底两万里》，郑克鲁译，中国文联出版社，2021，第 319 页。

发，是否应该放过？然而船长却从厨房的角度着想，纵容尼德·兰德捕杀了这头儒艮。[1] 后来鹦鹉螺号在南美的苏里兰海岸遇到一群在海底吃草的海牛，尽管阿罗纳克斯说，人类把这样有益的生物几乎完全消灭了，但船长还是命人捕杀了六头海牛，因为这种肉胜过牛肉，食品储藏室需要配备一些上等的肉。[2]

海洋除了以其动植物资源，为人类提供衣食之外，还拥有取之不尽的矿产资源。奈莫船长在阿罗纳克斯刚上船时就对他说，大海是超自然而又神奇的生命载体，大自然的矿物界、植物界和动物界都展现在大海中。[3] 在航行之初，奈莫船长就告诉阿罗纳克斯，海底有锌矿、铁矿、银矿、金矿等各种矿藏，开采完全没有问题。除此之外，海水本身也蕴含丰富的矿物，可以提取发电所需的钠。海底同样还有提炼这些矿物所需要的燃料煤炭。奈莫船长将潜艇开进一个死火山口，从那里挖掘煤炭，烧煤以提取钠。他对阿罗纳克斯说，在海底下有整片的森林，这些森林在地质时期就被埋在泥潭里，如今已经矿化变成了煤，成了一座取之不尽的煤矿，这些海底煤矿范围宽广，和新南威尔士的煤矿一样，艇上的水手身穿潜水服，手拿十字镐去采煤。[4]

当然，对海底寻宝感兴趣的读者，肯定还会想到另外一种海底资源，那就是令人一夜暴富的运宝沉船。当鹦鹉螺号来到大西洋的维戈湾时，奈莫船长向阿罗纳克斯讲述了一段英国与西班牙抢夺财富的战争史，并说他只捞取别人丢失的财富，他的海图清楚地标注了维戈海湾及千百个发生过海难的地方。阿罗纳克斯透过客厅的舷窗玻璃看到身穿潜水服的船员在沉船残骸中清理半腐烂的木桶和箱子，金锭、银锭、瀑布般的钱币和珠宝从里面散露出来。然后，船员来来回回将这些珍贵的战利品搬回到鹦鹉螺号上。奈莫船长成为这些从印加人手中掠夺来的珍宝的直接和唯一继承者。[5]

结　论

《海底两万里》作为古典科幻文学的巅峰之作，同时也是大航海与殖

---

① 凡尔纳：《海底两万里》，郑克鲁译，中国文联出版社，2021，第245页。
② 凡尔纳：《海底两万里》，郑克鲁译，中国文联出版社，2021，第372页。
③ 凡尔纳：《海底两万里》，郑克鲁译，中国文联出版社，2021，第75页。
④ 凡尔纳：《海底两万里》，郑克鲁译，中国文联出版社，2021，第296页。
⑤ 凡尔纳：《海底两万里》，郑克鲁译，中国文联出版社，2021，第278页。

民扩张时代的绝响。在凡尔纳所处的时代，地球表面除两极外已基本完成勘探，人类的探索视野开始转向天空、海洋深处和地心世界。正因如此，凡尔纳的作品开创了现代科幻文学与科学探索的新纪元。这位承前启后的文学巨匠，既延续了大航海时代的无畏精神，通过文学形式向哥伦布、麦哲伦、库克等航海先驱致敬，又继承了航海日志中对未知领域的向往、对财富的追求及对技术革新的憧憬。他通过奈莫船长这一形象，深刻反思了殖民主义对西方文明的反噬作用，并为工业文明强大的技术力量找到了新的施展空间——深海、太空与地心世界。

正是这种双重性成就了凡尔纳在人类文明史上的特殊地位：他既总结了一个时代的探索精神，又为新时代的科技发展指明了方向。其作品对20世纪电气时代、太空竞赛和海洋开发具有启蒙作用，激励了无数后来者投身科学事业。

第三节 《白鲸》：后哥伦布时代的航海再发现

赫尔曼·麦尔维尔（Herman Melville，1819—1891），19 世纪美国最伟大的小说家和诗人之一。他生于纽约，15 岁辍学，做过各种工作。1841 年他在捕鲸船"阿古希耐"号上当水手，1842 年 7 月离船时被南太平洋马克萨斯群岛的泰皮族俘虏，脱逃后于当年 8 月在一条澳大利亚商船上作水手，因参加反抗船长的活动而被放逐在塔希提岛，在当地各岛间漫游，后到另一条捕鲸船上当投叉手。同年 11 月，麦尔维尔到美国海军"合众国"号上服役。四年的海上经历大大丰富了他的见识和思想，他根据在南太平洋岛屿的经历写成的《泰皮》（*Typee*，1846）和《欧穆》（*Omoo*，1847）两本异域历险小说畅销一时。他的小说绝大多数都是关于海上生活。他的一生命途多舛，早期的三部长篇小说曾使他名噪一时，但中后期的创作，却使他陷入困境，饱受非议。他的最后一部长篇小说《水手比利·巴德》（*Billy Budd*，*Sailor*，1924）直到 20 世纪 20 年代（他死后 30 年）才得以出版发行，并引起关注。西方学界对他的研究，也始于这一时期。

一、亚哈、"裴阔德号"与白鲸的环球迷踪

《白鲸》（*Moby Dick*，1851）是麦尔维尔的代表作，写了海上航行和纷繁的捕鲸生活，被誉为"捕鲸业的百科全书"。美国著名评论家理查德·蔡斯（Richard Chase）认为这部小说是"美国想象力最辉煌的表

达"①；英国作家威廉·萨默塞特·毛姆（William Somerset Maugham）更是将《白鲸》列为世界十大文学名著；《剑桥文学史》称之为"世界文学史上最伟大的海洋传奇小说之一"。

故事讲述的是找不到人生意义的年轻人以实玛利（Ishmael）决定出海看世界，用他自己的话来说，"陆地上已经没有什么特别的东西能够吸引我了，我想我应该出去航海，看一看作为这个世界一部分的那些水域"②。于他而言，遥远的事物一直在折磨着他，他渴望海上的远航，热爱停靠在荒蛮的海岸，但他这次作为水手的出海远航可不是普通的商船航行，而是环球捕鲸。"这般凶猛异常又神秘莫测的怪物勾起了我全部的好奇心；其次，是那狂野而遥远的大海，而那怪物就在那里翻滚着它岛屿般的身躯，还有那巨鲸带来的不可言喻，无以名状的危险，千百种巴塔哥尼亚式的异声奇景，都有助于我产生出海的愿望。"③ 他首先来到彼时新兴的捕鲸港城新贝德福德，准备搭船去最早开始捕鲸业且最负盛名的南塔开特岛。他在这里遇到了来自南太平洋岛屿的原住民投叉手奎奎格（Queequeg）。在以实玛利看来，奎奎格还是一个处于过渡阶段的生灵，他的文明程度刚好可以让他以最为奇怪的方式表现他的异国风情。两人一开始有误解，最后成为至交，一起上了最富盛名的捕鲸船"裴阔德号"（Pequod）。船长是一位只有一条腿的传奇人物亚哈（Ahab），他的腿是在捕杀那条令捕鲸界闻之色变的巨型抹香鲸莫比·迪克（Moby Dick）时，被咬断的。

从此亚哈就用抹香鲸的肋骨做义肢，其人生就被这幻影般出没于各大洋的抹香鲸的行踪圈定了。亚哈每日研究各种流传的航海日志、海图以及有关洋流、水温、季节渔场等的科学资料，试图确定莫比·迪克的位置，并屠之而后快。亚哈让所有人屈服于他强韧的意志，他个人的复仇火焰点燃了船员们发财的欲望和建功立业的梦想。在捕鲸船从大西洋到印度洋再到太平洋，绕过几乎整个地球之后，终于在日本海附近遭遇了白鲸。在整整三天的追踪与搏击中，亚哈用捕鲸叉击中白鲸，但被捕鲸叉上的捕鲸索

---

① Richard Chase, *The American Novel and Its Tradition* (New York : Double day , 1957) , p. 113.

② 赫尔曼·麦尔维尔：《白鲸》，马永波译，湖南人民出版社，2017，第22页。

③ 赫尔曼·麦尔维尔：《白鲸》，马永波译，湖南人民出版社，2017，第28页。

缠住，带入海中身亡。最后"裴阔德号"与白鲸同归于尽。以实玛利因为碰巧在海中抓住了奎奎格在船上制作的一口棺材而成为唯一的幸存者。

小说气势磅礴。从审美角度看，一方面，故事融合了浪漫主义情调与莎士比亚式悲剧元素。贯穿小说始终的思辨性、上帝的全景视角和西西弗斯式的悲壮，让读者的阅读体验成为一场关乎灵魂的受洗过程。另一方面小说却又如此具有学院风格，细描出一幅捕鲸业"黄金时期"的浮世绘，以百科全书般的捕鲸业知识呈现了后哥伦布时代，以美国为引领，以特定海洋生物为目标对象的地理大发现，将15—16世纪的以贯通文明世界而展开的东西向坏球海洋探险，分别向南北两极拓展，人与自然的角斗场转向了远比大西洋更加广袤的太平洋。无论是对海洋元素的深度挖掘，还是对海洋空间的全方位拓展，这部海洋史诗都堪称世界海洋文学的巅峰之作，迄今无人出其右。

二、帝国崛起与海洋空间的边疆化

哥伦布航海的伟大意义，在于为西方天主教世界"发现"了一片被刻意构建为"空白"的所谓"新大陆"。这里的"新"与"空白"，本质上是天主教文明对美洲原住民数千年文明的系统性否定——印第安人在这片大陆上创造的异质文明，被欧洲殖民者强行定义为"文明的荒漠"。凭借所谓"高等宗教文明"的优越论调、"开拓精神"的自我标榜，以及虚构的"神授合法性"，欧洲殖民势力迅速侵占了这片纵贯南北半球的大陆。自此，"开发能力"这一概念被植入殖民话语体系的核心，成为欧洲殖民者合理化扩张的内在逻辑基础。经由航海大发现而被带往全世界并带来全球人口数量激增的印第安人培育出的农作物，如玉米、土豆、红薯、花生、南瓜、向日葵、辣椒，番茄、烟草等，被殖民者故意用上帝的名义忽略，欧洲人用欧洲对荒野的"开发能力"将暴力侵略合理化。正如艾勒克·博埃默（Elleke Boehmer）在《殖民与后殖民文学》一书中谈到《鲁滨逊漂流记》时说，鲁滨逊在未知世界里建造了一方领地，把这块土地据为己有，因为他投入了自己的劳动，并严格地按新教传统来建设它。[1] 似乎没有欧洲人的发现、开拓、改良，美洲就不能称为美洲，美洲原住民全

---

① 艾勒克·博埃默：《殖民与后殖民文学》，盛宁、韩敏中译，辽宁教育出版社，1998，第18页。

都是懒惰、暴力、奸诈的野蛮人，"开发能力"与基督教的"勤勉"，尤其是后来北美清教徒的"自律"，成为绵延到20世纪的最强大的殖民话语，而这一话语体系支持英国清教徒移居北美，在大西洋沿岸建立美国，不断驱逐印第安人，不断向西拓进边疆，在19世纪中叶抵达太平洋海岸。美国国家地理协会指出，美国的陆上"边疆"开拓在1890年已经终结，但美国的拓疆者们的野心继续往前推进，太平洋正是哥伦布当年的未竟之业，只要越过太平洋，就能实现哥伦布去往中国和印度的航海梦想。进入太平洋的美国人并没有简单重复麦哲伦的西进路线，而是在南北纵向上考察，进入南大洋与北冰洋，为美国的发展寻找资源。麦尔维尔作为时代的见证人，承担了记录者的使命。他参与着，记录着，并畅想着美国的"天定使命"（Manifest Destiny）。

历史学家弗雷德里克·杰克逊·特纳（Frederick Jackson Turner，1861—1932）在19世纪末发表论文《边疆在美国历史上的重要性》（*The Significance of the Frontier in American History*，1893），认为正是因为不断地向西部推进"活动边疆"（moving frontier），美国才逐渐摆脱欧洲的影响，具有了自己独有的特点。西部拓荒经历使美国人形成了"那种将敏锐和好奇融为一体的粗犷和力量；那种擅长实际事务而短于理论、但有能力达到伟大目标的特性；那种不知休止的充沛精力，那种主宰一切的个人主义；还有那种随着自由而来的开朗活泼与勃勃生机"①。这种由陆上边疆开发而形成的民族精神，随着"边疆"进入太平洋而融入海洋性，并随着海洋开发的深入而不断强化。美国学者托马斯·费布瑞克（Thomas Philbrick）甚至失之偏颇地认为，"在1850年前，美国的边疆主要指海洋……对美国梦的渴望和想象主要来自大海而不是陆地上的荒野"②。在文学批评家伯特·班德（Bert Bender）看来，海洋对美国文学和民族性格的影响超过了边疆，因为从时间跨度来看，内陆边疆的西进运动始于18世纪末，而美

---

① Frederick Jackson Turner, "The Significance of the Frontier in American History," (1893) in *Frontier and Section : Selected Essays of Frederick Jackson Turner*. Ray Allen Billington (Englewood Cliffs, N.J. : Prentice-Hall, Inc., 1961), p. 39.

② Thomas Philbrick, *James Fenimore Cooper and the Development of American Sea Fiction* (Cambridge : Harvard University Press, 1961), p. 7.

国的航海史始于 17 世纪初的殖民时期。实际上，"美国海洋文学传统早于边疆文学，甚至在帆船退出海洋以及陆地边疆开发完成之后仍然继续发展，美国文学可以说是诞生于海洋，诞生于约翰·史密斯船长、威廉·布拉德福和约翰·温思罗普的航海日志、日记及布道文中"①。

海洋空间的"边疆化"离不开美国民众的认同与参与，需要美国民众对"边疆"进行驯化与文明化。故事叙述者以实玛利，在出海之前就追问："为什么古波斯人把大海奉为神圣？为什么希腊人赋予大海独立的神性？"②他把捕鲸船看作他的耶鲁大学和哈佛大学，并把一切荣耀归之于捕鲸业。③在以实玛利看来，大海就是一个"一望无垠的大平原"，海上航行总是能到达新的地方，发现"比昔加拉第岛或所罗门群岛更为甜美，而且更为稀奇的景色"。捕鲸船作为探索地球上最荒僻、最不为人所知地区的先驱者，已经探出了许多海图上不曾有的海洋和群岛。④正是这种对未知世界的好奇心和探索精神，指引着众多的美国普通人背井离乡，踏上开疆拓土的征程。

在以实玛利看来，无数来自美国南塔开特的无名船长才是真正的拓疆英雄。他们"曾经赤手空拳、孤立无援地在荒蛮狡诈的海洋中，在地图上不曾存在的和满目荆棘的岛屿的滩边，跟那些开路英雄都不敢面对的恐怖战斗过"。因而凡是古代的海上航行中发生的了不起的事情，在南塔开特人眼中，"都不过是些平淡无比的琐事。范库弗大书特书的冒险，都不配载入一条捕鲸船的普通航海日志"⑤。南塔开特人"攀登巨浪，犹如羚羊猎户攀登阿尔卑斯山"，睡在海上，"枕头底下却是川流不息的海象群和鲸群"。⑥海上拓荒扩大了美国的"边疆"，美国人"像国王拥有王国一样拥有海洋，他们居住在海上，犹如野雉生活在大草原"，并把海洋"当作自己的家人，自己的事业，当作特殊的种植园循环往复地耕耘，即便诺亚的

---

① Bert Bender, *Sea Brothers: The Tradition of American Sea Fiction from Moby Dick to the Present* (Philadelphia: University of Pennsylvania Press, 1988), p. 18.
② 赫尔曼·麦尔维尔：《白鲸》，马永波译，湖南人民出版社，2017，第 24 页。
③ 赫尔曼·麦尔维尔：《白鲸》，马永波译，湖南人民出版社，2017，第 83 页。
④ 赫尔曼·麦尔维尔：《白鲸》，马永波译，湖南人民出版社，2017，第 81 页。
⑤ 赫尔曼·麦尔维尔：《白鲸》，马永波译，湖南人民出版社，2017，第 82 页。
⑥ 赫尔曼·麦尔维尔：《白鲸》，马永波译，湖南人民出版社，2017，第 48 页。

洪水也不能阻挡"。①

和陆地边疆不一样的是，海洋本身也是一条广袤的、实惠的公用通道。"赤身裸体的南塔开特人……像许多年前的亚历山大一样，蹂躏和征服了这个水的世界，如同三个海盗国瓜分波兰一样，在他们中间瓜分了大西洋、太平洋和印度洋，随便你美国把墨西哥划入得克萨斯州、把古巴送给加拿大……这个由水陆形成的地球却有三分之二属于南塔开特人。他们拥有海洋如同皇帝拥有自己的疆土，其他的水手只不过有通行权而已。"②

学者段波认为，麦尔维尔积极参与太平洋帝国意识形态的建构，以"裴阔德号"挺进太平洋的历史叙述，建立拓殖太平洋边疆的帝国话语。《白鲸》从太平洋战略价值的定位，对"西北通道"问题的关注，以及太平洋地图空间表征等三个叙述层面，参与绘制了美国在太平洋地区的权力图景。③ 他的总结相当到位，在小说的第一百一十一章"太平洋"中，麦尔维尔突出强调了太平洋的地缘重要性："任何一个耽于沉思的祆教行脚僧，一看到这个宁静的大洋，一定会从此把它当成自己最后的归宿。它是位于世界正中的海洋，印度洋和大西洋只是它的两只臂膀。它的波浪冲刷着昨天才有的、最新的民族移居、新建的加利福尼亚城镇的防波堤，也冲刷着比亚伯拉罕还要古老、虽已褪色但依然灿烂的亚洲大陆的边缘；而漂浮在中间的便是银河般的珊瑚群岛，以及地势低洼、漫无止境、不为人知的群岛，还有令人费解的日本诸岛。这奥秘神圣的太平洋就这样环绕着整个世界的身躯，使所有海岸都成了它的海湾，它似乎就是地球那浪潮起伏的心脏。"④

太平洋既是哥伦布未曾涉足的更大的海洋，也是后来成就麦哲伦环球航海事业但终结了他的生命的海洋。太平洋不是美国人发现的，比哥伦布早半个世纪的明朝航海家郑和已经沿着太平洋西岸七下西洋，抵达非洲；让西方知道中国、印度等东方文明古国的马可·波罗，返回欧洲时走的就

---

① 赫尔曼·麦尔维尔：《白鲸》，马永波译，湖南人民出版社，2017，第48页。
② 赫尔曼·麦尔维尔：《白鲸》，马永波译，湖南人民出版社，2017，第47页。
③ 段波：《〈白鲸〉与麦尔维尔的"太平洋帝国"想象》，《外国文学研究》2020年第1期，第137页。
④ 赫尔曼·麦尔维尔：《白鲸》，马永波译，湖南人民出版社，2017，第262页。

是中世纪的海上丝绸之路；18世纪下半叶，英国探险家詹姆斯·库克和法国航海家路易斯–安托万·德·布干维尔（Louis-Antoine de Bougainville, 1729—1811）在完成太平洋探险后也都出版了相关记述。与这些前辈们不同的是，麦尔维尔采用了殖民主义最常用的话语建构方式，即谁有能力开发这"无主"的荒野，谁就是新边疆的主人。美国人以其高超的航海技艺、强大的海洋开发能力将太平洋纳入他们的版图。技艺超群的船长亚哈与久经考验的"裴阔德号"水手们是一组象征符号，宣示着美国拥有了太平洋海洋空间的制导权。

另外，麦尔维尔认为美国已拥有远超欧洲列强的能力去开发南极与北极海域。他从太平洋北部地区捕获的鲸鱼身上发现许多北大西洋格陵兰海上的标枪钩，暗示了捕鲸船循鲸群在北冰洋的迁徙路线，也证实了开拓西北航线的可能性。实际上，在麦尔维尔开始撰写《白鲸》前不久，美国探险家、海军军官查尔斯·威尔克斯（Charles Wilkes）于1838—1842年期间，率探险舰队赴太平洋与南极地区。返航后，威尔克斯以日记形式出版了《美国探索探险队记述》（*Narrative of the United States Exploring Expedition during the Years* 1838，1839，1840，1841，1842，1845），以经纬线为坐标，以曲线与箭头标注洋流方向，以暗影表示渔场范围，绘制了一幅全球鲸鱼渔场分布图。这一以捕鲸产业为参照系的全球鲸鱼渔场分布图与盛极一时的捕鲸业形成了直接呼应，证明了美国在海洋开发方面遥遥领先的技术能力。在《白鲸》第四十四章"航海图"中，麦尔维尔讲述了亚哈是如何研究海图，从"潮水与涡流"的迷宫中搜寻白鲸的。在这里，麦尔维尔大量援引威尔克斯的全球鲸鱼场分布理论与图谱，并给予补充。麦尔维尔通过讲述追寻白鲸的故事，让"裴阔德号"捕鲸船以实际行动重走了威尔克斯的航海路线，在以文学形式间接绘制广阔的世界海图时，将海岸、岛屿、洋流、海况、海洋生物和航海技艺等细节毕露地呈现在美国人眼前，激发了美国民众对全球海洋边疆的向往。

"裴阔德号"在太平洋上疯狂追捕白鲸的过程，正是美国拓殖海洋"边疆"的完美写照。"裴阔德号"从南塔开塔港出发，驶过拉丁美洲的基多，巡游了亚速尔群岛海面、佛得角海面、南美洲普拉塔水域、卡罗尔群岛海面，经非洲南端的好望角，进入印度洋，穿过印度洋抵达东南亚的爪哇岛，过马六甲海峡后，进入南中国海，最终来到日本海附近与白鲸展开生死较量。如此开阔的环球航行路线将构成整体却又各具特色的世界海洋空间呈现在美国读者面前。亚哈及其代表的南塔开特人是美国开发海洋"新边疆"的符号，是美国猎杀全球海洋资源这头所谓"无主鲸"的标签。

三、后哥伦布时代与帝国的利润海图

中国有句老话"无利不起早"。究竟是什么驱动千万美国人，甚至世界各地的人，加入美国捕鲸船和风浪搏斗，并赌上生死？为什么开拓新边疆的是捕鲸船，而不是已形成固定航道的商船或者客船？说到底，商船与客船走的都是成熟路线，是在已经成为后边疆的海洋空间中往返，而捕鲸船相反。在勘探成熟的海洋空间中的鲸群数量基本都锐减到不具有商捕价值。捕鲸需要不断开辟新渔场，研究鲸的生物习性，定位其迁徙路线，不断向未知领域推进，从而在地理上不断带来新发现。

19世纪，法国历史学家儒勒·米什莱（Jules Michelet，1798—1874），曾在著作《大海》（*La Genese de la mer*）中问道："是谁为人类开启了远洋航行的大门？是谁揭示了海洋的真容，描绘出它们的范围，找到了通行的航道……又是谁探索了整个世界……是鲸鱼和捕鲸船！连伟大的哥伦布和著名的淘金人都要排在他们之后。"[1] 根据美国地理学家博格斯的研究，太平洋中有200多个岛屿是美国捕鲸人在全球航行的过程中发现的，捕鲸船长们通过与其生死攸关的精细观察而不断补充和修正既有的航海图。[2]

被称为"海洋学之父""海上探路者"的马修·方丹·莫里（Matthew Fontaine Maury），在19世纪中期进行了一次全球海洋测绘，但他主要依靠的不是海军，不是商人，而是捕鲸人，因为他很清楚，政府资助的探索活动相当有限，而捕鲸人却是各大洋上无处不在的强大的民间测绘力量，活动的范围要比普通航海者大得多，对天气、洋流、海况的每日记录也要详细得多。他只需要向捕鲸船长们分发一种专门设计的航海日志，要求他们

---

① Jules Michelet, *The Sea* (London, T.Nelson and Sons, 1875) , p. 209.

② S. Whitemore Boggs, *American Contributions to Geographical Knowledge of the Central Pacific* (Geographical Society, 1938) , p. 185.

每天记录所到之处的海洋数据，返航后将日志交给他即可。莫里和他的团队根据回收的成百上千的航海日志，制作了超过 70 份影响后来海洋学发展的图表，包括航线图、信风图、引航图、热分析图、暴风雨分析图等。其中，最让人激动的是捕鲸渔场的全球分布图，这是当年莫里请求捕鲸船协助做海洋调查时做的承诺。捕鲸者从这张捕鲸海图能一眼看出哪里最容易捕到鲸，哪一年哪一个月最容易捕到鲸，能捕到一头还是一群鲸，捕到抹香鲸还是露脊鲸等。[①]

让我们再回到《白鲸》文本。在故事开头，以实玛利来到新贝尔福德，他对这里的气派景象非常感慨，指出这些财富全部来自捕鲸业："在整个美国你也找不到比新贝德福德这儿更有贵族气派的房子了，公园和私人花园也更为富丽堂皇。它们从何而来？它们是如何扎根在这片曾经凹凸不平满是火山渣的地方的呢？去看看那边那座高耸的大厦周围典型的标枪栅栏吧，你的疑惑就会豁然开朗。是的，这些华丽的房子和鲜花盛开的花园都来自大西洋、太平洋和印度洋。它们全都是从海底被叉上来，拖到这里来的。"[②]

自 18 世纪初第一艘北美捕鲸船下海，至 19 世纪 60 年代煤油照明的普及，前后 150 多年间，捕鲸业一直是美国的支柱产业。19 世纪前半叶是美国捕鲸产业的黄金时期，当时，全球超过 90% 的捕鲸船归美国所有。据记载，1846 年，美国的捕鲸船队拥有 735 艘各式各样的船只。这在当时的确是一个客观的数字，因为在当年全世界 965 艘捕鲸船中，美国捕鲸船竟占 76%。[③] 《白鲸》中"裴阔德号"沿途遇到的捕鲸船如"信天翁号""大鲸出来了号""耶罗波安号""单身汉号"，都来自南塔开特，而英国船、法国船和德国船仅仅各提到一次，而且都经验不足，这是当时美国捕鲸业在太平洋上独霸天下的有力证明。前文提到的制作了全球捕鲸渔场分布图的探险家查尔斯·威尔克斯曾经高度赞扬美国捕鲸业："如今，我们的捕鲸船队遍布太平洋，白色的船帆连成一片，甚至盖住了蓝色的海水。

---

① Charles Lee Lewis, *Matthew Fontaine Maury: The Pathfinder of the Seas* (Annapolis: The United States Naval Institute, 1927), p. 56.
② 赫尔曼·麦尔维尔：《白鲸》，马永波译，湖南人民出版社，2017，第 61 页。
③ 何芳川：《崛起的太平洋》，北京大学出版社，1991，第 105 页。

捕鲸业的成果让无数的美国公民感受到了欣慰和幸福。受这项行业带动的商贸活动涉及整个合众国的方方面面，考虑到它能产生的直接或间接的影响，政府理应对这个行业加以特殊的保护和关照。"①

这些捕鲸船穿梭于全球各大洋，追寻着象征财富的巨鲸，顺理成章地成为美国在全球标识海洋特权的引领者。"过去多年间，捕鲸船都是探索世界上最为遥远和鲜为人知的部分的先驱。它探索了海洋和尚未划入地图的群岛，连库克和温哥华都未曾到过那里。如果美国和欧洲的兵舰现在可以平安地驶进曾经荒蛮的港口，就让它们为了捕鲸船的荣耀鸣炮致敬，是它们开辟了最初的道路，也最早充当了与野蛮人沟通的渠道……他们是毫无救援、赤手空拳，在属于异教徒的、鲨鱼出没的水域，在没有任何记录的海滩，标枪林立的岛屿，与没人碰过的原始奇迹搏斗过，那是库克和他配备火枪的海军陆战队所不敢面对的。"②

受商业利益驱动而进行的海疆开拓与能力展示，实际上是在打破旧世界的框架，并对世界经济与文化格局产生了巨大影响。麦尔维尔借叙述者以实玛利之口试图表明，正是捕鲸船将美国先进的文化、政治、宗教意识形态输送到了世界各地，改变了所到之地的蛮荒状态："在捕鲸船绕过合恩角之前，在欧洲和太平洋沿岸一长串富饶的西班牙属地之间，没有商业往来，只有殖民，除了殖民，几乎没有任何的交流。是捕鲸者首先打破了西班牙王朝的戒备政策，接触到那些殖民地。如果篇幅允许，我本可以一一交代清楚，那些捕鲸者如何最终促成了秘鲁、智利和玻利维亚从古老的西班牙统治下解放出来，并在这些地方确立了永久的民主制度。澳大利亚，相当于地球另一端的伟大的美洲，就是由捕鲸船带进文明世界的。一个荷兰人最初偶然发现它之后，长期以来，除了捕鲸船在那里停靠，其他船只都把它看作瘟疫横行的荒蛮之地，避之唯恐不及。捕鲸船是那个现在看来十分强大的殖民地的母亲。更有甚者，在澳大利亚殖民地建成初期，那些外来移民多次有幸获得在那一带水域停泊的捕鲸船的救助，凭借船上施舍的饼干才免于饿死。波利尼西亚无数的小岛都承认同样的事实，并对

---

① Charles Wilkes, *Narrative of the United States Exploring Expedition during the Years* 1838, 1839, 1840, 1841, 1842, vol. 5 (Philadelphia: Lea and Blanchard, 1845), p. 485.

② 赫尔曼·麦尔维尔：《白鲸》，马永波译，湖南人民出版社，2017，第 156 页。

捕鲸船致以商业上的敬意，是它们为传教士和商人打开了通路，在很多情况下将早期传教士带到他们最初的目的地。如果日本那个闭关锁国的岛国最终也变得好客起来，那也只能归功于捕鲸船，因为它已经驶到了日本的大门口。"① 这样的长篇感慨，呼应了美国以其商业与海洋开发技术实力所宣示的对海洋空间具有的优先权，也是对美国"天定使命"国家话语的呼应，将美国独特性的话语以商业开拓的方式向全世界传播。

所谓天下熙熙，皆为利来；天下攘攘，皆为利往。"裴阔德号"的人员组成体现了边疆经济与文化的杂糅特性，体现了美国独特的"大熔炉"特点，当然也体现了美国严重的种族问题。在《白鲸》第二十七章"骑士与侍从（下）"中，以实玛利指出："目前在美国捕鲸业中雇佣的大量水手中，美国出生的至多只占二分之一，不过，所有的头目几乎都是美国人。在这方面，美国捕鲸业的情况和美国海军、陆军和商用船队的情况一样，用来建造美国运河与铁路的工程队伍也是如此。我之所以说一样，是因为在所有这些情况中，土生土长的美国人大方地供应脑力，其他地方的人则慷慨地供应体力。"② 在书中第四十章"午夜，船头楼"中，作者如舞台说明一般介绍了船上的水手，他们至少来自以下不同地区：美国的南塔开特、荷兰、法国、冰岛、马耳他、西西里、长岛、亚速岛、中国、东印度、塔西提、葡萄牙、丹麦、英国、西班牙、圣地亚哥和布勒法斯特。③也许正如著名美国海军将领马汉所说：如果能够效忠于这杆美国国旗，那么船只上的水手们是否出身于美国，都将无关紧要。美国在海洋上的力量足以使得他们当中的大部分人在一旦发生战争时，就能够悉数集中。④

结 论

亚哈率领"裴阔德号"从北大西洋出发，穿过大西洋，绕过非洲好望角，进入印度洋之后，再穿过马六甲海峡，进入南中国海，然后再到北太平洋的日本海与白鲸决一死战，几乎完成了一次环球之旅。这次血腥之旅不仅展示了美国打造商业帝国的野心，也为美国的全球性存在提供了广袤

---

① 赫尔曼·麦尔维尔：《白鲸》，马永波译，湖南人民出版社，2017，第157页。
② 赫尔曼·麦尔维尔：《白鲸》，马永波译，湖南人民出版社，2017，第170页。
③ 赫尔曼·麦尔维尔：《白鲸》，马永波译，湖南人民出版社，2017，第235—245页。
④ 马汉：《海权论》，萧伟中、梅然译，中国言实出版社，1997，第383页。

的想象维度，参与建构了全体美国人的海洋想象。以船喻国，体现了美国陆地边疆开发结束后拓疆势能的延续，是哥伦布远洋梦想的资源拓展版，是美国"天定使命"国家意识的隐喻性再现。亚哈追逐白鲸体现了某种宗教狂热，他把白鲸视为异教徒的象征，把杀死白鲸看作自己的使命，这可以看作美国 19 世纪开拓海外传教与商业边疆的"天定使命"的隐喻。通过妖魔化他者，正义化捕鲸行为，麦尔维尔将"裴阔德号"的海上漂泊演绎为一场在地球海洋版图上的美国国家性实操。

正如后殖民理论家萨义德所指出的："大部分文化历史学家，当然包括所有文学批评家，都没有察觉到当时潜在于西方小说、历史书写、哲学话语中的地理学标志，以及它们在理论上对领土地图和海图的绘制（产生的影响）。"① 《白鲸》绘制了一幅后哥伦布时代的世界海图。美国作为哥伦布航海发现的衍生品，又以捕鲸船作为势力象征物，将哥伦布的视野向南北两极推进，向深水推进。麦尔维尔通过描绘一艘捕鲸船的航海图，参与了 19 世纪美国建构国家身份的国家叙事，在全球海洋空间中编织了其航海民族主义，并以亚哈船长的个性隐喻不屈不挠，不向对手妥协的拓疆精神，突出美国作为"众国之国"（nation of all nations）的价值独特性，并以此建构美国的海洋空间，推进美国的海洋扩张意识，与之后不久名闻全球的海军上将马汉的《海权论》形成有效呼应，美国一跃成为睥睨群雄的海洋大国。

---

① 　Edward W.Said,*Culture and Imperialism*(New York:Vintage Books,1994),p. 58.

第四节 《少年派的奇幻漂流》：环球漂流的伦理迷宫

　　加拿大作家扬·马特尔（Yann Martel，1963—）出生于西班牙萨拉曼卡，毕业于加拿大特伦特大学（Trent University）哲学系。其父曾是外交官，也是一位颇有成就的诗人。扬跟着父亲在西班牙、墨西哥、法国、美国等多个国家生活过，成年之后从事过各种各样的工作，包括服务员、洗碗工及安保人员等，也游历过很多地区和国家，如拉丁美洲、伊朗、土耳其与印度。他在印度居住过 13 个月，在此期间游览过清真寺、教堂、印度教寺庙，参观过动物园，这为他后来创作异域情调的小说积累了丰富的素材。他的作品种类很多，包括诗歌、剧本、长短篇小说等，其代表作《少年派的奇幻漂流》（*Life of Pi*，2001）一经出版就成为畅销书，2002 年获得英语小说最高奖曼·布克奖，之后又获得亚洲/太平洋美洲文学奖等多个奖项，被翻译成 30 多种语言，成为加拿大、美国、英国等国家高中生的必读书目。中国电影导演李安于 2012 年将其改编为同名电影，2013 年该片斩获了奥斯卡最佳故事片、最佳导演等多项大奖。

一、后殖民时代的海上漂流

　　《少年派的奇幻漂流》主要讲述了一名印度男孩派（Pi）遭遇海难，最后得以幸存的故事。少年时期的派执着于了解不同的宗教信仰，如印度教、基督教、犹太教与伊斯兰教，他遵守各个宗教的戒律，研究不同宗教教义间的共通性。与之相对，既是生物学家又是商人的父亲却只相信科学，对派的宗教信仰持否定态度。父亲困惑地对派的母亲说："'他就像狗招引跳蚤一样招引宗教,' 他接着说道, '我不明白。我们是一个现代的印度家庭;我们以现代的方式生活;印度正处在朝着真正现代和进步的国家过渡的高峰期,而我们却生了这么一个儿子,他以为自己是罗摩克里希的化身。'" ① 喜欢板球运动的哥哥则更加不认可派的信仰,他甚至调侃派说:"'那么,耶稣先知,今年你要去朝觐吗?' 他说,一边把双手放在脸面前,行了一个虔诚的合十礼。'麦加在召唤吗?' 他画了个十字。'还是到罗马去参加你自己登上下一任庇护教皇宝座的加冕礼?' 他在空中画了一个希腊字母,拼出自己的嘲弄。'你腾出时间做了包皮环割术,成了犹太人了吗?' 照你这个速度,如果你星期四去庙宇,星期五去清真寺,星期六去犹太教堂,星期天去教堂,那么你只需要再皈依三个宗教,下半辈子就可以天天放假了!" ②

父亲开办的动物园帮助派了解到动物的习性及与动物们相处的方法,对动物的认知上升到宗教和哲学的高度。当然,他也曾经因为过于相信一些宗教故事,以为爱可以改变残忍的兽性,而差点被老虎吞噬。他对动物兽性的观察和了解,帮助他建立了自己的世界观,也改变了他对人性的认知。后来,派的父母亲因为不认可印度独立后的各种政治主张,决定移民加拿大以获得更好的发展。

派全家搭乘一艘日本货船前往北美,他们带上了动物园的部分待售到北美的动物。没想到货船离开菲律宾后,却在太平洋上遭遇风暴沉没,只有派一人得以幸免。逃到救生艇上的派震惊地发现艇上还有一匹摔断腿的斑马、一只非洲鬣狗、一头名叫理查德·帕克(Richard Parker)的孟加拉虎,以及被搭救上船的一只母猩猩。不久,鬣狗咬死了受伤的斑马和母猩猩,最后孟加拉虎又咬死了鬣狗,船上只剩下一人一虎。为了个人安全,派用几只船桨和几件救生衣做了一个小筏子,挂在救生艇后面,以此远离危险的帕克。他机智地通过小艇上的蒸馏装备获得淡水,从海洋中抓取海洋生物,以此养活自己和帕克。人与虎相依为命,在海面上漂流了227 天,最后抵达墨西哥海滩。派被当地人救起,帕克则头也不回地消失

---

① 扬·马特尔:《少年 Pi 的奇幻漂流》,姚媛译,译林出版社,2012,第 76 页。本书采用书名《少年派的奇幻漂流》。

② 扬·马特尔:《少年 Pi 的奇幻漂流》,姚媛译,译林出版社,2012,第 72 页。

在热带丛林中。出于工作需要，日本保险公司调查员来到医院询问派有关货船失事的情况，然而他们并不相信派所讲述的人与虎漂流的故事。无奈中，派就给他们讲述了一个人类版的海难故事。在这个故事中，救生艇上没有老虎，没有任何动物，只有印度少年派、一名摔断腿的中国水手、一名凶悍的法国厨师及派的母亲。法国厨师杀了伤口感染的中国水手，用他的肉做钓饵捕鱼，还将其晒肉干。当派的妈妈谴责厨师的暴行时，他又将派的妈妈打死。本来懦弱胆小的派，内心的兽性最终被激发出来，他杀死了厨师，靠这些海难者的肉活了下来。听完这个故事后，日本调查员决定选择相信之前动物版本的故事。那么究竟哪一个版本的故事更可信呢？小说将问题留给了读者。

二、漂流的兽性与人性

孟加拉虎理查德·帕克是危险的象征。小说中派的父亲曾经在动物园里向儿子们展示孟加拉虎捕食山羊的恐怖与血腥，警告他们学会躲避野生动物，但派竟然能够在大海上与虎生死与共200多天，这可能吗？派依靠什么赢得与虎共生的机会？深藏在小说表面令人眼花缭乱的奇幻之下的，也许是幽暗曲折的心路历程，读者目之所见不过是幻象的投影，是某种卦象，茫茫大海不过是显影水。

早在童年时，派就从各种动物身上看到了人的特性，也从不同人身上看到了不同的动物特性。于派而言，人的人性，动物的兽性，二者之间似乎没有什么本质差别，差别只是宿主。宿主是人抑或兽，似乎为某种抽象隐喻，环境决定什么时候人性为显性而兽性为隐性，反之亦然。在海难的极端环境中，派对自己和虎之间的物种界限感是模糊的，派是虎，虎是派，派对虎说话更像是一种反诘式的自言自语。派和虎的关系是一种斯芬克斯式的人兽合体。

斯芬克斯（Sphinx）是希腊神话中人兽结合的一个怪物，狮身人面，蹲伏在行人必经的山崖之上，要求行人解答一个谜语："什么生物早上4条腿，中午2条腿，晚上3条腿？"答不出者将会被杀。许多人为此失去了性命，斯芬克斯由此成为盘踞当地的一个祸患。当俄狄浦斯经过这里时，怪物抛给他同样的谜语，俄狄浦斯略一思考就给出了谜底——"人"，解开了"斯芬克斯之谜",为当地除了一害。

文学伦理学批评家聂珍钊根据"狮身人面"的人兽复合体,提出了"斯芬克斯因子"这一文学批评术语,也就是说,完整的人格包括人性因子与兽性因子两个部分。所谓人性因子(human factor)指的是"人类在从野蛮(Savagery)向文明进化过程中出现的能够导致自身进化为人的因素",兽性因子(animal factor)指的是"人在进化过程中的动物本能的残留,是人身上存在的非理性因素"。[①] 文学伦理学认为人性因子与兽性因子同等重要,即使在脱离野蛮状态的人身上也存有兽性因子,二者随着情境的变化而相互转变。人性因子最终总能够控制兽性因子,使人恢复理性。在漫长的进化过程中,经过生物选择之后,人类有了身体,但还不是真正意义上的人,只有经过伦理选择,才能够与动物划出界限。

在遭遇海难之前,笃信宗教的派不仅自认为远离了兽性,甚至认为自己在向神性无限接近。他普爱众生,只吃素食,遵守每一种宗教的清规。在遭遇海难之后,派身上斯芬克斯因子的权重逐渐发生变化,兽性因子被求生本能激活并不断增加。刚流落到救生小艇上的派并未意识到生存状况的艰险,因为小艇上的急救物资可以维持几人数日的基本生活。但随着水和食物日渐减少,生存的机会日渐渺小。为了生存,厨师不仅吃了逃生到船上的老鼠,还杀死了受伤的中国水手,以此解决食物短缺问题。可坚持人性与伦理的派母子俩拒绝食用人肉,母亲对厨师尖叫道:"你怎么能这么做,你这个怪物?你的人性到哪儿去了?难道你没有尊严吗?"[②] 这表明派这时还未被兽性因子控制,但母亲的被杀使派内心抵挡兽性的人性堤坝彻底溃决。在狂怒与饥饿中,他不仅杀死了厨师,还以其肉为食,以彻底兽化将自己放归于蛮荒的海洋,获取生存概率的最大化。

海难给人带来的威胁,不仅来自外部自然,还来自人类自身。厨师早已被兽性控制,相继杀害了水手及派的母亲,并以他们的肉为食,派成为厨师的下一个目标。为求自保,派最好的方法是先发制人,杀死厨师。在危急存亡之际,派身上的兽性因子终于挣脱人性因子的控制而爆发。尽管

---

① 聂珍钊:《文学伦理学批评:伦理选择与斯芬克斯因子》,《外国文学研究》,2011 年第 6 期,第 5 页。

② 扬·马特尔:《少年 Pi 的奇幻漂流》,姚媛译,译林出版社,2012,第 310 页。

我们用兽性来划出人与其他动物的分界线，将兽性与理性（人性）相对，但兽性却伴随着人类从野蛮到文明进化过程的始终，并且从未消失。人会利用自己的理性意识压制兽性因子，这才是人与动物的本质区别。人类也同样会利用兽性去应对环境的恶化，由此导致理性与兽性在伦理阈值中的比例不断此消彼长。

读者从派的行为中看到兽性成分，从而推导出人性的本质是恶这样的结论，其实是一种错误的演绎。人性是人区别于动物的质的规定性，是人的文化性与社会性的结果，其表现方式是"善"。人的生物性（兽性）是与生俱来的，是以生存为导向的，其表现方式往往是"恶"，在正常的社会关系中处于被压抑的状态。当生存状况变得恶劣，社会关系的约束力削弱时，人潜在的兽性因子就会被释放，帮助宿主摆脱社会性约束，以求生存。理查德·帕克就是派身上兽性因子的具象化，是人的兽性在茫茫大海上的投影。兽性因子之前并未在温良如玉的少年身上显现，其原因在于派所接受的文明教育。派还同时信仰多个宗教，宗教信仰控制住了他的兽性因子，使其遵守社会道德。另外，父亲理性的科学思维也在日常生活层面压制了孩子们的兽性因子。

在远离文明社会，远离宗教监督，远离伦理网络束缚的大海上，在极端的生存环境之下，兽性因子既有必要也有可能颠覆人性因子的主导地位。派看到母亲被厨师杀害后，拿起刀杀死了厨师。"我不断地捅他。他的血使我龟裂的手不再那么疼痛。他的心脏很难弄——连着那么多管子。我还是把它挖出来了。味道很好，比海龟好吃多了。我吃了他的肝脏。我把他的肉一片片割了下来。"[1] 这些文字说明派已被体内的兽性因子控制。派在追述的时候，语气平常，毫无感情起伏，让人感受不到他对杀死厨师的丝毫愧疚，这里固然有报杀母之仇的因素，但更多的还是出于对自身生存的考量。

值得注意的是，在派提供的动物版海难故事中，非洲鬣狗被孟加拉虎咬死后，派立刻意识到他的最大对手出现了。从心理影射角度说，这表明他对自身杀人、食人肉行为感到恐惧。正如他在日记中所写："我头上的

---

[1] 扬·马特尔：《少年 Pi 的奇幻漂流》，姚媛译，译林出版社，2012，第 314 页。

每一根头发都竖了起来，发出恐惧的尖叫。"① 他害怕自己成为理查德·帕克的食物，也就是害怕体内的兽性因子会将自己变成野兽，彻底失去人性。为了保护自己免受理查德·帕克伤害，派决定自造小筏子远离理查德·帕克。为了摆脱它，他甚至想出了六套解决方案，可特定的生活环境让他无法实现这一愿望。② 更重要的是，兽性因子对于海难的特殊情况来说，悖论性地成为幸存的唯一路径。在茫茫大海之上，人类社会已不复存在，为人类的社会性运作而建构的伦理体系也随之消失，个体在海上无异于寻求生存的海洋动物，这时生存的金科玉律就是食物、食物、食物。

渴望活下去的本能和对死亡的恐惧，使兽性因子成为压倒一切的存在，派自己也不禁感叹道："当你自己的生命受到威胁时，你的同情便被恐惧和求生的自私渴望磨钝了。"③ 对死亡的恐惧能够激励个体努力生存，坚定求生的意志。作为派的内在兽性具象化的理查德·帕克是彪悍的猛虎，他对猛虎的雄姿与力量的赞美，实际上是他在为自己打气："多么了不起的本领啊，多么强大的力量。他的存在有着逼人的气势，然而同时又是那么地高雅自如。"④ 他坦言正是帕克的陪伴，自己才得以幸存："是理查德·帕克让我平静下来。这个故事的讽刺意义在于，恰恰是开始把我吓得神经错乱的东西让我安静下来，给了我决心，我敢说甚至还让我变得健全。"⑤

派意识到自己逐渐堕落成一只野兽，杀人与食人肉就是兽化的明证，但即使在这样的环境中，人性因子也不会消失，而是努力去维持某种平衡。派开始尝试去驯服理查德·帕克，用自己的理性意志来控制非理性（兽性）意志。"我死死地盯着理查德·帕克的眼睛。突然之间，他那野兽的强壮体力对我来说只意味着道德上的软弱。这力量根本无法和我心中的力量相比。"⑥ 他从自己与动物相处的模式之中汲取经验，并为此设计了一套训练方案，同时他试图借助宗教的力量，恢复身上的人性因子。在

---

① 扬·马特尔：《少年 Pi 的奇幻漂流》，姚媛译，译林出版社，2012，第 152 页。
② 扬·马特尔：《少年 Pi 的奇幻漂流》，姚媛译，译林出版社，2012，第 158-159 页。
③ 扬·马特尔：《少年 Pi 的奇幻漂流》，姚媛译，译林出版社，2012，第 122 页。
④ 扬·马特尔：《少年 Pi 的奇幻漂流》，姚媛译，译林出版社，2012，第 152 页。
⑤ 扬·马特尔：《少年 Pi 的奇幻漂流》，姚媛译，译林出版社，2012，第 163 页。
⑥ 扬·马特尔：《少年 Pi 的奇幻漂流》，姚媛译，译林出版社，2012，第 157 页。

捕获大量飞鱼后，他向印度教神灵毗湿奴（Viṣṇu）表示感谢；在缺少淡水与食物的情况下，还坚持一天进行 5 次伊斯兰祷告；根据自己的生存情况因地制宜地举行宗教仪式，如一个人的弥撒、没有神像的得福仪式、用海龟肉做惠赐的礼拜等。他会不断提醒自己："上帝会留下来，成为我心里一个闪光的点。我会继续去爱。"① 派对宗教信仰的态度证明他在获取生存资源时，努力与占主导地位的兽性因子达成某种动态平衡。与此同时，派开始写日记，记录自己经历的种种困难及解决方法，用文明的载体之一的"文字"帮助自己正确认识所处的现状，反省自己的种种行为，以维持人的理性。

在登上食人岛后，派看到了人类的牙齿。这一发现令派感到异常恐惧，他决定宁愿丧生大海也不能在这座岛上苟活。白天，美丽的小岛一片祥和宁静，令人流连忘返；到了夜晚，小岛化为魔兽，将所有中了美丽圈套的生物吞噬。这光与暗的转换隐喻着人性与兽性的二位一体，或者说是人性因子与兽性因子的共生。震惊的派选择离开小岛，重新开始漂流。他明白了文明与野蛮、人性与兽性的一体两面。他也明白，只要他还在海上漂泊，他就无法抛弃理查德·帕克，离开帕克就意味着杀死他自己。保持兽性因子的活力，用人性因子加以控制，也许才是人的理性的最高境界。

依靠自己共生的人性因子与兽性因子，派与帕克终于到达墨西哥海岸。可这时帕克却从船上跳下来，头也不回地消失在丛林中，它的消失象征兽性因子的隐匿，而非死亡。回归正常的人类社会生活之后，个体要重新遵守社会道德与法律，兽性因子因此隐身为潜意识的一部分，为人类的显意识所牢牢控制，只在理性薄弱的梦境或情绪激烈的时候稍纵即逝地显露。"小说最后安排少年派获救，老虎回林，恰是作品伦理主题的升华，即从理性到野性再到理性回归的过程，同时也是关于自我认识自我成长曲折上升的辩证过程。"②

总而言之，派在遭遇海难之后经历了一系列转变，最主要的是走进了伦理的迷宫，又幸运地走了出来。家人的丧生让他深感绝望，极端的生存

---

① 扬·马特尔：《少年 Pi 的奇幻漂流》，姚媛译，译林出版社，2012，第 209 页。
② 黄曼：《论〈少年 Pi 的奇幻漂流〉中的伦理隐喻》，《外国文学研究》，2013 年第 4 期，第146-151 页。

条件导致他体内的兽性因子成为显性因子，释放出自己的动物本能，开始出现杀生、吃人肉的野兽行为。可即使这样，他并未完全被兽性因子吞噬，尚存一丝良知，这就是星火余烬般的人性。当资源匮乏时，他的兽性占主体；资源丰富时，他的人性占主体；但无论怎样，人性与兽性的二位一体格局从未解体，由此保证了一个健康而真实的人格。不可否认的是，信仰也始终以形而上的方式构筑人性的基石。

在茫茫大海之上，派始终在兽性与人性之间来回摆动；回到文明社会之后，派在多伦多大学同时学习动物学和宗教学。这是对海难后重生自我的最好认知，而不是对父亲及其印度动物园的缅怀。他通过研究动物纷繁复杂的动物性来了解人性，同时又力图从形而上的神性视角看人性，这是对人性的相向聚焦。作为研究犹太教与动物学的双聘教授，派在解读犹太教《旧约·创世纪》时，是否认为人与动物作为耶和华的创造物，彼此间存在必然的共性？或者二者就是同一种本质的不同存在形式并共享某种本质？当他在讲授动物学时，是否认为动物的进化存在某个起点，并会逼近人兽的临界点，最终抵达人性的终点？

结　论

随着人类科技的发展，即使是穿越北冰洋的航海也不再是特别的难题。然而，去除技术的加持，人类真的有能力在海上实现漂流吗？当食物、淡水、安全感成为人类海上生存的奢侈品时，马斯洛（Abraham Harold Maslow，1908—1970）提出的"需求层次论"是否能够解释一个人的需求从最高等级突降为最低等级时的心理落差与行为变异？在马斯洛的"需求层次论"中，只有在生存与安全这两个最基本需求得到满足后，人才开始追求人所独有的更高层次的需求，那么在海上以生存为第一需求的人类是否还拥有人性？还是只剩下弱肉强食的兽性？少年派与虎的关系向读者展示了人性与兽性的冲突与统一，人类面对环境的自我调适，理性即使在最恶劣的环境中也具有能动性的崇高地位，斯芬克斯因子被证明是人的基本伦理单位。

第三章
海上丝绸之路的财富愿景

导　语

第一节 《辛巴达的航海》: 海上丝绸之路的浩瀚机遇

　　海上丝绸之路被视为中国传统海洋时代兴起、发展和繁荣的标志, 这一概念是西方汉学家借鉴"丝绸之路"框架来描述中外海上交流时提出的。1903 年, 法国汉学家埃玛纽埃尔－爱德华·沙畹 (Emmanuel-Édouard Chavannes, 1865—1918) 指出: "中国之丝绢贸易, 昔为亚洲重要商业, 其商道有二: 最古者为出康居之道; 其次为通印度诸港之海道"。[①] 此后, 海上丝绸之路概念虽被学术界采纳, 但在具体运用时仍存在争议。

　　争议主要来自两个方面: 首先, 相较于陆路运输, 海运更适于运送大宗货物及易碎易损商品, 因此这条贸易路线不仅运输大量丝绸, 还流通低纬度地区特产的香料、陶瓷等贵重物品, 这也解释了为何有人称之为"丝瓷之路""香瓷之路"; 其次, 该航线连接的国家众多, 自海南岛向南, 途经环王国 (今越南境内)、门毒国、古笪国、龙牙门、罗越国、室利佛逝、诃陵国、固罗国、哥谷罗国、胜邓国、婆露国、狮子国、南天竺、婆罗门国、新度河、提罗卢和国、乌拉国、大食国、末罗国、三兰国等, 最终抵达非洲东部。

　　海上丝绸之路不只是一个形象易懂的商路标签, 也是文化交往之路。当下世界各地通用的数学、天文、历法、医学等文明要素, 都和历史上活跃在海上丝绸之路西段的阿拉伯商人密切相关。从文学的视角重新审视这一段辉煌的历史, 审视这条商路的价值, 对于今天推动海洋国家的互联互

[①] 沙畹:《西突厥史料》, 冯承钧译, 中华书局, 2004, 第 208 页。

通，具有重要的参考价值。

7世纪至8世纪，大食人立国，仅用几十年时间便成了世界上最大的帝国，而建立帝国的最有力的精神武器是伊斯兰教。穆罕默德于公元7世纪创立了伊斯兰教，并用伊斯兰精神统一了阿拉伯半岛。他的后继者不断地向四周扩张，弘扬伊斯兰教义，终于在广阔的阿拉伯帝国范围内确立了以伊斯兰教圣书《古兰经》为核心的一整套信仰体系、观念体系和行为体系，即阿拉伯伊斯兰民族精神。阿拉伯帝国建立后，阿拉伯语又被确定为被征服地区的官方语言，这样流行于各地的、不同语言的经典故事不仅都有了阿拉伯语版，在价值取向上也被伊斯兰化了。那些来自印度、波斯、埃及等原先属于不同民族不同地区的故事，被伊斯兰化之后，逐渐汇集成阿拉伯语世界的世俗版文学经典《一千零一夜》《天方夜谭》，其精神价值并不逊色于《古兰经》。

《一千零一夜》反映了伊斯兰文明兴盛时期伊拉克、埃及、叙利亚等国阿拉伯人的品格、文化、生活、风俗习惯和社会制度，对社会学家、哲学家和历史学家了解当时的社会面貌具有很大帮助。1704年，法国文学家安托万·加朗（Antoine Galland）将此书介绍到欧洲后，该书声名大振，迅速在欧洲传开，引起欧洲人的重视，此后被译成多种文字出版。18世纪是欧洲反抗封建君主制的时期，浪漫主义文艺作品空前繁荣，有关《一千零一夜》的书籍达679种，称得上是山鲁佐德（故事讲述者）的世纪。20世纪初，周桂笙先生将该书部分故事首次译成中文。该书一经出版即获畅销，这主要是因为书中采用东方文学中常见的大故事中套小故事，用前一个故事引出后一个故事，在小故事中又见大故事的写作手法。《一千零一夜》内容包罗万象，扣人心弦，引人入胜，其中相当多的故事反映了古代海上丝绸之路西段海商们的人生传奇。

一、《一千零一夜》：阿拉伯的重商传统

多数评论者认为《一千零一夜》是一部反映阿拉伯中世纪社会生活的"百科全书"，但在较为真实地反映社会生活的同时，更多的是反映统一的阿拉伯民族精神。如果说《古兰经》所昭示和体现的主要是阿拉伯民族精神的信仰、观念和理想的一面，那么《一千零一夜》所昭示和体现的则是

阿拉伯民族精神的心理现实和行为现实的一面。完整意义上的民族精神应该是一个民族的理想体系与行为体系两方面的总和。阿拉伯民族精神的形成，不但要有《古兰经》这样的民族精神的核心，而且需要具有《一千零一夜》这样的向核心集聚的、来自世俗的文化力量。[①] 《一千零一夜》是一部极富开放性、包容性的故事集，汇聚了伊斯兰化的，来自印度、波斯、埃及等原属于不同民族、不同地区的故事。每一个皈依了伊斯兰教的人都能从中读到自己的信仰，同时又能从熟悉的故事中读到伊斯兰价值观。

这个宏大的文学翻译与伊斯兰价值观转化工程始于 8、9 世纪之交，直至 16 世纪才在埃及基本完成。这类经过伊斯兰化的通俗故事具有多重积极作用：既有助于统一民众的思想信仰，增强阿拉伯帝国的凝聚力，又能强化人们对政治、经济、思想文化大一统的追求与崇尚；同时促进了各地区人民的情感交流。故事的广泛传播，不仅深化了伊斯兰文化的共通感与阿拉伯民族的认同意识，也促进了不同民族在共同伊斯兰信仰下的相互理解与包容。

《一千零一夜》在伊斯兰价值框架下的世俗性，主要体现在对财富的追求和对现实生活的享受。这种入世求实的商业精神，主要是通过故事中对商业活动的大量渲染及对商人形象的刻画表现出来的。由于阿拉伯半岛土地沙漠化严重，绝大多数地区不宜务农，好在其地处亚、非、欧三洲交汇地带，具有得天独厚的地理条件，所以阿拉伯人自古以来就有以经商为生的传统。伊斯兰教的创始人穆罕默德是古莱氏部族的大食人。古莱氏人向来以经商维持生计。穆罕默德自幼即随叔父往各地经商，做过商队保镖，见多识广。在阿拉比亚的佐法尔城的城门上刻有这样的诗句："统治佐法尔的是谁？是经商的古莱氏人。"[②] 支持穆罕默德传教的大都是商人。穆罕默德在布道中讲过："商人犹如世界上的信徒，是真主在大地上的可信赖的奴仆。"[③] 一位苏联学者也曾指出："当你阅读《古兰经》时，有时

---

① 王向远：《〈一千零一夜〉与阿拉伯民族精神》，《宁夏大学学报》1991 年第 2 期，第 62 页。

② 伊本·胡尔达兹比赫：《道里邦国志》，宋岘译，中华书局，1991，第 154 页。

③ 赛义德·菲亚兹·马茂德：《伊斯兰教简史》，吴云贵等译，中国社会科学出版社，1981，第 65 页。

会觉得它不是一本圣书，而是商业手册。"① 《一千零一夜》中以商人为主人公的故事约占一半以上，所有故事出现的人物中，商人占百分之八十以上。

伊斯兰教的这种重商主义与统一的阿拉伯帝国的建立，为商业经济的发展提供了有力的基础和条件，使阿拉伯商业在公元 10 世纪达到全盛状态。当时，阿拔斯王朝各地有许多世界著名的商业贸易中心，例如巴格达、巴士拉、亚历山大等，都是帝国内重要的繁华商业城市。与商业的高度繁荣相适应的是社会上浓厚的重商风气，商人们是享有殊荣的社会阶层。不少哈里发愿意与商人为友，还常常装扮成商人微服私访，甚至对商人们委以重任，封以高官厚禄。商人们成为各地国王驸马的故事在《一千零一夜》中俯拾皆是，行政官员以与商人攀亲为荣耀，并热衷在商业中投入股份。在这种社会风尚之下，一个因为恋爱或其他原因忧伤的年轻人，往往会被家人送出去经商。经商成为年轻人成长的必由之路，人们判断一个青年有无出息就看他能否外出经商，用故事中人物的话说："一个人敢于出去经商谋利，四海为家，那才是富商巨贾的儿子们夸耀争雄的本领呢！"② 而最能体现这一商业风气、市井繁华、帝国风貌的典型故事，莫过于著名港口城市巴格达的富商所讲述的传奇《辛巴达的航海》。

二、辛巴达的七次航海

《辛巴达的航海》由 7 个独立成篇的故事组成，山鲁佐德从第 524 夜讲到 556 夜，共讲了 33 夜。故事之间彼此存在时间的关联性，每一篇故事的叙事结构基本相同，都沿用了"梦想—出海—遇难—幸存—发财—还乡—享乐"的固定模式。故事中穿插了很多诗歌，读起来不仅有阿拉伯的优雅情趣，还有现代音乐剧的轻快欢乐。诗歌都很应景，这让固定的叙事模式变得生动，同时又有一种绵延不绝的民间色彩。故事的开头就很有趣，大都市巴格达城中有一个叫辛巴达的脚夫，他途经同名富商辛巴达的门外，听院内歌舞欢宴之声，不绝于耳，不禁感慨命运不公。他的悲痛之

---

① Д·叶列米耶夫：《伊斯兰教是多结构社会的意识形态》，《世界宗教文化》，1986 年第 4 期，第 34 页。
② 《一千零一夜》，纳训译，人民文学出版社，1994，第 402 页。

声被屋里人听到，遂被邀请进华府中共享盛宴，于是富商辛巴达向脚夫辛巴达讲述了自己 7 次共计 27 年的海外航海奇遇。

第一次航海是父亲去世后，他坐吃山空，导致家业衰败，不得不外出经商。途中他误将一条大鱼当作小岛，上去休息时，鱼带着众人一起沉入水中。在快要淹死的时候，他抓住了一个被旅客遗弃的大木托盘，幸免于难。他被风浪吹到一座孤岛上，巧遇到了当地国王的养马人。此后，国王让他做了管理港口的工作，负责登记过往船只，他也因此幸运地找回了自己在海难中丢失的货物，由此发财，返回巴格达。第二次航海旅行中辛巴达遇到一座美丽的小岛，上岛游玩时他竟然睡着了，被商船遗忘在岛上。正当他一筹莫展时，发现一只遮天蔽日的巨大神鹰，它用大象喂雏鸟，它的蛋比白色的圆顶建筑还大。于是他将自己绑到鹰腿上，结果被鹰带到一个布满钻石但有蟒蛇出没的山谷。就在这毫无生还可能的时候，巧遇商人往山谷抛羊肉以便用羊脂肪粘钻石，兀鹰则会将羊肉带出山谷。辛巴达将自己绑在羊肉上，被兀鹰带出山谷，并带出一包钻石，发了大财。第三次出海时，辛巴达的船被猿人劫持，他在逃亡中遭遇吃人肉的黑色巨人，设法刺瞎巨人的眼睛后逃脱。后又遇到巨蟒，他便用木头将自己捆扎起来，逃过巨蟒之口，最终遇到路过的商船，返回巴格达。第四次航海总体上是一个悲惨而残忍的故事。辛巴达的商船遭遇风暴，辛巴达和一些同伴被荒岛上的原住民囚禁，当牲畜养肥后宰杀，只有辛巴达一个人逃到另一座岛上，他因为带去制作马鞍的技术而风光一时，但又因为妻子去世，被推入墓坑殉葬，靠杀死其他殉葬者并抢夺他们的食物而活下来。最后，他带着从公共墓坑中搜刮来的财物回到巴格达。第五次航行时经过辛巴达曾经遇到的神鹰岛，同伴们冲动地砸破巨大的鹰蛋，神鹰报复他们，用巨石砸沉商船。辛巴达流落荒岛，被海老人抓去当奴隶且时时被虐待。他掏空南瓜，塞进葡萄，酿出葡萄酒，灌醉了海老人，逃出荒岛，被人搭救后来到猴子城。他学习当地人引诱猴子往树下扔椰子，带着很多椰子搭船离开，后来他用椰子换回很多珍珠，到巴格达高价出售。第六次出海时，商船迷路，遭遇飓风，辛巴达流落荒岛。岛上有钻石、珠玉、沉香木、龙涎香等名贵物品，就在即将饿死之际，他找来绳子，捆绑沉香木做了一个简易小船，顺河而下，被人搭救，并受到当地国王的器重，最后又搭船回到巴格达。第七次出海来到中国海域，遭遇鲸鱼和暴风雨的双重袭击，辛巴达抓住一块船板漂流到不知名的海岸，随后捆扎一只简易小船，顺着河流漂去有人的地方，漂流了很多天才来到泉州（或广州）。没想到造船用的木头都是檀香木，因此赚到一大笔钱。他在中国娶妻生子，许多年后，带着妻儿重回巴格达。

三、海上丝绸之路的航海精神分析

有趣的是，每一次遇险即将殒命时，辛巴达就捶胸顿足，发誓只要能获救，就再也不出海冒险了。"航海家辛伯达①哟！你屡次遭难、遇险、却不知忏悔，不肯打消航海旅行的念头；即使忏悔，你也不是真心诚意的。你纵然家有万贯，却也得忍受这些遭遇，因为这都是对你贪得无厌、咎由自取的惩罚啊。"② 可是每当他发财回家后不久，他就开始厌恶这种养尊处优的生活，于是就又开始跃跃欲试，重新挑战生命的极限。典型的开场白是这样的："你们要知道，弟兄们，像昨天我告诉你们的那样，我旅行归来，过着非常安逸、快乐的幸福生活。可是有一天我突然起了一个出去旅行的念头，很想去海外游览各地的风土人情，并经营生意，赚一笔大钱回来过好日子。于是我拿出许多存款，收购适于外销的货物，包扎、捆绑起来，运往海滨。恰巧那儿停着一只新船，张着顶好的帆篷，旅客很多，船中的粮食也很充足，正准备开航"。③ 即使是第六次航海，他从印度、埃塞俄比亚九死一生地回到巴格达，并且已到中年，他还是没有能够熄灭探索世界之火："你们要知道，弟兄们：我第六次航海旅行归来，赚了许多钱财，恢复了先前的豪华、享乐生活，终日吃喝、寻乐、嬉戏、醉生梦死，挥霍无度，安安逸逸地过了一晌之后，我又不安于现状，一心向往异地风光，憧憬着航海旅行、海外经商、参观各地风土人情的乐趣。于是我打定主意，预备许多名贵货物，包扎起来，带到巴士拉。那里有只大船正在准备启航，已经载满货物和客商。我就搭上那只大船，和商人们在一起，感到无限的快慰。"④

---

① 辛伯达，即辛巴达。
② 《一千零一夜》，纳训译，人民文学出版社，1994，第100页。
③ 《一千零一夜》，纳训译，人民文学出版社，1994，第66页。
④ 《一千零一夜》，纳训译，人民文学出版社，1994，第99页。

　　我们不禁要问，辛巴达为什么要置生死于度外，不断出海呢？真的只是为了财富吗？第一次航海归来时，他明明就拥有了巨额资产，"我拥有的财产，比先父遗留下来的有过之无不及"①。如果投资一些商行买卖，就足够子孙后代享用了，但他还是要一而再再而三地又进行了六次远航冒险，甚至到了海上丝绸之路的起点泉州（或广州）。有人认为这是出于他的贪婪，②辛巴达自己也说了，是"经不起欲望的怂恿"，而欲望的产生是因为"人生是贪得无厌"。然而，第一次远航冒险的亲身体验，已经用血的事实告诉他，远航冒险经商可能是一条死路，不管贪婪的欲望有多么大，仅凭"欲望"是不可能促使他不顾性命地去冒险的。如果人死了，财富的意义何在？

　　如果我们联想到大明帝国的郑和七下西洋，英帝国形成时期两个不断出海冒险的著名文学人物鲁滨逊和格列佛，也许就能看到这种迷恋海洋背后的追求。这是处于上升期的民族所特有的一种探索新世界的进取精神。历史上，当阶级和民族处于上升期时，人们对自己的前途一般都充满信心和希望，散发着一种生机勃勃的向上精神并表现出顽强的生命力。正如龙发科所指出的，这是处于兴旺强盛时期的阿拉伯民族对新的科学、新的知识的求知欲望和探求新世界的进取精神。强大的阿拉伯帝国形成后，版图数十倍于阿拉伯半岛上的最初王国。居于高位的征服者作为曾经在沙漠上居住的民族，没有条件去认识外界，而强大帝国的形成，使他们的眼界豁然开朗起来。面对这样一个新鲜的世界，他们如饥似渴地认识、吸收和探求一切，以满足他们的求知欲望。③正如辛巴达自我解释的那样："一心向往异地风光，憧憬着航海旅行、海外经商、参观各地风土人情的乐趣。"辛巴达每次远航归来，确实都得到新的收获，这让他了解和认识到许多他以前闻所未闻的东西，譬如大得像建筑的圆顶一般的神鹰蛋、像小岛一般大且表面长满植物的大鱼、飞起来遮天蔽日的大鸟、可以吞食大象的蟒蛇、吃人肉的黑色巨人、奇形怪状的各种鱼类和可怕的海老人等，还有海

---

① 《一千零一夜》，纳训译，人民文学出版社，1994，第65页。

② 曲帅：《从〈辛德巴德航海旅行记〉看商人形象》，《文学界》2010年第5期，第38页。

③ 龙发科：《谈〈一千零一夜〉中的经商和航海旅行故事的意义》，《外国文学研究》1983年第6期，第30页。

中奇景、岛上风光、夫妇相互陪葬、满月时的夜空飞行等神奇的人情风俗。王向远也指出："著名的《辛伯达航海旅行的故事》就是这类故事的杰出代表。在这类故事中，阿拉伯人发挥了惊人的想象力。他们善于把耳闻目睹的异域风物加以渲染和夸张，凭想象构筑出一个神奇的、诱人的世界，突出地表现了阿拉伯民族作为一个喜欢行动的民族所具有的开放好奇的民族心态。东方文学史上恐怕还没有一部书像《一千零一夜》这样对外部世界投入如此大的兴趣。"[1]

特别值得注意的是，正因为他们对外部世界充满好奇，并急于将外部世界的知识带回故土，与他人分享，为后人铺路，所以以辛巴达为代表的海商们在遭遇危机或者做买卖时，展现出了过人的智慧。虽然《一千零一夜》中伊斯兰精神贯穿始终，体现了民众对真主的顺从与崇拜，似乎大千世界中的一切奇妙变化，人物生活中的曲曲折折、悲欢离合，都由伟大的安拉在冥冥中俯察并支配着，许多故事神奇而曲折的情节与意想不到的结局，无非是为了证实和赞颂安拉的伟大，让人惊叹安拉的万能，但辛巴达等海商们很清楚，安拉只拯救能够自救的人。正如他在第六次航海遇难，为自己做了简易船逃离荒岛时边划桨边吟道：

去吧，闯出危险，

勇往直前。

远离故园，

不要哀怜。

宇宙何处不能栖身？

不必忧心忡忡，

人生如梦，

灾难总有尽头。

命运支配着人，

你唯一的依靠是自己。

在第一次航海时，辛巴达因为将一条大鱼误认为小岛，而被鱼甩入海中，情急中他抓住一个被旅客遗弃的大木托盘，伏在上面而幸免于难；第

---

[1] 王向远：《〈一千零一夜〉与阿拉伯民族精神》，《宁夏大学学报》1991年第2期，第65页。

二次遇险时，他将自己绑在大鸟的腿上以此来逃脱孤岛，来到遍地都是蟒蛇和钻石的大峡谷时，他又伏在粘着钻石的羊肉上，等兀鹰们把羊肉拖回去的时候，趁机逃出蟒蛇谷；第三次遇险时，为了免遭蟒蛇的攻击他用木板把自己从头到尾包裹起来使得蟒蛇无从下口；第四次被困陪葬墓地，他抢夺其他活着的殉葬者的食物和水，并积极寻找墓坑出口；第五次来到猴子城，他学着当地人那样向猴子扔石头，猴子向他们扔椰子，他拿着椰子去换钱并且到别的小岛上去换珍珠；第六次商船遭遇海难，他流落荒岛后，想到河流必然流到有人的地方，在垂死之际用沉香木和找到的绳子捆扎出一艘小船，载满岛上的宝石和龙涎香顺流而下，不仅被搭救，还发了财；第七次在中国海域中遭遇鲸鱼和暴风雨的袭击，通过自救，他来到泉州（或广州），并迅速适应中国环境，娶妻生子，生意兴隆。

固然，对穆斯林而言，这些灵感是安拉所赐，但这些智慧在被写下来之后就是大众的共享知识，为后来的航海者提供解决类似问题的思路。也正是这些知识的不断积累，阿拉伯向东的航线才能不断拓展，从而将中古世界的亚、欧、印太航线连接起来，成为繁盛一时的海上丝绸之路。《辛巴达的航海》及《一千零一夜》中的其他海商故事，为我们提供了一幅以中东为中心节点的更全面的海上丝绸之路的海图。

四、水上驼队的丝绸之路

史学家希提在《阿拉伯简史》中，对阿拉伯商人的经商路线做了一个简要描绘："在七世纪到九世纪之间，穆斯林商人的足迹，东方从水陆两路到达了中国，南方到达了桑给巴尔岛和非洲最远的海岸，北方深入了俄国，西方为'黑暗海洋'（大西洋）所阻，无法前进了。"[①] 就在《一千零一夜》形成时期，著名的阿拉伯地理学家伊本·胡尔达兹比赫写了一本《道里邦国志》，并在书中对以阿拉伯为中心的旧世界商路，做了一个详细的描画："操着阿拉伯语、波斯语、罗马语、法兰克语、安达卢西亚语、斯拉夫语的商人经陆路和海路，从东方行至西方，又从西方行至东方。他们从西方贩来奴隶、婢女、娈童、绸缎（Dībāj）、毛皮、皮革、黑貂、宝剑等，从西海中的凡哈（Fanḥah）出航，取道凡莱玛（Faramā），再负载

---

① 希提：《阿拉伯简史》，马坚译，商务印书馆，1973，第175页。

着商品到红海（Qulzum），从凡莱玛至红海有 25 法尔萨赫，再从红海出发航行在东海上，抵达伽尔（Jār）和吉达，再至信德、印度、中国。然后，他们从中国携带着麝香、沉香、樟脑、肉桂及其它各地的商货返回红海，再将货物运至凡莱玛，再航行于西海中。或许，他们带着商品去君士坦丁堡，货卖给罗马人。或许，他们将商品带到法兰克王国，在那里贩卖，假如他们愿意，他们可以带着货物从法兰克出发经西海，在安塔基亚（安条克）登陆，在陆地上走过三个驿站，便到达伽比亚（Jābiyah）。再航行在幼发拉底河上，直抵巴格达，再航行在底格里斯河上，直至武步拉（Ubullah）。再从武步拉启航，陆续至阿曼、信德、印度及中国。所有这些道路都是彼此相通的。"①

这条线路就是由陆上与海上两条丝绸之路构成的环形线路。由此可以看出当时的大马士革、巴格达、巴士拉、亚历山大、开罗等城市和港口，都是商业贸易的大中心。通过丝绸之路和印度洋、地中海运来的货物，都在这些地方集散转运。巴格达的码头有好几里长，经常停泊着几百艘船只，从本地的羊皮筏子到中国的大商船。"市场上有从中国运来的瓷器、丝绸和麝香；从印度和马来群岛运来的香料、矿物和染料；从中亚细亚突厥人的地区运来的红宝石、青金石、织造品和奴隶；从斯堪的纳维亚和俄罗斯运来的蜂蜜、黄蜡、毛皮和白奴；从非洲东部运来的象牙、金粉和黑奴。"②

《一千零一夜》生动展现了中世纪阿拉伯世界商业的繁荣。第 12 个故事《脚夫和巴格达三个女人的故事》，详细描述了一位妙龄女郎在巴格达市场的采购过程：她在基督徒经营的商店购买橄榄，在水果店选购叙利亚苹果、土耳其榅桲、阿曼梅子、哈勒白素馨花、大马士革睡莲、伊格拉密胡瓜、埃及柠檬和撒尔他尼橙子等异域水果，还购置了桃金娘、指甲花等各类花卉。随后又在肉店购买了 10 磅肉，在干果铺采购阿月浑子仁（开心果）、葡萄干和杏仁，在糕饼店购买甜点，最后在香水店购置了用玫瑰、睡莲等香花制成的香水，以及含有麝香、乳香等名贵香料的香精和亚历山

---

① 伊本·胡尔达兹比赫：《道里邦国志》，宋岘译，中华书局，1991，第 164 页。
② 希提：《阿拉伯简史》，马坚译，商务印书馆，1973，第 136 页。

大的蜡烛。这一场景生动展现了当时巴格达作为国际贸易中心的繁荣景象。

作为海上丝绸之路的东方起点,中国在《一千零一夜》的叙事中占据着重要地位。巴格达等阿拉伯港口城市设有专门的中国商品市场,如《哈里发哈伦·拉希德和懒汉的故事》中的商人阿布·穆扎菲尔就常赴华贸易,《辛巴达的的航海》中辛巴达在第七次航行抵达中国,《基督教商人的故事》和《裁缝的故事》中均有角色来华经商的记载。据 9 世纪阿拉伯文献《中国印度见闻录》记载,876 年(唐文宗时期)广州的蕃商已达 12 万人,相对当时城市的规模来说,这个数字相当可观。8 世纪初,广州已设立"蕃坊"和"蕃长司"管理阿拉伯商人聚居区,著名的怀圣寺光塔即为当时所建。宋代市舶司制度确立后,泉州和广州的海外贸易进入新阶段。朝廷为鼓励贸易,授予招徕的阿拉伯商人的纲首和有突出贡献的蕃商官职,这为蒲寿庚等阿拉伯商人日后执掌市舶司埋下伏笔。南宋末年,阿拉伯裔商人蒲寿庚主政泉州市舶司长达 30 年,垄断海外贸易利益,这一点在辛巴达的第七次航海中也有充分体现。

当时中国主要港口城市中,泉州和广州的阿拉伯侨民最多,杭州、扬州次之。辛巴达在华期间,依靠檀香木贸易致富,并得到当地阿拉伯商会的资助。这些商人虽有个别汉化者,但仍保持自身信仰和商业网络。辛巴达在泉州所娶的妻子即为阿拉伯第二代移民,其商业群体主要从事大宗进出口中介,类似当代义乌的阿拉伯商人群体。

辛巴达是一个典型的海上丝绸之路开拓者,从其描述中提到的物产、气候、地理特征、人的长相等可以推断,他到过非洲东海岸、地中海、红海、波斯湾、南亚、东南亚,最后到了海上丝绸之路的起点中国,并在中国娶妻生子,生活很多年,成为阿拉伯人在华商会的主要人物。辛巴达的航行路线与郑和船队七次下西洋的路线基本一致,只是辛巴达向东航行,郑和向西航行,但辛巴达的航海要比郑和早至少 3 个世纪,这就是为什么相当多的史学家认为郑和的七下西洋不属于地理大发现的范畴。哥伦布、达·伽马、麦哲伦等一众航海家所走的路线是彼时文明世界记录中所不曾有的路线,新航路的开拓影响了整个人类文明的发展进程,而郑和船队所到达的地区,所行驶过的航路,是早已为阿拉伯商人所确定的成熟路线。

郑和的航海壮举，更多的是举大明朝的帝国之力，一口气贯通了从中国绕道东南亚、南亚、阿拉伯半岛，直到东非的航运线，发展并巩固了这条中古时期最繁忙的海上运输线。① 相比于郑和，这位单打独斗，甚至都没有自己商船的辛巴达，出于成本考虑，只能接驳式地沿着海上丝绸之路的不同港口，一段一段地东进或西行，很少有阿拉伯商人能够走完整条海上丝绸之路。

结　论

辛巴达是一位比较有代表性的古代航道和商路的开拓者，是沟通世界的先驱者。他所自述的经商冒险经历，不可避免地带有夸张，就像《镜花缘》中的海外叙事一样，特别善于通过夸张手法呈现殊方异物，将古代海上生活的艰辛赋予一种雨过天晴式的幽默，激发读者探求新世界、开辟新道路的欲望。辛巴达这样的大食商人所走过的曲折而艰巨的远航冒险道路，就是古代先驱者们为了开发新世界而历尽艰辛的真实写照。他们顽强的奋斗精神，就是阿拉伯民族兴旺强盛时期民族精神的缩影。当《辛巴达的航海》伴随《一千零一夜》在欧洲的传播，恩里克王子、达·伽马、迪亚士、哥伦布、麦哲伦等一众航海家探索神秘世界的渴望，对东方财富的渴望，被大大地激发出来，从而这有力地推动了大航海时代的真正到来。

---

① 张箭：《世界大航海史话》，海洋出版社，2010，第24页。

第二节 《转运汉巧遇洞庭红》:
海上丝绸之路的"转运"机制

中国的海上对外交通可以追溯到秦汉之前,但当时并不繁盛。伴随着指南针、罗盘等各种导航工具的使用与造船技术的提升,隋唐时期海上国际商路才被广泛开辟,海上丝绸之路由此产生。《中国印度见闻录》提到,公元 876 年广州的蕃商已达 12 万人之众,泉州、扬州等商品繁盛之地的蕃客也以万计。[①] 为了对日益增多的海运进行有效管理,更是为了从海洋贸易中获取关税,增加政府收入,唐朝开始在广州设置市舶司。因为泉州比广州更靠近中国腹地,与南宋都城临安相去不远,是东海航路与南海航路的交汇点,又兼有内航和外航之利,具有良好的商业辐射功能,故元祐二年(1087),宋哲宗听从户部尚书李常的请求,在泉州增置市舶司。宋、元时期下南洋,西去大食的中外船只,均从这里放洋,马可·波罗就是从泉州出发,走海路返回欧洲的。

元朝《岛夷志略》的作者汪大渊,出生于泉州,并以海为业,两次浮海西行皆从泉州出发。他首次以泉州为起点,提出东西洋之说,影响了此后中国对外交通史的分类方式,也有了此后郑和、王景弘七下西洋之说。泉州作为中国海上丝绸之路重要节点的地位,一直延续到明成祖年间。郑和一行,即便是从长江口入海,也是以泉州作为真正远赴西洋的起点,福建多处妈祖庙中均有对郑和下西洋的石碑记载。也正因为开拓了海上丝绸之路,而泉州又是海上丝绸之路的重要港口,才成就了大食帝国巴格达城

---

① 佚名:《中国印度见闻录》,穆根来、汶江、黄倬汉译,中华书局,1983,第 96 页。

的冒险家辛巴达，以及下文将要讨论的苏州人文若虚、波斯人玛宝哈，他们三人均在泉州发迹，可谓时势造人。

一、海上丝绸之路的"转运"传奇

明朝成化年间，苏州人文若虚天资聪颖，触类旁通，对琴棋书画、吹弹歌舞皆有所涉猎。虽出身富庶之家，但家道中落。所幸他为人豁达乐观，颇受友人欢迎，常受邀参与各种聚会。他深知自己之所以被邀请，全因能助兴取乐，故总能在席间适时行酒令、唱曲、说笑，令主宾尽欢。当时苏州商业繁荣，催生了不少此类以娱人为生的闲人。只是男子一旦沦落至此，成家立业便成奢望。

苏州作为商贾云集之地，人人皆求功名富贵。文若虚听闻北京扇子行情向好，便从文人荟萃的苏州采办了一批折扇，更邀江南名士为部分扇面题诗作画，以期高价出售。不料，当年北京气候凉爽多雨，扇子霉变滞销，以致文若虚血本无归，连返乡盘缠都无从筹措。换作常人恐已绝望，但天性乐观的文若虚仍以陪宴助兴换取食宿。其境遇与品性终获友人同情，其中一位名叫张承运（人称张大）的商贾不忍见他沉沦，邀其同赴海外经商——漫漫航程孤寂难耐，正需文若虚这般善调气氛的旅伴。张大重情义，建议文若虚顺带些货物，或可在外埠获利。但因资金匮乏，虽经张大资助一两银子，再难筹措分文。面对商旅们的势利，文若虚一笑置之，这一两银子实在难以置办像样货物。正踟蹰间，忽见市集有售名为"洞庭红"的柑橘，价廉物美且耐储存。思忖即便销路不佳，亦可与同船客商分享，权作答谢免费航程之情，遂购数筐贮于舱中。

数月后，商船抵达吉零国（据行程与民风推断，当在今越南沿海一带，与汪大渊《岛夷志略》、马欢《瀛涯胜览》、费信《星槎胜览》、巩珍《西洋番国志》所载南海诸国情形相仿，当地港口多华侨及专营国际贸易的牙商）。众商贾皆上岸交易，唯无货可售的文若虚留守看船。此时，他方想起那几筐柑橘，恐已腐坏，遂取出晾晒。这些原本青涩的果实，经数月航程已熟透，色泽明艳如霞，香气馥郁，甘甜如蜜，引得当地人争相购买。文若虚因此获利数百两，增值百倍，对众人亦心怀感激。

当同船的商旅卖了中国货又购置了当地特产后，就返程回国。没想到回程遭遇飓风，万般无奈，船老大只能将船临时避在一座无人岛上，等待风暴过去。当其他人都躲在船舱里想着怎么打发时间时，文若虚想着此行的个人目的本来就是看看海外的奇山异水与风土人情，所以任何陌生的地方都值得看看，于是便一个人到这荒岛上四处转悠。他在岛上碰到一个巨大的海龟壳（书中说是鼍龙壳，应该有误，鼍龙在当下主要指鳄鱼，尤其是淡水扬子鳄），并用绑腿做带子，将这比床还大许多的龟壳背了回去。擦洗干净之后，将这龟壳既当箱子又当床用，当然这免不了遭受大家一阵善意的讥笑，人人都觉得这落魄的读书人痴愚。等船抵达泉州，当地的牙行（即中间商体系）开始批发接收洋货，招待这些出洋回国的客商吃喝。宴席按每个人货物价值排座，没有带来任何洋货的文若虚自然被排在末座。没想到上船看货的波斯商人玛宝哈一眼相中了那似乎百无一用的海龟壳，经过几番商议，居然以5万两银子买了下来。因银两数额巨大，不便携带，而且玛宝哈将他在泉州很有盈利能力的绸缎庄也质押给了文若虚，所以文若虚在答谢了张大等一众行商之后就留在泉州经商，进而成为富商。

波斯人玛宝哈，很重诚信。他告诉中国同行们，他之所以花光自己所有资产，买下一个看起来毫无用处的龟壳，是因为这是鼍龙升天后留下的外壳："列位岂不闻说龙有九子乎？内有一种是鼍龙，其皮可以幪鼓，声闻百里，所以谓之鼍鼓。鼍龙万岁，到底蜕下此壳成龙。此壳有二十四肋，按天上二十四气；每肋中间节内有大珠一颗。若是肋未完全时节，成不得龙，蜕不得壳。也有生捉得他来，只好将皮幪鼓，其肋中也未有东西。直待二十四肋，肋肋完全，节节珠满，然后蜕了此壳变龙而去。故此是天然蜕下，气候俱到，肋节俱完的，与生擒活捉、寿数未满的不同，所以有如此之大。这个东西，我们肚中虽晓得，知他几时蜕下？又在何处地方守得他着？壳不值钱，其珠皆有夜光，乃无价之宝也！今天幸遇巧，得之无心耳。"众人听罢，似信不信。只见玛宝哈走将进去了一会，笑嘻嘻地走出来，从袖中取出一西洋布的包解开来，只见一团绵裹着寸许大一颗夜明珠，光彩夺目，讨个黑漆的盘，放在暗处，其珠滚一个不定，闪闪烁烁，约有尺余亮处。众人看了，惊得目瞪口呆，伸了舌头收不进来。主人回身转来，对众客逐个致谢道："多蒙列位作成了。只这一颗，拿到咱国中，就值方才的价钱了；其余多是尊惠。"①

　　尽管众客商很为文若虚惋惜，认为他价钱卖低了，但豁达的文若虚却知足常乐，说："不要不知足，看我一个倒运汉，做着便折本的，造化到来，平空地有此一主财爻。可见人生分定，不必强求。我们若非这主人识货，也只当得废物罢了。还亏他指点晓得，如何还好昧心争论？"② 他也拿出几千两银子答谢给了他出海机会的商人兄弟。滴水之恩涌泉相报，也许才是文若虚不断遇到贵人相助的原因。

　　这篇小说在开头讲了一个朱老汉的故事，作为为小说定基调的引子。朱老汉一生省吃俭用，将存下来的银子铸成八个银锭存起来，准备留给子孙，没想到这银锭化为人身，自己跑到别人家去了，所以小说结尾的总结性诗写道："运退黄金失色，时来顽铁生辉。莫与痴人说梦，思量海外寻龟。"③

　　文若虚的时来运转真的源于他的运气吗？其实不是，实际上帮他转运的是海上丝绸之路。如果他继续留在京城，哪怕是留在水网密集的苏州，都不会时来运转。《转运汉巧遇洞庭红》的故事，实际上是海上丝绸之路的招商宣传片，呈现了海上丝绸之路每个环节环环相扣，最终成就的盛况，以及这种国际贸易体系对沿线普通人的深刻影响。波斯人玛宝哈几乎就是第七次航海后留在泉州成家立业的辛巴达的翻版，他终于获得一笔无人可以匹敌的财宝——鼍龙壳中的那几十颗夜明珠，于是功成身退，重新沿海上丝绸之路回巴格达或波斯。海上丝绸之路不仅改变了文若虚、张大等一众普通中国人的命运，也同样改变了大食商人的命运，正如齐裕焜在《中国古代小说演变史》中所言："作品真实地描述了海外经商的客船往返贸易的情况，以及福建沿海波斯商人的商业活动，反映了明代海外贸易的规模。"④ 作品对经商过程的描写也有助于我们了解明代私人海外贸易。

---

① 凌濛初：《初刻拍案惊奇》，中华书局，2009，第13页。
② 凌濛初：《初刻拍案惊奇》，中华书局，2009，第14页。
③ 凌濛初：《初刻拍案惊奇》，中华书局，2009，第14页。
④ 齐裕焜：《中国古代小说演变史》，敦煌文艺出版社，2002，第131页。

二、海上丝绸之路的"转运"机制

在探讨丝绸之路时，学者们多聚焦于大汉王朝与古希腊的贸易往来。海上丝绸之路的形成则要迟至隋唐时期，因为海上贸易绝非陆路驼队运输那般简单，需要航海者对天象、气象、水文、季风、地质等自然规律有深刻认知，同时还需具备相当的造船技术与导航能力。虽然中亚、西亚及欧洲的政治局势变化对此也有影响，但并非决定性因素。海上丝绸之路从隋唐肇始，经宋、元发展，至明初郑和七下西洋达到鼎盛，在国家力量的推动下，从零星的民间商路逐步发展为连接东亚与红海的成熟航道。这一时期不仅沿途建立了完善的导航设施，还留下了《更路经》（指南针导航法）等系统的航海文献，标志着这条海上商路已臻成熟。即便明中期至清代，朝廷实行"海禁"政策，也由于国家间资源配置的不均衡与生产力水平的差异，而始终未能完全禁绝国际贸易。民间商人仍继续利用这条成熟的航道进行贸易。晚明时期的凌濛初虽身处海禁严苛之时，但其笔下的文若虚等商人依然能够出海谋利，依托的正是这条在国境之外依然运作如常的海上丝绸之路。那么，这条商路究竟形成了哪些成熟的运行机制，才能确保其持续运作，并造就了文若虚、玛宝哈等成功的跨国贸易商呢？

首先就是运作成熟的从业者共同体。明代私人海外贸易的组织形式分为两种：一种是由官僚地主、商人地主或大商人用自己的商业资本作为"财东"而组成的海外贸易队，这些人其实是获得官方授权的官营与半官营机构；而更多的另一种是由小本商人及散商组织的海外贸易共同体，每次出海，由数人至数十人组成商队，一到数人牵头雇船，根据船的性能、吨位和季风状况，决定目的地和货品种类，同去同回。每人根据货品多少支付运费。各人货物不同，到了目的国港口也是分头行动，寻找对应的牙行经纪或者开拓新主顾。①

这种散商共同体看起来虽然组织松散，每次出海人员都不固定，实际上却保证了运作的灵活性，只要有船，季风风向适合，随时可以组织商人出海。船商这边也有灵活而成熟的运行机制，有的还能配备一定的武装押运。散装货物品种更加多样，对标的是目的国的民间需求，而非明朝官商

---

① 张维华：《明代海外贸易简论》，学习生活出版社，1955，第76–77页。

所对应的上层社会的需求，这也更有利于活跃双方的平民市场。正因为风险共担，所以这种草根的海商共同体更加团结，集思广益，这从张大对文若虚的经验传授与不断指导可见一斑。如果没有足智多谋的张大作为组织者，大家都不会赚到钱，甚至不能成行。对于文若虚来说，既不可能往南洋带去一筐洞庭红而发小财，更不可能在与玛宝哈的谈价中获得大利。

当然，海上丝绸之路上每个海港都有的牙行，也构成了海上丝绸之路活力与能量输送的节点。牙人作为贸易双方的中介人在唐代就已经出现，到五代则进一步出现了牙行。牙行是商业发展到一定程度和规模时必然出现的贸易中介组织，靠为买卖双方说合，抽取佣金而牟利，既有"官牙"，也有"私牙"。① 通过《转运汉巧遇洞庭红》这个故事，我们可知明代私人海外贸易已经有牙行、经纪人为贸易双方提供便利的服务了。当船在吉零国一靠岸，众人便各自上岸找寻自己熟识的经纪人、歇家、通事人等，以便顺利出货。可见在海外贸易中，牙行、经纪人等的中介业务十分繁荣，他们提供的便利服务在一定程度上有助于海外贸易中商品的流通。

不懂当地语言与经商规则的国际海商很难下船做零售生意，《镜花缘》中林之洋、唐敖、多九公在海外自己出面做零售生意的情节，更多是文学化的理想描写，现实中几乎不可行。在异国他乡走乡串户做零售，成本之高使商品不具有竞争力，随身携带银两也可能招来杀身之祸。加之零售耗时漫长，常使商人错过返航季风。因此，无论是在泉州、广州、吉零国，还是在辛巴达航海到过的波斯湾、红海、孟加拉湾，港口周围都是中间商的行号，有的是懂当地语言的华侨开办的小商行，有的是大海商的驻地机构，更多的是精通多国语言的当地人开办的进出口商行。这种情况在《岛夷志略》《瀛涯胜览》《三宝太监西洋记通俗演义》中皆有记录。

当张大的船到了吉零国码头后，一众人都上岸找自己熟悉的牙行经纪洽谈出货事宜，说明中国海商做的是已成熟的老生意，而且可以推测他们在出货后会接到新的订单与预付款。这样，下一次来吉零国时就不会盲目带货，而是送来预定的商品，将经商风险降至最小。当然，这些中国海商

① 秦良：《〈转运汉巧遇洞庭红〉的商业解读》，《南昌大学学报》，2003 年第 6 期，第 112-116 页。

也会在外国常规特产之外，开发吉零国或其他海外国家的新特异商品，以便带回中国牟取高利。当张大他们这条船回到中国后，情况也是一样。他们刚靠岸泉州，"就有一伙惯伺候接海客的小经纪牙人，攒将拢来，你说张家好，我说李家好，拉的拉，扯的扯，嚷个不住"[1]。当年辛巴达抵达泉州时，那里也同样有阿拉伯人的牙行接待安置他，帮他销货，甚至帮他娶了一位牙行经纪的女儿。接待张大一行的波斯人玛宝哈其实就是一位大食驻泉州的牙行经纪，他是因为鼍龙壳中夜明珠的暴利市场在大食，所以才选择将商行作价转让给文若虚而离开泉州的。可以肯定地说，其他大食牙行经纪同行还在泉州，他走后大食人的牙行经纪仍会一如既往地活跃。

牙行经纪对维持海上丝绸之路的作用如此重要，但要降低牙行的风险，并保持其活力，就需要商业信誉来维持，而要维持商业信誉，除了靠行业协会的行规与业界口碑的约束之外，更重要的还是靠法律，也就是商业法规。譬如，吉零国的一位经纪请张大下一次过来时带 500 匹印花棉布，为了防止因毁约而蒙受损失，张大必然会要求这位牙人先交付一定的押金，但牙人又要防止张大跳单，所以双方就需要签一个被所在国法律认可的合约，由中间人做担保，以合同文书来规范交易行为。当文若虚的鼍龙壳生意谈成时，玛宝哈就叫店小二拿出文房四宝，将一张供单绵料纸折了一折，拿笔递与张大道："有烦老客长做主，写个合同文书，好成交易。"张大指着同来一人道："此位客人褚中颖，写得好。"把纸笔让与他。褚客磨得墨浓，展好纸，提起笔来写道："立合同议单张乘运等。今有苏州客人文实，海外带来大龟壳一个，投至波斯玛宝哈店，愿出银五万两买成。议定立契之后，一家交货，一家交银，各无翻悔。有翻悔者，罚契上加一。合同为照。"一样两纸，后边写了年月日，下写张乘运为头，一连把在座客人十来个写去。褚中颖因自己执笔，写了落末。年月前边空行中间，将两纸凑着，写了骑缝一行，两边各半，乃是"合同议约"四字，下写"客人文实，主人玛宝哈"，各押了花押。单上有名，从后头写起。[2] 合同一式两份，还有担保人，买卖双方都要在合同上画押，还签有

---

① 凌濛初：《初刻拍案惊奇》，中华书局，2009，第 9 页。
② 凌濛初：《初刻拍案惊奇》，中华书局，2009，第 11 页。

骑缝字。买家为了酬谢担保人还要给付一定的佣钱，足见在明代海外贸易中合同的签订已经相当规范，海商的契约意识已经树立。

海上丝绸之路实质上是以沿线数十个重要港口为节点构成的航运网络、水陆联运体系，其范围涵盖东洋、南洋至西洋。即便在郑和下西洋时期，明朝倾国力贯通全线后，商品仍鲜有由中国商船直运埃及或意大利，或由欧洲直抵中国的情况。究其原因，在于全程运输的成本与风险过高，且难以配备通晓多国语言的船员——除非作为国家行为实施。因此，海上丝绸之路的实际运作模式主要表现为分段运输，即各国商船负责本国重要港口间的航段。高附加值特色商品如同接力传递，在中国与西洋之间辗转流通。在此贸易体系中，不仅需要民间海商组建大型商船队昼夜航行以抵御恶劣海况，港口牙行经纪人的中介作用同样至关重要。这些中间商同时处理商品的进口、出口和转口贸易，通过规范交易流程、订立商业契约、提高违约成本等方式，为国际贸易提供制度保障。据小说描写，这套贸易机制在明代已臻成熟。然而必须指出，除航海技术局限外，当时金融汇兑体系缺失、商品储存条件落后等因素，都严重制约了海上丝绸之路的进一步发展。

此外特别值得一提的是，《转运汉巧遇洞庭红》中所记海商的经营情况过于理想，并不十分符合"海禁"状态下做生意的模式，这也就是为什么这个故事更被认为是唐代小说《魏生》和明初《苏和经商》的翻版。[①]因为玛宝哈这类西洋来的牙行经纪到明后期已经基本消失，不可能如此从容地自由出入中国海域，更不可能在泉州安安稳稳坐庄行商。明中期以后，海外贸易虽然仍旧存在，但因为不光明正大，故以中国商人赴异国贸易为主。

另一方面，"海禁"意味着政府将东南沿海数百年来重要的以海为路的生存方式置于政府的对立面，而这必然引起沿海商民的极大不满与强烈反抗，使私人的、民间的海上贸易方式发展出"亦商亦盗"的畸形特征。青心才人的《金云翘传》正面歌颂了政府眼中的"商寇"首领徐海与其

---

① 张进德：《〈转运汉遇巧洞庭红〉本事补正》，《明清小说研究》，2010 年第 1 期，第 170-176 页。

妻王翠翘，《台湾外记》翔实记录了郑氏集团商船武装发展的历史，而且详细阐述了郑成功突破以"农桑为本"的传统立国思想，提出"通洋裕国"论。明清时期描写海商的小说主题基本都是"我宣力本朝，请开互市"。由此可以看出，尽管受到农业社会经济的控制和压抑，当时的海洋社会经济仍然在民间、地方层面上显露出勃勃生机，并在社会各阶层引起强烈反响。海上丝绸之路不会因为官方讳疾忌医的非理性政策而消亡。

结　论

学界在研究海上丝绸之路时，往往只看到官方的政策材料与机构设置，最多看到海上丝绸之路对朝贡体系的影响，却看不到这条沟通东西方文化与商品流通的线路对普通人的影响。《转运汉巧遇洞庭红》以一种浪漫的方式演绎了海上丝绸之路对普通中国人的深刻影响。当一个人被传统束缚住了手脚，缺乏向上流动的机遇时，海上丝绸之路如同流动的洋流，可以将参与者带出困境。文若虚将洞庭红柑橘带到了吉零国，又将罕见的鼍龙壳卖给波斯商人，都符合国际贸易中的物产补缺原则，可以从中牟取丰厚的利润。因此，海上丝绸之路对普通人来说，是一个有勇气有智慧就可以充分利用的转运机制。另外，小说对明代国际贸易中的牙行经纪人、商品的选择、出海的组织方式、货币的汇兑、合同文书的起草与执行等，都有相当生动而客观的记录，有助于今天对海上丝绸之路贸易史和海交史的研究。

第三节 《镜花缘》: 海上丝绸之路的
文化海图

即便我们将海上丝绸之路看作一条商道，也该注意到，每一种受到他国消费者欢迎的商品，其本质上都是凝结了特定生产力水平的物质文化，譬如精湛的桑蚕养殖技术与纺织技术融合才产生丝绸，高超的山地水土涵养技术与复杂的茶叶加工技术才产生各式各样的中国茶，更不用说精湛的陶土烧制技艺与瓷器绘画工艺结合才产生玲珑的中国瓷。商品流通本身也是一种流通文化，正因如此，学者杨国桢在对海上丝绸之路作概念描述时，就避开了单一的商业内涵，将之称为东西方之间融合、交流和对话之路，在古代是以海洋中国、海洋东南亚、海洋印度、海洋伊斯兰等海洋亚洲国家和地区的互通、互补、和谐、共赢的海洋经济、文化交流体系。他进一步认为，海上丝绸之路是一个早于西方资本主义世界体系出现的海洋世界体系，这个世界性体系以海洋亚洲各地的海港为节点，以自由航海贸易为支柱，以经济与文化交往为主流，包容了各地形态各异的海洋文化，形成和平、和谐的海洋秩序。[①]

这种协和万邦的海上丝绸之路共同体想象，在文学上的表现，除了完全以中华天朝为中心，主张"宣德化以柔远人"，并过于神魔化的《三宝太监西洋记通俗演义》之外，还有民间版经商的海上丝绸之路传奇文学，其中的代表作莫过于后郑和时代的《镜花缘》。这是一部以《山海经》的风物记载为底本，参考汪大渊的《岛夷志略》、马欢的《瀛涯胜览》、费

---

① 杨国桢：《海洋丝绸之路与海洋文化研究》，《学术研究》，2015 年第 2 期，第 92 页。

信的《星槎胜览》、巩珍的《西洋番国志》等中国古代航海文献撰写而成的奇书。《镜花缘》视角独特，既反映了中国人较早接触海外的历史，又聚焦海外华人世界，通过讲述主人公从"仕"转"商"、由大儒变为海商的岛国万里行经历，展现了海上丝绸之路的文史趣味。

一、海路上的殊方异域

李汝珍（1763—1830），字松石，号松石道人，清代著名小说家。由于他对八股文不屑，终生仕途不顺，但学问渊博，并精通音韵，青少年时代就著有《李氏音鉴》。他19岁随兄来到海州（今江苏省连云港市），其后除两次去河南做官外，一直居住在此。海州是河流的入海口，在古代是连接东海与黄海的重要通道。秦始皇统一中国后，于公元前212年在海州建朐县，并立石阙为标，作为"秦东门"。秦始皇五次东巡，三次途经海州。甚至有人说徐福是海州赣榆人，其东渡启航地就在海州赣榆县的古朐港。[①] 唐代开凿官河后，海州不仅成为漕运枢纽、南北通衢，还是东渡日本的重要口岸，故当地素有航海经商传统。李汝珍岳家世代经营海贸，海州特有的海洋文化、风土民情及历史遗迹，皆为其创作提供了丰富素材。中年后，因仕进无望，李汝珍遂潜心著述。自1795年始，他历时二十载完成百回巨著《镜花缘》，堪与《西游记》比肩。该书熔铸作者毕生所学，通过众才女谈经论史、品茗论艺等情节，将经学、史学、音韵、文艺等知识巧妙融入叙事。嘉庆二十三年（1818）刊行后，即获学界瞩目。鲁迅在《中国小说史略》中誉之为"与万宝全书相邻比"的奇书。郑振铎、胡适、林语堂等学者对此书均有专论，《镜花缘》现已有英、俄、德、日等多语种译本行世。

《镜花缘》共一百回，分两个部分。前五十回主要是海外见闻，比较精彩，写唐敖、林之洋、多九公三人出海游历各国及唐小山寻父的故事。话说有一天，大雪隆冬节气，武则天酒醉，下诏书，要御花园中百花齐放，恰好此时百花仙子找麻姑下棋去了，各路花神无从请命，只得顺从天子之旨，于冬天齐放。因为违背天条，百花仙子与九十九位花神被罚下凡，投胎为一百名女子。百花仙子降生于岭南秀才唐敖家，取名唐小山。

---

① 赵鸣：《海上丝绸之路与徐福东渡的意义》，《大陆桥视野》，2019年第11期，第93页。

唐敖进京赴试，中探花，因他曾经与起兵谋反的徐敬业等人结拜弟兄，遭人告发，被革去探花，降为秀才。唐敖心中郁闷，产生隐遁之志，归乡时正好其妻兄林之洋将要出海经商，于是他恳求相随。船上还有一位博学多闻的老秀才多九公掌舵。三人游历了女儿国、黑齿国、长股国、君子国等30多个国家，见识了许多奇风异俗、奇人异事、魔草仙花、怪兽神鸟，结识或搭救了由各路花仙转世的十数名德才兼备的妙龄女子。最后唐敖至小蓬莱山不返，修仙去了。唐小山想念其父，再附海船至小蓬莱寻亲。虽未见唐敖本人，但得其秘示，于泣红亭中见一石碑，刻着百名才女的名姓。唐敖劝其改名唐闺臣，回国赴武则天新开之才女科考试。

后五十回着重表现众女子的才华。武则天开才女科，录取百名才女，与唐闺臣在泣红亭所见之榜完全相同。才女们举行"红文宴"，各展才华，有书、画、琴、棋，赋诗、音韵、医卜、算法、各种灯谜、诸般酒令，以及双陆、马吊、射鹄、蹴球、斗草、提壶等种种面戏之类，尽欢而散。唐闺臣后来再去寻父，也入小蓬莱不返。徐敬业、骆宾王等人的儿子起兵讨伐武则天，才女中有些人也参与其中，攻破武家军的酒色财气四大迷魂阵。武则天失位，中宗继位，仍尊武则天为则天大圣皇帝。又下诏，明年仍开女科，并命录取的才女重赴红文宴。全书至此结束。

二、协和万邦的海路想象

《镜花缘》是以海上丝绸之路为基础创作的地理博物类小说。不同于古代史书的四夷传，李汝珍明显借鉴了汪大渊、马欢、费信、巩珍等前辈留下的航海史料。海上丝绸之路始于秦汉，经唐、宋、元发展，迄于明代，达到鼎盛。如果细分，大致可以历史性地勾勒出三条主要线路，即南海航线、东海航线及西非航线。南海航线，又称南海丝绸之路，即《新唐书·地理志》所称的"广州通海夷道"，起点主要是广州和泉州，是岭南先民在南海乃至南太平洋沿岸及其岛屿开辟的以陶瓷为纽带的交易圈，是唐时世界上最长的远洋航线。东海航线，也叫"东方海上丝路"，始于春秋战国时期齐国在胶东半岛开辟的"循海岸水行"线路，直通辽东半岛、朝鲜半岛、日本列岛直至东南亚的黄金通道。李汝珍居住的海州港当时就处于这条航线的节点上。西非航线，在隋唐时期兴起，到明代中叶郑和下西洋，由我国沿海各地港口至南亚、阿拉伯和东非沿海诸国的航线。目前国际学界经常讨论的主要是郑和一举贯穿的西方航线，由泉州启航到广州，越过珠江口，经过海南岛到达越南、泰国、柬埔寨、马来半岛、印尼、菲律宾、斯里兰卡、马尔代夫、孟加拉国、印度、伊朗、阿曼、也门、沙特和东非的索马里、肯尼亚等国家或地区。这条线路在南海往往还会分出一支，向东到达菲律宾马尼拉港，穿圣贝纳迪诺海峡进入太平洋，东行到达墨西哥西海岸。①

总体而言，《镜花缘》涉及经商的篇幅有限，仅见于第八至第四十回，共计三十三回。三位男主角均具儒生背景：广东河源人唐敖曾中武则天朝探花；其妻兄林之洋虽常年泛海经商，好以读书人打趣，实则早年亦曾求取功名，后因仕途无望而弃文从商；舵手多九公原为秀才，因屡试不第转而经营海船。在浓厚的儒家文化氛围中，以儒商为主角的设计颇具巧思，既易获得读者认同，又使航海经历更具文化内涵——除地理博物知识外，更着力展现异域文化特质。

中华文化经海上丝绸之路对外传播的内容丰富多元，既包括儒家伦理道德、科举取士制度，亦涵盖先进的生产技术。由于三人商船所经沿海国家及岛屿众多，因此不妨对以上三个方面各取一例以窥豹一斑。

在第十一回"观雅化闲游君子邦　慕仁风误入良臣府"中，三人来到"好让不争"的君子国，路遇当朝宰相吴之和、吴之祥兄弟，三人因来自东土大唐而被邀至相府。唐敖道："小弟才同敝友瞻仰贵处风景，果然名不虚传，真不愧'君子'二字！"吴之和躬身道："敝乡僻处海隅，略有知识，莫非天朝文章教化所致，得能不至陨越，已属草野之幸，何敢遽当'君子'二字。至于天朝乃圣人之邦，自古圣圣相传，礼乐教化，久为八荒景仰，无须小子再为称颂。"② 吴之和后来又说："如今天朝圣人在位，政治纯美，中外久被其泽，所谓'巍巍荡荡，惟天为大，惟天朝则之'。"③ 宰相吴之和的话语中固然有诸多谦词，但可以看出中华文化在塑

---

① 赵鸣：《〈镜花缘〉与海上丝绸之路人文民俗关联觅踪》，《连云港职业技术学院学报》，2020年第2期，第15页。
② 李汝珍：《镜花缘》，人民文学出版社，2022，第62-63页。
③ 李汝珍：《镜花缘》，人民文学出版社，2022，第63页。

造其谦谦国风中所起的作用，这也是对三位从东土大唐而来的行商的尊重，在吴之和眼中，这三人是至高无上的儒家伦理法则的具体化与象征物。然而李汝珍的出脱之处在于，他并没有沉湎于虚幻的文化自大中，相反将文化自省作为重要的情节发展，贯穿整个海外行程中，让商旅成为文化自省之旅，让他国成为启发文化自省的镜像。作为海外行程第一站的君子国，为整部小说的文化反思定下了基调。

吴之和谦逊地对唐敖说："但贵处向有数事，愚弟兄草野固陋，似多未解。今日虽得二位大贤到此，意欲请示，不知可肯赐教？"① 于是吴之和就问了几个令唐敖一行汗颜，令中国读者汗颜的，关乎伦理衰落的社会问题。譬如，死者以入土为安，但天朝人为何因为选风水，致父母之柩多年不能入土？如果得一美地，即能发达，但为何不见通晓风水之人发达？为何天朝人生了子女，就要宰杀猪牛羊等许多生灵摆宴席？如果天赐人一生灵，反伤及无数生灵，天又何必以子女与人？为何天朝之妇女要缠足？何以两足残缺，步履艰难，却又为美？为何天朝有算命合婚之说？如果品行端正，年貌相当，门第相对，即属绝好良姻，何必再去推算？问题涉及天朝社会生活的方方面面，然而唐敖等对此已习以为常之人，又如何能用儒家的大义作出解释？幸亏因君子国皇帝来宰相府商量国事，三人借此匆匆告辞才算解围。当读者看到儒家伦理在海外生根发芽，却在本土衰落，内心的震撼是不言而喻的。文化沿着海上丝绸之路输出的同时，也是文化自省的开始，而这自省可以说贯穿了三人的整个海上旅程。

既然李汝珍认为，海外各国直接或间接接受中华文化影响，那么作为中华文化特色之一，同时也是中华文化的制度支柱的科举制，也必然有所呈现。他们经历的黑齿国、北民国、淑士国、智佳国等都有私塾与科举制，黑齿国甚至还允许女性参加科考。在第十六回"紫衣女殷勤问字 白发翁傲慢谈文"中，他们一行三人到了黑齿国，发现这里礼节比中国都完备，多九公不禁说道："前在君子国，那吴氏兄弟曾言他们国中世俗人文，莫非天朝文章教化所致；今黑齿国又是君子国教化所感：以木本水源而论，究竟我们天朝要算万邦根本了。"

---

① 李汝珍：《镜花缘》，人民文学出版社，2022，第63页。

当他们看到一所房子上写着"女学塾"三字时，就走了进去。主馆的卢秀才躬身迎接道："小子素闻天朝为万国之首，乃圣人之邦，人品学问，莫不出类超群。鄙人虽久怀钦仰，无如晤教无由。今得幸遇，足慰生平景慕。"① 卢秀才告诉唐敖、多九公二人："敝处向遵天朝之例，也以诗赋取士。"他更进一步说："向有旧例，每到十余年，国母即有观风盛典：凡有能文处女，俱准赴试，以文之优劣，定以等第，或赐才女匾额，或赐冠带荣身，或封其父母，或荣及翁姑，乃吾乡胜事。因此，凡生女之家，到了四五岁，无论贫富，莫不送塾读书，以备赴试。"② 由此可以看出，科举取士制度对海外各个阶层的影响，事实上欧美、印度及世界各国当下的公务员制度，基本都效仿了中国传统的科举制。

海上丝绸之路既然是特色商品流通而形成的海道，就说明这些在世界各地广受欢迎的中国商品的科技含量肯定远高于其他国家的一般水平，中国商品所传递的科技信息，也是中国获得世界敬重的重要原因。在《镜花缘》中，中华科技的深远影响主要体现在以下三个方面：连珠枪、丝绸纺织技术和水利治理技术。

中国人在谈及古代四大发明时，常提及火药。正因为发明了火药，与火药相关联的武器也应运而生。在第二十一回"逢恶兽唐生被难　施神枪魏女解围"中，唐敖一行刚来到白民国边界的碧梧岭，就遇到了鸟兽大战。就在遭遇狻猊袭击，命在旦夕之际，忽然山岗上如雷鸣一般响了一声，一道黑烟比箭还急，将狻猊打落山上，接着响亮连声，滚将出来，把那些怪兽打得尸横遍野，原来这是来自天朝的侨民魏紫樱在使用连珠枪。③当地人因魏家父子用连珠枪驱除野兽，而感念其德，供养极厚。

海上丝绸之路运输的中国商品中，最受欢迎的莫过于丝绸、瓷器、茶叶、工艺品，而这其中丝绸又特别稀罕，根本原因就是西方尚未有养蚕缲丝的技术。随着越来越多的天朝人士因为各种原因流居海外，养蚕的技术也开始向海外传播。在第二十八回"老书生仗义舞龙泉　小美女衔恩脱虎穴"中，他们的商船来到巫咸国，那里多高大的桑树和木棉树，当地人一

---

① 李汝珍：《镜花缘》，人民文学出版社，2022，第98页。
② 李汝珍：《镜花缘》，人民文学出版社，2022，第99页。
③ 李汝珍：《镜花缘》，人民文学出版社，2022，第134页。

直不知道养蚕技艺，而以织造相当费力的木棉为衣，国人经常因木棉失收而缺衣少穿。侨民薛蘅香、姚芷馨为当地人带来了蚕子，教当地人养蚕，用织机纺织，这样当地人就能以丝锦为衣。遗憾的是她们在为当地人带来因地制宜的新技术时，却也为自己带来杀身之祸，因为当地妇女学会养蚕织机的技术，冲击了当地的木棉纺织业，最后两姐妹只好跟着唐敖一行离开巫咸国。但可以想见，即使人走了，蚕桑养殖与丝织技术也会在当地扎根，同时因丝织业对女性的友好，从事的女性会越来越多，从而渐渐提高当地妇女的经济与家庭地位。

还有一项在海外传播的重要技术，那就是河流疏浚与治洪。西方不少汉学家认为天朝的中央集权之所以牢不可破，根本原因就是中央政府对全国治水体系的把控。来自农业天朝的人多少都熟悉年年秋冬季节的挖河劳役。话说林之洋在女儿国因为进宫卖货而被扣留充作王妃，那边厢唐敖、多九公一时无计可施，恰见城门口有一张招人治水的皇榜，遂揭榜治水，作为救林之洋出宫的条件。唐敖对围着的众人发话道："治河一道，我们天朝无人不晓。今路过贵邦，因见国王这榜，备言连年水患，人民被害……因此不辞劳瘁，特来治河，与你们除患。"① 当地百姓挨挨挤挤都跪在地下，口口声声，只求天朝贵人大发慈心，早赐教拔。唐敖虽然之前没从事过挖河的技术工作，但他读书甚广，而且亲自勘察河网，决定采用"疏"作为治理当地河道的主要技术原则。他告诉当地的执事官员："若以目前形状而论，就如以浴盆置于屋脊之上，一经漫溢，以高临下，四处皆为受水之区，平地即成泽国。若要安稳，必须将这浴盆埋在地中。盆低地高，既不畏其冲决，再加处处深挑，以盘形变成釜形，受水既多，自然可免漫溢之患了。"② 对于如何利用水势刷淤，保持河道永远畅通，唐敖提出了诸多基于天朝经验且非常符合流体力学原理的建议，让主持水利的女儿国国舅大为佩服。之后，唐敖也将天朝治水挖河所用的工具的制作技术传授给女儿国，废弃低效的竹制工具，开炉打造结实的金属器具。此后唐敖指挥数十万人，日夜辛劳，十数日就将河道疏浚完成。人人感恩，众

---

① 李汝珍：《镜花缘》，人民文学出版社，2022，第222页。
② 李汝珍：《镜花缘》，人民文学出版社，2022，第229页。

人攒凑银钱，仿唐敖相貌，立了一个生祠，又竖一块金字匾额，上书"泽共水长"四个大字。

三、海路上的华侨离散

海上丝绸之路就是以海为路，在这条路上双向运动着不可见与可见的两种运动，不可见的就是前面提到的文化运动，譬如阿拉伯商人带给我们的印度计数法（阿拉伯数字），又将中国的科技发明和政治模式带去欧洲；可见的首先是商品，如中国的瓷器、丝绸、工艺品等，以及运到中国来的东洋、南洋和西洋各国的宝物、香料、土特产等，此外还有一个非常重要的方面，那就是海外移民。《初刻拍案惊奇》的首篇《转运汉巧遇洞庭红》中的波斯人玛宝哈及吉零国的众多华人经纪等，都是海外侨民。

在《镜花缘》之前，明朝罗懋登曾以郑和七下西洋的历史为蓝本，写了长篇魔幻海洋小说《三宝太监西洋记通俗演义》，这其中就已经有不少地方提到海外侨民侨村。第三十四回"爪哇国负固不宾　咬海干持强出阵"中，夜不收对众人介绍"鬼国"的情况："国有四处：第一处叫做杜板，番名赌班。此处约有千余家，有两个头目的为主，其间多有我南朝广东人及漳州人流落在此，居住成家。第二处叫做新村，原系沙滩之地，因中国人来此居住，遂成村落。有一个头目，民甚殷富，各国番船到此货卖。"[1]

然而非常遗憾的是，《三宝太监西洋记通俗演义》中的主题是"宣德化而柔远人"，追求"皇风宣畅四夷，夷而慕华"，因此书中不仅没有对海外华侨的具体生活状态的描写，相反，对华人头领大肆贬低。罗斛国的谢文彬、淳淋国的陈祖义原本都是明朝的海商，流寓海外，是华侨的地方头人。用今天的标准来看，他们只是对故国海洋政策持保留意见的海商，但在代表中华正统农业文化的郑和看来，这些人是私通外国的亡命之徒，必先除之而后快。于是，罗懋登不吝笔墨，描写他们如何奸诈彪悍残忍，以彰显郑和发动的锄奸战争多么正义，将这几次海外战争定性为明朝政府镇抚海外流民的盛举，并发出"海道一清"的美赞。至于华侨将中华先进生产力带到海外，将荒滩建设成为繁荣港口或村落，抑或作为海上丝绸之

---

① 罗懋登：《三宝太监西洋记通俗演义》，上海古籍出版社，1985，第443页。

路沿线港口的经纪，保证海路贸易的畅通，让海外各国看到中国的繁荣昌盛等诸多历史贡献，则被全部抹杀。

相比于《三宝太监西洋记通俗演义》，《镜花缘》则从民间的视角深入海外华侨的日常生活。陈松喜认为，《镜花缘》是第一部触及海外华侨的生活信息的作品。[①]《镜花缘》中最后进入女科前百名皇榜中的女子，有相当一部分是来自海外的华侨。小说没有过于贬低或过度赞美华侨生活，而是尽可能多元地呈现其生活中的悲欢喜乐，其境遇不仅与所寓居的国家文化、物产相关，也与个人的生存技能、自我定位有关。

小说中的几位华侨远离故土多是为了避难。时间较远的如廉锦枫，她的曾祖父辈就因避战乱移居海外，尹元、骆红蕖、薛蘅香、魏紫樱、姚芷馨、徐承志等人则是由于自己或父辈卷入政治风波，逃避政治追杀，而不得已出海。

这些远在异国他乡的侨民们在当地的生活状况也有差别，大多生活得十分艰辛。骆红蕖在东口山打虎复仇，魏紫樱在碧梧岭用连珠枪驱赶野兽，都是以渔猎为生，年纪轻轻就挑起了照顾家人的重担，好在为当地灭除野兽后，当地百姓感念其德，供应尚可；唐敖的业师尹元不得已藏身于土人之中，用黑漆将腿刷黑，装扮成土人去打渔，尽管极其艰辛，但收入仍难以为生；徐承志独自逃到海外后，漂流数载，做过僮仆，终为"刚暴"且"多疑"的淑士国驸马当随从，处境险恶，甚至都不敢信任自己的妻子，险些酿成悲剧；姚芷馨、薛蘅香将中华先进的养蚕和丝织工艺带到了海外，以养蚕纺织为生，却引起了当地木棉种植户和商贩的憎恨，差点被杀。

华侨们尽管生活艰辛，创业不易，但对当地社会做出了很大贡献。骆红蕖打虎、魏紫樱用连珠枪驱兽，二人都受到当地人民的赞许和爱戴，尤其是魏紫樱，运用从中国带去的先进技术，既得以谋生又造福当地社会。薛蘅香、姚芷馨两人尽管被巫咸国的木棉业经纪人排挤，但她们传播了先进的桑蚕技术，教当地妇女学会了养蚕织丝，这些都是广大华侨为海外国

[①]　陈松喜：《一部反映清代海外贸易信息的佳作——〈镜花缘〉》，《图书馆论坛》，2004 年第 4 期，第 216 页。

家做贡献的写照。

结　论

虽然《镜花缘》仅有三十三回涉及海外贸易内容，且其海外描写多似情节化的《山海经》演绎，但这毕竟是前工业时代中国人对外探索的重要尝试。作品以中国最早的地理博物志《山海经》为蓝本，结合郑和下西洋留下的《瀛涯胜览》等三部航海著作，展开了深刻的文化反思。海上丝绸之路以高附加值的中国商品为先导，传播的不仅仅是货物，更是文明。尽管明王朝借此构建的"万国来朝"朝贡体系值得商榷，但这条商路在客观上促进了跨文化交流。商品蕴含的工艺技术和图案设计所体现的生活方式，都在潜移默化地影响着海外消费者。正是大量中国商品的输入及其引发的社会心理冲击，为伏尔泰等启蒙思想家推崇中华文明提供了物质基础，也催生了欧洲艺术界的"中国风"（chinoiserie）热潮。李汝珍的卓越之处在于突破了罗懋登式的文化自负，敏锐地洞察到儒家传统在科举制度、教育体系和社会习俗中的弊端，并通过两面国、淑士国等寓言予以辛辣批判。那些真正航行于海上丝绸之路的商人，在异域反观本土文化时，往往能获得更清醒的认识。

值得注意的是，李汝珍特别关注沿海上丝绸之路流动的移民群体。他认识到人力、原料和商品是商业发展的三大要素，人口流动是贸易活动的必然产物。这些移民并非叛国者，而是文化使者——他们向外传播中华文明，同时引进海外新知。李汝珍对侨民生活的深刻描写及其给予的尊重与同情，在当时具有开创性意义。尽管受时代局限，他无法为侨民困境提供解决方案，但其笔下侨民的思乡之情仍能引发读者共鸣。

作为一部百科全书式的巨著，《镜花缘》涵盖文学、民俗、医学等诸多领域。就其海外书写而言，堪称一部奇幻化的海上丝绸之路叙事，展现了前现代中国对外部世界的想象与认知。

第四章
荒岛求生的帝国话语

导　语

徐福的岛是远方的仙界

斯威夫特的岛是环球的异境

莎士比亚的岛是魔法师的实验室

鲁滨逊与星期五用岛拼装帝国的模型

巴兰坦用珊瑚岛垒造少年的帝国梦想

斯蒂文森用金银岛测试帝国精神的成分

戈尔丁的岛啊　烈火中沦陷

恶之花在怀疑、分裂、背叛、凶杀中绽放

第一节 《鲁滨逊漂流记》：实践理性
与帝国意识萌芽

英国作家丹尼尔·笛福（Daniel Defoe，1660—1731）出生于英国伦敦，被誉为"欧洲小说之父"，是英国现实主义小说的奠基人。笛福生活在 17 世纪末到 18 世纪初，这个时期被称为启蒙时代。这一时期以理性和科学思维为核心，科学、文学和艺术开始蓬勃发展，人们开始追求知识、思考哲学问题，并对发现新岛屿、探索未知的神秘大陆、建立暴利的贸易线路一类的故事充满兴趣。也正是在这一时期，英国大航海发展至鼎盛阶段。这一社会背景为笛福提供了多种多样的创作灵感和素材，也为他的海洋书写培育了巨大的阅读市场。笛福熟知各类海洋书籍，其私人图书馆有49 卷航海旅行文学作品。[1] 这是他想象力的点火器，也是他在小说中描写航海技艺的参考手册，其中对他影响最大的莫过于约翰·赛勒（John Seller）所著的世界海洋图集《航海图集》（*Atlas Maritimus*，1672），以及著名海洋地图制作家赫尔曼·摩尔（Hermann Moll）所著的《世界地图集》（*Atlas Geographus*）。笛福创作了大量的海洋题材作品，包括《暴风雨：海陆暴风雨中的惊险异事与灾难集》（*The Storm：or，a Collection of the Most Remarkable Casualties and Disasters Which Happen'd in the Late Dreadful Tempest，Both by Sea and Land*，1704）、《海盗简史》（*A General History of the Pyrates*，1724）、《新环球游记：沿着一条从未开发过的航线》（*A New Voyage Round the World：By a Course Never Sailed Before*，1725）、

---

[1]　Martin Burgess Green，*Dreams of Adventure，Deeds of Empire*（New York：Basic Books，1979），p. 71.

《航海及经商图集》（*Atlas Maritimus & Commercialis*，1728）等。

　　笛福经历了人生的跌宕起伏，临近晚年才开始写作小说。《鲁滨逊漂流记》（*Robinson Crusoe*，1719）作为他的第一部小说，成为欧洲小说史上的一项创举。其航海书写既展示了启蒙时代欧洲的实践理性、英国卓越的航海知识与技能，又突出了不畏险阻的航海精神和英国的全球殖民野心。此后，他又写了几部重要小说，如《鲁滨逊漂流记续集》（*The Farther Adventures of Robinson Crusoe*，1719）、《辛格顿船长》（*Captain Singleton*，1720）、《摩尔·弗兰德斯》（*Moll Flanders*，1722）、《杰克上校》（*Colonel Jack*，1722）等。笛福的作品情节曲折，主要叙述通过努力和勇气战胜困难的故事。他擅长使用独特的自述形式写作，作品具有极强的可读性。同时，笛福的作品也展示了当时社会对冒险和个人奋斗的追求。他因生动的叙述风格和深刻的社会观察而被誉为英国现实主义小说的奠基人。

一、鲁滨逊：荒岛叙事的原型

　　《鲁滨逊漂流记》是笛福所著的第一部小说，他当时 59 岁。这本小说讲述了船员鲁滨逊在一次海上航行中遭遇风暴，被困在一座无名荒岛上 28 年，靠自己的智慧和创造力建立了一个富足家园的故事。该小说被认为是第一部用英文而且以航海日记形式写成的小说，享有"英国的第一部现实主义长篇小说"的头衔。一般认为《鲁滨逊漂流记》是笛福受到苏格兰水手亚历山大·塞尔科克（Alexander Selkirk）真实经历的启发而创作的。塞尔科克在 1704 年参与了远航猎鲸船队。在航行过程中，他遭遇了一场强烈的风暴，最终被抛弃在南美的弗南台斯荒岛上。他在荒岛上与自然环境进行斗争，最终在 1709 年被一艘英国船只救起并带回英国。笛福在一次朋友聚会上听到塞尔科克的故事，震撼于人类战胜困境的荒岛求生经历，这为他写作《鲁滨逊漂流记》提供了故事框架。

　　鲁滨逊是一个来自中产家庭，但不满足于舒适生活的年轻人。他不听父亲有关平安是福的谆谆教海，追求冒险和探索，登上一艘船出海，此后遭遇了一连串的不幸。他冒险航海的热情却没有因此减弱，并且遇到了教给他航海技艺和各种人生智慧的船长。就在航海经商事业有所起色的时候，他遭遇了海盗，成为海盗头子的奴隶。他忍辱负重，以聪明能干和表面的忠诚，赢得海盗船长的信任，最后利用一次伪装的海难而驾船逃跑。此后，他辗转到彼时的葡萄牙殖民地巴西，在那里开垦以种植烟草为主的种植园，收益丰厚。但不久，他那想要冒险的心又开始骚动起来，在朋友的撺掇下，决定驾船去非洲从事暴利的贩奴业，也顺便为自己的种植园扩张补充劳动力。

没想到的是，他们的船遭遇一场猛烈的风暴，船只被摧毁，鲁滨逊成为唯一的幸存者。他流落到一座荒岛上，好在搁浅的破船上仍有一些物资。在荒岛上，鲁滨逊面临巨大的挑战。他没有食物、没有庇护所，还要面对野生动物、孤独和疟疾的折磨。然而，他凭借聪明才智和生活技巧，努力克服困难，逐渐学会了如何在这个陌生的环境中生存。他建造了两个具有相当隐蔽性的住所，种植了稻、麦等农作物，并在狩猎过程中学会了驯养野山羊。他还通过琢磨，学会了制作藤器、陶器、武器、衣服等。随着时间的推移，鲁滨逊在这座荒岛上发展出了一种自给自足的生活方式，甚至为离开岛屿造出来 3 艘独木舟。

他经历了常人难以想象的孤独与绝望，尤其是在患上疟疾后生不如死，但却始终没有放弃对生存的渴望，因为他明白，自己能够漂流到荒岛而不是沉入海底，已经很幸运了。他不断地寻找解决问题的方法，保障自己在荒岛上的生活。在岛上度过了 24 年之后，他从到荒岛上进行人肉祭的野人手里救助了一个土著人，并将其命名为"星期五"（Friday）。星期五成了鲁滨逊的忠实朋友和助手，通过星期五的帮助，鲁滨逊开始设法在荒岛上建立英国式新教文明。后来，鲁滨逊与星期五共同解救了一个英国船长和他的船。他带上星期五返回英国，而将他岛屿上的一切留给谋反并企图抢船和谋害船长的匪徒，让他们通过自救而赎罪。在回到英国并重新获得巴西种植园的所有权后，他报答了所有曾经帮助他的人，并娶妻生子。后来他又回过一次荒岛，将一群因为海难而流落到星期五老家岛屿上的西班牙人接到这座岛上，又带去一些白人和黑人女性，岛上此后有了白人、黑人和混血二代。鲁滨逊将所有财富都留给这些后来的开拓者，但保留了岛屿的所有权，岛屿正式成为英国的海外殖民地。

《鲁滨逊漂流记》通过描绘一个人在极端条件下的生存和其与自然环

境的斗争，展现出了人的坚忍和创造力，传递了个人冒险、奋斗、求生，最终战胜困难的精神。小说的自述方式也使读者能够深入了解鲁滨逊在岛上的孤独生活、内心挣扎和成长。笛福通过生动的描写和丰满的情节，使读者对鲁滨逊的遭遇和他在岛上的日常生活产生共鸣。《鲁滨逊漂流记》被视为世界上第一部真正意义上的冒险小说，也为之后的冒险文学和荒岛小说奠定了基调和叙事框架。

英国的岛屿叙事有其漫长的历史发展过程。弗朗西斯·培根（Francis Bacon，1561—1626）写过《新大西岛》（*New Atlantis*，1627）、托马斯·莫尔（Thomas More，1478—1535）写过《乌托邦》（*Utopia*，1516）、威廉·莎士比亚（William Shakespeare，1564—1616）写过《暴风雨》（*Tempest*，1623），但从基调与内容来看，他们的荒岛叙事更应该归类为乌托邦型岛屿叙事，与中国的海外仙山式或《桃花源记》式的叙事结构较为接近，让人神往，《鲁滨逊漂流记》则不同。笛福开创的是一种现实主义的，从头至尾充满求生艰辛，彰显生命意志与时代精神的荒岛叙事类型。在这类叙事中，人物往往单枪匹马与自然角力，即使有团队，成员也很少，如凡尔纳《神秘岛》中的落难者团队只有5人。此外，荒岛上的幸存者往往一无所有，没有任何能代表现代文明生产力的劳动工具，极个别的幸运者如鲁滨逊，有一些从遇难船只上抢救下来的枪支弹药、木匠工具和粮食种子。《珊瑚岛》中的孩子们只有口袋中的一把破刀片，《神秘岛》中的5人也只有一把小刀和一只怀表。幸存者的生存状况完全取决于自身的生命意志和聪明才智。读者不仅能看到个体不屈不挠的生命力，还能看到遇难者聪明才智与生存精神所反映的民族文化价值与时代价值。那么，鲁滨逊的文化价值与时代价值是什么呢？为什么他会成为英国文化的某种图腾？

二、鲁滨逊的文化价值与时代价值

《鲁滨逊漂流记》不仅因为其中的个人奋斗和冒险精神而被视为英帝国殖民开拓的昂扬序曲，还展示了鲁滨逊作为一个普通英国人在遥远的荒岛上建立起新生活的努力。这种冒险者形象正是国家精神的具象化体现。启蒙时代，人们开始对人的理性、能动性、自由意志和基督教信仰之间的关系进行反思，从而对能展示这些反思结果的荒岛叙事充满期待。大海为这样的反思提供了演绎的舞台。1821 年，黑格尔在回顾这段历史时，将"水的流动性、危险性和破坏性"与"逐利的热情"联系在一起，把海洋称作"工业的天然要素，激发工业向外发展"。①

在笛福所处的时代，欧洲列强正处于殖民拓殖的黄金时期。大航海时代刚刚过去，除了南极和北极，地球的主要陆地差不多都已被勘探完毕，也几乎被列强瓜分。大量欧洲人口开始向美洲、非洲及南亚移动，这是一股涌动的潮流，是那些无地的欧洲人看得到的可以通过拓荒改变命运的机遇。帝国的新边疆需要人手开发与巩固，而普通人需要土地改变悲惨的处境，于是在一推一拉之间，以鲁滨逊为代表的普通人开始离开家园成为拓荒者。拓荒之路是艰辛的，但也是乐观的，鲁滨逊的形象迎合了人们的心理需求。这是一个强调个人冒险和成就的时代。鲁滨逊舍弃舒适的生活，选择去追寻自己的梦想，勇敢地探索未知的领域，通过自己的智慧和勇气在荒岛上建立起了自己的生活。在面对极其困难和艰苦的生存条件时，鲁滨逊从不放弃，通过努力成功地适应了荒岛上的环境。他种植庄稼，蓄养动物，建造房屋，甚至制作出了陶器等各种生活必需品，成功将孤岛改造成了自己的领地，成为一岛之主。而这正是欧洲拓殖者的梦想。

鲁滨逊还替代性地实现了欧洲拓殖者的另一个梦想，即翻身做主人，拥有自己的奴隶。他将土著人星期五改造成他的奴隶和助手，在劳作之余互相陪伴和扶持。星期五还在鲁滨逊孤独无助时提供情绪价值，让他在心理上得到宽慰与满足，从而使得他发自内心地认为自己征服了这片孤岛和生活其上的人类。当他在荒岛上播种了欧洲农作物，并让星期五说英语和信仰基督教之后，他就基本驯化了荒岛，在岛上复制了欧洲庄园中的人工自然与文化。

岛上生活渐趋稳定和富足，鲁滨逊开始有能力进一步拓宽他的地理疆域。表面上看，往往是其他岛屿部落或者欧洲国家的船只因为各种意外来到他的荒岛，实际上正是他在强大物质资源的支持下，才反过来征服了入

---

① G.W.F. Hegel, *Hegel's Philosophy of Right*, translated with notes by T.M.Knox (New York : Oxford University Press,1967) ,p. 151.

侵者，使入侵者的资源成为他的资源，拥有独木舟或现代船只，从此能方便地在欧美和他的殖民小岛之间自由航行。如此一来，岛上生产的农产品就有了外销市场，土地开发有利可图，这座荒岛于是也就在帝国地图上有了固定标注。

《鲁滨逊漂流记》的背景是 18 世纪初，此时正值英国打败西班牙，又打败"海上马车夫"荷兰，开始称霸大西洋之际。英国积极追求海外探险、贸易和殖民扩张，以寻求更多的财富和权力，帝国主义的理念也就顺理成章成为《鲁滨逊漂流记》的主题。鲁滨逊本是一名英国商人的儿子，在追求财富的过程中，他到巴西开拓了种植园，而彼时缺乏劳动力的巴西急需黑奴，于是他又投入利润更多的贩奴生意，结果遭遇风暴，流落荒岛。在荒岛的求生过程中，鲁滨逊通过自己的智慧和无限的创造力，建立起自己的小王国，并拥有了一个类似于奴隶的本地黑人"星期五"。鲁滨逊的个人奋斗和冒险精神展示了英国 17 世纪末到 18 世纪中的帝国主义精神萌芽。此时的探险家和殖民者通常是个人冒险家，他们通过出海航行，在不知名的海域和土地上寻找新的财富和机会。每抵达一个不知名的岛屿，他们就建立起一个标志，以国王或女王之名宣布占有这个岛屿，还给岛屿命名，然后迅速将英国的生活与生产模式引入这个岛屿，使之尽快大不列颠化。

17 世纪与 18 世纪之交，英国开始工业革命。这场革命直接导致资本主义文明持续两个多世纪的发展。笛福对现实社会持有积极的态度，并通过塑造鲁滨逊的形象表明了这种态度。鲁滨逊不仅是一个敢于冒险、不畏困难的探险家，还是一个坚定不移地进取和顽强向上的资本家。他善于经营和管理，利用岛上的资源建立起自己的小天地。他独立思考、做出决策，并且管理他的财产和资源。这种资本家的形象强调了个人的责任和主动性，以及积极创造价值的重要性，这与当时英国资产阶级革命的目的相一致。笛福通过鲁滨逊的行动把英国的现实社会同那座荒岛有机地结合在一起，而作品的政治态度和社会理想也已经蕴含于其中了。[①] 这部作品甚至为英帝国的殖民开拓建立了肯定性的舆论场，海外殖民由此披上了合法

---

① 夏和顺：《论英国荒岛文学》，《衡阳师范学院学报》1990 年第 2 期，第 41-47 页。

的、正义的外衣，为英国的国家形象创造了神话。世界各国的读者几乎听到鲁滨逊就会想到英国，听到英国就会想到鲁滨逊。

三、殖民开拓的浪漫书写

毋庸置疑，体现了时代价值的鲁滨逊是一位不折不扣的资本家和殖民者，具有剥削掠夺的特性。伊恩·瓦特（Ian Watt）将他看作"经济人"的代表，即以理性考量自身的经济利益，追逐利益的最大化，体现了资本主义的动力机制。① 他出海的目的就是到非洲贩卖奴隶，"星期五"是他实际上的奴隶，他只是一个相对开明的奴隶主。他在岛上建立起等级清晰的殖民制度，即使回到英国后，他还再一次去"视察"了他开拓的"领地"，并且把岛上的土地分租给新去的居民。

然而，小说直接呈现在读者面前的却是一个坚忍不拔的劳动者形象。鲁滨逊在荒岛上建立了自己的农场，并通过耕种和养殖来维持生活。他种植了各种作物，如小麦、大米、葡萄等，以确保自己的食物供应。他努力研究农业技术和耕作方法，使得农田逐渐扩大且产量稳定。鲁滨逊在岛上制作生产工具，建造多个安全住所，而且不断完善住所的功能，最终将住所打造成具有军事防御和日常生活功能的堡垒。他甚至还开辟了一个畜牧场，驯养了野山羊等牲畜。这些动物为他提供了肉类、奶制品和皮毛。除此之外，鲁滨逊还建造了一系列设施，以储存物品，制造和隐藏船只，并将自己的栖身地与外界隔离开来。他通过努力获得了一个从自然界开发而来的王国，正如伊恩·瓦特所言："笛福将经济的时钟倒拨，把他的主人公置于原始环境中，向我们展示各种各样扣人心弦的劳动……个人劳动和个人所得是完全对等的。"② 他将资本主义的动力机制看作鲁滨逊的"原罪"，荒岛余生使鲁滨逊从一个不听父母劝告的有罪的浪荡子变成了勤劳而精明的创业者。因此，在伊恩·瓦特看来《鲁滨逊漂流记》是约翰·班扬（John Bunyan，1628—1688）的《天路历程》（*The Pilgrim's Progress*，1678—1684）中的赎罪的世俗和经济版本。

笛福对鲁滨逊艰辛的荒岛开发过程做了极其细致的描绘，细致到可以

---

① Ian Watt, *The Rise of the Novel*(Berkeley: University of California Press, 1957), p. 66.

② Ian Watt, *The Rise of the Novel*(Berkeley: University of California Press, 1957), p. 72.

作为荒岛求生手册，但书的基调是乐观的，问题往往在遭遇多次求解挫败后被完美解决。他的生活质量蒸蒸日上，能够自给自足。这正是洛克等启蒙思想家所畅想的生活，而笛福通过具体入微的描写将其栩栩如生地展现在读者眼前。读者在不知不觉中认可了英帝国所倡导的"白人的责任"，具有现代性特征的新教文明逐渐取代原来多样性的世界文明。让"星期五"信基督教，讲英语，就是在为帝国的工商业体系补充劳动力，提供原材料市场，让帝国机器不停运转，让帝国范围内的太阳永不落下。

鲁滨逊与星期五之间温馨和谐的关系将殖民主义进一步浪漫化。鲁滨逊将自己的语言文化和价值观强加给星期五，而星期五为了报答救命之恩也欣然接受。鲁滨逊教导星期五学英语和信仰基督教，强迫他改变宗教信仰和服从英国的文化传统。这一过程本质上是一种文化入侵和文化断裂，反映了殖民主义者对于被殖民地居民的强制改造。然而，笛福通过将鲁滨逊和星期五的温情关系，试图抹去二人的不平等及星期五文化身份被剥夺的事实。表面上看，鲁滨逊在跟星期五的互动中，并没有把他视为奴隶，也尽力教给星期五一些技能和知识，以便让他未来拥有更开化和文明的生活。这种相对温和而平等的处理方式，从当时来看，可以说是一种进步。然而如果星期五仍然要回归部落生活，回到原有的生计中，欧洲文化对他的生存会有帮助吗？会让他生活得更好吗？答案是未知的。对于部落生存来说，原先的文化是与自然磨合了千百年而形成的，可能比来自温带地区的欧洲新教文化更适合热带岛屿环境的生活。

鲁滨逊对待星期五的态度及他们之间的关系，反映的只是当时殖民者心理上的需求。因为对殖民者来说，在异国他乡，除了主人和奴隶的关系之外，他们还需要其他的关系，如在感到孤单和寂寞时所需的亲情、友情等。奴隶可以被短暂用作投射这些情感的幕布，让殖民者在自己演绎的虚拟情境中投射与释放一个正常的自然人所需要的情感平衡。当殖民者从脆弱时刻恢复，关上情感投影仪，那虚拟的情境消失后，幕布仍旧是一片空白，"星期五"们仍然是低贱的奴隶，这就是鲁滨逊有时称自己为"星期五的父亲"的原因。鲁滨逊甚至用悲伤的言辞来证明星期五的顺从和坚定的忠诚对他产生的影响，这进一步表明，在笛福的时代西方人持有他们生来就比其他种族优秀的观念，所以将征服殖民地和当地的人民并使被征服者为他们服务视为自身的权利。①

在鲁滨逊之后，英国海外殖民和贸易扩张开始加速。英帝国在全球范围内扩张，占领了大量的领土，包括北美、加勒比地区、澳大利亚、印度、非洲及东南亚等。此外，特别是在殖民地贸易和工业革命的推动下，英国通过建立殖民地、控制贸易路线和加强海军力量，扩大了对海外资源的占有和利用。到 18 世纪末，英国成为全球最大的殖民帝国，号称"日不落帝国"。强大的殖民体系也促进了英国工业革命的发展，使英国一跃成为当时世界上最强大的工业国家。

四、鲁滨逊对荒岛叙事的影响

美国学者玛格丽特·科恩（Margaret Cohen）在其获得美国国家图书奖的专著《小说与海洋》（*The Novel and the Sea*，2010）中指出，笛福之所以广受赞誉，是因为他在《鲁滨逊漂流记》中创造了一种从水手技艺中发展而来的冒险文学的新诗学，即"海洋流浪汉小说"（maritime picaresque）。在这些作品中，读者可以看到海洋英雄的实践理性，看到他们如何利用令人羡慕的各种技能解决问题，可以轻松跟随主人公一起经历各种风险，实现一种对冒险渴望的替代性满足，也就是"坐在扶手椅上的水手的幻想"（the armchair sailor's conjecture）。② 在笛福的影响下，当时涌现了一大批写作类似题材的小说家，例如阿兰·勒内·勒萨日（Alain René Le Sage）、普雷沃神父（Abbé Prévost）、托比亚斯·斯摩莱特（Tobias Smollett）等。迄至今日，仍然有相似主题的小说、电影、电子游戏等作品不断出现。下面向大家介绍四部叙事结构和《鲁滨逊漂流记》几乎一样，也同样产生巨大影响力，但在主题上却因为时代差异而各有不同的名著。

第一部是儒勒·凡尔纳"海洋三部曲"的第三部《神秘岛》（*The Mysterious Island*，1874）。故事的主角是一群从美国内战中乘气球逃跑却不幸流落到太平洋荒岛上的美国人。岛上有工程师、记者、水手、儿童，

---

① 许克琪：《笛福的文本以及对殖民主义的批判》，《东南大学学报》，2010 年第 12 期，第 99-103 页。

② Margaret Cohen，*The Novel and the Sea*（Princeton：Princeton University Press，2010），p. 60.

还有一个黑奴，他们构成了一个微缩的多种族多阶层的合众国。他们将这座荒岛命名为"林肯岛"，将岛上的海湾命名为"合众国湾"。他们唯一拥有的东西是一只怀表，一个铁质的狗项圈，但他们从未放弃希望。凭借团队力量，以及鹦鹉螺号潜艇的尼摩船长的暗中支持，他们在岛上建起了农场、发电厂、船厂和堡垒，在南太平洋中建起一个海岛乐园。遗憾的是，就在一切欣欣向荣，美好的殖民生活将铺展开来时，火山喷发了，整个林肯岛毁于一旦。《神秘岛》是 19 世纪科学主义盛行时期的科学版《鲁滨逊漂流记》，叙事中插入了大量科学原理与对自然现象的解释，知识性与趣味性并存，而且在社会分工细化的背景下，强调了集体协作与生产管理的重要性。在这本书中没有人提及《圣经》，人们没有自我怀疑，上帝让位于科技。这是一部最接近《鲁滨逊漂流记》的近代作品。

第二部是获得过纽伯瑞青少年文学金奖的司各特·奥台尔（Scott O'Dell）的《蓝色的海豚岛》（*Island of the Blue Dolphins*，1960）。这是女性版荒岛叙事，故事背景是太平洋上一个盛产海獭的小岛。土著居民和前来捕猎海獭的阿留申猎人、俄罗斯猎人发生冲突，部落中的成年男性因此几乎全部被杀。为了保存部族，族内的长老决定全部迁居北美大陆，但一个叫卡拉娜（Karana）的小女孩却因为上岸寻找弟弟而被滞留在荒岛上，被动而无奈地一个人在岛上生活了 20 多年。她每天花一定的时间到海中采集食物，其他时间就和动物玩耍，制作海船或勘探岛屿，有时候还为自己制作首饰衣服。卡拉娜虽然孤独，却也乐观坚韧。和鲁滨逊不同的是，她没有开垦农场或驯养山羊，没想过海水养殖，也没有捕猎海獭。她完全像其他动物一样融入身边的大自然，从不过度索取。在维持了基本生存之后，她不断完善自己，做一个理性的自然人。可以由这个故事来反观鲁滨逊的经济活动。想想看，经过 28 年的养殖，他的山羊牧场得有多大？他的农作物得有多少公顷？读者在欣赏鲁滨逊凭勤劳开垦荒岛，并为其欢欣鼓舞之时，有没有想过一个问题：他一个人消费得了那么多粮食和肉类吗？如果没有贸易途径将剩余的食品销售出去，那么生产的意义何在？鲁滨逊特别辛苦忙碌，从没有像卡拉娜那样对自然美景产生过浪漫的激动，也没有像卡拉娜那样制作一些原始的艺术品，或自编自导自唱自舞，鲁滨逊的生活就是辛苦劳作和阅读《圣经》，那么他们谁的生活更好？殖民主义认为，土著人懒散，西方人勤奋，所以西方人就该合法获得对土著人土地的所有权。然而，如果自然资源丰富易得，也没有贸易，所谓的懒散难道不是维持生态平衡的必需？也许只有改变原住民的羞耻观，改变原住民的饮食结构，改变原住民的居住方式和出行方式，才能创造一个巨大的市场，才能让鲁滨逊生产的粮食和肉类有销售出路。

第三部值得关注的是法国作家米歇尔·图尔尼埃（Michel Tournier，1924—2016）重写《鲁滨逊漂流记》的名著《礼拜五或太平洋上的灵薄狱》（*Vendredi ou les Limbes du Pacifique*，1967）。这部改写小说一面世，即获法兰西学院小说大奖，受到评论界的广泛重视，被誉为"卢梭主义"新思潮和"新寓言派"的代表作品。改写后的故事是这样的：在海难中幸存的鲁滨逊来到一个荒岛，满目凄凉，于是根据《圣经》将荒岛取名为"荒凉岛"。之后他开始开发荒岛，又将小岛改名为"希望岛"。他在只有他一个人的岛上建立新教文明秩序，自命为总督，颁布律法，让小岛行政化。他还继续写航海日志，但是不再标注公元纪年，使航海日志成为一种自我反思的记录。后来，他从一群原住民手中救下一个年轻的当地人，并取名礼拜五。礼拜五在火药库边吸烟，导致鲁滨逊辛辛苦苦建设的一切在爆炸中毁于一旦。在一无所有的"断根"状态下，鲁滨逊开始学习礼拜五的生存法则，逐步摆脱"文明"的束缚，重新融入自然。礼拜五成为"新世界新人的助产士"。后来英国"白鸟号"船来到鲁滨逊的"希望岛"，在与这些欧洲人交往中，鲁滨逊感到格格不入，对所谓的欧洲文明充满厌恶，决定放弃返回欧洲。充满悖论的是，礼拜五却按捺不住对西方文明的好奇心，随船远走他乡。与此同时，一个爱沙尼亚白人男孩为了逃避文明社会残忍的等级制，弃船逃到岛上，鲁滨逊给他取名"星期四"，和他一起过上了自然状态的生活，但这种生活在欧洲视野中却是野蛮的。

按照神学传说，灵薄狱（limbes）处于地狱的边缘。据但丁《神曲》的描写，住在灵薄狱的人都是在基督降生以前，从未接触过基督教福音却立德、立功、立言的不朽人物，如亚里士多德。其他住在灵薄狱的人还包括未受洗礼而夭殇的婴儿。灵薄狱是一种无法界定的中间状态或边缘状态。图尔尼埃将鲁滨逊的"希望岛"看作灵薄狱，不仅因为小岛在地理上远离基督教文明，而且因为小岛的文明在文明类型上相当模糊。荒岛先是被鲁滨逊改造为新教文明。在爆炸发生后，新教物质文明荡然无存，小岛进入礼拜五主导的土著文明，即某种与当地自然生态吻合的生存模式。但新教文明的思辨传统依然存在，鲁滨逊的思维并没有混沌化，礼拜五的思维模式也在吸收新教元素。小岛的文明呈现出一种融合的模式，从基督教的标准来讲，就是处于一种既不能上天，又不应该入地的悬置状态。"希望岛"也就成了太平洋上的灵薄狱。

鲁滨逊在对小岛进行文明化和制度化改造时，走过了一段清教徒式的道路：阅读《圣经》，征服自然，发展生产，制定《宪章》及其他各种法律，以保证新教伦理的实施。新教伦理的教诲是驾驭和征服自然，将人视为征服的主体而排除于自然之外，造成自然与人、客体与主体的分裂。有一天鲁滨逊终于醒悟，于是在航海日志中写道："某种基督教教义的实质，根本否定自然和万物，这种否定，我对于希望岛未免施之过甚，几乎促成了我的毁灭，我只有反其道而行之，有一天才能取得胜利，在这样的情况下，我才能接受我的这个海岛，并且让它也接受我。"这种对自然的主体性的发现，使鲁滨逊迅速接受了礼拜五，因为他发现礼拜五更加接近自然。他在航海日志中写道："他自身就是自然本性，他的行动发自自然本性。"

当然，图尔尼埃并不打算简单地以自然否定文明，那样做势必重回二元对立的老路。他要推陈出新，探索两种意识形态互动成长的可能性。作品既描写了鲁滨逊回归自然，也描写了文明人对自然人的引导，形成两种意识形态的融合。结果就可能是鲁滨逊向自然人转化和礼拜五被新教文明所吸引。正是在这一思想的基础上，作品出现了反转式结局：礼拜五走出希望岛，鲁滨逊滞留希望岛，既在情理之中又在预料之外。

第四部是西班牙作家阿尔韦特·桑切斯·皮尼奥尔（Albert Sánchez Pinol，1965—）的相当后现代作品《冷皮》（*La Pell Freda*，2002）。这部小说于2003年获得了"评论之眼"小说奖。故事中，"我"曾是爱尔兰共和军的秘密成员，但爱尔兰独立后的新政府让"我"非常失望，于是申请到南极附近的一座孤岛做气象观测员。岛上只有一个粗暴野蛮、无法沟通的灯塔看守人巴蒂斯，而且这座岛每天夜晚都会面临海怪的恐怖袭击。"我"与巴蒂斯只好一起坚守灯塔，每日与海怪厮杀。后来，"我"发现巴蒂斯竟驯养了一个美丽绝伦的女海怪安内里斯，"我"爱上了她。"我"

不顾巴蒂斯的阻挠，试图与海怪和解，甚至收养了一个幼小的海怪"三角"，但巴蒂斯在"我"与小海怪们一起玩乐时发动袭击，摧毁了"我"与海怪们建立的互信关系。"我"与巴蒂斯爆发激烈争吵，最后巴蒂斯神智失常，冲出灯塔走入海怪群中，从此消失。一年后，又一位气象员来到荒岛，发现"我"早已是一个丧失文明的野蛮人。

这部小说的作者虽然是西班牙人，但故事的主角，叙述者"我"却是一个反抗英国殖民的爱尔兰共和军战士。因为对爱尔兰革命事业失望，"我"选择逃避，这是对帝国时期英雄们拥抱美丽新世界的探险热情的反写。主人公说："我选择逃到一个没有人的天地。我逃避的不再是政府追捕的法令；我逃避的是某个更大的桎梏，远超过以前的桎梏。"在现实生活中，"我"觉得自己早已没有了祖国。祖国放逐了"我"，"我"也放逐了祖国。我们能隐隐觉出"我"的绝望，"我"的忧伤和孤独，"我"的严重心灵危机。"我"不得不走上一条以"无为"应对"无奈"的自我拯救之路。

可踏上小岛后，"我"却陷入了一种更为极端的处境：无穷无尽的来自海洋深处的海怪的攻击。"我"原本想寻找虚无的宁静，结果却抵达了怪物的炼狱。如果生命随时受到威胁，心里时刻充满恐惧，哪里还谈得上什么自由和独立？这是个巨大的反讽。恐惧几乎成为"我"生活的全部。如此情形下，"我"不得不住到灯塔里，并与巴蒂斯联手抗击海怪。他们形成了类似鲁滨逊和星期五的关系，并肩作战，捍卫自己的生存空间。"我"因为没有荒岛生存经验并且需要巴蒂斯的援助，所以地位更像星期五。巴蒂斯称那些来自深海的海怪为"蛙脸怪"，他们一批又一批，前仆后继，源源不断。经历一次次生死战斗后，"我"沮丧地发现：任何努力都是白费，这些海怪永远都赶不尽，杀不绝，就像你无法消灭海一样。海在这里顿时演变成某种隐喻，具有神秘而又无穷的力量，就像面积狭小的大不列颠群岛面对着的广阔的海洋与殖民地。被压迫者在数量上具有压倒一切的优势。

这座灯塔里有一个真正的奴隶，那就是巴蒂斯俘虏的一个女海怪。"她象牙般坚硬的肌肉组织，受到泛着蝾螈般美丽绿色的紧实皮肤的保护。让我们想象森林里的一位仙女，却有着蛇一样的皮。""大腿不可思议地匀称，与臀部连结的部位，更是没有雕刻家能完美重现的杰作。"只不过，她的皮肤冰冷无比，也许这是小说名字的来源，充满深层的哲学内涵。虽然女海怪只是巴蒂斯驯养的性奴，但"我"在仔细观察和长期相处后，发现女海怪身上有诸多非动物性的东西。她有意识，有感情，甚至还会歌唱，歌声优美得宛如天籁。一个问题在"我"头脑中出现了：她是谁？这个问题又自然而然地引申出了以下问题：那些海怪到底是谁？人与动物的界限究竟在哪里？这是非常重要的问题，矛头直指人类中心论。批判、反思和觉醒由此展开。"我"醒悟了：小岛是它们的土地，它们唯一拥有的土地，而人类是侵略者。它们一次次地进攻，实际上是在捍卫它们的土地。兴许，它们才是真正的英雄，而人类实际上是强盗。女海怪更像个使者，海怪的使者，或者海的使者，用身体和歌声来同人类谈判。这也是大英帝国和被殖民国家关系的隐喻。

《冷皮》尽管有历险小说、惊悚小说和科幻小说的元素，但却是一个不折不扣的寓言，探讨的是存在的意义。如果说《鲁滨逊漂流记》作为荒岛小说的代表，充满了 18 世纪的启蒙和理性精神，《冷皮》则包含了 21 世纪的困惑、沦丧和反思。在经历过巨大混乱之后，我们能否保存又如何保存内心的人性？人类是否就是这世界唯一的主人？我们究竟应该以怎样的姿态面对其他生命？我们该如何和自然相处？帝国和已经独立的前殖民地是什么关系？这是小说提出的基本问题。

结　论

15 世纪末开始的地理大发现和新航道的开辟使广阔无垠的海洋及神秘的彼岸世界成为英国人积累原始资本的理想场所。以《鲁滨逊漂流记》为代表，17—18 世纪的英国文学作品，充满了欧洲列国对大海的向往和征服的强烈欲望。这些作品深刻地反映了当时新兴资产阶级对现状的不满，同时也表达了他们想要开拓世界、占有世界的强烈欲望。因此，《鲁滨逊漂流记》作为一部代表性的海洋文学作品，为英国的海外扩张提供了重要的指导，展示了个人奋斗和殖民拓展的重要性。从这个角度看，《鲁滨逊漂流记》和其他海洋文学作品共同构成了英国开拓帝国的先锋。它们在探索未知世界的同时助力英国在海洋帝国的道路上越走越远，而且大大影响了欧洲的海洋文学书写。

第二节 《珊瑚岛》：帝国精神的传承与实践

罗伯特·迈克尔·巴兰坦（Robert Michael Ballantyne，1825—1894）是19世纪英国造诣最高也最多产的冒险小说家之一。他出生于苏格兰，16岁停学后，到哈德逊湾公司（Hudson's Bay Company）当学徒，并被派往加拿大，同北美的印第安人做皮毛生意。他在这偏僻而寒冷的地区度过了5年艰苦生涯，然后回到苏格兰。爱丁堡出版商建议他以加拿大的冒险生活为基础给儿童写探险故事，由此出版了他的成名作《年轻的毛皮商人》（*The Young Fur Traders*，1856），取得了很大成功。他以加拿大冒险经历为素材创作的故事还有《昂格弗》（*Ungava: a tale of Esquimanx-Land*，1857）、《冰的世界》（*The World of Ice*，1860）等。他很擅长将自己在加拿大的神奇经历和书籍营销结合起来。他穿着北美设阱捕兽者的服装走向教堂的讲坛，在讲台上放满弓箭、雪鞋、皮衣、头巾、动物的毛皮，以及其他一些从加拿大荒野带回来的稀罕物。他蓄着浓密的胡须，做着惊心动魄的演讲，演唱着法国和加拿大的猎人歌曲。在讲演结束时，他戏剧性地用长猎枪向讲坛上方放一响空枪，在女士们的尖叫声和男士们的热烈掌声中，一只挪威鹰通过机关正好掉在讲坛上。此外，他还撰写了不少动物故事，例如《狗漂流记》（*The Dog Crusoe and his Master*，1860）和《大猩猩捕猎者》（*The Gorilla Hunters*，1861），都是扣人心弦的优秀作品。

他不仅写荒野冒险，也写维多利亚时期的英国社会。他的最大特点是深入这一时期快速发展的现代生活，参与他所写的生活。为了写《生命船》（*The Lifeboat*，1864），他深入船员之中劳作；为了写《灭火》（*Fighting the Flames*，1867），他和伦敦消防队一起去灭火，甚至被授予奖章；为了写《深井》（*Deep Down*，1868），他和矿工一起下到矿井；为了写《海盗城》（*The Pirate City：An Algerine Tale*，1874），他穿着阿拉伯服装在阿尔及尔体验生活；为了写《钢筋铁马》（*The Iron Horse*，1879），他辅助驾驶伦敦到爱丁堡的直达快车；为了写《浪涛底下》（*Under the Waves：Diving in Deep Waters*，1876），他在泰晤士河里试穿潜水衣；为了写《邮政的急迫》（*Post Haste*，1880），他装扮成侦探在邮政总局徘徊。

《珊瑚岛》（*The Coral Island*，1857）出版于 1857 年，是巴兰坦作品中在全球被阅读最多的作品。小说以典型的鲁滨逊荒岛求生型叙事，讲述了三名英国少年在荒岛上的非凡经历，展示了帝国少年们在孤岛冒险中的勇气、创造力和聪明才智。作品洋溢着帝国扩张期的乐观和冒险精神，强调团结和冒险精神在帝国开拓中的重要性，但也处处流露出殖民主义偏见。他的作品在后殖民时期一直存在争议，因此有必要从帝国和荒岛关系的视角，做进一步分析。

一、帝国的空间想象

《珊瑚岛》这部鲁滨逊式文学代表作采用第一人称，从 15 岁少年拉尔夫·罗孚（Ralph Rover）的视角进行叙述。拉尔夫乘坐的船撞到珊瑚礁后沉没，仅他与 18 岁的杰克·马丁（Jack Martin）、13 岁的彼得金·盖伊（Peterkin Gay）幸存。三个少年爬上荒无人烟的波利尼西亚的某个岛屿，故事就此展开。等他们简单勘察之后，发现岛上无人居住，三人欢喜愉悦。彼得金更是大胆宣称："我们有了自己的小岛。我们将要以国王的名义占领该岛。"① 在岛上，他们相互合作，建立起一个自给自足的生活系统。三位少年早期在荒岛的生活简单而怡人，水果、鱼、野猪等食品资源非常丰富。他们利用仅有的破损望远镜、铁片、小斧头建造住所、小船，种植农作物，克服了种种困难，努力适应岛屿的环境。不久，他们目睹海上两艘大型独木舟的追逐，两个波利尼西亚土著部落在岛边的海滩上展开了激战。获胜的一方俘获了 15 名对方的战士，立即屠杀并吃掉其中的一人。他们还计划杀害被俘的妇女和儿童，但拉尔夫和他的伙伴们出手阻止

---

① Robert Michael Ballantyne，*The Coral Island：A Tale of the Pacific Ocean*（New York：Puffin Books，1994），p. 21.

了这一酷行，酋长塔拉罗对他们深表感激。第二天早上，少年再次阻止土
著部落进行同类相食的行为，土著最终离开了小岛，拉尔夫和他的伙伴们
继续生活。然而，岛上又出现了新的意外访客，这次是一群英国海盗。他
们的人数比之前的土著多得多，有先进的武器，也更加狡猾。为了躲避海
盗，三人藏身于一处洞穴中。拉尔夫冒险前去侦察海盗是否离开，没想到
却被抓上了对方的双桅纵帆船。在船上，拉尔夫结识了船员血腥比尔
（Bloody Bill），并与他建立了友谊。海盗船停靠在埃莫岛，进行木材交易，
拉尔夫通过这次机会了解了岛上文化的各个方面，包括用婴儿向鳗鱼神献
祭的仪式及同类相食等可怕习俗。随着时间的推移，岛上的局势日益紧
张。岛民发动了袭击，杀死大部分海盗，只有拉尔夫和血腥比尔在逃亡中
幸存。两人乘船逃离了埃莫岛，不幸的是，血腥比尔在逃亡过程中受了重
伤并最终去世，临终前他为自己犯下的罪孽感到深深的悔意。拉尔夫独自
驾船返回珊瑚岛，与杰克和彼得金重逢，最后三人回到英国。

　　对于常年生活在冷湿环境中的英国人来说，终年阳光明媚、物产丰饶
的南太平洋热带岛屿充满魅力。巴兰坦深知殖民扩张热潮时期读者的探知
需求，他笔下的太平洋岛屿的迷人风光与真实的物产贫瘠的太平洋岛屿之
间无须真实对应，他只是想象性地书写英国读者，尤其是好奇心强的帝国
青少年所希望看到的热带风光，带着孩子们搭乘信天翁宽阔的翼展在星罗
棋布的太平洋小岛间穿梭飞行。巴兰坦从未去过热带岛屿，他对热带岛屿
的描绘主要借鉴了詹姆斯·鲍曼（James F. Bowman）的《岛屿家园：或
年青的漂流者》（*The Island Home：Or The Young Castaways*，1852）和约
翰·威廉（John Williams）的《传教事业开拓记述》（*Narrative of Missionary
Enterprises*，1837）。用今天的版权法标准来看，这简直是赤裸裸的抄袭与
侵权，但这丝毫也不影响他将面向成人教众的材料平移到青少年阅读领
域，并由此产生奇异的社会效应。他创造了青少年渴望的探险空间，同时
又在这空间中种植了帝国的精神种子，用提纯的基督教伦理浇灌，让帝国
精神苗壮为一片覆盖所有未知土地的浓荫。

　　《珊瑚岛》显然受到了《鲁滨逊漂流记》的影响，并将荒岛文学推向
高潮。《鲁滨逊漂流记》这一经典文本，激发了英国岛民对于海外发迹的
想象，为帝国的海外殖民奠定了基础。步入维多利亚时代，英国的海外霸

主地位逐步确立，同时英国国内也安定繁荣。经济的繁荣给英国文学创造了消费市场，英国儿童文学也从中获益。英国的儿童虽然没有亲历海外，但海外空间已经由海外历险叙事印刻在他们的脑海。对海外空间的想象性构建，已经渗透进帝国岛民的生活，"他们告诉我，数以千计的丰饶小岛是由珊瑚虫的小生物形成的。那里几乎四季如夏，树木硕果累累，气候宜人。然而，奇怪的是，除了接受我们救世主教义的小岛外，其他岛上的居民都狂野不羁，茹毛饮血……"① 通过海员对珊瑚岛海域的描述，拉尔夫得知海外岛屿与帝国中心的英伦岛屿相差极大，并开始对珊瑚岛产生向往。海外空间资源丰富，气候宜人，但是生活在海外空间的居民却野蛮残暴。在这一过程中，海外空间的他者形象被建构出来。海员的叙事以帝国为参照，海外的空间被简约为固定特征的空间，他者化为刻板形象，从而被帝国话语操控。

法国比较文学家暨形象学家达尼埃尔-亨利·巴柔（Daniel-Henri Pageaux），曾经生动地指出，热带殖民地在西欧人的想象中就是"异域情调"。创作者为了突出这种异域情调，会在书写策略中采用"空间断裂"（只摄取风景秀丽的棕榈海滩等）、"戏剧化"（将他者的属性与文化变成舞台上的场景，将他者固化为配角）、"性感化"（支配他者并建立一些复杂和暧昧的关系）等手法。② 这种想象性的基础源于西欧强大的殖民能力及使殖民扩张正义化与合理化的话语建构体系。对遥远荒岛的书写，既要激发起读者去殖民开发的欲望，又要使这种殖民合理化，因此在书写美景之外，有必要深入美景的内部，探索其绿茵鲜花之下的原住民文化。读者惊讶地发现，在如此美妙的景致之下，居然隐藏着吃人的恶俗、各种愚昧的活人献祭、对女性权利的践踏等一系列严重违背基督教传统伦理的痼疾。少年们希望改造世界，让世界更美好的正义感，一下子被激发起来，于是异域荒岛空间又成为少年们匡扶正义的角斗场。用基督教文明彻底取代异教风俗，让基督圣光普照野蛮，就成了少年人的斩龙灭火之举。异域空间成就了少年的人格的发展与完善。

---

① Robert Michael Ballantyne, *The Coral Island: A Tale of the Pacific Ocean* (New York: Puffin Books, 1994), p. 11.
② 孟华主编《比较文学形象学》，北京大学出版社，2001 年，第 180 页。

西欧列强和热带岛屿间的权力关系，造成了帝国的语言暴力，帝国的强势文化可以随意创造关于他者的话语。正如赛义德所言："东方主义是一种话语，是在与不同形式的权力进行不均衡交换的过程中被创造出来的，并且存在于这一交换过程之中。其发展与演变在一定程度上也受制于其与政治权力、知识权力、文化权力、道德权力之间的交换。"① 这里的政治权力就是英国对太平洋岛屿的殖民占有，岛屿及其原住民是被征服者。英国传媒对这些岛屿文化的邪恶化和污名化旨在证明殖民征服与改造的合理性。这里的知识权力则源于和殖民相关的传教士、海员、殖民行政与军事官员、人类学家、博物学家等到过，并有资格言说这些岛屿，而且有足够听众的人，他们形成了建构有关热带岛屿话语的知识共同体。他们既创造迷人的激发人们探索与征服欲望的异域情调话语，又在这些话语中掺入邪恶的杂质，从而顺理成章地建构道德权力话语，将基督教对岛屿的文化改造合理化。纵览英帝国时期关于热带海岛的他者书写，岛屿上的原住民清一色都被描写为食人族，哪管这些原住民是不是早已被所谓西方文明改造，并信仰了基督教。②

与其他殖民文学文本相似，小说《珊瑚岛》也设置了遭遇殖民地土著人的情节。通过与海外土著人的对比，帝国儿童的英勇形象更加高大。因为小岛上一场土著人的厮杀，三个孩子的平静生活被打破了。他们目睹了土著人的野蛮残暴，凭借着机智勇敢，成功解救了受欺凌的野蛮人。在此过程中，杰克更是被刻画为一个儿童英雄。文明的儿童英雄善待获救的土著人，和野蛮人形成鲜明对比。通过帝国儿童与野蛮人的巨大反差，帝国文化的优越感被凸显出来。③

可见，正是帝国的霸权让英国的海员在叙事话语中有能力操控海外殖民地的他者。以英伦岛屿的价值观为参照，生活在海外空间的居民自然地会遭受他者化待遇。这一操控关系也被帝国的儿童不加质疑地接受，激发

---

① Edward Said, *Orientalism* (London: Routledge, 1978), p. 12.

② Martine Hennard Dutheil, "The Representation of the Cannibal in Ballantyne's The Coral Island: Colonial Anxieties in Victorian Popular Fiction," *College Literature* 28, no.1 (2001): 5-122.

③ 李道全：《经典儿童小说〈珊瑚岛〉中的殖民主义话语》，《社会工作与管理》，2011 年第 11 期，第 59-62 页。

了他们对海外世界的渴求。伴随着英国海外殖民而来的海外空间书写，强化了岛内居民对于海外空间的想象。通过帝国殖民者的叙事手法，海外空间的他者形象也逐步被自然化。帝国的儿童在这类叙事的熏陶之下，也逐步树立壮志雄心，期盼续写鲁滨逊的传奇。①

二、作为帝国精神外套的宗教

如果说《鲁滨逊漂流记》是帝国精神的先锋，那《珊瑚岛》就是帝国精神的传承。《鲁滨逊漂流记》的深刻影响不仅体现在故事情节的设置上，还体现在无处不在的基督教强大影响力上。鲁滨逊每日通过阅读《圣经》与上帝对话，以摆脱让人疯狂的孤独；他还到山谷中寻求神显，聆听自我的灵魂与上帝相遇的回声。《珊瑚岛》通过对三个少年与基督教关系的刻画，同样生动地展示了帝国主义时代的开拓精神，以及信仰对于个人品格和行为的巨大影响。基督教的教化因素在故事中贯穿始终：少年出海如同圣徒的受难，他们在海岛上向原住民进行基督教传教，促使原住民转变信仰，如同与他们同名的圣徒当年脚踏四方布道一样。这进一步凸显了基督教对帝国主义发展的促进作用。

在拉尔夫告别家人出海之际，母亲含泪祝福并递给他一本袖珍《圣经》，最后的要求就是希望他不要忘记每天阅读一个章节并做祈祷，拉尔夫也含泪应允。② 这一细节反映了基督教在帝国臣民生活中的重要性。在维多利亚时期的英国，对宗教问题的关注几乎贯穿人生活的一切层面。尽管三个孩子一开始对于基督教并没有深刻的了解，但是他们在与土著居民的交往过程中意识到了基督教的驯化功能。异教徒接受上帝的召唤，继而改宗皈依后，会变得文明谦卑。少年们在和海盗、土著人接触的过程中，通过自身的榜样作用，用基督精神感化土著人，让海盗放下屠刀，皈依基督教。为拯救土著女孩阿瓦蒂，他们陷入囚笼，这一情节进一步渲染了帝国儿童强烈的道义意识，增添了他们的英雄气质。这件事让土著酋长对他们非常敬重，由衷赞叹他们虽然年纪轻，但是头脑成熟，心灵博大，充满

---

① 王莉：《帝国凝视下的海岛：〈珊瑚岛〉的后殖民解读》，《兰州职业技术学院学报》，2011 年第 5 期，第 11-14 页。

② Robert Michael Ballantyne, *The Coral Island: A Tale of the Pacific Ocean* (New York: Puffin Books, 1994), p. 12.

勇气。这种对年轻而虔诚的基督徒的赞美，实际上是巴兰坦的高明之处。少年读者由此体会到信仰的伟大救赎力量，在阅读中会主动将自己代入为拯救者。最终土著首领所在岛屿的全部原住民一起皈依基督教，这三个帝国少年也算功德圆满。在巴兰坦看来，身为异教徒的土著居民只有放弃自身本土的信仰，皈依基督教才能获得解脱，迎来生命的救赎。通过帝国少年的优秀品质与土著居民异教徒的野蛮形成的强烈反差，小说强化了基督教信仰的重要性。

《珊瑚岛》中孩子们遭遇沉船，非但没有惊慌，反而团结一致，用冷静的头脑、高超的智慧，成为小岛的主人。他们从海难的第二天在沙滩上醒来，就没有任何抱怨，而是积极行动，践行了清教思想中的一个重要法则"上帝拯救那些能够自救的人"。他们积极自救，正是对上帝虔诚的最好展示，而行动又正是康拉德等英帝国精神建构者们所认为的帝国精神最重要的内核。由此可以看出，帝国精神与新教伦理是互相依存的多面统一，传教的内向性与疆域拓展的外向性是合二为一的。三个小伙伴和睦相处，拉尔夫充满爱心，杰克勇敢冷静，彼得金聪明顽皮。他们在小岛上互相帮助，过着自食其力的生活。三人似乎就是耶稣与门徒的世俗再现，坚忍不拔地宣教，一起经受各种考验，成为合格的基督徒，当然也是堪称表率的帝国开拓者。这也正表现了帝国精神所颂扬的文明、秩序、法则下的忠诚、团结和信任等品质，即帝国记录员康拉德曾经公开指出的"一种内在的品质，一种天生的、微妙的、永不泯灭的品质……一种内在的秘密，一种造成民族差异、决定国家命运的善良或邪恶的天赋"。①

值得注意的是，如果以基督教作为重要的文化标准去对文化划分等级，自然也要对人种划分等级。新教与所谓的现代性密切相关，推动新教海外传播并为其提供稳定资金支持的是强大的商品生产机制与军事体制，欧洲的文明、技术、经济和社会发展在南太平洋岛民面前展示了一种欧洲强大而优越的形象。当南太平洋岛屿成为被征服者时，其岛民也就自然位列于英国新教徒之下，需要英国少年去救赎其"黑暗"的灵魂。小说后半部的重要主题是传教士在南太平洋传播基督教文明及其影响。在他们看

---

① Joseph Conrad, *Notes on Life and Letters* (New York：Cambridge University Press,2004) ,p. 154.

来，南太平洋岛屿土著都是凶猛的食人族，将土著从如此蒙昧的状态下拯救出来，是众望所归的必然。

《珊瑚岛》对人物关系、社会结构和权力运行的细致描绘，暗示了等级秩序的合理性。这种等级制度体现了当时社会的固有观念，即认为不同种族、社会阶层的个人才能具备不同的优势，他们因此处于不同地位。这种观念不仅是维多利亚时代的普遍信念，也受到法国生物学家让-巴蒂斯特·拉马克（Jean-Baptiste Lamarck）1809 年在《动物哲学》中提出并引起广泛重视的生物进化论的影响。就在巴兰坦撰写《珊瑚岛》之际，达尔文已完成他的环球航行（1836），陆续发表其考察成果，引起相当广泛的热议。他的进化论观点有违上帝创世论，虽然在当时受到教会的猛烈责难，但却受到殖民种族主义者的拥抱。达尔文的进化论主张物种间的竞争和适应，在一定程度上为维多利亚时代社会的等级观念提供了科学的合理化基础。因此，小说《珊瑚岛》对等级制度和英帝国领导力的深入描绘，呈现了达尔文的进化论和其他相关理论在帝国主义时代的巨大影响。这一主题丰富了小说的内涵，同时也为理解当时社会环境和意识形态提供了重要参考。当时，欧洲人普遍认为土著在道德与文化方面的进化程度不及欧洲人，文明人岂能与同类相食者共坐？[①] 当然，不同群体内部也有等级之分，不信教或者信仰淡漠的海盗在等级上要低于信仰纯洁的基督教少年。这些海盗无论多么凶残，最终要么被感化，要么被消灭；同样，在原住民内部，认识到基督教的价值并主动皈依者，在等级序列上要高于被动者或者冥顽不化者。甚至三名少年之间都存在等级，虽然三人对如何组织行动都有发言权，但年纪最长的杰克说话显然最有分量，在遇到危机的时候是"天生的领导人"。海盗之间以血腥的暴力维持等级，土著之中也以野蛮的传统维持等级。通过冒险叙事，大英帝国不仅把其政治制度和经济模式移植到了殖民地，还把其文化思想嵌入了殖民地的意识形态之中。

结　论

英国是一个四面环海的岛国，海洋孕育了英国的冒险精神，并且为英

---

① 　M. Daphne Kutzer, *Empire's Children: Empire and Imperialism in Classic British Children's Books* (London: Routledge, 2000), p. 2.

国开启了海外殖民的通道。16世纪开始的海外殖民为文学提供了世界视野下的创作语境，英国殖民者利用坚船利舰开疆拓土，构建了地理意义上的帝国，作为文本的小说则参与了文化意义上的帝国构建。《珊瑚岛》是大英帝国即将到达巅峰时期的代表作品。帝国这个机器正在高速运转，还有未知的岛屿和大陆深处在等待发现、勘探与开发，因此英国读者热衷于冒险故事。对于岛国来说，冒险叙事的背景往往离不开海洋。19世纪英国的海洋文学尤为繁荣，以海洋为创作背景或描写对象，通过冒险叙事，对海外殖民地进行大胆想象。《珊瑚岛》创造了美妙的帝国空间，待被征服的土地丰饶迷人，土地上有吃人的异教徒，但即便是赤手空拳，基督教少年仍然能以坚定的信仰征服蛮荒，将土著人像赶羊羔一样送到新教的上帝面前。三个少年开垦了荒岛，用基督教改造了海盗，救赎了土著，从此海岛成为帝国的一部分，荒岛成为帝国拓殖的乐土，帝国精神如指明灯一样泽被荒岛。也许这就是巴兰坦希望继《鲁滨逊漂流记》之后，向帝国鼎盛期的英国读者，尤其是青少年读者所要传达的思想。

第三节　《金银岛》: 帝国精神的
双重性——绅士与海盗

　　同《珊瑚岛》的作者巴兰坦一样，罗伯特·路易斯·斯蒂文森（Robert Louis Stevenson，1850—1894）也是一位苏格兰小说家。他生于苏格兰首都爱丁堡，早年做律师，后转向写作，是 19 世纪后期英国重要的文学人物之一。他从先辈那里继承了热爱冒险、喜爱海洋的性格。他到各国漫游，最后定居于太平洋的萨摩亚岛，并和那里的土著居民建立了深厚的友谊。年轻时在与父亲经历一次旅行之后，他发现自己对所游历的岛屿及海岸的奇妙传奇故事相当着迷，并由此开始了他的文学之旅。受维多利亚时代海洋探险和殖民主义思潮的影响，他的作品往往融合了冒险、惊悚和浪漫元素，他钟情于海洋、恐怖、心理扭曲等题材，热衷于呈现漫长坎坷的旅程、未知的地域、隐秘的人性和道德困境。他的作品语言生动，风格清新流畅，充满幽默和诗意。斯蒂文森最著名的作品包括《金银岛》（*Treasure Island*，1883）、《化身博士》（*The Strange Case of Dr. Jekyll and Mr. Hyde*，1886）、《内河航程》（*An Inland Voyage*，1878）、《骑驴漫游记》（*Travels with a Donkey in the Cévennes*，1879）等，至今仍然受到读者的喜爱。

一、道德模糊的海上寻宝

　　《金银岛》是一部冒险小说，讲述了一群人为了寻找宝藏而彼此争斗的故事。这部小说以其张扬的想象力和扣人心弦的剧情，成为海洋冒险文学的经典之作。故事中，12 岁的男孩吉姆·霍金斯（Jim Hawkins）在离布里斯托港口不远的一个海湾旁帮家里经营小旅馆。有一天，来了一个脸上有刀疤且自称为船长的旅客比尔·蓬斯（Bill Bones）。比尔待人粗鲁，但唯独害怕一个只有一条腿的海盗，于是给吉姆几个便士，叮嘱吉姆一定要留心那个一条腿的人。每天到日落时分，比尔都会带副望远镜到海边观看是否有船只过来。不久，比尔收到来自一帮海盗的"黑券"，要他立马交出一张藏宝图，否则他将会一命呜呼。比尔因害怕和愤怒而中风，在海盗们到来之前就死了。吉姆从他的箱子里找到一张"金银岛"藏宝图，图上标注了著名海盗弗林特船长（Captain Flint）在岛上藏宝的地址，而比尔当年就是弗林特船长手下的海盗。吉姆与当地乡绅屈利劳尼（Trelawney）、医生李甫西（Dr. Livesey）和船长斯摩列特（Captain Smollett）等人带上藏宝图，驾驶一艘名为"伊斯帕尼奥拉号"（Hispaniola）的大船前往金银岛。然而，在航行途中，吉姆在躲在木桶中偷吃苹果时，无意中偷听到伪装成水手的海盗们的谈话，发现以独腿厨师西尔弗（Long John Silver）为头领的海盗密谋夺取藏宝图并杀害吉姆、船长、医生一行人。在船抵达金银岛时，海盗们公然行动，医生一行人设法逃入岛上的木寨中，但船被西尔弗一伙劫持，之后双方在岛上发生战斗。小吉姆独自在岛上探险，遇到之前和比尔·蓬斯、西尔弗一起为弗林特效劳的海盗本·冈恩（Ben Gunn）。冈恩在弗林特死后为另一艘船效劳，因为号召船员到岛上寻宝却一无所获，而被愤怒的船长抛弃在荒岛上自生自灭。在已经成为半野人的冈恩的帮助下，众人将易攻难守的木寨让给西尔弗海盗团伙，搬入易守难攻的神秘山洞。与此同时，小吉姆利用黑夜的掩护，和留守在大船上的海盗船员斗智斗勇，终于消灭了海盗，夺回了大船。他利用潮汐原理，将船驶入秘密港湾隐藏起来。那边，西尔弗一伙发现船消失后，阵脚大乱。没了船，所有人都将被困在岛上，即使找到宝藏，也没有任何意义，甚至在疟疾的肆虐下谁都别想活下来。小吉姆因为不知木寨已经转手，劫船之后夜归木寨，被西尔弗活捉，沦为人质。医生出于仁慈，去木寨帮西尔弗一伙治疗疟疾，由此发现了本以为失踪的小吉姆。为了保全小吉姆，医生将藏宝图给了西尔弗。西尔弗大喜过望，第二天不顾多名海盗疟疾发作，强令他们按照藏宝图的指示去林中挖宝。没想到的是，他们在藏宝地只找到几枚散落的金币，其余宝藏早已被盗，因此西尔弗一伙产生内讧。善于见风使舵的西尔弗干脆干掉同伙，调转风向加入医生和船长这边，表示愿意继续为船员们做厨师。实际上，真正的盗宝者是冈恩。他在被遗弃荒岛的几年中不断琢磨，终于找到了宝藏。然而，他意识到宝藏在荒岛毫无用处，表示愿意将宝藏交给医生一行，条件是让医生一行人将他带回伦敦。在返回英国途经一个小港口时，西尔弗盗走了两盒金币，携金潜逃，不知所终。

斯蒂文森通过扣人心弦的故事、丰富多样的角色和精彩绝伦的剧情，展示了多棱镜似的色彩多元的帝国精神。无论是李甫西医生、斯摩列特船长与屈利劳尼乡绅所代表的正义派绅士，还是西尔弗所代表的邪恶派海盗，他们对财富的坚持不懈，对冒险的孜孜以求，都是帝国扩张时代国家精神的表征。人们相信冒险的高回报率，相信冒险中个体与帝国之间的共赢关系，这就可以理解正义的读者们为什么对诡计多端的西尔弗恨不起来，反而对他的机智幽默风趣，甚至肩膀上的那只喋喋不休的鹦鹉赞不绝口。正因为西尔弗给读者带来了道德模糊感，甚至是某种程度上的愉悦感，所以在研读这部维多利亚时期的经典海上探险时，有必要分析帝国精神的双重性。

在《金银岛》中，英国的帝国精神展现出一种明显的双重性。这一双重性在人物的角色塑造上有所体现，在故事情节上也有所体现。李甫西医生一行和西尔弗的海盗团伙都展示了帝国的时代精神，他们都追求无尽的金钱利益，也都有勇猛无畏、机智圆滑的一面。海盗在寻宝过程中暴露出的贪婪和残忍行为，让人不禁思考帝国精神的阴暗面，但海盗们对于财富的追求，并由此产生的投资和财富增值意识，又有帝国精神积极进取的成分。通过这种双重性的展现，斯蒂文森成功地揭示了帝国主义时代复杂多样的本质，提醒我们审视权力、财富及帝国精神所带来的影响。海盗们的行为和态度不仅展示了他们对权力和财富的追求，也展现了帝国主义时代已经被国家意识形态化的绅士精神的背面。

二、帝国精神的海盗特质

英国历史上比较著名的海盗有成为英国海军大元帅的弗朗西斯·德雷克（Francis Drake，1540—1596）、"黑胡子"爱德华·蒂奇（Edward

Thatch，1680—1718）和"黑色准男爵"巴沙洛缪·罗伯茨（Bartholomew Roberts，1682—1722）等。这些海盗都被授予"私掠许可证"（plunder permit），并成功转型为替英国国家劫掠财富的海盗。私掠许可证，由土耳其帝国原创，目的是引诱海盗们纷纷加入土耳其国籍。后来，荷兰、英国和法国等国纷纷效仿。随着私掠许可证的出现，杀人放火、沉船越货的海盗活动完全"合法化"。经过政府的消魔化处理，海盗们光明正大地、英雄般地跨入了人们正常的生活，不再是被责难的对象，反而成为正义的、被赞美、颂扬、效仿的英雄和爱国者。把这种关系表现得最为丰富、直白、彻底的是英国统治者。伊丽莎白被称为"海盗女王"，她的时代是英国崛起的时代，也是海盗最为猖獗的时代。为了从西班牙手中获得制海权，她竭尽所能把海盗们拉到自己旗下，不但授予著名海盗头目爵位，允许他们与英国贵族通婚，还亲自到港口迎接凯旋的海盗船，登船视察，把海盗劫掠来的珠宝镶在皇冠上。据统计，伊丽莎白女王统治时期，英国从海上劫掠的财物总价值不少于 1200 万英镑，成为英国资本原始积累的重要来源。①

其中，受益最大的海盗无疑是德雷克。他劫持了大量西班牙船队的财物，在逃避西班牙舰队的追杀时发现了南美最南端和南极洲之间的新航道（后来被命名为德雷克海峡），然后横渡太平洋，完成了继麦哲伦之后的第二次环球航行，回到故乡普利茅斯港。德雷克的环球探险成了英国人的骄傲。伊丽莎白女王亲自上船接见德雷克，当即赐封他为爵士。德雷克带回了数以吨计的黄金白银，更重要的是为英国开辟了一条新航路，大大促进了英国航海业的发展。1588 年 5 月，德雷克又采用"纵队战术"与"火攻"，在英吉利海峡大败由 130 艘船舰组成的西班牙"无敌舰队"（Armada）。从此，西班牙一蹶不振，英国终于取而代之成为新的海上霸主。战后，德雷克被封为英格兰勋爵、海军中将，走上仕途。

《金银岛》就是在帝国扩张的历史背景下创作的一部海盗文学作品。小说中涌现了大量的海盗：弗林特、西尔弗、黑狗、皮尤……除了弗林特属于虚构之外，其他海盗的名字均借用海盗"黄金时期"的名盗的名字。

---

① 金圣荣：《贸易战：全球贸易进化史》，电子工业出版社，2011，第60-61页。

比尔·蓬斯是小说中最先出场的海盗。在他心中，海盗船长代表着很高的荣誉，因此他刚入住吉姆家的小旅馆时就让大家称呼他为船长，并且总是不知疲倦地向大家吹嘘自己过去在海上的丰功伟绩。可想而知，船长在当时的英国社会具有很高的地位。海盗船长作为海盗中的领袖，地位更是不言而喻。"同时，海盗活动也促进了英国海军力量的增长，间接刺激了英国的殖民扩张。"①

值得注意的是，"私掠船"（privateers）自负盈亏，自己承担海上的各种风险，而且只劫掠英国在欧洲的竞争对手的船只，但战时这些团队会立马转型为效忠王室的海军。"私掠船"极大地促进了英国海军的强大，使英国在毫无财政压力的情况下拥有强大灵活的海军，打败"海上马车夫"荷兰，击溃西班牙的"无敌舰队"，最终成为海上霸主。可以肯定地说，如果没有持私掠许可证的海盗如德里克等人的效力，英帝国就不可能一下子崛起并发展出一整套灵活高效的海军体系，也更谈不上什么"日不落帝国"及其不断用话语美饰的帝国精神，因此海盗精神内嵌于帝国精神之内，但又似乎不可言说。

正因为海盗的劫掠，英国积累了大量财富，经济得以迅猛发展，也因为以德雷克为代表的海盗的参与，英国海军力量增长，刺激了殖民扩展，所以海盗不仅受到女王奖赏，还受到英国民众的拥护。这一状况在小说中亦有体现。例如，故事开头，一些年轻的小伙子到小吉姆家的旅馆听海盗比尔·蓬斯讲故事，对他非常佩服，恭维他是"真正的老航海""不含糊的老水手"等，还说"英国得以称霸海上正是靠的这种人"。② 故事中，人们为了追逐传说中的海盗财宝而前往热带荒岛，体现了帝国的冒险精神。人们愿意冒险和投资自己的时间与精力，寻找机会赚取巨大的财富。特别是海盗头子西尔弗和他的手下，在冒险活动中展示了机智。他们利用自己的知识和技能，寻找财宝，本质上是一种积极的行为。他们展示了商业和投资的重要性，激发了读者对挑战和冒险的渴望。故事中的人们都追求财富的积累，反映了帝国主义的经济进取精神。通过冒险寻宝获取财

---

① 张星霞、段汉武：《19世纪英国海洋小说中的冒险精神探究——以〈金银岛〉〈珊瑚岛〉和〈勇敢的船长〉为例》，《名作欣赏》2019年第12期，第29—31页。

② 斯蒂文森：《金银岛·化身博士》，荣如德译，上海译文出版社，2018，第11页。

富，是帝国主义时期商业活动的一种形式，能够激起读者的共鸣。

斯蒂文森之所以无奈地将最鲜活的角色西尔弗归入邪恶之流，不仅仅是因为这个人在小说中冒充水手骗取头脑简单的屈利劳尼乡绅和李甫西医生的信赖，在抵达荒岛后想趁火打劫，更主要的是因为读者集体无意识中有杆物权法的秤。死去的海盗弗林特埋藏在荒岛上的这笔财宝属于无主物品，因此西尔弗代表的这一伙前海盗与屈利劳尼等代表的绅士有着同等的寻宝权利。如果西尔弗将他的兄弟们组织起来，拿着比尔·蓬斯的藏宝图去挖宝，读者们没有理由觉得他们邪恶，这不过是一次冒险活动而已，况且他们这些人早已洗手不干。西尔弗在布里斯托以开餐馆为生，其他人已成为一般的雇佣水手。但当了解到获得藏宝图的屈利劳尼乡绅买船去南太平洋寻宝时，他们以水手、厨师、杂工等身份加入了寻宝团队。从法律角度说，他们不是股东，不承担寻宝的风险，不管寻宝是否成功，都有劳动合同规定的稳定的工资收入。同样，作为雇员，除非有补充收益分成条款，那么即使寻宝成功，他们也没有资格参与分红，最多获得数额不定的奖金。小吉姆以藏宝图作为专利入股，医生以专利捐客的身份入股，大股东则是投资买船的屈利劳尼乡绅，他们三人承担所有风险，但如果寻宝成功，收益率也相当可观。问题在于，没有入股的西尔弗一伙居然在船到达荒岛时选择哗变，夺取寻宝船，反客为主。这种想吃白食的行为大大违背了投资法，违背了绅士价值中的正直、诚实及公平竞争原则，这才是罪恶之所在。公平竞争（fair play）早已成为现代性基石，成为读者的集体无意识。违背公平竞争原则，就是对所有读者价值观的冒犯，因此无论当事人多么有人格魅力，也会被读者一票否决。

丹尼尔·笛福的海盗小说《辛格顿船长》中的辛格顿，以及其他海盗小说中代表正义的海盗，抢劫的是荷兰或西班牙的商船，但《金银岛》中的海盗想要抢的却是英国人自己的船。这种斗争的内转也说明帝国开拓已进入了末期，外溢的帝国能量开始衰落，对内的绅士精神与对外的海盗精神发生对冲，从而形成浑浊的乱流。当此之时，读者会在是非判断上产生迷惘。这种迷惘将随着帝国开拓的放缓与停滞而加剧，直至帝国瓦解。对帝国之恶的清醒认识，被寓言性地呈现在二战后戈尔丁的《蝇王》中。这是另一部不朽的荒岛书写，终结了帝国精神中绅士与海盗两面性的困扰。

下面我们不妨对海盗的典型代表西尔弗进行形象分析，看他如何将海盗精神与帝国精神水乳交融，使二者你中有我，我中有你。西尔弗性格复杂，既有横断专行、阴暗狡诈的一面，也有良心未泯、胆小惜命的一面。他会毫不犹豫地使用暴力手段来达到自己的目的，比如在海盗船上实行严酷的纪律，甚至杀害反对他的船员。西尔弗在小说中展示了对权力和财富的追求，他为了获得藏宝地图，不惜放弃他的船员。他通过暴力和欺骗来实现自己的目标，展示了贪婪且无情的一面。西尔弗还善于伪装和欺骗。他表面上看起来像个正派人士，但实际上却暗藏着邪恶的企图。他利用他人的信任，把自己塑造成忠诚的海盗。为了获取更多的权力和财富，他能背叛、欺骗和牺牲他人。但是从文中对西尔弗的描写，读者也可以感受到他积极的一面。西尔弗具有杰出的领导能力，能够在困境中找到机会，同时也有着过人的外交手腕。他是一个机智的策略家，善于利用周围的人和情境来实现自己的目标。通过自己的领导才华和魅力，西尔弗成功地操纵着船员，使他们忠诚于他。他虽然是一个海盗，但更像是一个冷酷而聪明的谋略家。他具有一种深沉的吸引力和神秘感，总能使人们为他着迷。通过西尔弗的形象，《金银岛》探索了人性中的黑暗面和对权力的渴望。他是一个复杂的有吸引力的反派角色，能促使读者思考道德和伦理的问题。

实际上在欧洲文化传统中，海盗元素一直如影随形，"海盗"不仅指横行海洋的盗贼，还是一个影响久远的文化符号。这个词语往往意味着英雄主义、自由主义、冒险精神和实现梦想的传奇。"海盗"的英文 pirate，源于希腊语 peira，意为"在海上碰运气"。古希腊人甚至把去远海航行以寻求奇遇和虏获物的男人都称为"海盗"，将其与游牧、农作、捕鱼、狩猎并列为五种基本谋生手段。从荷马史诗来看，peira 没有贬义，《奥德赛》中的英雄奥德修斯，毫不讳言自己带领手下在海上劫掠的经历。此外，在海盗史上留下浓重笔墨的那些生活在北斯堪的那维亚的日耳曼人，被赋予了专有名字——维京人，他们创造的文明被称作"维京文明"。今天，冰岛人、挪威人、瑞典人、丹麦人和部分英国人，都很自豪地称自己是维京人的后代。

但有学者认为，斯蒂文森笔下集残忍狡猾、背信弃义等特征于一身的海盗形象表明，维多利亚中后期英国人对海盗的态度发生了巨大变化。这种转变有其历史映射的成分，从侧面表现了维多利亚时代人们对英国绅士形象的追求。其实，斯蒂文森并未对海盗下一个"十恶不赦"的定义，他对海盗性格恶劣一面的刻画反映出 19 世纪英国政府打击海盗的史实，对海盗人物形象的"美化"则表明海盗精神并未从当时的英国社会消失，而是与维多利亚时代倡导的绅士风度共存。对内的绅士风度与对外的海盗精神融为一体，共同构成"英国性"的核心。绅士风度与海盗精神两者之间并不是简单的平行或矛盾关系，而是你中有我，我中有你，两者不可剥离。斯蒂文森小说中人物的海盗精神与绅士风度的双重品格反映了英国人性格的矛盾性与复杂性。[①]

三、帝国精神的绅士风度

细心的读者也许会意识到一个问题：为什么无论是海盗方还是医生所代表的绅士方，都喜欢小吉姆，难道仅仅因为他是一个可爱的天真无邪的小孩？其实不然，小吉姆用事实证明他绝不天真，更谈不上无邪，而是足智多谋。对海盗方来说，他称得上是一个潜在的危险人物。他私会本·冈恩，又夜劫寻宝船。如果说小吉姆身上有海盗的敏捷、果敢、仗义，所以受西尔弗的赏识，那为什么李甫西医生、乡绅屈利劳尼和行为相当古板教条的斯摩列特船长，也认可小吉姆呢？这说明他身上也有某种绅士群体认可的特征。

绅士的英文 gentleman 一词派生于法语 gentilhomme，其中"gentil"意为有身份的家庭，表明绅士是通过血统得来的，而非后天努力获取的。传统意义的绅士包括贵族（nobility）和乡绅（gentry），个人的血统出身即决定其身份地位。[②] 到了 16、17 世纪，英格兰社会开始有一定的流动性和开放性，经济收入好的人可以通过教育或社会化获得绅士地位，比如商人通过买地成为乡绅，或与贵族子女联姻成为绅士。[③]《鲁滨逊漂流记》的

[①] 王松林、王哲妮：《海盗精神与绅士风度：史蒂文森笔下人物形象的双重性探析》，《宁波大学学报》，2020 年第 33 期，第 40–46 页。本书中出现的译名为斯蒂文森。

[②] Nicholas Hudson, *Samuel Johnson and the Making of Modern England* (Cambridge：Cambridge University Press,2003) , p. 13.

[③] Gillian Williamson, *British Masculinity in the Gentleman's Magazine, 1731 to 1815* (New York：Palgrave Macmillan,2016) , p. 8.

作者丹尼尔·笛福对于绅士标准的确定，非常反对唯出身论。在《英国绅士全书》（*The Compleat English Gentleman*，1729）中，他大大嘲弄了血统论："追溯血统是愚蠢的，因为最高的树也需扎根泥土……最伟大的家族也是起家于平民。"① 他不仅质疑某些世袭绅士德不配位，而且进一步宣称有德才的平民有资格晋升为绅士："一个平民出身的人有财富、智慧、美德和良好性情，除血统外，他在每一个必要方面都显示出他是一个完备的绅士，我必须获准承认这样一个人进入绅士行列。"② 在他看来，新生的商人、律师、医生等原本非绅士群体，因为具备美德、财产等，就应该和乡绅一样成为绅士，尽管永远不可能成为有头衔的世袭贵族。在《金银岛》中，李甫西医生和屈利劳尼乡绅平起平坐，也是因为社会风气的变化。

维多利亚女王时期，近代英国的各种礼仪相继形成并逐渐完善。随着经济的飞速发展和社会的迅猛变革，英国绅士文化在这一时期发展成熟。其核心内涵包括自由的思想、公平合理的竞争原则、务实的精神、勇敢的骑士气概、高雅的艺术修养和得体的举止等。英国社会对于绅士的迷恋在19世纪达到顶峰。直到第二次世界大战之前，绅士观念对英国生活的方方面面都产生了巨大影响，几乎可以被称为英国的第二宗教。③ 学者陈兵指出，在维多利亚时代，伴随着福音教的流行、新式公学的改革与大英帝国的扩张，英国绅士的内涵发生了新的变化。此时的英国绅士要求出身中上社会阶层，道德意识强，性格坚韧，具有社会责任感和男子气概。当时在英国兴起的新式公学大力宣扬这些品质，成为培养绅士的工厂。因此，维多利亚时代的英国绅士在国内往往是外表体面、讲究道德的社会中流砥柱，在遍布全球的英国殖民地则是能干的殖民官员。维多利亚之后的爱德华时代在英国社会两极分化的背景下更加注重良好的家世和行为举止的优雅高贵。第一次世界大战之后英国人的绅士情结才开始慢慢消解。④

---

① Daniel Defoe, *The Compleat English Gentleman* (London: David Nutt, 1890), pp. 13-14.

② Daniel Defoe, *The Compleat English Gentleman* (London: David Nutt, 1890), p. 18.

③ Philip Mason, *The English Gentleman: the Rise and Fall of an Ideal* (London: Andre Deutsch, 1982), pp. 12-14.

④ 陈兵：《责任与疆界：毛姆东方故事中的英国绅士与帝国》，《外国文学》，2016年第4期，第110页。

在世界各文化中都有一种说法，即物以类聚。如果说海盗西尔弗接纳小吉姆是因为其不惧生死，胆大机敏，随机应变，不拘泥于法则，那么乡绅屈利劳尼这一方对小吉姆的接纳则是因为认可小吉姆的绅士特质。对于这么一个小孩来说，他在哪些方面体现出了其绅士素养呢？

从出身的角度看，小吉姆来自仅能维持温饱的小旅店主家庭，是接近社会底层的小商人，和绅士阶层相距甚远，但寻宝之旅改变了一切。寻宝之所以成行，是因为小吉姆提供了藏宝图。尽管屈利劳尼乡绅为这次冒险寻宝出资，但小吉姆仍然算是以技术（藏宝图）入股，他可以按照约定从这合资生意中获取部分收益，这也是屈利劳尼乡绅维系其绅士道德风范必须做到的。考虑到宝藏数额巨大，即使小吉姆的藏宝图在约定中可能所占的份额不大，但分红仍然绝对可观，有可能让小吉姆获得足够的金钱成为"土地绅士"。即使小吉姆不购买地产，而是去读书成为专业人士，在18世纪后期的开明语境下，优秀商人与职业人士也可以被认可为绅士。在此意义上，小吉姆是作为优秀的预备级绅士与屈利劳尼等人平起平坐的。这些做惯投资生意的乡绅在小吉姆身上进行风险投资，是理性选择。小孩子受到礼遇，除了其预期收益外，更应该是其年少时就已呈现出来的，让屈利劳尼乡绅和李甫西医生感觉安全的个人素养与道德规范，是这个群体共享的共同体价值，那就是绅士风范。

小吉姆最显著的特点就是不墨守成规的务实精神、舍身救众的骑士精神、意志坚定的社会责任感。他是船上唯一的未成年人，但他从未把自己当小孩子，干活从不懈怠。在知道船上存在危险之后，他沉着冷静，这种危机中的冷静是绅士风范最显著的特征之一。小吉姆清楚知道成年人对小孩子的忽视，他提出的任何建议都可能被否决，但他也因此可以自由行动，任何举动都不会引起怀疑，成年人对他年幼无知的偏见，在危机时刻反倒成了一种优势。他先是跟着尚未撕破脸的海盗们离开大船，搭小划子上岛，但上了岛就开溜。海盗们只当小孩子玩心重，随便他乱走动。小吉姆在荒岛探索中遇到了被抛弃在荒岛数十年已成为半野人的本·冈恩，由此改变了整个寻宝事件的走向。之后他又在夜色掩护下离开医生和船长们所栖居的木寨，找到本·冈恩隐藏的小划子，夜袭寻宝船，最终从海盗手中夺回大船，并利用风向和潮汐将船藏进一个小海湾，打乱了海盗们的计划，使他们失去讨价还价的退路，并引发海盗的内斗。他继而利用自己的天真无邪，将熟悉海岛机密的本·冈恩拉入自己的阵营，彻底改变了被动挨打的局面。可以说，如果没有小吉姆，绅士团队在撤离大船上岸后，不到两天就会因人手数量相差过于悬殊而被团灭。一个真正的绅士应该冷静而不事声张，有责任感而不事吹嘘。小吉姆年纪虽小，却具备了维多利亚时期读者所推崇的所有绅士品质，更不用说在寻宝结束后他将有一笔巨额财富，保证他将来在社会梯度上的绅士身份。然而待团队凯旋时，真正实际阶层跨越的只有小吉姆一人。医生李甫西和乡绅屈利劳尼只是变得更有钱，但不会跨越阶层，而海盗还是海盗，更不用说已经死的死，伤的伤，因为他们缺乏道德提升机制。只有小吉姆利用维多利亚的道德机制，在特定情境下实现了身份的华丽转变。

　　另一个值得注意的是宗教作用的弱化。这和维多利亚时代巅峰期出版的《珊瑚岛》，甚至一个半世纪前出版的《鲁滨逊漂流记》很不一样。前两部作品中宗教无处不在。鲁滨逊每天必然打开《圣经》，以和上帝对话来排解孤寂。《珊瑚岛》上的男孩子们也对上帝的拯救力量深信不疑，并且努力让海岛上的土著部落皈依基督教。反观《金银岛》，基督教几乎消失不见，难得出现一次与《圣经》有关的情景，还是西尔弗利用同伙的迷信心理，试图从内心击溃挑战他的权威的其他海盗。当时几个海盗联手向西尔弗摊牌，拿出从《圣经》中撕下来的一页纸，上面写明要求其下台的理由。西尔弗一看到这张临时"黑券"就夸大其词地责问："你们从哪儿弄来的纸？哎哟，可不得了！你瞧，这下祸闯大了！这是从《圣经》上裁下来的。是哪个混蛋把《圣经》给糟蹋了……我看你们这下子一个个都得荡秋千（绞死）。《圣经》是哪个王八羔子的？"[1] 西尔弗故意放大撕毁《圣经》可能招致的灾难性影响，由此可以看出，到了维多利亚后期，宗教性在绅士气质中所占的比重下降，绅士风度中的道德元素更现实，更世俗。

　　这时候我们再回头来看小吉姆之所以能在绅士与海盗两个敌对阵营之间游刃有余、左右逢源，是因为吉姆这一人物既体现了维多利亚时期的绅

---

[1] 罗伯特·斯蒂文森：《金银岛·化身博士》，荣如德译，译林出版社，2018，第191页。

士品质，又同时具备海盗性。维多利亚时期读者们期望绅士应该具有的诚实、正直、善良、礼貌、容忍、仁慈这类以法律和道德规范为原则、以利人为宗旨的理性品质，在小吉姆身上表现得很明显。他遇事冷静，审时度势，不张扬，为了匡扶正义而敢于牺牲，有效地利用年龄优势规避了绅士风范在长期发展中形成的保守、教条、形式主义化的迂腐，让读者看到一种摆脱陈腐、焕发新生的绅士气质。小吉姆之所以能涤荡去绅士风范中做作、教条的程式，是因为吸取了相当程度的海盗特质，即那种不以任何现有规范为原则，而只以是否能解决问题为标准的行为特征。通常海盗特质的关键词有危险、残暴、放纵，但也有能干、机敏、果敢等。吉姆对绅士品质与海盗特性兼收并蓄，既保住了绅士阶层的道德底线与理性品质，同时又学习了海盗的随机应变行为方式，从而成为一个真正的团队拯救者，让帝国精神得以自我扬弃，焕发活力。正如有学者评论的，成长中的吉姆是一个绅士与海盗的融合体，两种属性此消彼长，轮流主导他的思想和行为。而最终吉姆使这水火不容的两方面在自己身上得到稳妥的安排。①

结　论

《金银岛》表面上看是一个契合青少年口味的正义与邪恶斗争的冒险故事，但本质上是一个海盗故事，帝国的生命力与精神气质主要是通过海盗表现出来的。相反，从李甫西医生和屈利劳尼乡绅这类所谓绅士身上，读者们只看到古板保守、装腔作势的帝国黄昏。在寻宝过程中，正义之所以得以伸张，且这种获取财富的方式能获得读者认可，并非源于那些贪婪老绅士所表现的日薄西山的绅士风范，而是得益于小吉姆那种富有弹性的、不那么坚定的维多利亚道德伦理，那种不断随外部环境调整的实用主义的伦理观。读者们喜欢的是西尔弗这种充满生存智慧的、精力充沛的海盗。小吉姆在正义与邪恶两个阵营之间不断游走，有效规避了读者因为喜欢西尔弗而产生的道德负疚感，这是斯蒂文森的高明之处，他非常巧妙地利用小吉姆进行了阅读心理纠偏。

此外，读者对《金银岛》代表的海盗叙事的喜欢，可能无关道德判

① 黄剑秋：《绅士还是海盗——论〈金银岛〉中吉姆·霍金斯的人物双重性》，《长沙铁道学院学报》，2011年第4期，第45-47页。

断。康德提出"审美无利害性"（disinterestedness），认为审美过程的品味
判断必须以一种"超然"的态度为前提，必须"括除"（bracketing）认知
关怀和道德关怀，审美者的快感来自把由审美对象引发的各种不适反应括
除出去。喜欢海盗叙事的读者可能被暗恐的海洋带来的"崇高感"折服，
海盗职业的危险放大了这种"崇高"。这群人在广袤的大海上游荡，在暴
风雨中如海燕般穿行，探索着未知的世界，法律和制度奈何他们不得，他
们是自由的海人，凶悍勇猛、无坚不摧、有勇有谋、激情四溢。他们的故
事满足了人类猎奇、追求彻底自由的幻想。海盗传说中的财富也激发了人
类瞬时获取财富自由，从而摆脱日常生计的束缚与平庸的梦想。

第四节 《蝇王》：帝国废墟上的恶之花

威廉·戈尔丁（William Golding，1911—1993）是英国著名小说家、剧作家和诗人，以其深刻的洞察力和对人类本性的探索而闻名。他成长于英格兰威尔特郡的马尔伯勒市。1930 年，进入牛津大学学习自然科学，两年后转学英国文学，之后在中学担任文学与哲学教师。1940 年，加入英国皇家海军，参与沉船救援和侦察任务，作为指挥官参加了击沉德军战舰"俾斯麦"号，随后又参加了诺曼底登陆，这段经历深刻地影响了他对人类暴力和腐败本性的思考。1945 年二战结束后他回归校园，讲授文学课程。戈尔丁 1980 年凭《航行祭典》（*The Rites of Passage*）获布克奖，后以此为基础创作了"海洋三部曲"，包含《近距离》（*Close Quarters*，1987）和《甲板下的火焰》（*Fire Down Below*，1989）。1983 年他获得诺贝尔文学奖，1988 年伊丽莎白女王二世为其授勋，1993 年因突发心脏病去世。2008 年《泰晤士报》将戈尔丁评为"1945 年以来最伟大英国作家"之一。

除了"海洋三部曲"之外，他的重要作品还有《继承者》（*The Inheritors*，1955）、《品彻·马丁》（*Pincher Martin*，1956）、《自由堕落》（*Free Fall*，1959）、《教堂尖塔》（*The Spire*，1964）、《金字塔》（*The Pyramid*，1967）、《蝎子神》（*The Scorpion God*，1971）、《黑暗昭昭》（*Darkness Visible*，1979）、《纸人》（*The Paper Men*，1984）等，其中以《蝇王》（*Lord of the Flies*，1954）最为知名。

戈尔丁的文学作品主题通常与黑暗邪恶有关，广泛地融入了古典文学、神话、基督教文化及象征主义，富含寓意，善于揭示人性的黑暗、个体与集体的冲突和文明的脆弱，但其中也隐约表达出一定程度的乐观主义。在二战后的社会氛围下，他对人性的揭示和对社会道德沦丧的探索引起了当时读者的共鸣，使得他的作品成为当代英语文学的重要组成部分。

一、荒岛小说的落日余晖

戈尔丁的《蝇王》传达了他致力于探讨的文学主题——人类天生的野蛮与文明的理性之间的斗争。故事发生在第二次世界大战结束后不久的英国。当时，英国正在为战争付出代价，战后社会的道德崩溃和人性堕落成为《蝇王》的重要主题。小说伊始，一群 6 至 12 岁的男孩因为核战争传闻，而被政府用飞机送去南太平洋的避难地。飞机中途失事，众孩童流落到一个荒岛上。拉尔夫（Ralph）和外号叫小猪崽（Piggy）的男孩商议通过大海螺发出的声响召集到处乱跑找食物和玩耍的其他孩子，建立议会制集体生活。拉尔夫被选为队长，杰克（Jack）被任命为狩猎队长，小猪崽则被任命为拉尔夫的助手，孩子们开始集体探索这座孤岛。

刚开始的时候大家都充满正面情绪，在荒岛上愉快地东瞅瞅西看看，直到一个脸上有胎痣的小朋友说他见到了一只巨大的"怪兽"，大家才开始害怕起来。后来孩子们用小猪崽的眼镜聚焦太阳光，点燃了火，希望借浓烟引起过往船只或飞机的注意。因看守火种的孪生兄弟跟着杰克去猎野猪，火堆熄灭，众人失去一次获救的机会。拉尔夫和杰克因这件事发生冲突，在冲突中杰克为了转移其他孩子的注意力打碎了小猪崽眼镜的一只镜片。由于内部矛盾加剧，孩子们开始失去秩序。最终，拉尔夫和杰克各自组建阵营，导致群体彻底分裂。

对"怪兽"的恐惧始终笼罩在孩子们的心头，杰克杀了一头母猪供奉"怪兽"，苍蝇在死猪头边徘徊，场面更加恐怖。一个叫赛门（Simon）的孩子终于发现，那巨大的不断摇晃的所谓"怪兽"其实只是飞机坠毁后遗留的破损降落伞和被绳索缠绕的飞行员尸体。然而，当赛门试图告知众人真相时，却在黑暗中被其他孩子误认作"怪兽"而惨遭杀害，真相就此被永远掩埋。

杰克率领的这一帮孩子越来越野蛮，不计后果的暴力成为解决争端的方法。两个阵营每日冲突不断，小猪崽在冲突中被杰克这边的孩子从山崖顶部推下的巨石砸死，随后杰克这边一不做二不休，决意对拉尔夫这边赶尽杀绝。拉尔夫逃进雨林中，杰克阵营点起森林大火想要烧死拉尔夫。拉尔夫奋力冲出大火，跌倒在沙滩上。就在他走投无路之际，正好一艘英国军舰经过，救起了他。为什么这一群原本天真无邪的无人岛上的幸存者很快就陷入一系列野蛮的权力斗争？他们为什么会放纵自己的原始冲动而变得残酷无情？

《蝇王》是英国荒岛文学传统中的一部杰出作品，也可以说是英国荒岛文学在殖民帝国即将土崩瓦解时的回光返照与最后一抹晚霞。为了更好了解这部经典，有必要重新回顾一下英国荒岛文学的传统与代表作。这些荒岛书写总的来说有如下一些类型：

一是乌托邦型海岛叙事。在地理大发现之后，人们对未来充满浪漫展望，英国产生大量乌托邦型海岛叙事，最有代表性的就是托马斯·莫尔的《乌托邦》和弗朗西斯·培根的《新大西岛》。面对羊吃人的"圈地运动"造成的人口过剩压力和糟糕城市状况，莫尔提出将过剩人口向海外移民，并为此臆造一个名为"乌托邦"的理想国。在乌托邦里，人人过着自由平等、幸福自足的生活，乌托邦是一个理想的大同世界。莫尔的"乌托邦"设想令英国读者对茫茫的海外产生美好憧憬。17世纪英国在北美建立的殖民地，一定意义上就是莫尔在《乌托邦》中所阐述的殖民思想的产物，而不仅仅是一种巧合。在莫尔之后，培根这位大文豪兼政治家写了《新大西岛》，提出在新发现的处女地上开发永久性殖民地，为实现海上强国目标阐明了方法。二人的荒岛想象从理论上探索了英国向外扩张的必要性和可能性，对英国的海外拓殖意识起了启蒙作用，也为后来的《鲁滨逊漂流记》等拓殖型荒岛书写奠定了国民心理基础。

二是魔幻变异型海岛叙事。这一类叙事在中国文学中相当丰富，譬如蒲松龄的《仙人岛》和《安期岛》等仙岛叙事，在阿拉伯的《天方夜谭》、太平洋岛屿传说中也很普遍，而在英国这类叙事中，最有名的莫过于威廉·莎士比亚的《暴风雨》和乔纳森·斯威夫特的《格列佛游记》。《暴风雨》讲述了米兰公爵普洛斯彼罗（Propero）运用魔法向篡位者复仇的故事。航海、海难、漂流与海岛是故事的空间与剧情推动者，充满魔幻色彩。莎士比亚时代的英国，资本主义发展迅速，航海与殖民突飞猛进。

1601 年英国东印度公司宣告成立；1607 年英国开始在今天美国弗吉尼亚的詹姆斯敦建立永久定居点；《暴风雨》创作首演于 1611 年。从时代背景来看，莎士比亚利用了那个时代所有英国人的共同关注点来传达自己的人文思想：以人为本、追求知识、崇尚文化、尊重理性、宽容仁慈。《格列佛游记》比《暴风雨》晚了一个世纪，是英国海外殖民高潮期的作品。格列佛是一位喜欢冒险的船医，一生经历无数次冒险，到过小人国（Lilliput）、巨人国（Brobdingnag）、飞岛国（Laputa）、慧骃国（Houyhnhnms）等。《格列佛游记》从政治文化、社会风俗等角度淋漓尽致地批判了当时非理性的社会环境，希望建构理想中的和谐王国。

这两部作品中出现了一个新的视角，那就是荒岛"兽人"。《暴风雨》中的岛上原住民是女巫的儿子，半人半兽，尚未开化，这几乎是后来海岛文学中野蛮食人族形象的鼻祖，也是"兽人"海岛叙事的滥觞。同样，在《格列佛游记》的最后一章中，格列佛来到一个叫"慧骃国"的岛屿。这里和人长相一样的生物叫雅虎（yahoo），是邪恶与非理性的兽；相反，长得和马一样的生物，却具有德行与理性。这导致格列佛回到英国后，无法相信身边看到的人，从而选择和马生活在一起。

三是帝国拓殖型海岛叙事。这一类海岛叙事以《鲁滨逊漂流记》为发端，到维多利亚时期达到顶峰。巴兰坦的《珊瑚岛》、斯蒂文森的《金银岛》等，清一色以南太平洋岛屿为背景。此类叙事一般都和《鲁滨逊漂流记》的叙事结构相似，但流落荒岛的人数不断增加，说明作者意识到，帝国是集体的世纪伟业，非一人可以建立。这种集体意识甚至影响到凡尔纳《神秘岛》中的美国拓荒者团队，而且特别强调科学技术对开发荒岛的重要性。

四是敌托邦型海岛叙事。敌托邦（dystopia）的意思是充满丑恶和不幸之地，是自由丧失、民主坍塌、道德沦丧、人性没落之地，以轻科幻题材居多。这一类叙事，早在英帝国后期就已出现，但更多出现在科技发达的二战后。敌托邦型荒岛叙事主题主要有两个：一种是探索人与自然的关系，如英国作家赫伯特·乔治·威尔斯（Herbert George Wells, 1866—1946）的《莫罗博士的岛》（*The Island of Dr. Moreau*, 1896），讲述的是莫罗博士利用生物技术创造"兽人"的恐怖故事，是魔幻变异型海岛叙事的敌托邦化；另一种是以荒岛为背景探索人性，最典型就是戈尔丁的《蝇王》。

在英国帝国主义影响下的荒岛冒险文学中，《蝇王》与《鲁滨逊漂流记》《金银岛》等作品表现出截然不同的色彩。《蝇王》通过暴戾、自满的人物形象和儿童间的等级秩序，展示了二战后英国的帝国主义精神。笛福《鲁滨逊漂流记》塑造的鲁滨逊是一个积极乐观、勇于抗争的被神化了的西方文明的典范，即使在荒岛遇上豺狼猛兽也表现出一种战无不胜的精神，以一个主人公的姿态战胜了荒岛上的一切困难。在他身上体现的是英国鼎盛期的文明观。然而到了 20 世纪初，大英帝国已经暴露出危机和虚弱，殖民领地开始出现反抗抵制的运动。大英帝国的文学开始出现一种明确无误的不确定性，旧时的绝对价值观大规模解体。在帝国晚期，英国作家需要应付新出现的压迫和限制。许多晚期帝国作家如吉卜林（Joseph Rudyard Kipling，1865—1936）、E. M. 福斯特（E. M. Forster，1879—1970）、毛姆等，开始了对殖民主义的批判和反省，在文学作品中揭露了虚伪之极的所谓"人道主义"殖民统治，对于帝国叙事产生了一种无法抹去的悲哀。然而，这些对于殖民主义的批评，并没有消除帝国的偏见。在英国文学中，新出现的文本既表现出帝国主义的态度又流露出反殖民主义情绪，二者形成鲜明对比。与此同时，辉煌帝国的神话逐渐破灭。有学者指出，在殖民地的人民经历被压迫、屈辱的情感体验的同时，帝国的主体即殖民者也在深刻地体验孤独、焦虑等情感。殖民者承受着内部明争暗斗所造成的严重后果，面对着疯狂掠夺所造成的荒原景象，并开始产生厌恶和冷漠。这些情感掺杂在一起，使主体处于一种无法自拔的境地，变得焦躁、烦恼、恐惧与疯狂。[1]

《蝇王》在荒岛文学的主题上做了一定创新，反向发展，把维多利亚时期以《珊瑚岛》为代表的"荒岛乐园"写成了"荒岛废园"。《蝇王》表面上沿袭了百年荒岛小说的故事场景和人物设定，但其精神内核已发生根本性转变。以往作品中那种理直气壮的、正义必然战胜邪恶的道德观念

---

[1] 董英：《英国文学中的帝国叙事及其流变》，《湖北经济学院学报》，2006 年第 4 期，第 91-92 页。

荡然无存，文明必将打败野蛮的信心也全无踪影，取而代之的是无处不在的战争阴影，野蛮最终战胜文明，人类邪恶的本性把"世外桃源"般的珊瑚岛变成了血雨腥风的屠场。[①] 小说中英国儿童对于权力的欲望和残酷行为的展现，可以被理解为对英国帝国主义及其后果的一种象征性批判。通过这部作品，戈尔丁表达了对战后英国社会的担忧，并对权力的腐败和人性的堕落进行了深刻的思考。

孩子们的荒岛危机也隐喻着帝国的末日。在英帝国主义鼎盛时期，英国人通过精英政治来控制其殖民地的居民。精英内部享有民主权利，对殖民地居民实行专政。类似地，岛上的孩子们最初来到岛上时，和谐共处、团结一致，希望通过集体的力量一起逃离荒岛。他们在岛上建立了一种维多利亚式的文明秩序，推举拉尔夫担任他们的领袖。拉尔夫也带领孩子们制定了一些规则和民主决策，这也是英帝国成熟的政体模式。然而，随着时间的推移，这种秩序因为杰克想成为统领而逐渐崩溃，杰克的威权主义取代了拉尔夫的民主议会制。这种转变反映了英帝国主义的外部危机引发的内部权力斗争。

小说中，杰克代表了二战后英国的威权主义倾向，是对二战后战败国英国形象的影射。帝国主义由最初标榜的"白人的负担"，即用英式文明改造前现代世界的理想主义，向毫无虚饰的赤裸裸的极权主义蜕变。在面临分崩离析的危机时，英帝国试图用威权主义阻止殖民地的脱离。杰克是这种倾向的人格化。杰克自以为是，并不服从拉尔夫代表的传统政治模式的管理。他渴望掌握权力并实施独裁统治，将其他孩子视为自己的臣民。他不仅追求食物和资源，更追求对他人的控制和支配。为此，他搞分裂，并逐渐变得野蛮和暴虐，带领一些孩子对动物进行残忍的猎杀。对于像"臣民"一般的同龄人，他也冷酷无情，彰显着威权主义的暴力本质。其他孩子们受到统领者野蛮行径的影响，也逐渐变得暴躁、蛮横，通过猎杀动物来证明自己在这荒岛中拥有殖民者的统领地位。这和英国在其殖民地后期搜捕并杀害各地反殖民的民族主义者的行径存在直接映射关系。在这个荒岛上，他们试图通过暴力和控制来塑造自己的社会秩序，无视道德和

---

① 徐燕：《英国儿童海洋小说的道德关怀》，《宁波大学学报》，2010 年第 23 期，第 41—45 页。

人性的约束，不再受到宗主国（成人社会）的规则和价值观的束缚。

二、文明的脆弱与政治隐喻

《蝇王》这部小说通过孩子们在荒岛上的经历，揭示了人性的黑暗和权力的腐败，探讨了个体和社会的关系、人性的复杂和道德的边界、道德和社会秩序的崩溃，引发了人们对于人类本性的困惑和对文明脆弱性的思考。《蝇王》实际上是一部逆写《珊瑚岛》的作品，目的在于戳穿维多利亚时期的帝国神话。戈尔丁为《蝇王》选择了与巴兰坦的《珊瑚岛》相同的环境，连主人公的名字也与《珊瑚岛》中的一致，都叫拉尔夫和杰克。刚到岛上时，一个孩子甚至评论说："这像珊瑚岛。"没想到孩子们黑暗的一面很快就破坏了阅读过《珊瑚岛》的读者所预期的浪漫与高尚，一场无情的内战开始了。

在流落荒岛之初，孩子们尚能努力保持秩序，选举拉尔夫作为领导者，建立规则和纪律。然而，随着时间的推移，权力斗争和冲突逐渐出现，杰克领导的猎杀派与拉尔夫代表的建制派发生冲突，人类本性中最卑贱的部分在小说中被释放了出来。猎杀派倾向于以暴制暴，以恶制恶，迅速摒弃英国文明，沉溺于原始的宗教仪式，把脸涂成各种颜色围着火堆跳舞，变成了"单一生物体"（single organism）。随着孩子们逐渐忘记他们在文明社会中所学的价值观，社会秩序开始崩溃，孩子开始"兽化"，甚至开始膜拜"怪兽"，成为了无情的猎食者。他们开始拼命追逐，狩猎，摧残，燃烧。他们在林间嗷嗷叫喊，像狼群一样尖叫着取下猎物的头。孩子们开始放纵自己的原始欲望。他们逮住并折磨两个孪生兄弟，将其他孩子当猎物捕杀。最后为了追杀拉尔夫，他们纵火烧山，即将自我毁灭而不自知。当孩子们纷纷参与杀人和破坏行为时，他们已完全失去了理智和道德良心，最终导致脆弱的社会秩序的崩溃，无辜生命的丧失。

在这个故事中，小猪崽和赛门是除拉尔夫之外难得的有理性，有独立思考力的孩子，象征着知识和文明，象征着英国社会缺乏的尚未被帝国主义狂热扼杀的理性主义，对于维持秩序和文明起着关键的作用。然而，他俩在孩子们的伦理溃败中被残忍地杀害。赛门的死亡成为无可挽回的转折点，这个悲惨事件不仅标志着孩子们理性的丧失，而且加剧了他们向野蛮与混乱溃败的进程。通过描写赛门这一角色和他对"怪兽"的领悟，以及他的死亡对孩子们的影响，戈尔丁深刻地展示了当代西方文明秩序的脆弱性。即使是在一个看似理性和文明的社会中，当遭遇外界威胁和困境时，社会秩序和文化价值很容易崩溃并转向野蛮和混乱。

　　杰克作为主角之一，是小说中原始欲望的代表角色，领导着属于自己的小集体。杰克在得到第一次杀猪的机会时并没有下手，因为他觉得将刀刺入活肉十分罪恶，鲜血淋淋让他难以忍受。然而，他嗜血的本性在没有现代秩序的原始荒岛上逐渐暴露，他蜕变得越来越没有理智。杰克往自己的脸上涂抹黏土，在野猪面前遮掩自己的人性，让其他孩子产生敬畏。杰克的改变使他与拉尔夫的选举权威产生对立。当杰克离开阵营，带走绝大多数孩子，承诺他们吃肉、玩耍、无拘无束时，杰克成为了一个野性而暴戾的统治者，与拉尔夫之间产生了明显的界限。杰克推动了一次内讧，激化"野人"阵营情绪，杀死赛门；他虐待双胞胎兄弟，直到他们被迫屈服。

　　在失去社会规范与秩序的荒岛上，暴露出原始野性的还有男孩罗杰。当他意识到社会规范全都消失时，他立即专注于他的动物本能。例如，在捕猎过程中，罗杰在野猪还活着的时候便将尖尖的棍子直接捅入它的直肠；他向男孩小猪崽精准地推下巨石，意图杀死这个还有理性，还相信社会制约的人。罗杰成为杰克"野人"阵营的刽子手、行刑者，虐待山姆和埃里克森，强迫他们加入杰克的"野人"阵营。在小说最后追捕拉尔夫场景中，罗杰手持两端削尖的棍子，暗示着他计划杀死拉尔夫，将拉尔夫作为祭物献给"怪兽"。

　　不知道"怪兽"真相的孩子们顺从了崇尚暴力的本能，并由从众产生了安全的错觉。他们打猎不再是为社团提供食物，而是因为他们陷入了猎杀活动本身带来的歇斯底里。他们起初猎杀的是野猪，随后杀害了爱思考、有理性的赛门和小猪崽，逮住并折磨两个孪生兄弟，最后为了追杀拉尔夫纵火烧山。在展示孩子们在岛上的日常生活时，戈尔丁谨慎而又突出地强调了所有孩子潜在的偏执和残忍。

　　通过把主人公孤立在一个岛上，戈尔丁放大了问题的危险性。在人固有的作恶潜能、人的暴力倾向和未被承认的荒谬恐惧感的压力之下，那些文明的准则很容易自内部破裂，于是为遍及自然和人类世界的邪恶打开方便之门。读者需要思考的是，文明和野蛮的分界线为什么能那么轻易地越过？眼看着文明的大厦从根基开始坍塌，读者会形成巨大的恐怖感。在小说的结尾，拉尔夫为天真的结束和人心的黑暗而哭泣。这种认识是痛苦的，但它却是新的开端的必要前提。

如果说《鲁滨逊漂流记》是帝国主义开拓的先锋，展示了勇于开拓的冒险精神；《珊瑚岛》中的男孩子们的帝国精神在令人激动的冒险活动中更加熠熠生辉；《金银岛》开始呈现帝国主义进取冒险与暴戾奴役的双重性；那么二战后的《蝇王》则是对传统帝国精神的逆转。《蝇王》通过展现帝国未来一代的恶，颠覆了维多利亚传统中的虚饰，那种被康拉德不断渲染的所谓的帝国精神，"一种内在的品质，一种天生的、微妙的、永不泯灭的品质……一种内在的秘密，一种造成民族差异、决定国家命运的善良或邪恶的天赋"①。

结　论

英国学者马丁·格林（Martin Green）在《冒险的梦想，帝国的需求》中指出："在《鲁滨逊漂流记》诞生后的两百多年里，作为消遣来阅读的有关英国人的冒险故事，实际上激发了英帝国主义的神话。从总体上来说，这些故事都是英国自身的故事。它们以梦想形式赋予英国力量、意志，以便使英国人走出国门，探寻世界、征服世界和统治世界。"② 然而，戈尔丁却通过虚构的核战背景，一群天真无邪的英国儿童，一座不确定位置的荒岛，完全颠覆了帝国精神神话，帝国外泄和扩张的力量如今调转方向成为自相残杀的力量。海岛不再被开垦为乐土与人间伊甸园，而是一座被烧焦被遗弃的荒原，这就是殖民者撤离后留给被殖民者的土地。

戈尔丁采用了传统的、英国读者熟悉并喜爱的荒岛历险背景，用寓言和象征手法写出了后帝国时代的"新荒岛"叙事。戈尔丁带有讽刺意味地借用了《珊瑚岛》中的热带岛屿，甚至借用了小说主人公的名字，并特意在《蝇王》中不断与《珊瑚岛》互文，以此来提醒读者注意他与巴兰坦

---

① Joseph Conrad, *Notes on Life and Letters* (New York: Cambridge University Press, 2004), p. 154.
② Greene Martin, *Dreams of Adventure, Needs of Empire* (London: Loutless Press, 1980), p. 3.

对帝国精神截然相反的看法。《蝇王》中所揭露的邪恶并不是表面的、明确的，而是潜藏在帝国精神之中的。虽然这种邪恶的暴露或出现不一定是必然的，但它一直在等待爆发的机会。正如许多评论家所说的那样，戈尔丁的当代英国荒岛历险小说《蝇王》是对巴兰坦《珊瑚岛》所展现的虚假画面的驳斥和纠正。①

---

① 魏颖超：《〈蝇王〉与英国荒岛历险小说之变迁》，《外语研究》，2004 年第 6 期，第 75- 77 页。

第五章
中西人鱼的海陆之恋

导　语

安徒生的小人鱼拒绝伤害移情的王子

化成波涛中婉转易碎的泡沫

富凯的水妖向背叛的公爵

献上夺魂的一吻

却又化身一泓清泉环绕爱人的坟墓

为了获得人的灵魂　她们反而失去形体

王尔德的人鱼人间清醒

渔夫割舍灵魂才能入海与人鱼相聚

蒲松龄的人鱼没有灵与肉的困扰

却被儒家礼制的纲常缠绕

弃水向陆　日饮一勺江水慰平生

第一节 《水妖》与《渔夫和他的灵魂》: 爱与灵的取舍

数千年来，东西方文化中人鱼故事相当丰富，但在形体和故事的价值取向上又大不相同。欧洲的人鱼从一开始定性标准就很明确：生活在人类社会之外的，具有超过或至少不次于人类智力水准的，具有半人半鱼外形的水中生物。它们能上岸过两栖生活，一般都以漂亮女性形象出现。哥伦布在1493年1月9日的航海日志中也记载了遭遇美人鱼的经历：在前一天，在金河（圣地亚哥河）航行时，曾见三条美人鱼，高高跃出水面，但并非像人们所描述的那么美丽，面部很多特征更像男人。过去，在几内亚的马内盖塔海岸也曾见过几次美人鱼。①

一、中西人鱼的形象差异

中国人鱼基本没有半人半鱼的中间阶段，也不限于女性。他们通过千年修行，化身为人，能与人生儿育女，最著名的莫过于鲛人。中国的人鱼具备创造财富的能力，如鲛人善于纺织和生产珍珠，或者为人们预测商机，由此可以看出中国人现实而注重物质利益的海洋观。海的财富之源可能来自海底深处，如龙宫或水晶宫；可能来自海外贸易，如海上丝绸之路。中国文学中展示海陆恋情的故事较少，即使有过，男人也在获得财富后迅速以尽孝为名，摆脱海洋的诱惑，如蒲松龄的《罗刹海市》。

希腊作为一个典型的海洋社会，其信仰体系和海洋深度融合，将很多原本属于陆地的生物也赋予了海洋特质。例如，摩羯（Capricornus）在黄

---

① 哥伦布：《航海日记》，孙家堃译，上海外语教育出版社，1987，第132页。

道十二星座中是半羊半鱼的形象。据说，巨人提坦闯入众神的宴席，大肆破坏，众神变化成各种动物逃走。拥有山羊外形的山林之神潘躲进水中，变出一条鱼尾逃跑，之后就有了这个形状。再如能制造巨浪海啸的海马（Hippocampus），上半身是马，下半身是长长的能蜷曲的鱼尾。古罗马诗人斯塔提乌斯（Statius）在他的史诗《阿喀琉斯纪》（Achilleis）中描述海神尼普顿驾驭海马战车的雄伟景象：海神高高耸立在海面上，用他的三叉戟驱使着海马，马的前蹄在水花和泡沫中飞驰，后面长长的鱼尾则将这些动荡的痕迹抹去。海马的形象流传到北欧后逐渐演变，出现各种陆生与海生动物的混合形态。譬如，瑞典神学家奥劳斯·马格努斯（Olaus Magnus）献给威尼斯大公和主教的海图中就有海马的形象。他解释说，海马出没于不列颠群岛和挪威之间的海域（今日的北海），长着类似马的头，能够像马那样嘶鸣，有牛一样的腿和脚，体型像牛一样大，有鱼一样分叉的尾巴，能够在陆地和海中觅食，既吃陆地上的草，也吃海草。

希腊神话中最典型的人鱼就是海神波塞冬和女神安菲特律特的儿子特里同（Triton）。他一手提着由鱼叉变形而来的，象征大海威权的三叉戟，另一只手拿着吹响就能带来巨浪和潮汐的大海螺。和一般人鱼只有鱼的尾鳍不一样，他还有鱼的背鳍和腹鳍。在当今的动漫作品中，特里同形象因为诸多飘带般的鱼鳍而被"美男"化，鱼鳞也形变为鳞形骑士铠甲。全球连锁咖啡店星巴克的 Logo"双尾人鱼"，其灵感就来自以北欧海洋神话为主题的木雕，由此可以看出半人半鱼的女性人鱼形象在欧洲源远流长。

古代欧洲另外还有两个经典的人鱼形象：一个是南欧地中海上的半人半鱼女妖塞壬，她常年坐在海中礁石上歌唱，歌声极其动听。水手们听了会心醉神迷，从而失去对船的控制，触礁丧生。奥德修斯为了渡过这片海域，不得不用蜜蜡封住水手的耳朵，让同伴将自己紧绑在桅杆上。另一个是西欧莱茵河上的女妖洛蕾莱，她总是在傍晚时分坐在高高的悬崖上歌唱，诱惑水手触礁毁灭。这两个故事应该是同一来源，因在不同地区传播而产生了差异。

中国的人鱼，包括白蛇、田螺等水生生物，会在化成人之后被一步步儒家伦理化。与此相似，欧洲的人鱼叙事在流行过程中被逐步基督教化。人鱼被定性为没有灵魂的存在。没有灵魂就不能进天堂，因此灵魂成为困扰几乎所有人鱼的永恒问题。在启蒙运动之后，基督教理性主义的影响力日增，有关人鱼的灵魂困境及其解决方法，就成为相关叙事的核心内容。

二、《水妖》：人鱼对"灵魂"的渴求

大约始于 16 世纪，也就是地理大发现开始之后，欧洲发生了翻天覆地的变化。神权时代结束，天文、地理的大发现导致灵魂失落与救赎之说一时风行。与浮士德同时代的学者菲利浦斯·欧雷奥卢斯·帕拉塞尔苏斯（Philippus Aureolus Paracelsus，1493—1541）在《论水、木、土、火与其他精灵之书》（*Liber de Nymphis*，*Sylvis*，*Pygmaeis*，*et Salamandris*，*et de Caeteris Spiritibus*，1566）中讲述了水精的故事。水精又被称为"温婷娜"（Undine），这个词的词根 unda 在拉丁文中是"波浪"的意思，所以温婷娜在古普鲁士语中意为"来自水中"。温婷娜在故事中是期待被救赎、渴望灵魂的人鱼，是水泽中没有完整自我的散乱的雌性水族，只能通过与人类通婚来获得灵魂，进而像人类妇女那样到达上帝面前，获得救赎。①

帕拉塞尔苏斯讲述的故事是这样的：在浩渺的莱茵河上游，有一条小小的支流，两岸全是神秘的古老森林。水的精灵们一直生活在水中，对人类竟能生活在空气中感到好奇。她们非常向往人间的空气，常常从水中出来，看看陆地上古怪而美丽的动物。温婷娜是水精中的一个，有一天见到了年轻英俊的领主。此后，每当他在林中漫游的时候，她都要出来看他，希望能俘获他的心。她是一个精灵，他看不见她，怎么办呢？她运用水精的超自然力，变成一个全身洋溢着美感的女子。领主在林间小径遇到了她，为她的美和风度所倾倒，提出带她去城堡。

途中，他们时时提防狮子、老虎、野熊的袭击，却又一次次停下来拥抱。在终于到达城堡后，温婷娜却流泪告别，因为她得回她的水中去。这位名叫胡德勃兰特（Huldbrand）的领主向她求婚，温婷娜告诫说："如果你发的是伪誓，将会有可怕的事发生！"胡德勃兰特说："我永不会背弃你。"他们以古代的方式举行婚礼，没有神父，也没有证婚人。他们的生活犹如一首田园牧歌。三年后的一天，当胡德勃兰特看到他的朋友们都与有钱人家联姻时，就开始懊悔了。一次，他在马上武术比赛中取得了胜

---

① 余匡复：《德国文学史》，上海外语教育出版社，2001，第 34 页。

利。他的勇猛和耐性给主持比武的马格瑞夫（Margrave）和他女儿留下了深刻的印象。胡德勃兰特觉得，也许她没有温婷娜那么漂亮和有才华，但她有金银财宝和大片土地作嫁妆。回到家后，他向温婷娜宣称，他要与马格瑞夫的女儿结婚，而她一定得回自己的水中去。温婷娜深受打击，哭泣着提醒他曾经许下的诺言，但胡德勃兰特铁石心肠，对她又是嘲笑又是威胁，骂道："你是怪兽的女儿。滚吧，魔鬼。回你水中的朋友那儿去吧。我要的是陆地，而不是水。"温婷娜乞求、辩解、劝说、啼哭，但胡德勃兰特抓住她，把她推向了河中："回你的水里去吧！我再也不要跟水和你交往了！"温婷娜无奈地接受了他的决定，并警告他说："由于你诅咒过水了，你可得小心。它不再是你的朋友了。"温婷娜回到莱茵河后，姐姐们都来安慰她。胡德勃兰特心里也害怕温婷娜的警告，决心再也不与水沾边。一个月后，胡德勃兰特和马格瑞夫的女儿举行了婚礼，又举行了一次盛大的马上武术比赛作为庆祝。就在胡德勃兰特与一位骑士比武时，温婷娜带领她的姐妹们到他跟前跳舞。胡德勃兰特在参赛场上又热又渴，他的新娘急忙给他递上一杯清凉的水。等他记起温婷娜说过的话时，已经太迟了。温婷娜给这水施过诅咒，胡德勃兰特刚喝一口，水就塞住了他的气管，使他窒息。新娘、新娘的家人和朋友惊恐地眼看着他竟然在干燥的空气中被淹死。

帕拉塞尔苏斯的人鱼无灵魂之说影响了后世文学，尤其是以童话形式出现的各种各样的人鱼故事，如 18 世纪德国作家富凯（Friedrich de la Motte Fouqué，1777—1843）的《水妖》（*Undine*，1811，又译《水精》《温婷娜》）、安徒生（Hans Christian Andersen，1805—1875）的《海的女儿》（*The Little Mermaid*，1837），以及王尔德（Oscar Wilde，1854—1900）的《渔夫和他的灵魂》（*The Fisherman and His Soul*，1891）等。

无论是富凯还是安徒生，都是虔诚的基督徒，都将自己的宗教情感融入笔下的人鱼中。富凯的 19 章童话体小说《水妖》受帕拉塞尔苏斯的影响很大，而后世欧洲流传的各种艺术类型中的人鱼形象又大多源于《水妖》这部小说。富凯的《水妖》出版后被改编成音乐、舞蹈、影视等艺术形式，几乎成了欧洲的文化记忆。特别著名的改编有德国作家和作曲家恩斯特·西奥多·阿玛迪斯·霍夫曼（Ernst Theodor Amadeus Hoffmann，

1776—1822）的三幕梦幻歌剧《温婷娜》（*Undine*，1816，又译《水妖》），德国轻歌剧的创始人阿尔伯特·罗尔青（Albert Lortzing，1801—1851）的四幕浪漫歌剧《温婷娜》（*Undine*，1845，又译《水妖》），波希米亚作曲家安东·利奥波德·德沃夏克（Antonín Leopold Dvořák，1841—1904）的《水仙女》（*Rusalka*，1900），德国作曲家汉斯·维尔纳·亨策（Hans Werner Henze，1926—2012）作曲、英国皇家芭蕾舞团弗雷德里克·阿什顿爵士（Sir Frederick Ashton，1904—1988）设计舞蹈的芭蕾舞剧《温婷娜》（*Undine*，1958，又译《水妖》）等。

考虑到故事的影响力，这里有必要讲述一下富凯《水妖》的主要情节：温婷娜是海王的女儿，在出生不久后便被其父与一位人类渔夫的女儿调换，以便其未来能与人类通婚，进而获得灵魂。温婷娜长到 18 岁时，在海边的森林小屋内邂逅了林斯特尔登的胡德勃兰特伯爵（Count Huldbrand of Ringstelten），两人不久后成婚。婚后，温婷娜告诉他自己是海王的女儿。直到与人间的男人结婚，此前她都没有灵魂。她如今暂时有了灵魂，拥有了一颗温柔、仁爱和体贴的心。温婷娜随夫去到其祖宅古堡内居住，但伯爵不久便开始因妻子与超自然界的联系而对她心生厌倦，这种厌倦又因他与贝塔尔德（Bertalda）的恋情而加深。贝塔尔德正是那位渔夫的亲生女儿。一次，当他们泛舟多瑙河的时候，有一个水中精灵从河中伸手抢走了胡德勃兰特伯爵送给温婷娜的项链。这令伯爵愈发愤怒，当即下令将温婷娜驱逐回水泽。依据水族的法则，无论温婷娜情愿与否，当胡德勃兰特做出不忠之举时，她就必须亲手结束他的生命。于是，在胡德勃兰特与贝塔尔德的婚礼上，温婷娜给了胡德勃兰特致命一吻。当胡德勃兰特下葬时，一位头戴白纱，身着素衣的雪白女子出现在悼念的人群中。悼词诵毕，女子随即消失无踪，但胡德勃兰特的墓旁却出现一泓清泉，环绕着坟墓，最后流进附近的湖里。

从基督教的视角来看，灵魂是最高贵和纯洁的东西。在灵与肉的二元对立中，灵魂永远都是第一位的，是纯洁和充满神性的，肉体则是低下的，充满各种贪欲，并遭到唾弃。就像中国的狐狸精、白蛇精、鲤鱼精等异类都希望通过向儒家伦理妥协，以便在"存在"的序列上向上晋级，西方的人鱼似乎都希望通过与有灵魂的人类结合，以获取灵魂。

我们对温婷娜的惋惜，可能更多来自于对她如此努力却归于失败的某种共情。不过，她对人间男子的爱恋，或许只是某种宗教意义上的对灵魂的执念。她的爱情也许只是一种宗教的殉难过程，一种必须完成的宗教意义上的成年仪式，是走向圣坛归于永生的前提条件。人类男子是她从此岸抵达有灵魂彼岸的桥梁，如此而已。

这里的逻辑链如此清晰：天堂预示着极乐，要想进入天堂，首先要有灵魂，这是上帝提携世人的把手，否则上帝无从着手拯救。而之所以在所有创造物中，只有人有灵魂，是因为人是上帝按照不同角度与光影变化下的自己的形象造出来的，是具有部分上帝外形与理性的创造物。这个在基督教中不断探讨的"灵魂"，应该和人本主义思想中"人之所以为人"的本质论相近，区别在于灵魂是一个"恒量"，而且只有"有"和"无"这两个非此即彼的选项。要么"有"，要么"无"，而理性却是一个以"多少"作为指标的变量，始终在上帝拥有的终极理性和兽类的无理性之间滑动。有人通过遵循教义的伦理法则向神性靠拢，超越人性的弱点；有人则追求兽性的自由与快感，不断向下堕落。这种恒量与变量之间的永久性错位，为文学书写留下了巨大的想象与思考空间。

在帕拉塞尔苏斯强调灵魂之于世人的重要性之时，歌德却根据欧洲的民间故事，升华出一个为了体验世俗极限意义而将灵魂抵押给魔鬼的浮士德。对浮士德来说，如果灵魂只预示着一个对未来世界的承诺，却忽略了丰富的现实，那么这个为上帝所背书的东西意义并不大。无论是善还是恶，对于人有限的现世生存来说都很重要。一边探索极致，一边体验极致，也许才能真正理解灵魂之于人的意义。

三、《渔夫和他的灵魂》：人鱼对"灵魂"的拒斥

歌德对灵魂与世俗体验关系的描述并没有走向绝对，他只是审慎地将浮士德的灵魂做了抵押，迟早还是要收回的。而到了 19 世纪末，有人对此提出了疑问。有趣的是，这种疑问也是从人鱼的灵魂问题入手的。与富凯等作家笔下人鱼希望通过获得贵族男性的爱情来获取灵魂的路径截然相反，王尔德的《渔夫和他的灵魂》中的美人鱼抗拒灵魂。

故事是这样的：一位年轻的渔夫网住了一条沉睡的美人鱼。她的头发

像是湿漉漉的金羊毛。她的身体白得跟象牙一样。她的尾巴是银色和珍珠色，缠绕着翠绿的海草。她的耳朵像贝壳，她的红唇像珊瑚。冰凉的波浪冲击着她的胸膛，海盐在她的眼皮上闪闪发光。美人鱼哀求渔夫放了她，说自己是海王唯一的女儿。渔夫将她放回海中，条件是不论什么时候叫她，她都要来为自己唱歌，因为鱼儿都喜欢听美人鱼的歌声，这样他的网就会装满。没想到的是，小美人鱼的歌声实在太美，渔夫禁不住爱上了她，可是美人鱼却断然拒绝了渔夫的爱情："你有一个人的灵魂。如果你肯送走你的灵魂，那么我才会爱上你。"

难以自拔的渔夫踏上了寻找放逐灵魂之法的艰难旅程。他乞求当地的神父帮他去除灵魂："神父，牧神们住在森林中，他们都很快活，雄美人鱼坐在岩石上弹着他们金红色的竖琴。让我跟他们为伍吧，我求您了，因为他们过着花儿一样的日子。至于我的灵魂，如果它会在我和我所爱的东西之间形成障碍的话，那么我的灵魂对我会有什么好处呢？"神父拒绝了他的恳求。经历了一系列的努力，他找到居住在海湾洞穴中的女巫。在允诺女巫提出的要求后，渔夫终于用女巫的短剑割断了自己和灵魂的联系，但灵魂悲伤地对他说："我每年都来这儿一次，来呼唤你，也许你会有需要我的时候。"

一年之后，渔夫的灵魂来到海边，给渔夫讲述了自己到东方的冒险，并且告诉渔夫他在一座神庙中发现一面智慧之镜，拥有这面镜子的人能知道世间的一切。要想获得镜子，渔夫需要让灵魂再次进入自己的体内。渔夫笑了："爱情比智慧更好，而且小美人鱼爱我。"又一年过去了，灵魂又来到海边，给渔夫讲述了自己到南方的冒险，说发现一枚能变出财富的戒指。想要占有这个戒指，渔夫就要让灵魂进入他的体内。然而，渔夫笑着说："爱情比财富更好，而且小美人鱼爱我。"第三个年头过去了，灵魂又来到海边，向主人描述了一个佩戴面纱、赤足跳舞的美丽少女。年轻的渔夫想到小美人鱼没有脚，不能跟他跳舞，心里有些失落。他对自己说："只不过就一天的路程，我还可以回到我爱人的身边。"他便大步朝岸上走去。欣喜若狂的灵魂赶紧进入渔夫的体内。

在灵魂的诱惑下，渔夫一路上偷窃、打架、杀人，做了很多坏事，可是等他忏悔，想用剑割断自己和灵魂的联系时，却发现不可能了。灵魂对他说："一个人一生中只能把他的灵魂送走一次，但是他一旦把自己的灵魂收了回来，就得永远地留住它了。这既是对他的惩罚，也是给他的回报。"

年轻的渔夫再也不能回到海里，他每天清晨、中午、晚上都呼唤美人鱼，然而她再也没有从海中出来。两年过去了，住在海边的渔夫听见海洋中传来哀号。他向海边冲去，小美人鱼躺在他的脚下死去了。痛不欲生的渔夫抱着小美人鱼，不顾灵魂的苦苦恳求，任凭黑色的巨浪将自己吞没。天亮时，被感动的神父向大海祝福，也向海中一切野生的东西祝福。他还祝福了牧神，在森林中跳舞的小东西们及一切非人类的没有灵魂的生物。他祝福了上帝创造的世间一切东西。

美人鱼拒绝渔夫的求婚，就是因为渔夫有灵魂，以至于渔夫不得不找到女巫帮忙将自己的灵魂赶走。这个流程与之前的人鱼叙事完全相反。失去了灵魂的渔夫与从来没有灵魂的人鱼生活在一起，享受着不受拘束的自由；重获灵魂的渔夫却做尽坏事。故事的结尾也和《水妖》完全相反。富凯的美人鱼为了成全伯爵而牺牲了自己，化为泉水，以没有灵魂的方式死去；王尔德的渔夫却在重获灵魂后死去，且并没有因为重获灵魂而进入极乐世界。神父一直诅咒渔夫解除灵魂与人鱼结合的做法，最后却悟出了一个道理——非人生物在《圣经》释义中因为没有灵魂而被排除在被拯救的对象之外，但世上所有生物无论是否拥有灵魂，都应该受到平等祝福。

以希腊文化为代表的早期地中海文化中的人鱼，诞生于人神无界的时期。人与万物之间可以互相转化，或者同时兼具几个物种的特征，以一个共有的不变的"灵"，维持着某一生命体在不同的生命形式之间的转换，但万变不离其"灵"，自然万物各有其"灵"，甚至是完整的理性，这与其外在的生命形式无关。但到了基督教时期，这一建构宇宙认知的前提被终结。人成为世界的中心，成为"灵"的唯一拥有者，其余万物只是上帝造来服务于人类的存在物。这个为人所独有的"灵"可以脱离依附着的肉体，进入天国门外的裁判所，接受资格审查。符合基督教教义的灵魂可以进入天国，享受永恒的极乐，其他无灵魂的存在物只能在炼狱中蹉跎。虽然只有部分灵魂能获得觐见上帝的资格，但这资格却是一个永恒且开放的目标，是众生角逐的意义所在。

人类中心主义将动植物排除在资格赛之外。温婷娜死后化为一泓清泉，没有可以升上天国接受资格审查的先决条件——灵魂。清泉会干涸，她的形体即使曾经差点被赋予灵魂，最终也是向下降级到寂灭。与之对照，卖火柴的小女孩在被冻死后，她的灵魂可以升上天国，身体只是一具曾经束缚她的灵魂的枷锁。在考验她的苦难结束时，枷锁就会被摆脱。灵魂所预示的未来让现世变得可以忍受，也让苦难具有了攀登天国阶梯的意义，由此就为前基督教伦理中的人鱼建立起牢不可破的悲剧性话语体系。

根据《圣经》的教谕来规范肉体的行为，用基督教的理性为自己纵横缠绕出一个牢固安全的伦理之巢，这对人类来说尚且不易，对人鱼来说更是困难重重。人鱼首先必须获得灵魂，之后才能获得接受基督教伦理鞭挞的资格。作为被女性化的水族，基督教伦理为人鱼获取灵魂提供了一个"性"的捷径，那就是与人类男性结合，从而让"人气"渗入她们的身体，让她们渐渐摆脱水族的特性，而习得人类女性的修身之道。灵魂让人类的男性具备了操纵异族女性的心理优势，他们不需要去耐心理解人鱼的思想；相反，人鱼需要学会揣度、迎合、自贱，以自己的身体与容颜取悦人类男性，让他们施舍自己以人性，以便最终拥有一张进入裁判所的资格证。她们在这些冷漠的硬条件之下失去了自我，不管这个男人多么卑鄙，她们都不得不忍受，甚至最终为他们殉葬。承诺的资格证最终成为炫耀却转瞬即逝的彩虹。按照上帝创造人类统治世界的宇宙法则，人鱼求"灵"而不得的悲剧命运由此彰显。

结 论

在古希腊神话中，有没有灵魂并不是人之为人的"质"的规定性条件。因此，凡人可以赴奥林匹亚山众神的盛宴，奥德修斯可以进入冥府去见那些死去的朋友和亲人，塞壬可以自由地在礁石上歌唱引水手粉碎骨。但在基督教一统欧洲之后，灵魂成了人类与非人类的分界线。人鱼在海中无论多么高贵、美丽、聪慧，最终都不得不为了获得灵魂而向人类献身。这成了西方人鱼叙事的母题，人鱼成了基督教"他救"伦理的牺牲品。相比较而言，叛逆者王尔德却将灵魂贴上邪恶的标志，认为灵魂导致追求爱情的渔夫和人鱼死亡，一反灵魂作为上帝的天赐之物的神圣性，对20世纪具有独立意志的人鱼形象的重塑产生重大影响。

第二节　《海的女儿》：海陆绝恋成泡影

真正产生世界影响力，并且颠覆与重塑了人鱼形象的人鱼故事，是丹麦作家安徒生的《海的女儿》。这是在世界人鱼形象发展史上产生革命性影响的一部作品，不断在儿童的认知起点上打下人鱼形象的钢印。中国、日本、韩国、菲律宾、印度等曾拥有独特人鱼形象的国家，在安徒生童话的影响下，其大众文化中大多仅保留了半人半鱼的女性人鱼形象。当然，《海的女儿》也明显继承了塞壬美丽的歌声和温婷娜对爱情与灵魂的追求。

一、爱而不得成泡沫

童话中，海王有 6 个美丽而善良的人鱼女儿。她们要到 15 岁才能被允许浮上海面，去看广阔的人类世界。王太后奶奶对人类世界的讲述，激起了人鱼公主们的好奇心。每一个到了 15 岁的美人鱼，都以自己的方式去看海洋之外的陆地与天空，并产生自己的体悟。最小的人鱼公主关注到了陆地上的人，执迷于一个英俊的王子。她想要了解并拥有人类的灵魂，不管付出怎样的代价。为了接近王子并和王子在一起，她不得不离开海洋，她的鱼尾巴也不得不转变为便于陆地行动的人腿。女巫答应帮忙，但代价是她要取走小人鱼的声音。单纯的小人鱼并没有意识到双腿并不是定义"人"的最本质要素，也没有意识到人世间还存在不少因为各种原因失去双腿的人。人类区别于普通动物的本质特征在于语言能力——这既是"灵魂"的外在显现，也是比生理构造更重要的智慧标志。失去声音的小人鱼，便断绝了获得灵魂的唯一途径。现代人类已然丧失了心灵感应的能力，若期望不借助言语便能获得爱恋，几无可能。这注定了小人鱼追寻

"灵魂"的尝试终将徒劳。

女巫用药帮助小人鱼脱去鱼尾,换来人腿。哪怕每走一步都如刀割般痛苦,小人鱼仍旧为王子跳舞。她对王子含情脉脉,眼神中充满爱意,然而王子却因为物种间的认知方式的差异,始终不理解小人鱼的意图。一方面,他收留了小人鱼,体贴地将这来历不明的美丽哑女养在宫中,不为别的,只为欣赏她那超凡脱俗的无声的美,小人鱼从此沦为一只人形宠物。另一方面,成年后的王子不得不服从于政治联姻,去娶一个门当户对的公主,帮助自己的王室扩大影响力。人鱼、人类男性和人类女性的三角关系,还有人鱼对获取灵魂的执念,同富凯的《水妖》几乎如出一辙。

小人鱼获得灵魂的前提是获得王子的爱与婚姻,否则将化为海中的泡沫。如今她正为自己曾经过度的自信付出代价,因为王子和另一个王国的公主结婚了。她的姐妹们去求助女巫,用最引以为傲的秀发换来一把匕首。女巫告诉美人鱼,只要杀死王子,并使王子的血流到她的腿上,就可重获鱼尾,回到海里过原来的生活,但小美人鱼还是决定成全王子的幸福,自己投入海中,化为泡沫。安徒生安慰小读者们,300年后小人鱼可以获得永恒的灵魂。然而当灿烂的烟花归于沉寂,谁又会去关注烟尘落于何处?又有谁能在300年后去证伪?现在很多游客去丹麦就是为了一睹海边礁石上那一尊凄美忧伤却没有灵魂的小人鱼雕像。

丹麦是一个岛国,有很多关于海洋的传说。其中最著名的莫过于少女艾格尼特和海神的故事。艾格尼特与海神相爱,随海神在海底生活了8年,生了几个女儿。后因思念人间,她执意撇下丈夫和女儿们返回陆地,但陆地上的巨变却又令她无所适从。最终,她怅然死于海边。安徒生根据这个丹麦传说写了一部诗剧《艾格妮特与男人鱼》①,《海的女儿》算是这个故事的续篇,留在海底的儿女们中最小的一个就是我们这里讨论的主角小人鱼。根据传说,小人鱼应该有一半人的血统,一半海洋的血统,部分遗传了母亲对陆地的眷恋。虽然她没有从母亲那里遗传到灵魂,但她从小就亲近人类,希望到人类世界生活。这种期盼随着奶奶对人类世界的讲述,姐姐们对从海面上观察到的奇异景象的述说,而越发强烈,以至于

---

① 安徒生:《我的童话人生:安徒生自传》,傅光明译,上海译文出版社,2018,第267页。

她在做决定前失去了对人类本质的正确判断。

这个童话是在基督教的伦理框架下，从人鱼的海洋视角讲述的，人类世界处于被看的位置。这种独特的视角产生了意想不到的美丽的陌生感，有助于读者摆脱人类中心主义的傲慢去理解非人类的世界，摆脱陆地视角去理解水族的渴望与局限。童话一开头就说了，海王是一个带着一群幼年女儿的鳏夫，他们住在海底的宫殿里。叶君健的翻译美轮美奂：在海的深处，水是那么蓝，像最美丽的矢车菊花瓣，同时又是那么清，像最明亮的玻璃。然而它很深很深，深得任何锚链都达不到底。要想从海底一直达到水面，必须有许多许多教堂尖塔一个接着一个地联起来才成。海底的人就住在这下面。不过人们千万不要以为那儿只是一片铺满了白砂的海底。不是的，那儿生长着最奇异的树木和植物。它们的枝干和叶子是那么柔软，只要水轻微地流动一下，它们就摇动起来，好像它们是活着的东西。所有的大小鱼儿在这些枝子中间游来游去，像是天空的飞鸟。海里最深的地方是海王宫殿所在的处所。它的墙是用珊瑚砌成的，它那些尖顶的高窗子是用最亮的琥珀做成的；不过屋顶上却铺着黑色的蚌壳，它们随着水的流动可以自动地开合。这是怪好看的，因为每一颗蚌壳里面都含有亮晶晶的珍珠。随便哪一颗珍珠都可以成为皇后帽子上最主要的装饰品。[①] 然而小人鱼们却无法理解树间的飞鸟和鲜花的芬芳。更不能理解的是，寿命短暂的人类居然因为拥有灵魂，可以进入天国享受永生，而人鱼们却只能在300年的寿命结束后化为泡沫，从此不复存在。

二、噤声与失"灵"

小美人鱼犹如一个海底浮士德，并不满足于生活安逸的海底和300年的预期寿命。她想体验更多，想体验祖母所讲述的人类生活，想拥有人类死后不灭的灵魂。这就意味着要打破上帝创世的秩序，并且为此付出代价。获得不灭的灵魂的条件，就是必须获得人类男子全心全意的爱恋，并在教堂完成受祝福的神圣结合，同时还要付出失去美妙噪音的代价。美人鱼的声音一直是诱惑与死亡的象征。古希腊的塞壬、莱茵河上的洛蕾莱都以美好的歌声诱使水手触礁死亡。从基督教意义上说，失去声音是小人鱼

---

① 安徒生：《安徒生童话故事集》，叶君健译，人民文学出版社，1997，第1页。

去除兽性、增加人性的重要一步。她认为只要有坚定不移的爱和美丽的符合人类审美的身体，自己就可能获得完整的人性，并由此获得王子的爱情。安徒生将海底世界描写得那么岁月静好，小人鱼将人类世界同样理想化也可以理解。可惜她未能明白，人类世界的爱情早已掺杂了太多复杂因素。她天真地以为即使没有语言，眉目间仍能传情达意，却不知现代人类大多已丧失了那种心灵相通的灵性。在真伪难辨的语言之外，人与人之间几乎再难找到纯粹的情感纽带。

小人鱼以为双腿代表的美丽外形是人的本质，却忘记人和其他生物的质的区别在于有无灵魂，而灵魂是通过话语来表现的。当她错将一双美腿作为人的本质时，悲剧就已经注定。爱情如何给她带来灵魂？王子的灵魂需要以甜蜜的话语向她诉说，使这些话语漫过她的身心。慢慢地，她的体内开始萌发生命，这个生命就是灵魂。但这刚刚萌发的新生命需要话语不断地滋养，因此小人鱼要对王子的话语做出反馈，让灵魂转动起来，灵动起来。如果王子日复一日的甜蜜诉说无法获得回应，他必然因气馁而放弃。

声音和语言对于人类来说至关重要，是建立跨物种联系最快捷的方式。如果小人鱼能用声音歌唱和诉说，王子也许会忽略她的鱼尾，甚至为她那美丽的鱼尾感到骄傲，并为他和人鱼之间的思想火花而激动地颤抖。不管是希腊人还是德国人，都曾经为人鱼优美的声音所倾倒，没有人因为那条鱼尾巴而止步不前。丹麦的王子也同样会渴望到海底王宫一窥究竟。这样的沟通能在人鱼的身体内种下灵魂的种子，而种子的萌发也离不开日复一日的话语的浇灌。然而她却以如此重要的声音，换回两条寻常的人类的双腿。如果拥有人类的灵魂是她的目的地，那么这个目的地是不能用双腿走过去的，而是要用语言摆渡过去。

本来，人鱼对人类世界的无知和王子对海洋世界的无知，所产生的信息落差可以产生巨大的交流势能，推动交流之轮快速旋转，让爱情加速产生，并且在日复一日的转动中增加黏度，但遗憾的是小美人鱼无法说话，王子看不懂她的眼波流转和眉目传情。小人鱼最终成了王宫中一个来历不明的宠物。王子喜欢她，因为能从她身上看到一种俗世不存在的美。一种无关物质和权势的无欲的纯洁的美。小美人鱼就是王宫中无声而灵秀的玩偶或摆设，和挂在墙上的以田园牧歌为主题的风景画无甚区别。

小人鱼将人类的双腿错看作人类的本质，将美丽的女性身体当作爱情的全部，从而错失了"话语"这一人与鱼的"共质"。以失声置换来双腿，让她永远失去被爱的可能性。安徒生实际上将人鱼孩童化、弱者化、低智化了，相对于有自主掌控力的塞壬、温婷娜，其形象价值大大下降了。

《海的女儿》展现了安徒生对欧洲民间故事的创造性重构，其叙事内核渗透着基督教伦理观的深刻影响。这里的人鱼不再具有置人于死地的声音，也从阴冷的海边礁石进入金碧辉煌的人间宫殿。身姿虽然保留了水族的曼妙，但却以纯净的眼神让人间男性发乎情而止于礼。安徒生以基督教的"纯正女性风范"（true womanhood）重写了人鱼。小人鱼成为道成肉身教义的具体化，小人鱼的故事成为以自己的受难救赎他人的殉道故事。在基督教语境中，小人鱼承受的被劈开鱼尾的巨大痛苦，会让读者想到耶稣被钉上十字架的受难。然而耶稣通过受难实现了传递上帝真言的目的，小人鱼却没有获得想要的爱，最后化作海中的泡沫。

从遗传角度说，小人鱼作为一名哑女，也不可能成为王妃的候选人。王子是欧洲政治棋盘上一枚棋子，他的爱情与婚姻在绝大多数情况下都必须分开。在获得荣耀与财富的同时，他必须牺牲部分自由意志，这是来自海底深处单纯的人鱼一时无法理解和揣摩的。不过，作为宫中一个无声的旁观者，她逐渐获得了有关爱情婚姻的启蒙知识，然而启蒙意味着纯真的失去。是杀死王子以换取返回大海的鱼尾巴，还是以牺牲自己的存在成全王子世俗的幸福？小人鱼明智地选择了后者，因为她意识到，即使杀死王子并成功返回大海，她也不会像其他家族成员那样处于无忧无虑的状态了。对人类低劣行径的了解，已让她质疑那所谓的永恒的灵魂的意义。这种百思不得其解的困扰，会让她海底300年的预期寿命变成过于长久的噩梦。成为海上的泡沫，让形体消融于宇宙而达到永恒，也许正是她的幸福归宿。如果说小人鱼代表的是具有自净功能的纯净的海洋，王子代表了利欲熏心、理解力低下的人类，那么人类和海洋之间的理解与共存会受到怀疑。人类无回报的索取所留下的巨大空洞，也许最终会以虹吸的力量吞噬索取者。

人鱼的悲剧之所以震撼人心，是因为安徒生让读者从水族的视角看到了一个无畏的牺牲。王子所代表的人类不知小人鱼之所来，不知其之所往，不会因为她短暂的出现而做出任何改变，甚至对小人鱼的记忆都不会长久保存。人鱼的结局并不符合基督教的教理，但她却彻底改变了世俗层面人鱼的形象，由恐怖的死亡诱惑者变成了无怨无悔的自我牺牲者，一个纯洁的施爱者。小人鱼渴望获得人类爱情和象征人本主义的灵魂，但她突破了温婷娜因爱生恨的做法，听从内心之善的引导，选择成全别人而牺牲自己。这种善良的自我牺牲，这种成全他人的自由意志，实际上已经使小人鱼完成了从兽性向人性的转化。在抛掉匕首的那一刻，小人鱼就已经获得了象征自由意志的人类之"灵"。

从宏观的社会发展来说，小人鱼的形象变化也暗示了一种人与海洋关系的演变。古希腊的塞壬坐在遥远的礁石上，置人于死地，而人类却毫无办法，只能在预言者的帮助下堵上耳朵，捆住自己的手脚，进行被动防范。19世纪初，富凯笔下的人鱼爱上人类，表明海洋与人类日渐亲近，但最后人鱼还是将人类杀死，与塞壬的区别只在于同归于尽。到了19世纪后期，安徒生笔下的人鱼纯洁温顺，想要获得人类的灵魂，并希望与人类长相厮守。这个发展过程显示出人类对海洋从惧怕到征服的心理演变。

当人类相对于某种异质的力量而显得弱小时，就会将其妖魔化；而当人类能够征服某种异己力量时，就倾向于将其宠物化、少女化、天使化。到了19世纪后期，欧洲各国的商船、战舰、考察船已经遍及包括北冰洋和南极海域的所有地方。海洋的神秘感已大大降低，渲染海洋狂暴的文学书写不再为读者所青睐。康拉德通过狂暴却最终被征服的海洋，展示帝国精神与帝国品质，巴兰坦将海洋规划成帝国少年品质养成的实训基地，斯蒂文森将海洋渲染成财富隐藏地，安徒生将海洋"蝴蝶夫人化"也就在情理之中了。在他的文字中，海洋爱人类爱得死心塌地，即使化为泡沫也在所不惜。

总的来看，人鱼在不同的历史文化语境中都是被客体化的。塞壬和洛蕾莱代表遥远的诱惑与死亡的威胁，富凯的《水妖》显示人鱼被纳入基督教框架后的样态，也是人类航海技术革命后的样态。此时的人鱼被认为是可以被征服的，但如果人类背叛人鱼，死亡则会降临。在这样的人鱼叙事中，人类从无辜的牺牲者变为有掌控命运权的爱情主导者。到了 19 世纪，安徒生笔下人鱼叙事的民间性已为基督教伦理所取代，只有"诱惑与死亡"这一基本叙事结构有所保留，但人类已经占据完全的主动。人类成为人鱼的诱惑者，而人鱼却成为死亡者。人鱼希望通过死亡获得基督教伦理的认可，获得一个延宕 300 年的被授予灵魂的预期。

结　论

《海的女儿》是全世界最著名的人鱼故事。作为富有自我牺牲精神的人鱼，小美人鱼成为少女品格教育的典范。但这个故事本质上仍然是一个非人生物追求灵魂而不得的故事，是人类中心主义的典型文本。小美人鱼直到化为泡沫可能都没有意识到自己的一腔柔情为什么会落到如此不堪的境地。她被有关灵魂重要性的话语欺骗，又错误地遵循了基督教的"他救"原则，将自己的救赎托付给一个甚至都无力自救的王子。小美人鱼也是被人类征服后的海洋的象征。在 19 世纪的工业革命话语中，海洋被弱者化、少女化、天使化，成为取悦人类的度假胜地，海陆之恋终究是短暂的相聚与长久的分离。

第三节 《白秋练》：人鱼恋的礼制困境

在中国的儒家礼制传统中，爱情叙事极不发达，四大古典名著中只有《红楼梦》书写了以悲剧告终的爱情。甚至连《镜花缘》这部讴歌女性才学的作品，也鲜见一点点儿女之情，其中有限的几桩婚姻也都是父辈之间为了巩固交情做出的安排，读者都能感觉到当事男女的不情不愿或者无可奈何。因此，敢于打破礼制的淫邪之事，只能由儒家礼制尚捆绑不了的"畜类"或儒家所不齿的青楼女子来尝试。在中国古代，爱情故事总是发生在读书人与烟花女子之间，或者发生在读书人与各类化身为人的草、木、虫、鱼之间。当然，其原因常归为异类妇人的主动勾引，男性充其量只是被动者，是喜剧中值得庆幸者，是悲剧中值得同情者。人与鱼类的爱情叙事，自然不可能跳出这一伦理窠臼。

中国人鱼爱情叙事有两类，一类是男性人鱼与女性人类，一类是女性人鱼与男性人类。因为故事的基本前提是人类中心主义与伦理中心主义，所以前者都以男性人鱼被巫师、道士、高僧等处死告终，后者则可能提供长久的性和财富想象。在儒家的伦理思维中，如果人类的女性成为被侵入者，委实有丧人类体面，故人鱼当死；反之，如果被侵入者是人鱼，则呈现出征服的体面，更不用说能给男方带来基因优化和家族财富。

男性人鱼与人间女子的故事常见于笔记小说，更多的是流传于沿江沿海的民间故事中。这里分享一则转录于《三吴记》的故事，一窥究竟：吴少帝五凤元年四月，会稽余姚县百姓王素，有室女，年十四，美貌，邻里少年求娶者颇众，父母惜而不嫁。尝一日，有少年，姿貌玉洁，年二十余，自称江郎，愿婚此女。父母爱其容质，遂许之。问其家族，云："居会稽。"后数日，领三四妇人，或老或少者，及二少年，俱至家。因持资财以为聘，遂成婚媾。已而经年，其女有孕，至十二月，生下一物如绢囊，大如升，在地不动。母甚怪异，以刀割之，悉白鱼子。素因问江郎："所生皆鱼子，不知何故？"素亦未悟，江郎曰："我所不幸，故产此异物。"其母心独疑江郎非人，因以告素。素密令家人，候江郎解衣就寝，收其所著衣视之，皆有鳞甲之状。素见之大骇，命以巨石镇之，及晓，闻江郎求衣服不得，异常诟骂。寻闻有物偃踣，声震于外，家人急开户视之，见床下有白鱼，长六七尺，未死，在地拨刺。素砍断之，投江中，女后别嫁。①

从这则故事中，我们可以看到王素之所以接受江郎为婿，原因有三：一是年轻貌美；二是聘礼丰厚，仆佣众多；三是主动入赘，不让女儿受与父母分离之苦。然而，这位江郎修行不够，王家女儿怀胎 12 月，产下的居然不是一个白胖的孩子，而是一包鱼籽，这就拉低了人类相对于鱼类的族性优越。是可忍，孰不可忍，因此王素夫妇也就不念这一年多的翁婿之情，或者女儿是否会遭遇守寡之苦，计杀江郎，并不放其生路。从人类的角度来看，其做法有合理性；但如果从众生平等的角度来看，其做法相当残忍。江郎一心为人，并无加害于王家之心。相反，他毫无戒备地与王家一起生活，让王家过上物质优渥的好日子。王家即使不能接受异类跨界婚姻，也该好说好散，一别两宽。这类男性人鱼叙事，包括水族中的男性獭精、男性鼋精、男性龟精、男性蛙精等，全部以男性水族被杀告终。女性水族则因其旺夫之能，且不对男性气质构成威胁，甚至能加持人类的男性气质和性魅力，大都能获得宽容，并能在人群中长期生活下去。

我们再来看两则男性人类与女性人鱼的爱情故事。一则爱情故事源于《三峡记》，摘录如下：明月峡中有二溪东西流，宋顺帝升平二年，溪人微生亮钓得一白鱼长三尺，投置舡中，以草覆之。及归取烹，见一美女在草下，洁白端丽，年可十六七。自言："高唐之女，偶化鱼游，为君所得。"亮问曰："既为人，能为妻否？"女曰："冥契使然，何为不得。"其后三年为亮妻，忽曰："数已足矣，请归高唐。"亮曰："何时复来？"答曰："情

---

① 李昉等编：《太平广记》（卷四百六十八），中华书局，1986，第3856页。

不可忘者，有思复至。"其后一岁三四往来，不知所终。①

这则故事的独特之处在于解答了一个问题："既为人，能为妻否？"美人鱼毫不犹豫地回答说："冥契使然，何为不得。"她认为一切都是命中注定的，没什么不可以。这就为此后中国的人鱼叙事打开了一个逻辑开关，因为中国文化从《山海经》起就有鱼龙互化的说法，所以在后来的民间传说中，常有鱼形龙女因报恩嫁给有儒家风范的读书人的故事，如"柳毅传书""追鱼"一类的传奇或民间故事。不过，从《三峡记》中的故事也可以看出，此时的人鱼受儒家伦理，尤其是性伦理的约束还不够大，尚留有汉唐风范。她对微生亮自荐枕席，甚至都没有留下一个有可能科举及第的儿子。她虽然在解释离开的原因时用了佛家的命定论，并且补充道"数已足矣，请归高唐"，但读者仍然能从字里行间看出，她与微生亮的关系更多在于报恩。这是儒家伦理框架下的理性，所谓滴水之恩，当以涌泉相报也。

另一则爱情故事则展示了人鱼的自由意志和坊间的人情世故的复杂关系。中国传统京剧《碧波仙子》和越剧《追鱼》讲述的是同一个有关人鱼恋的传说。1959 年彩色越剧电影《追鱼》在全国公映，轰动一时。故事说的是丞相金宠的女儿牡丹自幼与书生张珍指腹为婚，后来张家衰败，金家意图赖掉婚事但表面上装作若无其事，让张珍在碧波潭旁边的小屋攻读诗文，暗中却找机会将张珍逐出家门。张珍生活孤寂，经常独自走到潭边哀叹心事。潭中鲤鱼仙子爱慕张珍的善良淳朴，遂变成牡丹的模样到书房与他相会，二人情投意合。元宵佳节，真假牡丹在花园相遇。鲤鱼仙子隐去身形，张公子误将真牡丹认作假牡丹而直呼"娘子"。金老爷斥其伤风败俗，将他赶出相府。后来鲤鱼仙子赶上张公子，假说在父母面前只能装作如此。两人和好如初，一同去长街观灯，又遇上前来观灯的金老爷。金老爷见张珍与牡丹一起观灯，顿时怒不可遏，将两人带回府中。真假牡丹再次相遇，两人大闹金府。金老爷终于发现家中出了怪事，请铁面无私的包拯来判案，结果鲤鱼仙子请出龟精变作包公亦出现在相府。在假包公的巧妙暗示下，真包公得悉真情，为成全二人，推辞不问，二人趁机逃

---

① 李昉等编：《太平广记》（卷四百六十九），中华书局，1986，第 3863-3864 页。

走。但金老爷不肯罢休，又奏明圣上请张天师调来天兵天将追赶。鲤鱼仙子将身世告知张珍，张珍不以为怪，反而更加看重这份真情。与天兵天将争斗一番无果后，观音菩萨前来搭救。最终鲤鱼仙子甘愿舍弃随菩萨修行的大隐，而选择了拔去金鳞三片，在凡间受苦的小隐。

传统地方戏曲常以喜闻乐见的形式使观众产生强烈的心理共鸣，帮助民众理解很多道理。《追鱼》全剧通过多重叙事策略，持续建构着自由恋爱的合法性，尤其为"女追男"这一反传统的爱情模式确立了正当性基础。观众在遣责金老爷背弃儒家伦理的同时，也就接受了少女怀春追求少男的不伦之情，而且情节跌宕起伏，妙趣横生，让观众无暇深刻思考鲤鱼仙子的做法在多大程度上违背了儒家对女性的要求。

《三吴记》和《三峡记》相关故事中的白鱼，可能是长江中游江河中过去常见的白鲟，或者被误认为是鱼的白鱀豚。这类关于白鱼的故事很明显地影响了代表中国人鱼爱情叙事顶峰的《白秋练》，后者并不逊于《海的女儿》。在《聊斋志异》中，白秋练母女是生活在洞庭湖一带的水族。个人认为，要么自宋以后长江中游一带有关白鱼化身为人的民间故事较为丰富，要么蒲松龄从《三峡记》中获得了某种灵感，尤其是鱼精白秋练擅长诗词歌赋，与传说中高唐神女的风月情怀有明确的呼应关系。

一、吟诵风月的人鱼

中国浪漫纯真的人鱼爱情故事，非蒲松龄《聊斋志异》中的《白秋练》莫属。故事讲述的是河北商人慕生与一个由洞庭湖中的白鱼化身的姑娘，通过诗词唱答，建立感情的故事。[①]《白秋练》的情节发展皆以诗词唱答为铺垫，词名中往往暗含玄机，所以非常文学化。各种诗词佳句如涓涓细流，流遍整个故事。

故事中，河北书生慕蟾宫（慕生）的父亲是一个精明现实的商人。慕蟾宫十六岁时，他父亲认为读书考科举不切实际，就叫他辍学经商，他便跟随父亲来到湖北。每当在船上无事可做时，慕生就吟诵诗文，排解忧闷。抵达武昌后，慕蟾宫趁着父亲外出，手持书卷吟诗，音节铿锵。他总

---

① 白鱀豚于2020年被宣布功能性灭绝，白鲟于2022年被宣布灭绝。虽然白鱀豚为哺乳类生物，但古人对此并不了解，仍然根据其外形将之归为鱼类。

见窗外人影晃动，好像有人偷听。一天晚上，慕生的父亲去赴宴，很晚了还没回来，慕生吟诵得更加刻苦。有人在窗外徘徊，月光映照下，人影格外清晰。慕蟾宫觉得奇怪，急步出去查看，原来是个十五六岁，倾国倾城的美人。那女子望见他，急忙避开了。一天傍晚，慕家父子把船停泊在湖边。父亲恰好外出，有个老妇人走进船舱，说："郎君杀吾女矣！"慕生吃惊地问她是怎么回事。老妇人回答说她家姓白，有个亲生女儿叫秋练，懂得一点文墨，在武昌听到慕生清雅的吟诵，现在相思成病，以致不吃不睡。老妇人想让女儿和慕生结为夫妻，慕蟾宫心里其实很喜欢那位姑娘，但又担心父亲生气。老妇人一定要与慕生缔结婚约，慕蟾宫不肯。老妇人愤怒地说："人世上的婚姻，有请求送聘礼而得不到允诺的。现在我自己来做媒，反倒不被接纳，还有什么比这更耻辱的呢！你别想渡湖北上了！"说完她就下船走了。

父亲回来后，慕蟾宫将事情很委婉地告诉了父亲，心里暗暗希望父亲同意。可是父亲对这对母女的败俗行为感到不齿，一笑置之。他们停船的地方，水深没过船桨，可是夜里忽然沙石壅起，船于是搁浅了，不能移动。湖里每年都有客船因冬季水位下降而搁浅在沙洲上。到第二年春天桃花水上涨时，因别处的货物还没运到，船里的货物反而比原来的价钱贵百倍。慕生的父亲对船搁浅之事并不在乎。他留下儿子看守货物，自己回河北老家去了。

慕生暗自高兴，才想起没有问老妇人的住址，很是懊恼。天黑后，老妇人和一个丫鬟扶着秋练来了，让软弱无力的她躺在床上。老妇人对慕生说："人病至此，莫高枕作无事者！"说完就走了。慕生听到这话，吃了一惊，就移灯相看，只见姑娘病容含媚，眼波流动。慕生约略问候了她几句，她微笑着说，"为郎憔悴却羞郎"这句诗几乎是为她量身定制的，又接着说："君为妾三吟王建'罗衣叶叶'之作，病当愈。"[1] 慕蟾宫照办了。刚念了两遍，秋练就披拢衣服坐起来，说："妾愈矣！"于是两人又一起诵读了这首诗，当夜同床共寝。天还没亮，秋练已经起床，说："老母

---

[1] 蒲松龄：《聊斋志异》，中华书局，2015，第2839页。唐代诗人王建《宫词》："罗衣叶叶绣重重，金凤银鹅各一丛。每遍舞时分两向，太平万岁字当中。"这里取其"太平万岁"的吉利词句，祈祷病愈。

将至矣。"不久，老妇人果然来了。她看见女儿打扮得很漂亮，愉快地坐着，不禁感到欣慰。她叫秋练跟她回去，秋练低着头不说话，老妇人便对女儿说："汝乐与郎君戏，亦自任也。"说罢，自己走了。这时慕生才仔细询问秋练的住处。秋练说："妾与君不过倾盖之交，婚嫁尚不可必，何须令知家门。"

　　一天夜里，秋练早早起床点上灯，打开书本，忽然满面凄凉，泪光莹莹。慕生急忙起来问她原因。秋练告诉他说慕父就要到了，对于他俩的事，她刚才用书占卜了一下，"展之得李益《江南曲》，词意非祥"。慕生安慰她说："首句'嫁得瞿塘贾'，即已大吉，何不祥之与有！"秋练这才稍微欢喜了一些。她站起来告别说："暂请分手，天明则千人指视矣。"[1]慕生拉着她的胳膊不忍分别，担心父亲同意他俩的婚事后，没地方去告诉秋练。她回答说："妾常使人侦探之，谐否无不闻也。"慕生要下船送她，秋练却极力推辞，自己走了。

　　没多久，慕父果然回来了。慕生逐渐吐露了他和秋练的事情。父亲怀疑他召妓，愤怒地责骂他，可船里的财物并没有损失，骂了一会儿也就作罢。一天晚上，慕父不在船上，秋练忽然来了。两人见面，相亲相爱，却想不出什么对策。秋练认为事情成败都有定数，姑且先过两个月再说。临别时，双方约定以吟诗作为相会的暗号。从此，每当父亲外出，慕生就高声吟诗，秋练自然就来。没想到四月都要过去了，湖水还没涨，货船一直搁浅不能动。商人们担心货物错过季节价格下跌，于是凑钱到湖神庙去祷告。过了端午节，连降大雨，商船离开洞庭湖四处做生意去了。

　　慕生回家后，过度思念秋练，就病倒了。父亲很担忧，巫师、医生都请了，全不见效。慕生私下告诉母亲说："病非药襄可痊，惟有秋练至耳。"父亲起初很生气，但慕蟾宫的病情日渐加重，便也慌了，于是租车将儿子带到湖北，再度把船停靠在原先的地方。慕父向当地居民打听，奇怪的是，没有人知道姓白的老妇人。踌躇间，一个船妇将船摇到他身边，自述姓白。慕父登上她的船，看见了秋练。慕父见秋练貌美端妍，心里暗暗高兴，可是询问她的籍贯家族后发现，原来白家只是水上人家，心中又

---

[1]　蒲松龄：《聊斋志异》，中华书局，2015，第2844页。

生鄙视。慕父把儿子得病的情况如实告知，希望秋练去探望儿子。白老太太认为没立下婚约，不能答应。秋练忧伤地窥望偷听着，听到两个长辈谈不妥，眼泪盈睫。老妇人看到女儿难过的样子，也就答应了慕父的请求。

当天夜里，慕父出去了，秋练果然来到船上，走近床边哭泣着说："昔年妾状，今到君耶！此中况味，要不可不使君知。然羸顿如此，急切何能便瘳？妾请为君一吟。"秋练也同样吟诵了王建的那首诗。慕生感觉神气好多了，但他说这诗说的是秋练的心事，同一首诗治不了两个人的病。他请秋练试着为他吟诵"杨柳千条尽向西"这首诗。[1] 秋练依言吟诵。慕生立刻恢复精神，接着又请秋练根据词谱的音调吟诵内有"菡萏香连十顷陂"的《采莲子》词。[2] 秋练又满足了他的要求。她刚唱完，慕生就一跃而起，说："小生何尝病哉！"于是亲热地拥抱秋练，重病好像消失了。随后，慕生又询问两家父母商量的情况，想知道婚事是否有希望。秋练已经觉察慕父的心思，就照直回答："不谐。"

后来，秋练离开了。慕父回来，见儿子已经起来了，非常高兴，规劝他说那女孩很漂亮，可是自幼长在船上，不要说出身低贱，大概也不会守贞节。慕生沉默不语。父亲出去以后，秋练又来了，慕生说了父亲的意思。秋练却胸有成竹地说："妾窥之审矣：天下事，愈急则愈远，愈迎则愈拒。当使意自转，反相求。"慕生问她有什么办法。秋练说："凡商贾之志在利耳。妾有术知物价。适视舟中物，并无少息。为我告翁：居某物，利三之；某物，十之。归家，妾言验，则妾为佳妇矣。再来时，君十八，妾十七，相欢有日，何忧为！"[3] 慕生把秋练预测的货物行情告诉父亲，父亲不大相信，姑且拿出一半空余的资金照秋练说的办货。回家后，慕父自己办的货物，本钱大亏，幸好略微听了秋练的话，所买货物获得了丰厚的利润，亏赚大略相抵。慕父因此开始信服秋练。慕生更夸张地说，秋练自称能使慕家发财致富。

---

[1] 蒲松龄：《聊斋志异》，中华书局，2015，第 2844 页。唐代诗人刘方平《代春怨》诗："朝日残莺伴妾啼，开帘只见草萋萋。庭前时有东风入，杨柳千条尽向西。"慕生借这首诗表达他对秋练的思念。

[2] 蒲松龄：《聊斋志异》，中华书局，2015，第 2844 页。唐代诗人皇甫松《采莲子》词："菡萏香连十顷陂，小姑贪戏采莲迟。晚来弄水船头湿，更脱红裙裹鸭儿。"

[3] 蒲松龄：《聊斋志异》，中华书局，2015，第 2844 页。

　　慕父于是筹措了更多的钱南下湖北，来到湖边，但过了好几天都没见到白老妇人。又过了几天，才看见她把船停泊在柳树下。慕父送去聘礼，老妇人一概不收，只是选了个吉日，把秋练送过船来。慕父另外租了一条船，为儿子举行婚礼。秋练让慕父再往南去，把应该购买的货物，都写在货单上交给他。白老妇人便邀请女婿住在自己的船上。慕父去了三个月。货物运到湖北，价钱涨了五倍。慕家要带秋练回河北，秋练要求载些湖水回去。到河北慕家后，每逢吃饭秋练都一定要加点湖水，好像用酱醋一般。慕父每次到南方去，也一定会为儿媳带几坛子湖水回来。

　　三四年后，秋练生了一个儿子。一天，她哭泣着说想回娘家。慕父就带着儿子和儿媳一起到了湖北。来到湖边，不知道白老妇人在哪里。秋练敲着船舷呼唤母亲，失魂落魄。她督促慕生沿着湖边打听。正好有个钓鱼的，刚刚钓了一条白骥（白鱀豚）。慕生见此物甚巨，形状像人，觉得奇怪，回去后告诉了秋练。秋练大吃一惊，说她早就有放生的愿望，嘱咐慕生把白鱀豚买来放掉。慕生去和钓鱼的人商量，那人索价很高，慕生有点舍不得。秋练说："妾在君家，谋金不下巨万，区区者何遂靳直也！如必不从，妾即投湖永死耳！"慕蟾宫害怕秋练说到做到，不敢告诉父亲，偷了钱把白鱀豚买来放了。慕生回到船上，不见秋练，到处找也没找到。

　　天快亮的时候，秋练才回来。慕生问她去哪里了，秋练回答说去母亲那里了。慕生又问她母亲在哪里。秋练腼腆地讲了实情，原来慕生买来放生的白鱀豚就是她的母亲。老太太以前在洞庭湖，龙王任命她管理行旅客商。后来龙宫里要选妃嫔，有人故意在龙王面前夸白秋练，龙王就指名要纳秋练进宫。白母如实奏明，龙王不听，把白母流放到南边水滨，使她遭到了那场劫难。现在灾难虽然免除了，可是惩罚还没有撤销。秋练认为，如果慕生真的爱她，应替她向真君祷告，以免除龙王对白母的惩罚。如果慕生憎恶秋练是异类，秋练就把儿子留给慕生，去龙宫为妃，龙宫里的待遇至少比慕家强一百倍。慕生大惊，同时担心不知道去哪里找到真君。秋练说明天下午未时，慕生会见到一个跛脚的道士，要赶紧向他下拜。他走进水里，慕生也要跟着到水里去。真君喜欢文人雅士，一定会答应慕生的请求。她取出一方鱼腹绫，说："如问所求，即出此，求书一'免'字。"

　　慕生依言等候，果然有个道士一瘸一拐地来了。慕生向他跪拜，道士急忙跑开。慕生跟在他后面。道士把拐杖扔到水里,跳到上面。慕生也跟着上去,原来不是拐杖,而是一条船。慕生又向道士跪拜。道士问他:"何求?"他拿出鱼腹绫,求道士写"免"字。道士展开一看,说:"此白骥翼也,子何遇之?"慕生不敢隐瞒,就把事情的经过从头到尾细说了一遍。道士笑着说:"此物殊风雅,老龙何得荒淫!"他于是拿出笔在鱼腹绫上写了个草书"免"字,然后掉转船头,叫慕生下船。只见道士踏着拐杖漂浮而行,顷刻间就不见了踪影。慕生回到自家船上,秋练高兴极了,叮嘱他不要向父母泄露。

他们夫妻后来又回河北居住。有一年慕父到南方去,好几个月没回来。在家里的湖水吃完后,秋练病倒了,日夜喘息。她叮嘱慕生说她要是死了,千万不要埋葬她,应该每天在卯、午、酉这三个时辰,给她吟诵一遍杜甫《梦李白》诗①,那么她死了也会不腐朽。等湖水运回来,倒进盆里,关上房门,脱掉她的衣服,把她抱进盆里浸泡,她还能够复活。秋练喘息了几天就死了。半个月后,慕父回来了。慕生急忙照秋练教的办法,用湖水把她浸泡了一个时辰左右,秋练果然逐渐苏醒过来。从此秋练常常想回南方去,后来慕父去世,慕生遵从秋练的意愿,迁居湖北。

二、中国人鱼的自我成全

故事中以道士形象出现的真君,点明《白秋练》是一个典型的道家故事。在这个故事中,人和其他物种之间没有绝对的藩篱。不过从头至尾,哪怕遭遇休眠性死亡,白秋练都没有现出水族的原形,白母也是在遭劫难后才短暂现出原形的。在道教的法则中,人和动物都有灵魂,都可以通过自我修炼而得道。当道行累积到某个临界点时,就会发生质变,就可以随形而化,当然也可以无形,但不会出现半人半鱼的状况。不彻底的变形是

---

① 蒲松龄:《聊斋志异》,中华书局,2015,第 2851 页。李白晚年遭到流放,杜甫写成《梦李白二首》表达对李白的深切怀念。第一首云:"死别已吞声,生别常恻恻。江南瘴疠地,逐客无消息。故人入我梦,明我长相忆。恐非平生魂,路远不可测。魂来枫林青,魂返关塞黑。君今在罗网,何以有羽翼?落月满屋梁,犹疑照颜色。水深波浪阔,无使蛟龙得!"另一首云:"浮云终日行,游子久不至。三夜频梦君,情亲见君意。告归常局促,苦道来不易。江湖多风波,舟楫恐失坠。出门搔白首,若负平生志。冠盖满京华,斯人独憔悴。孰云网恢恢,将老身反累。千秋万岁名,寂寞身后事。"这两首诗既包含了浓重的思念,也包含了白秋练需要的水元素,如"水深波浪阔,无使蛟龙得""江湖多风波,舟楫恐失坠"等句。

对修行规则的破坏，这一点和西方的宇宙认知不一样。西方的文学叙事从古到今都存在大量半人半兽的生物，如半人半马、半人半羊、半人半牛、半人半鱼等。从理论上说，得道后的生物可以按需要幻化成任何外形，甚至化成其他动物的外形或者无形，但灵魂不变，即万变不离其宗（灵魂）。《西游记》中的孙悟空有七十二变，很多妖怪也都可以变成自己意想的东西，区别只是可变的数量及持久性问题。修行者在任何情况下所要保证的底线是精魂不散。这样的话，即使肉体遭遇变故，仍然可以在一定时间后恢复生命或借他体复活。如果违规，得道生物会被剥夺部分道行，以示惩罚，譬如几片鳞片、一条狐尾等具有象征性的身体部分。如果得道生物与人类缔结姻缘，那是命数的一部分，一般都会善始善终。

非人生物之所以选择化为人形，是因为人类有高度的物质享受与文化享受，并非为了获取灵魂。道家尊重万物本性，鼓励个性化修行得道之法。当然儒家伦理的世俗化影响很大，所以中国的跨物种恋情总会有续集，以非人类女性的儒家伦理化作为叙事的最高理想，譬如女性以牺牲自我助力丈夫获取功名，为夫家生下聪慧的男性后嗣，为了夫家子孙兴旺而为丈夫纳妾等。白素贞等水族生物经过不断叠加的儒家伦理，最终被演绎成儒家圣母——千年修行尘与土，静待儿子中状元。中了状元的儿子以世俗权威破解佛家咒语，推倒雷峰塔，救出一个没有了功力，也不会再成为水蛇的平凡的中年妇人。

从西方人鱼没有灵魂这一基本点来看，人鱼在基督教体系中是和人类界限分明的他者。人鱼要晋级为人，首先要获取人类的灵魂，也就不得不遵循基督教中的"他救"原则。这即默认人鱼没有依靠自我力量到达彼岸的能力，唯有依靠外来力量的"拯救"。这种对他者的绝对依赖，预示着悲剧的必然性，因为主体无法左右他者的判断与决定。在中国的人鱼或类似的人狐、人蛇叙事中，则不存在"他救"原则。从自我修行开始，非人生物就明白一切靠自己。中国民间有句老话，师傅领进门，修行靠各人。即使偶尔需要求助于人，那也不是将整个身家性命托付他人，而是在某个位点上进行某种功利交换，是在保证自己核心价值不会受损，后果可承担的情况下的互助。当白秋练和慕生以诗为媒，暗生情愫时，慕父却要带慕生回河北。为了留住慕生，秋练母女暗施法术，将本来要初冬时才会产生的水退沙出现象略微提前。慕家的船一夜之间就搁浅了，等来年水涨后才能移动。慕父只好留下儿子看船，独自回北方，这样秋练就有了几个月与慕生吟诗作对的浪漫时光。慕生的商人父亲觉得白秋练只是一个船家女，联姻无利可图，因此想否定跟白秋练母亲订下的儿女婚约。此时白秋练主动出手，利用商人好利的心理进行自救。她依靠自己预知未来的超自然力，指点慕家父子如何进货，如何存货，如何出货，让慕家发了不少财。于是慕父决定让年轻人成亲，以便慕家此后有一个免费的商业决策师，生意兴隆，财源广进。

中国文学艺术对写意与象征的使用可以说出神入化，充分挖掘了人类的想象潜力。这一点毫不逊色于海明威所倡导的写作的"冰山原则"。中国戏曲舞台是空的，只有一桌两椅，但大千世界尽在人物的眼神、手势、步态中，似乎万水千山、庭院春深、金戈铁马、人事沧桑尽在三尺舞台之上、锣鼓声之中。中国的山水盆景、写意绘画都是灵犀一点的艺术。同样，蒲松龄笔下的白秋练与水的关系也极为写意。

按儒家规矩，白秋练婚后要离开洞庭湖，搬去河北慕生家。她就随船带上一缸洞庭湖水，每天做饭时放一小勺，如使用油盐酱醋调味一般，以此维系她与洞庭湖水族的联系。慕父每次从湖北返回河北，也都会给儿媳带些湖水。尽管他并不清楚原因，只当儿媳思乡至甚。后来慕父遭遇风暴，未能按期返家，白秋练因家中洞庭湖水告罄而进入休眠性死亡。她临终前嘱托慕生如何保存她的遗体，待有朝一日，慕父带水归来，将其复活。由此可以看出，水对水族来说是其本质，是不可去除的质的规定性。

相比于《海的女儿》中小人鱼成为哑女，白秋练将声音的沟通功能用到极致。她不仅能用日常的语言与慕生沟通，而且擅长吟咏诗词。从小说中看不出她和慕生擅长作诗写词，但可以看出二人有共同的吟诗爱好。慕生晚上孤寂，一人背着父亲偷偷吟诗，宛如不辍学业的失学少年。白秋练在船舱外偷听，两人搭上话后，一起吟诗。当二人南北相隔，秋练相思成疾时，慕生吟诗令其康复；同样，当慕生相思成疾时，秋练也以吟诗治愈了他。在世界文学史上，除了英国诗人佳偶布朗宁夫妇，怕再也找不出第二对如此志同道合、热爱诗词的夫妇了。当然，从生物学角度看，蒲松龄也高明至极。正如他写狐仙，以其聪明美丽来体现狐性，他也注意到了白

�豚超凡的声呐定位功能。鲸豚类生物能发出不同波段的悦耳的声音，彼此交流，这些特点，早为古人所观察到。蒲松龄将这一特点转化为白秋练得道后的吟诗能力。这一"点化"可谓精妙。

白秋练虽然无法摆脱被儒家伦理客体化的命运，但显然得到了道家伦理的护佑。她以自己的方式修道为人。正如八仙过海时，每人都有一技之长，白秋练在具有一定的未卜先知能力之外，还有吟诗作对的特殊才能，并以此获得一个志同道合的郎君。她没有阻遏自己的天性，没有为了迎合男性人类的欲望而出让自己的天赋。相反，她设法让男性尊重并心悦诚服于她的才能。她顺应儒家的伦理范式，相夫教子，只是出于对男性文化心理与文化范式的形式尊重，实际上她已经通过经济决策解构了男性中心主义。她以每日饮一勺洞庭湖水，保持了与故土，与水族的联系，也以这一勺水维持了自己在教条甚多的人间生活的耐心。

结　论

在中国文化传统中，无论道家、儒家还是佛家，都没有对灵魂的执着，更没有以灵魂来区分人与非人。经过修道，人与非人皆可随形而化，进入某种性灵的自由。但天有天条，地有地法，鱼化身为人，过上人类的世俗生活，就必须遵从人类的伦理纲常，这是白秋练的现实处境。在父父子子的纲常中，慕生始终无法掌控自己的命运，从谈婚，到论嫁，到最后喜结连理、发家致富，他都要仰仗白秋练。白秋练在自由恋爱与儒家伦理之间不断寻求平衡，以自己的商业才能在慕家严格的尊卑等级中获得尊重与话语权，同时又以自己的风月才情与慕生琴瑟和谐，获得跨物种的理想爱情。相比于西方那些等待人间有能力的男性赋予自己灵魂的人鱼来说，中国的人鱼往往能运用自己各方面的能力进行自救，通过帮助男性改变社会境遇，旺夫再旺己，以实现自己的人生梦想。中国的人鱼不仅美丽妙曼，而且能以智慧与理性掌握自己在男权社会中的命运。

第六章
碧波万顷的生态忧思

导　语

当杀戮从陆地进入海洋

当工业化的菌丝扎进礁石的每一个孔隙

当麦尔维尔的白鲸成为一盏油灯

当海明威的马林鱼成了游客尝鲜的肉串

当毛利人的鲸群悲恸地集体自杀

当海风下　海之滨　寂静如死亡

空荡荡如失明的眼眸仰望苍穹

这就是人类的追求？难道人类要成为地球

最孤独的主宰？

第一节 "海洋三部曲"：海洋生态主义的启蒙

雷切尔·卡森（Rachel Carson，1907—1964）是美国海洋生物学家与科普作家，也是 20 世纪美国最著名的生态文学作家，是生态文学史上里程碑一般的人物。她描写自然环境，揭示生态问题，传播生态哲学思想，对公众生态观念的形成、对生态学研究和环保运动的发展、对美国乃至世界许多国家的环境政策和发展战略产生了极其深刻而广泛的影响。纵观整个 20 世纪，找不出另外一位生态文学作家、生态哲学家或生态学家能在影响力方面与卡森相媲美。[1] 1932 年卡森在霍普金斯大学获动物学硕士学位，先后在霍普金斯大学和马里兰大学任教；1936 年作为水生生物学家受聘于美国渔业管理局，1952 年成为英国皇家文学学会会员，1963 年当选美国艺术与文学院院士，1964 年因乳腺癌不幸去世。她终其一生积极投身于环保工作，唤起人们的环保意识，促成各国政府纷纷出台环境政策和修正发展战略，各类环保组织、生态学研究机构在她的呼吁下如雨后春笋般大量涌现。正如她在 1980 年被颁授"总统自由勋章"时获得的一语双关的肯定：绝不甘于寂静（silence）的雷切尔·卡森独自对抗毁坏生态的倾向……在美国和整个世界掀起了一个永不消退的环境意识浪潮。[2]

一、卡森与"海洋三部曲"

雷切尔·卡森书写了许多有关生态保护的著作。1941 年，她在长期

---

[1] 王诺：《雷切尔·卡森的生态文学成就和生态哲学思想》，《国外文学》2002 年第 2 期，第 94 页。

[2] Carol B.Gartner, *Rachel Carson* (New York：Frederick Ungar Publishing，1983) , p. 87.

研究的基础上出版了第一部著作《海风下》（*Under the Sea Wind*，1941）。这是卡森最喜爱的作品，"优美的文字让人仿如在阅读一本小说，而事实上，作者运用科学的方法精确地描述了海洋及其生物的生活"。这是一部叙述体的散文作品，第一次以海洋动物的视角与心理活动，成功地描写了海岸上、大海中及海底的生物群落，引领读者认识海洋和它所孕育的生命，体验海洋生物的感受。

全书分三部分，分别以三趾鹬（sanderlings）、鲭鱼（mackerel）和美洲鳗（eel）为中心视点进行叙述，然后将其他海洋生物代入这三位主角的世界，构成一张生命之网（web of life）。海滨的三趾鹬首领"黑脚"（Bloackfoot）和他的配偶"银条"（Silverbar）听随大海的脉动从北极到低纬度海岸迁徙、育雏，年复一年；浅海生物鲭鱼史康波（Scomber）从小到大九死一生地随洋流漂泊；美洲雌鳗鱼安桂拉（Anguilla）与她的同伴一起，从内陆的毕特尔湖出发，向遥远的大洋深处游去，在深海中产卵后死亡，以自己的身躯为新生命提供营养。

十年之后，卡森出版了第二部著作《我们周围的海洋》，对海洋的起源、地质、洋流、气象、海浪、生物等方面做了优美生动的科普。该著作被评论家认为是描写海洋生态最杰出的文学作品，并且在畅销书排行榜上停留 86 周之久。《纽约时报》评论说："自荷马以来……到曼斯菲尔德伟大的诗人，一直尝试着召唤海洋深沉的神秘与无穷的魅惑力，可是这位苗条、温柔的卡森小姐表现似乎最为杰出。"[①] 这本书荣获了美国国家图书奖和以博物学家巴勒斯命名的约翰·巴勒斯奖章。卡森以其敏锐的观察力、丰富的生物学知识、细腻生动的文笔向读者介绍了海洋的诞生、海洋的生态环境、奇妙的洋流与潮汐、早期人类对海洋的探索等，让读者领略了海洋的神奇和美丽，了解到海洋对地球的历史、现在和未来的影响。

全书分为三章，分别论述海洋地质、海洋水体、人和海洋关系。第一章 "大海母亲"介绍了海洋的广阔及其在塑造地球景观方面的重要作用。卡森呈现了板块构造、火山活动和侵蚀的过程，这些过程影响了数百万年来大陆和海洋的形成。第二章 "涌动的大海"主要介绍了海浪、洋流和潮

---

① 琴吉·华兹沃斯：《瑞秋·卡森传》，汪芸译，天下远见出版公司，2000，第71-72 页。

汐的起源、动力等。海浪在大风及一定的温度下会形成巨浪，具有极大的破坏力。一些海浪还会对海岸造成重大影响，给生活在海岸上的人带来损失。洋流、潮汐也深深影响了气候与海底生物。第三章"人类与环绕他们的大海"将重点转移到人类与海洋的关系上，论述了全球气候、海底矿藏及海洋的开发史。海洋控制着世界的气候，并能维持世界范围内气候的循环变动，影响人类的生产生活。同时，海洋富含矿产资源，是优质的矿物质储藏室。海洋的神秘与广阔吸引着许多勇士进行探险，因此开始了海洋开发。卡森将地质历史、进化生物学和生态学原理编织在一起，将海洋作为一个动态和脆弱生态系统的整体观点呈现出来，唤起人们对自然世界的敬畏。

1955年出版的《海之滨》（*The Edge of the Sea*，又译《海的边缘》）因其对以海岸为聚焦点的生命之网的灵动而细微的关注，同样大受欢迎，相关改编电影荣获奥斯卡奖。卡森所强调的是，海岸作为水与陆的边际，具有典型的"边际效应"，即在不同地貌交界处，如田野与森林、河流与沙漠、荒野与被开发地相交的地方，动植物种群具有异常丰富的倾向。① 在人们以为没有生命可言的沙与石、水草与浪涛中，形态万千的生物各有其生态位。考察海岸生态，对于人类了解大海、正确处理人与海的关系很有必要。

水陆之交的海岸是生命异常丰富的地方——适应潮汐的岩岸、受海浪影响的沙滩、被洋流控制的珊瑚礁和红树林都是生命的天堂。卡森告诉读者："在海岸这个生存困难的世界中，生命展现了巨大的韧性和活力，占据了想象得到的每一个角落。我们可以看到生物布满潮间带岩石间，隐藏在裂沟罅隙里……在坚实的岩石和孔穴中挖掘隧道，通入泥炭和黏土里，镶嵌在海草、漂流的晶石或是坚硬的龙虾壳上。"② 人类对自然边界的人为破坏或自以为是的保护，会损害生物种群，危及海岸生态。

《海之滨》特别强调自然是一张"生命之网"，在空间和时间的范畴里，生命与生命之间、生命与环境之间互相影响。人类是海岸上最有智慧的生物，义不容辞地负有保护天然海岸的生态责任。人类一旦"开发"了

---

① Terrell Dixon, "On Ecocriticism (A Letter)," *PMLA* 144, 5 (1999): 1094.

② Rachel Carson, *The Edge of the Sea* (New York: New American Library, 1955), p. 11.

海岸，作为"荒野"的海岸就不复存在了。卡森长期居住在缅因州的海岸边，对海岸危机"深有感触"，她觉得不能只写她深爱的海岸而不指出它们面临的危险。① 海洋生物与提供生存资源的大海互相影响，人更是能在海岸这个生命繁盛的地方大施破坏之力或凸显保护之功，因此整体主义的生态观和人类的生态责任是卡森在第三部海洋著作中特别强调的。

数年后出版的《寂静的春天》（Silent Spring，1962）是一部自然危机预言书，敲响了滥用化学杀虫剂的警钟，被公认为"改变了历史进程"②，"扭转了人类思想的方向"③，"引发了世界范围的发展战略、环境政策、公共政策的修正和环境革命"④。作品以"死亡之城"的寓言开头，以"危险高速路"的比喻结尾，以数字与实例，加以文学的想象，让读者对农药DDT的使用有了感性与理性的双重认识。她在书里再次强调了"生命之网"的概念，指出自然界任何东西都不是单独存在的。在第四章"地表水和地下海"里，她写道："所有在地表流动的水，都含有曾经是地下水的部分。污染了一个地方的地下水，实际上就是污染了世界上所有的水。"⑤ 小溪、河流的生物因为DDT等剧毒化学物质的污染而死亡，来自空中的致命杀虫剂通过全球生物链广泛传播，渗透进海洋，甚至影响到了南极大陆的企鹅。

"海洋三部曲"始终把文学和科学结合在一起，在讲述"科学"事实的过程中不断加入"文学"元素，不仅有丰富的科学知识，还闪耀着辉煌的想象力，流淌着明丽流畅的文采，让读者在习得海洋生态学知识的同时，欣赏到散文般优美的文字。卡森在获得美国国家图书奖，发表获奖感言时说：科学的目的是发现和解释真理，而我也把这一目的当作文学的目标——无论传记、历史还是小说。在我看来，文学与科学是不能分离的。《我们周围的海洋》的每一章的开头都引用了弥尔顿、雪莱、荷马、莎士比亚等名作家的名言，例如，"阳光隔绝的深海"这一章的开头引用马修·阿诺德的诗句"巨鲸潜行，潜行/日夜睁着眼睛"；"隐藏之地"这一

①　Paul Brooks, *Rachel Carson：The Writer at Work*（San Francisco：Sierra Club Books, 1971）, p. 217.

②　Philip Sterling, *Sea and Earth：The Life of Rachel Carson*（New York：Thomas Y. Crowell Company, 1970）, p. 187.

③　Paul Brooks, *Rachel Carson The Writer at Work*（Boston：Houghton Mifflin, 1972）, p. 227.

④　Carol B. Gartner, *Rachel Carson*（New York：Frederick Ungar Publishing, 1983）, p. 1.

⑤　Rachel Carson, *Silent Spring*（Boston & New York：Houghton Mifflin Company, 1962）, pp. 39-51.

章的开头引用阿诺德的诗句"细沙满地的洞穴，清冷、幽深/连风也在此休止"；"行星之流"这一章的开头引用鲍伊斯的诗句"千万年来，阳光、海洋和四处流浪的风时常相会"；"无穷的保藏"这一章的开头引用莎士比亚的诗句"海水幻化成丰富奇妙的资源"。著名生态作家梯尔在他主编的《自然书写文库》里断言：像卡森这样把科学与艺术完美结合，"是极其困难的，甚至是不可企及的"①。加特纳在她为卡森所写的传记中指出，"她超越了所有以科学为题材的文学家"，"凭借独一无二的天才，将琐碎沉闷、令人入睡的科学研究材料熔炼成诗情画意的作品"，将科学与文学真正融合成"一门单一的艺术"，从而成为"最杰出的作为艺术家的科学家"。②

唐纳德·沃斯特说："在引导美国人去思考面对浩瀚无边的海洋环境方面，没有人比她做得更多。"③"海洋三部曲"以优美生动的文笔，刻画了神奇而又充满魅力的海洋世界，唤起了读者对非人类自然的关注，也令读者意识到非人类生物有权利按照自己的方式生存和发展。正如美国前副总统戈尔所说，"她的声音永远不会寂静。她惊醒的不只是我们国家，而是整个世界"。

二、祛"人类中心主义"的海洋生态观

生态主义产生于20世纪60、70年代，对欧美国家产生了重大影响。从20世纪后期开始，人文学者对工业化导致的资源过度开发、工业污染、环境恶化等深感不安，致力于思考如何缓解环境危机、帮助整个人类处理环境问题，希望通过人类转变思想来构建人与自然和谐共处的未来。代表作品包括卡森的《寂静的春天》、林恩·怀特（Lynn White，1907—1987）的《生态危机的历史根源》（*The Historical Roots of Our Ecological Crisis*，1967）、于尔根·莫尔特曼（Jürgen Moltmann，1926—2024）的《生命之源：圣灵与生命神学》（*The Source of Life：The Holy Spirit and the Theology of Life*，1984）、霍尔姆斯·罗尔斯顿（Holmes Rolston Ⅲ，1932—）的

---

① E.W.Teale，*Great Treasury：A Journey Through the World's Great Nature Writing*（New York：Dodd，Mead & Company，1952），p. 28.

② Carol B.Gartner，*Rachel Carson*（New York：Frederick Ungar Publishing，1983），p. 13.

③ 唐纳德·沃斯特：《自然的经济体系：生态思想史》，侯文蕙译，商务印书馆，1999，第403页。

《环境伦理学》（*Environmental Ethics*，1988）与布莱恩·诺顿（Bryan Norton，1945—）的《走向整体的环境主义者》（*Toward Unity Among Environmentalists*，1994）等。

文学领域的首倡者是美国生态批评家威廉姆·鲁克尔特（William Rueckert，1926—），出版了专著《文学与生态学：一次生态批评实践》（*Literature and Ecology：An Experiment in Ecocriticism*，1978）。"生态批评"作为术语不断发展，核心思想可以被概括为反人类中心主义、提倡生态整体主义、构建人与非人的主体间性，形成人与自然和谐相处的生命共同体。很显然，这也是卡森在"海洋三部曲"中始终贯穿的思想。

首先值得关注的是卡森反对人类中心主义（anthropocentrism）的思想。人类中心主义指人类将自己视为自然界的主宰，认为自然万物应该为人类的生存与发展服务，应该满足人类无限制的索取与愿望，属于典型的人类与自然对立的二元论观念。受人类中心主义传统的影响，人类将自我看成世界的主体，肆意污染环境、滥捕滥杀非人类生物。这种观念甚至反映在人类的宗教信仰之中。卡森指出，"犹太–基督教教义把人当作自然之中心的观念统治了我们的思想"，于是"人类将自己视为地球上所有物质的主宰，认为地球上的一切——有生命的和无生命的，动物、植物和矿物——甚至就连地球本身——都是专门为人类创造的"。[①] 美国史学家林恩·怀特也提出了相似的观点，认为基督教是所有宗教中人类中心主义观念最深的一种宗教。令卡森特别痛心疾首的是，"我们总是狂妄地大谈特谈征服自然。我们还没有成熟到懂得我们只是巨大的宇宙中的一个小小的部分。人类对自然的态度在今天显得尤为关键，就是因为现代人已经具有了能够彻底改变和完全摧毁自然的、决定着整个星球之命运的能力"[②]。卡森坚定不移地认为，只有放弃人类中心主义思想和征服、统治自然的权利，才能真正拯救这个星球和属于它的所有生命。

卡森虽然一直批判人类中心主义对生态环境带来的巨大破坏，但她在海洋书写中却从不打破叙事的连贯性，从不站出来说教，而是始终以作者

---

① Carol B.Gartner，*Rachel Carson*（New York：Frederick Ungar Publishing，1983），p. 120.

② Linda Lear，*Rachel Carson：Witness for Nature*（New York：Henry Holt & Company，1997），p. 407.

隐身的"零度写作",展示非人类世界的玄妙、自然的崇高及生物和环境之间的紧密联系。卡森常在作品中赋予海洋生物类似人的特征,以促使读者对海洋生物产生情感共鸣。例如,《海风下》中众多的生物都被取了人类的名字,鲭鱼叫"史康波",鳗鱼叫"安桂拉",雄性三趾鹬叫"黑脚",雌性三趾鹬叫"银条",黑色的剪嘴鸥叫"灵巧"。这样的拟人化写法与科学研究实证结合,能使读者产生强烈的代入感。

不仅如此,《海风下》还采用全知视角,巧妙地在话语中还原了自然生物的视野,详细描述海洋生物的生命历程,模拟海洋生物的思想情感。这种叙事的手法体现了卡森对作品角色的思考和分析,使叙述游刃有余,很有说服力,让读者不仅了解了海洋和海洋生命形态,还强烈感受到海洋及其生命形态的价值、语言和思想,有助于读者对自然生命产生共情。例如,刚刚出生的鲭鱼史康波如此可爱又脆弱:"它的第一口食物是海水里一种极其微小的单细胞植物,那是它连水一同吸进嘴里,再经过腮过滤后才吃到的。随后,它学会了捕食跳蚤般大小的甲壳类浮游生物,还学会了冲进浮游生物群中,迅速地吞掉新食物。史康波和其他小鲭鱼一样,白天大部分时间都待在水面以下数英寻的地方,到晚上,它们则会浮上来穿行在因浮游生物而闪着荧光的漆黑海水里。这些举动都是下意识的,对于这条小鱼而言,它只是在追随自己的食物而已。史康波此刻其实还分不清白天与黑夜的区别,也不懂哪儿是水面,哪儿是海底,但它发现,当自己摆着鱼鳍往上游的时候,时而会进入一片闪耀着金光的绿色水域,那儿会有移动的身体突然出现在自己的视线内,动作迅速且可被清楚地看到,非常可怕。"①

再以美洲鳗为例,无数同伴在前往深海的旅程中途被人类捕获、杀死、吃掉,连产卵的机会都没有,然而安桂拉矢志不渝地离开安全的内陆河流湖泊,"游到大西洋最深的深渊,在那没有一丝光线的黑暗之乡生下她的后代,完成她作为母亲的使命。孩子们长大一点后,就要开始自己的游回毕特尔湖之旅;而她会安详地死去,再一次化成海水,就像她当初从那片海水生成一样……对安桂拉来说,大洋深处的那片没有光、声响极其

---

① Rachel Carson, *Under the Sea Wind*(New York: Penguin Books, 1991), pp. 130-131.

微弱、没有人类监视的海水，蕴藏着生命和希望，蕴藏着世界的灵魂"①。

再如，卡森从心理角度描写季节迁徙的痛苦和不适，以及动物的坚持不懈。三趾鹬"黑脚"和"银条"来到北极，却遭遇到暴风雪，很多刚刚迁徙到此的疲惫的鸟儿都因冻饿而死。"小'银条'此生头次体会到难以忍受的饥饿之苦。就在一周之前，和其他三趾鹬一样，她的肚子还被哈德逊湾海滩上的贝类撑得饱饱的。更早之前她还在新英格兰海岸上饱食沙蚤，在南方的阳光沙滩上享受鼹蟹大餐。在从巴塔哥尼亚高原开始北上的八千英里旅程中，她从未缺过食物。年长的三趾鹬早就适应了这份艰苦，耐心地等着，直到退潮时才带着小'银条'和其他年轻三趾鹬，来到海港冰堆的边缘。"② 等春暖花开，饥荒的危机过去，卡森生动地描写了"黑脚"和"银条"的新婚育雏生活。"最近'黑脚'越发好斗了，如果有雄鸟侵犯了他的领土，他必定全力斗争，捍卫家园。每次结束战斗之后，他都会在'银条'面前竖起羽毛炫耀。当'银条'安静地看着他时，他会一跃而起，飞向天空，拍着翅膀盘旋于空中，发出如马嘶一般的叫声。'黑脚'通常在傍晚进行这样的表演，在东边的山坡上投下紫色的剪影。在一簇落水苏旁，'银条'原地转了一圈又一圈，就这样转出了一个浅浅的小坑，弄出一个适合自己大小的鸟巢雏形。有一棵沿着地面匍匐生长的柳树，上一年枯萎的叶子还悬挂在枝头，'银条'将枯叶垫在巢底，然后再一次衔回一片叶子，合了一些地衣铺在巢里。不久，四枚鸟卵便安然躺在柳叶堆上，这标志着'银条'要开始一段漫长的守卫，这期间她必须保证冻原上的任何动物都不会发现她的巢穴。"③

卡森对采用独特的动物视角写作很兴奋，就像童年时与小动物们奇妙地融为一体："我成功地变成了矶鹬、螃蟹、鲐鱼、美洲鳗和另外好几种海洋动物！"早在1938年初，卡森就决定"整本书必须用叙述的方式撰写……鱼和其他生物必须是中心形象。它们的世界必须被写得栩栩如生、可摸可触……不必让任何人类形象进入，除非是从鱼儿们的视点观察到的

---

① Rachel Carson, *Under the Sea Wind* (New York：Dutton，1941)，p. 256.

② Rachel Carson, *Under the Sea Wind* (New York：Penguin Books，1991)，p. 55.

③ Rachel Carson, *Under the Sea Wind* (New York：Penguin Books，1991)，p. 60.

那些掠夺者和毁灭者"①。卡森由此引导人们在想象中进入海洋生物的生活，让人们开始关注海洋生物的生存，体会大海作为一个生命共同体的活力，让人们意识到自然应是各种生物各居其生态位的和谐家园。

三、生态整体主义的海洋观

在反对人类中心主义的同时，卡森还突出生态整体主义（ecological holism）的观念。生态整体主义将生态系统的整体利益视为最高价值，认为万事万物都应该以维持生态系统的平衡、稳定为标准。坚持生态整体主义观需要构建一个生命共同体，即土壤、微生物、植物、动物与其他生物共处的生态系统。而判断生态整体主义的标准是"有助于维持生命共同体的和谐、稳定和美丽的事，就是正确的，否则就是错误的"②。生态整体主义并不是要将人类拉回到原始社会的野蛮落后状态，而是提醒人类应该在生态系统的承载范围之内有限度地生存。这是生态主义的核心思想之一，也是生态整体主义对人类发展的底线要求。

有学者评价说："卡森努力地编织一个联系着地球上所有生物的网，在这个网里，所有生物和谐互助地共存，'联系的意识'是她所有作品背后的指导原则。"③海洋在她的笔下始终是一个立体的网络空间，每一种生物都有自己的生态位却又彼此嵌入，这样的理念以生动的画面贯穿了"海洋三部曲"。《海风下》的第一卷的开头描写了即将天黑的浅滩。"正当黑剪嘴鸥（Rynchops）尾随鳉鱼（killifish）接近沼泽庇护地时，它看到菱斑龟（terrapin）在浅滩急速退去的潮水中游动。菱斑龟在小口咬着沼泽草，为了摘食爬到叶子上的小蜗牛。有时菱斑龟会游到水底捕食螃蟹。其中一只菱斑龟经过了两根像桩子般直直插在沙里的东西，那是独行侠大蓝鹭（blue heron）的两条腿，它每晚都会从三英里外的栖息地飞到海岛上捕鱼。大蓝鹭站着一动不动，脖子弯曲，贴近肩膀，悬在半空的喙时刻准备着刺穿从它的两腿间快速穿行的鱼。那只菱斑龟往深处游去时，惊动了一条年幼的鲻鱼（mullet）。在惊慌与困惑中，鲻鱼急忙向沙滩游去。目

① Mary A.McCay,*Rachel Carson*(New York:Twayne Publishers,1993),p.25.
② Aldo Leopold,*A Sandy County Almanac*(New York:Oxford University Press,1949),pp.224-225.
③ Mary A.McCay,*Rachel Carson*(New York:Twayne Publishers,1993),p.23.

光锐利的大蓝鹭察觉到了它的动静，用喙直直地一下子刺穿它。大蓝鹭将猎物抛在空中，接住鱼头，随后整条吞下。"①

自然是一张承载生命的网络，生命与生命之间、生命与环境之间都互相勾连着，从而形成能量的循环。在讲述鲭鱼史康波生命史的《海风下》第二卷中，刚刚从卵中出生的幼鱼看到的是处于春天的繁忙的海洋："小海燕徐徐地从平坦的平原和海中小丘间的一个地方转移到另一个地方，优雅地低飞在聚集了浮游生物的水面，停在那里犹如蝴蝶轻吮鲜花中的花蜜般捕食。这些小海燕一点也不了解北方的冬天，因为当北方正值冬天时，他们早已回到了位于南大西洋和南极的海岛上的繁殖地。有时海面上会一连几个小时飘着白茫茫的'水雾'，那是北鲣鸟最后一次春迁飞往圣劳伦斯湾的陡峭石崖时留下的痕迹。它们通常会从高空直插入水中，拍打着强壮的翅膀和蹼，追踪猎捕那深潜入水的鱼。而随着海水继续向南流，灰色的鲨鱼更频繁地出现在水面，在成群的游鲱中猎食；浮出水面的海豚背部在阳光下闪闪发亮；年岁已高，背着藤壶的海龟也到海面浮游了。史康波尚不了解自己生活的这个世界。"②

卡森用生动细腻的笔触把人类与非人类自然、内部世界与外部世界联系起来，呼吁人类尊重那些与我们共同享有这个世界的事物，并承认我们彼此相互依赖。在她看来，"生物和环境之间的关系并不只是单一的因果关系；每一种生物都由许多网线和外面的世界衔接，从而编织出复杂的生命结构"③。卡森笔下的海洋及海洋周边的世界是一个生物群落相互交错、相互关联、彼此依赖的地方。这种互为依赖关系在珊瑚礁生态中尤为明显。"结壳海绵在珊瑚壁边伸展它们黄色、绿色、紫色和红色的席垫，充满异国风情的软体动物，如偏口蛤和海菊蛤附在上面。长棘的海胆在空洞和缝隙中，形成毛发竖立的暗色缀片。色彩缤纷的鱼儿成群结队地游过珊瑚礁前，闪烁着光泽而独来独往的掠食者——灰笛鲷和梭鱼，躲在珊瑚礁中，等着捕食这些鱼儿。夜里珊瑚礁活了起来，由每个石质分枝，到珊瑚塔，到圆顶的珊瑚正面。小小的珊瑚动物都躲避着日光，瑟缩在保护壳

① Rachel Carson, *Under the Sea Wind* (New York：Penguin Books, 1991), p. 11.

② Rachel Carson, *Under the Sea Wind* (New York：Penguin Books, 1991), p. 130.

③ Rachel Carson, *The Edge of the Sea* (Boston：Houghton Mifflin, 1955), p. 14.

中，直到夜幕低垂，才伸出它们的触手，以水面上的浮游生物为食。小甲壳动物和其他的微小浮游生物，在珊瑚分枝旁漂浮游泳，立刻成了珊瑚触手上无数刺细胞的猎物。虽然每个浮游动物体都非常微小，但想要毫发无伤地通过交织在一起的鹿角珊瑚的枝条，机会非常渺茫。"①

卡森始终强调，大自然是一个严密的大系统，无论是海洋、海底生物、洋流潮汐、全球气候还是人类进行的海洋开发都是紧密相连的，任何一种生物都与某些特定的生物、与其生存的环境有着密切的不可人为阻断的关系。破坏了其中任何一个环节的关系，必将导致一系列关系的损坏甚至整个系统的紊乱。这是一个贯穿卡森全部作品的生态哲学思想。卡森以海底生物之间及其与环境之间的关系为例解释道："大洋接受了来自大地和天空的水，将它们储存起来；春季阳光的照射使海底的能量越积越多，直至唤醒沉睡的植物；植物的迅速生长为浮游生物的大量繁殖提供了充足的食物；浮游生物的激增喂饱了大群大群鱼……假如任何一个环节出了问题，海底世界的灾难就要发生了。"②

在她最后一部作品《寂静的春天》里，卡森再次重复了这一核心思想："地球上的植物是生命大网络的一部分，一种植物与其他植物之间、植物与动物之间有着密切的、不可分割的关联……如果我们还打算给后代留下自然界的生命气息，就必须学会尊重这个精美细致但又十分脆弱的自然生命之网，以及网络上的每一个联结。"③ 自然界任何东西都不是单独存在的，我们不能只要其中的一些，而用强力去压抑、消灭、扭曲、改变另一些，因为那样一来我们必将影响和毁坏更多的东西，包括我们所喜好的东西。我们必须明白这些后果。④

卡森的所有作品都在告诫人类，生态系统的整体利益应当成为人类社会发展的根本出发点和最后归宿，成为一切行为、政策和发展模式的最终判断标准。人类将垃圾、污水、核废水等有害物质排放到大海中，却忽视了海洋具有流动性这一事实。人类对海水的污染会影响到整个生态系统，

---

① Rachel Carson, *The Edge of the Sea* (Boston: Houghton Mifflin, 1955) , p. 203.

② Rachel Carson, "Undersea," *Atlantic Monthly*, 78 (1937) : 325.

③ Rachel Carson, *Silent Spring* (Boston: Houghton Mifflin, 1962) , p. 64.

④ Carol B. Gartner, *Rachel Carson* (New York: Frederick Ungar Publishing, 1983) , p. 107.

给环境造成极大危害，还会威胁人类生命。卡森告诫人类"必须学会从整个自然系统及其内在规律看问题，必须以生态系统的整体利益为终极尺度来衡量自己，来约束自己的活动"①。

卡森在"海洋三部曲"的最后提醒读者，人类切莫自以为是，人类的无知才是永恒的。每一种生物都是相互关联着的生态群体中的鲜活的生命，我们只是这种联系中的一环而已："凝视着丰富的海岸生命，我们会不安地感受到某种我们并不了解的宇宙真理。成群的硅藻在夜晚的海里闪着微小的光亮，它们究竟在传达什么样的讯息？成团的藤壶用栖息之地染白了岩石，其中的每一个小生物都在潮水扫掠之时，找到生存的要素，这又表达了什么样的真理？如原生质般透明纤弱的膜孔苔虫，为了某种我们不能理解的原因，非得要以百万兆的数量聚集在岸边的岩石和海草之中，这么微小的生物对大海有什么意义？这些问题经常浮现在我们的脑海中，令我们困惑不已，而在寻觅答案之际，我们也接近了生命本身的最高奥秘。"②

结 论

卡森的"海洋三部曲"以优美生动的文笔描述了海洋的物理特性及海洋生物的种种奥秘，批判了人类中心主义观念，令读者对海洋中广阔而未知的领域产生遐想与敬畏，唤起读者对非人类自然的关注，对人类破坏自然环境的行为的深刻反思。从海洋及其生命形态的演变历程中，读者意识到，人类与非人类生物共同拥有这个世界，贬低、轻视非人类，最终会对人类自身产生反噬性伤害。"海洋三部曲"对改变传统的人类与非人类自然之间二元对立的主客体关系、人与人之间相互排斥的自我与他者的关系具有重要的启示作用，能帮助人们树立生态整体主义观，推动构建人与自然和谐共处的生命共同体。半个世纪后的今天，当我们再次阅读这三部关于海洋的作品时，我们仍然被卡森的智慧、学识、远见和文学才华折服，在感动之余，也会愿意为生态平衡和绿色家园而努力。

---

① 王诺：《雷切尔·卡森的生态文学成就和生态哲学思想》，《国外文学》2002 年第 2 期，第 97 页。

② Rachel Carson, *The Edge of the Sea* (Boston: Houghton Mifflin, 1955), p. 250.

第二节　《老人与海》：海洋的
伦理固守与越界

　　欧内斯特·海明威（Ernest Hemingway，1899—1961）1954 年获得诺贝尔文学奖，是美国"迷惘的一代"（Lost Generation）作家的代表。海明威被誉为美国的精神丰碑，一向以"文坛硬汉"（the man Hemingway）著称，提出写作的"冰山原则"（Iceberg Principle），其简练的艺术风格和高超的写作技巧在欧美文学界产生了巨大的影响。海明威创作成果丰硕，最有影响力的是几部中长篇小说，如《太阳照常升起》（*The Sun Also Rises*，1926）、《永别了，武器》（*A Farewell to Arms*，1929）、《乞力马扎罗山的雪》（*The Snows of Kilimanjaro*，1936）、《丧钟为谁而鸣》（*For Whom the Bell Tolls*，1940）、《老人与海》（*The Old Man and the Sea*，1952）、《岛在湾流中》（*Island in the Stream*，1970）等，其中以《老人与海》在后现代语境中引发人们最多的讨论和思考。

　　《老人与海》出版于二战结束后不久，此时世界尚未完全从凄惶、悲伤、困惑中走出来。这是一部融信念、意志、顽强、勇气和力量于一体的小说，一出版就引发巨大关注和讨论，1953 年获普利策奖（Pulizer Prize），继而助推海明威获得 1954 年的诺贝尔文学奖。小说情节简单但充满哲理。故事中，老年古巴渔夫圣地亚哥多日捕不到一条鱼，受到村民的排斥，认为他会带来霉运，家长甚至不允许小孩接触老人。为了证明自己的能力，捍卫自己的尊严，老人远离海岸，随着湾流，到深海垂钓，意外捕获一条比渔船还大的马林鱼。老人在返程途中奋力捍卫自己的劳动所得，但终究寡不敌众。等老人抵达哈瓦那港的时候，大鱼被鲨鱼吃得一干二净，只剩下一只巨大的鱼骨。小说完美地体现了作者所说的"人可以被毁灭，但不可以被打败"的英雄精神。然而，从后现代视角来看，这本书在其深层还探讨了人与环境、人与其他物种间的伦理关系。

一、文学中的伦理思索

早在 21 世纪初就有程锡麟等学者译介国外的文学伦理学批评①，但真正将文学伦理学批评作为"中国话语"提出来是聂珍钊 2004 年发表的论文《文学伦理学批评：文学批评方法新探索》。该文对中国学界引进外国文学研究理论的乱象进行一定程度的纠偏，指出："我们所说的文学的伦理学批评，也可以称之为文学伦理学批评或文学伦理学，实际上它不是一门新的学科，而只是一种研究方法，即从伦理道德的角度研究文学作品以及文学与作家、文学与读者、文学与社会关系等诸多方面的问题。"② 这一观点旋即在国内的文学研究界引发强烈反响。针对随后出现的一些批评与担忧的声音，聂珍钊又撰文对文学伦理学批评和通常的道德批评进行辨析，特别强调文学伦理学批评"倾向于在历史的客观环境中去分析、理解和阐释文学中的各种道德现象"③，指出伦理批评的历史主义特征。及至论文《文学伦理学批评：基本理论与术语》④ 面世，文学伦理学批评的理论建构基本完成，文学伦理学批评的学界地位基本确立，但之前作为亮点出现的"中国话语"已不再被强调。当下学界运用文学伦理学概念进行的文本批评实践相当活跃。

聂珍钊作为这一批评方法在国内的主要开拓者与倡导者，在建立了文学伦理学批评的基本理论框架与术语体系后，进一步深入伦理与人性的关系研究，提出具有突破性的概念"斯芬克斯因子"。他指出，从伦理意义而言，人是一种斯芬克斯因子，由人性因子和兽性因子组成。前者是高级

---

① 程锡麟：《析布思的小说伦理学》，《四川大学学报》，2000 年第 1 期，第 64-71 页。
② 聂珍钊：《文学伦理学批评：文学批评方法新探索》，《外国文学研究》2004 年第 5 期，第 19 页。
③ 聂珍钊：《文学伦理学批评与道德批评》，《外国文学研究》2006 年第 2 期，第 16 页。
④ 聂珍钊：《文学伦理学批评：基本理论与术语》，《外国文学研究》2010 年第 1 期，第 12-22 页。

因子，能够控制后者，从而使人成为有伦理意识的人。① "斯芬克斯因子"的提出可以说是一种创新，将学界一直讨论的人性的复杂用一个耳熟能详的隐喻性术语做了诗意的归纳与提升。

聂珍钊在《〈老人与海〉与丛林法则》一文中认为，老人用自己的失败为我们提供了一个伦理混乱的典型范例。他的失败表明，人类的生存与发展不能出现伦理越位，不能毫无限度地入侵大自然留给其他生物的领域。② 他在立论时引用赖安·海第格尔（Ryan Hediger）的观点 "伦理就是既定的秩序"③，并以此将 "丛林法则" 归类为动物界的伦理。顺着这根逻辑链，可以顺理成章地得出结论：老人闯入海洋生物的领地，导致伦理越位，造成悲剧。"很抱歉我出海太远了。我把你我都毁了。"④ 然而，这里就会产生一个疑问：人类社会的伦理与动物界的所谓 "伦理" 是一回事吗？会不会是两个同名不同指的错位概念被并置，造成老人的空间越位被误认为伦理越位？鉴于此，我们不妨再回看伦理这个概念的内涵。

根据《辞海》（第六版彩图本）的解释，伦理有两个基本含义。第一，事物的条理。《礼记·乐记》："乐者，通伦理者也。"郑玄注："伦，犹类也；理，分也。"第二，人们相互关系所应遵循的行为准则。中外伦理思想史通常将 "伦理" 与 "道德" 作同义词使用。⑤ 由此可以看出，伦理有广义和狭义之分，海第格尔的伦理意识属于广义的前者，作为道德概念的伦理是作为 "事物的条理" 的含义在人类社会的具体化。伦理学相应地也就有广义和狭义之分。斯宾诺莎等人研究宇宙秩序的伦理学当属于广义范畴；亚里士多德在希腊语 "ethikos"（含有风俗、习惯、个人性格与品性之意）含义基础上创立的伦理学则属于狭义范畴，是人类作为理性认识主体自我建构的结果。

狭义的关乎道德的伦理是以共识为基础的，是维持特定社会关系的相

---

① 聂珍钊：《文学伦理学批评：理论选择与斯芬克斯因子》，《外国文学研究》2011 年第 6 期，第 5 页。
② 聂珍钊：《〈老人与海〉与丛林法则》，《外国文学评论》2009 年第 3 期，第 80 页。
③ Ryan Hediger, "Hunting Fishing and the Cramp of Ethics in Ernest Hemingway's The Old Man and the Sea, Green Hills of Africa and Under Kilimanjaro," *The Hemingway Review* 27,2(2008):35.
④ 海明威：《老人与海》，吴劳译，上海译文出版社，2002，第 111 页。
⑤ 夏征农、陈至立主编《辞海》（第六版彩图本），上海辞书出版社，2009，第 1472 页。

对稳定的力量。因为是社会成员共享的价值评判标准，所以它无处不在。它可能作为显性的法律条文与规章制度出现，也可能渗透在从社会到个体的任何理性的抉择中。作为一种思维的过滤性框架，伦理决定着一个社会的基本样态，甚至决定着一个社会的兴衰存亡，是文明的神经系统。但伦理是变动不居的，不同历史阶段，不同文化群落，都会有不同的标准。因此，聂珍钊在论及文学的伦理批评时特别强调要从特定的历史与文化语境出发，而不是用当下的道德观去套任何一部文学作品。

当下几乎所有活跃的伦理批评，不管是文学伦理学批评还是生态伦理学批评，都属于狭义的伦理学批评，是人的道德思考向文学或生态系统的投射，都有在新语境下重建某种秩序的冲动。和生态伦理学批评不一样的是，文学伦理学批评的目标对象是人类的文化产品，研究的是关于人类精神创造物的秩序。这里就必然涉及两个方面的问题：一个是文学存在的形式秩序（形式伦理），一个是文学反映的内容秩序（内容伦理）。

任何文学理论和书写流派，不是涉及形式伦理就是涉及内容伦理，或者二者兼而有之。例如，对戏剧三一律的要求、对文学题材的要求等，就是古典主义的文学伦理。同样地，西方浪漫主义之于古典主义就是从形式到内容的二重文学伦理变革。文学伦理始终变动不居。随着时代的发展，便条、账簿、图画等从来不属于文学的东西，也成为后现代可以接受的文学表现形式；而跨种族婚姻这类曾经在西方历史中属于文学伦理禁忌的内容，今天可以被广为接受。宗教宽容、性别平等、跨国主义、离散、后殖民主义等各种观念和各种理论，都在不断地改变着文学的形式与内容伦理。建立文学伦理学实属不易，但只要考虑到"变化"这一核心，建立文学伦理学批评也未尝不是对学界的巨大贡献。文学的发展与繁荣确实需要某种与时代精神合拍的伦理秩序，既灵活又相对稳定。

二、伦理越位的再思考

聂珍钊认为，"丛林法则是维护动物界秩序的法则，它同维护人类社会秩序的法则不同。人类虽然在许多方面有着同动物类似的特点，但是人的理性使人把自己同动物区别开来，并形成自己的生活伦理"[①]。这一点

---

① 聂珍钊：《〈老人与海〉与丛林法则》，《外国文学评论》2009 年第 3 期，第 87 页。

讲得很对，但聂珍钊在提及人类理性作为人类伦理起源的时候，没有谈到动物界的伦理（如果可以称为伦理的话，也需要在前面加限定语），是以食物或者能量的传递为核心的。动物的整个行为方式都被食物和能量传递所左右，因此弱肉强食是维持食物链与自然生态平衡的关键，只是不同动物位于食物链的位阶不同。但是人类的情况却大为不同，人类的主观能动性及相应的对工具的制造与使用，保证了食物的稳定供应，因此人类的伦理不以食物的获取为中心，只保留获取资源的先后序列关系与量级关系。

当然，人类仍然是生物体，仍然离不开以食物为源头的能量流动，因此人类的伦理就成了一个可以滑动的体系。在食物极度匮乏生存受到威胁的救生船上或者荒岛上，人类在丰衣足食背景下的伦理标准就会向野蛮的"丛林法则"滑动。人始终在努力向善，但前提是要有基本的生存保障。如果生存受到威胁，"兽性"本能就会迅速占上风，也就是说一直被人性（理性）压抑的低级因子成为维持生存的显性因子，以顺应适者生存的自然秩序。

回到《老人与海》，作品中的老人有没有像聂珍钊说的那样出现伦理越位？有没有从以理性为基础的生活伦理滑向以食物为中心的"兽性"生态伦理？老人在海上的故事，似乎可以分为老人捕获马林鱼之前和捕获并捍卫马林鱼的所有权这两部分。表面上看，前部分是人对自然的胜利，是人类理性的胜利；后部分似乎是人的生活伦理败北于动物的生态伦理。然而仔细分析就会发现，具有理性判断和使用工具能力并取得成功的老人，同之后与鲨鱼搏斗却失去猎物的老人，在伦理的自觉意识上并没有发生实质的"兽性"逆转。

作为职业渔夫的老人实际上是加勒比海洋生态系统的一部分，他所生活的渔村就是人类的陆生系统与海洋生态系统的叠合点。他的职业就是杀死部分海洋生物，出售这些海洋生物，以获取维持文明人生存的基本物资，如看球赛、读报纸、听广播等。如果不去捕鱼，他就无力维持文明人的生活，在社会经济层面就会滑向"兽性"。表面上看，杀戮对应了"丛林法则"，但老人是在代替其他人去杀戮。对于这一点，老人有着模糊的自觉意识："你天生是个渔夫，正如那鱼天生就是一条鱼一样……你不光是为了养活自己、把鱼卖了买食品才杀死它，他想。你杀死它也是为了自尊心，因为你是个渔夫。"①

当鲨鱼来袭的时候，老人从人类伦理出发，捍卫私有财产。鲨鱼不是将老人作为攻击对象或食物源，而是抢夺老人的猎物，这个猎物当然也不是老人唯一的食物源，而是将用于交换的商品。这和非洲草原上狮子去抢夺猎豹口中的羚羊完全不是一回事，因为对于狮子和猎豹而言，羚羊是维持它们生存的全部。老人与鲨鱼的搏斗仍然是理性的。从老人一直不断的思索，以及自言自语、自我安慰可以看出，他的理性始终都在，他从头到尾没有因为自然意志而冲动地做错一步，他几乎就是人类理性的典范。人类社会的棒球赛，人与人之间的情谊，始终围绕着在海上丛林环境中的老人。海不是老人擅越的空间而是老人的工作场所，马林鱼是老人的工作对象，鲨鱼是老人工作中尚未能克服的随时可能出现的难题，老人一直恪守人类伦理，老人的成功与失败都不是"丛林法则"或者说生态伦理的结果。老人的伦理和动物界的伦理在内涵方面不对等，也就不存在伦理越位。老人的悲剧性应该和老人生存其中的人类的现代伦理秩序的变化有关。

当我们审视老人的成功与失败时，往往忽略了一个重要的因素——数量。老人对马林鱼的胜利建立在两者一对一的单挑关系上。正如老人在精疲力竭时自言自语道："你要把我害死啦，鱼啊，老人想不过你有权利这样做。我从没见过比你更庞大、更美丽、更沉着或更崇高的东西，老弟。来，把我害死吧。我不在乎谁害死谁。"② 最终他用人类的理性战胜了马林鱼。他欣赏马林鱼，称马林鱼为兄弟，是因为二者都展示了完美的个体能力与智慧。但是他最终败给了鲨鱼，不是鲨鱼更有智慧，而是鲨鱼数量太多。老人对第一条来袭的登多索鲨也表示了一定的欣赏，因为那是一个勇猛的个体，但他仇恨随后而来的鲨鱼，因为那些鲨鱼群起而攻之。

试想把鲨鱼换成陆地上的狮子。老人拖着一千多磅的肉跋涉在非洲草原上，遭遇这么一群狮子，结果会怎样？与其说狮子是老人的自喻，不如说是老人对世界的不安全感的体现。老人和海明威笔下的很多男人一样是

---

① 海明威：《老人与海》，吴劳译，上海译文出版社，2009，第101页。
② 海明威：《老人与海》，吴劳译，上海译文出版社，2009，第88页。

不合群的孤独者，而狮子在陆地上总是成群出现，老人只有在海上看着狮群才是安全的。尽管老人膂力惊人，能一天一夜与对手单挑扳手腕，但当他面对以群体出现的异己力量时，仍然无能为力。他，一个从不放弃个体独立性的人，其终身的噩梦是群体/群氓的攻击。他觉得梦中的狮群可爱，是因为小船与海岸之间的水域给了他安全，这种爱隐含着对不敢下水的群氓的自得的蔑视。选择做职业渔夫，并且是独立特行的垂钓者，而不是渔轮拖网上的渔工，本身就是对异己的集体的逃避，是现代伦理异化的结果。

然而在海上能逃避群氓的追击吗？能保持个体的完整的独立性吗？鲨鱼实际上就是海里的狮群，老人可以展现个体优越的技能，获取最壮观的成就，但群氓的异己力量瞬间将他打回原形。正如聂珍钊所说："老人在同鲨鱼的搏斗中丢失了鱼叉、刀子、木浆、舵把等所有武器，好像一个被解除了武装的败将……从这时候开始，老人在意识里开始把自己看成一个失败者。"①《老人与海》告诉迷恋个体魅力的理想主义者，所谓完整的理想个体在这个地球上绝无立足之地。老人在陆地上可以用扳手腕单挑获胜，拥有冠军的荣誉，但面对群体的狮子，作为个体的他如何逃避？还有体面可言吗？如果没有，就逃到海上吧，可凭技巧、毅力与体力捕获史上最大的马林鱼，创造辉煌。可是能逃过群体鲨鱼的追杀吗？不可能！在一番厮杀之后，能完尸而归已属幸运，那曾经有过的海上壮举，只能以鱼的巨型骨骼隐约告诉他并不愿意归属的那个人类社会，自己似曾有过的萎缩的伟大。

《老人与海》的伟大在于其悲剧性，这个悲剧性，不是伦理越位，而是以个体价值为审美梯度的伦理的败北，是个体主义面对日益强大的异己力量，譬如大资本和大生产等群体密集型力量日渐逼近，终于无路可退的绝望。这不仅是海明威的天鹅之歌，也是对人类异化的伦理范式的挽歌。小渔村对老人的惋惜与不解，以及连马林鱼和鲨鱼都分不清的游客群，正是当下人类的主体。

退一步说，正如聂珍钊在论证伦理本质时反复强调的，人的理性是区

---

① 聂珍钊：《〈老人与海〉与丛林法则》，《外国文学评论》2009 年第 3 期，第 88 页。

别于其他动物的界线，而理性意味着主观能动性。人会探索任何未知的空间。对天空的探索、对岩石圈的探索、对水圈的探索、对生物圈的探索等，都是人的理性的必然生发。如果尊重传统的哲学研究方法，将人定位为认知的主体，那么老人到远离海岸的深海去捕鱼，也属于其理性的选择。人没有伦理越位，除非将人的世界与海洋生物的世界绝然对立，并赋予海洋生物以独立的和人有对等关系的伦理系统，如修炼成人形却仍以获取食物为思维出发点的各种精怪，否则老人真的谈不上伦理越位。即便从生态伦理视角来看，作为垂钓者的老人对生态的破坏力也远远低于拖网作业。他的猎杀在可持续性发展的限度之内，谈不上无限度地入侵大自然留给其他生物的领域。

三、"斯芬克斯因子"中的伦理滑动

"斯芬克斯因子"概念的提出是聂珍钊的重要理论创新，既将伦理选择看作人与兽的根本区别，又没有忽略人的生物性。斯芬克斯因子中的人性和兽性此消彼长，但人性始终是控制兽性的高级因子。在理解这个概念的时候，不可忽略的是它的变量特征，它是极善与极恶、彻底人性与彻底兽性、绝对自然意志与绝对理性之间的一个滑动区间。

当人为了更有效的文明秩序而建立伦理体系时，就会产生一个悖论或矛盾。伦理的管束力量会作用于社群中的所有个体，从而对个体的特殊需求形成压抑，此时反抗的力量就会滋生，并寻求以特定方式获得解放。以自然意志为代表的"兽性"往往会获得青睐，以对抗伦理选择产生的副作用"共性化"。使用最多的释放手段就是公共文化产品生产——某种不干涉观赏者当下德性发展的替代性表达，披着审美的外衣，这也是康德关于审美无功利性的含义所在。推而广之，梭罗从群体生活中逃逸，临时隐居瓦尔登湖，算是对当时公认的伦理模式的对抗；19世纪西方开始大量涌现的自然书写也可以被看作是对启蒙现代性伦理模式的反抗，更不用说文艺复兴时期涌现的大量惊世骇俗的绘画、装饰艺术和文学作品了。对个体性的捍卫常常表现为对"兽性"的临时遁入。

再回到海上的孤独者圣地亚哥，他称马林鱼为兄弟，用各种亲昵的人称代词（she、you 等）指称海洋与海洋生物，但这种环境友好型"兽性"

是人的理性的主动选择，是可控的主动异化。这种幻化出的"兽性"不是失去理性的"自然意志"的迸发，正如老人寻思的："人跟伟大的鸟兽相比真算不上什么。我还是情愿做那只待在黑暗的深水里的动物。"① 这里的"情愿"标志着一种理性的主动。当他主动弱化自己的主体性而成为这海洋生物群落中的一员之时，哈瓦那的灯光消失在身后，那个 80 天打不到鱼而在村落的伦理梯度中沦为失败者的老人也随之消失了，一个有尊严的渔夫在海上复活了。在这样的主动"兽化"或者说荒野中的"去人化"过程中，我们悲凉地看到挣扎于人类伦理评判标准中的老人在努力寻求心埋自愈，远离人群的孤独个体在兽化中获取尊严。他没有表现出沉重的恶的一面，而是在远离人类的海洋中达到了至善的境界，呈现了最简朴与本原的人的意义。

实际上，故事的悲剧性并不体现在史上罕见的巨型马林鱼的失去，而是老人时时刻刻的自我矛盾。深水中孤独的马林鱼是老人的自我幻象。他对被因一时欲望而上钩的独行侠一般的马林鱼惺惺相惜，其实更多的是对自己的愲惜："你要把我害死啦，鱼啊，老人想。不过你有权利这样做。我从没有见过比你更庞大、更美丽、更沉着或更崇高的东西，老弟。来，把我害死吧。我不在乎谁害死谁。"② 无法逃逸的马林鱼就是犹作困兽斗的老人自己："他喜欢想这条鱼，想它要是在自由地游着，会怎样去对付一条鲨鱼。"③ 当鲨鱼将马林鱼咬去一大块时，老人难受的不只是私有财产被掠夺，更多的是像自己的身体被咬去一块。

最终老人还是要回到人类的群体中，那个并不友好的群体。鱼骸只能影影绰绰地暗示他似曾有过的辉煌逃逸。未来的日子里，只要他的自我价值取向不变，群体的伦理取向不变，老人的自我兽化就不会停止，这是他在既有的强大伦理体系下疗救自我的唯一途径。

值得一提的是，这种主动兽化的逆斯芬克斯因子变量题材，在涉海类文学中相当常见，甚至可以被看作是海洋文学的某种集体自觉。对加拿大扬·马特尔（Yann Martel，1963—）的《少年派的奇幻漂流》（*Life of Pi*，

---

① 海明威：《老人与海》，吴劳译，上海译文出版社，2009，第 64 页。
② 海明威：《老人与海》，吴劳译，上海译文出版社，2009，第 88 页。
③ 海明威：《老人与海》，吴劳译，上海译文出版社，2009，第 111 页。

2001)、西班牙阿尔韦特·桑切斯·皮尼奥尔（Albert Sánchez Pinol, 1965—）的《冷皮》（*La Pell Freda*, 2003），甚至广为人知的美国杰克·伦敦（Jack London, 1876—1916）的《海狼》（*The Sea Wolf*, 1904）、英国威廉·戈尔丁的《蝇王》等，都可以从逆斯芬克斯因子的角度重新审视。兽性更可能是理性保护其宿主的主动选择，是对僵化的伦理体系的有限抵抗，当然也是诗人、作家和艺术家以美学方式不伤筋动骨的革命话语。

结　论

文学伦理学批评为文学研究的多元繁荣做出了贡献，其对现世的关注及对社会发展所秉持的责任意识，足以使之在学界长期占有一席之地，并能不断与各种新理论、新方法携手。聂珍钊提出的斯芬克斯因子具有高度的理论创新，丰富了伦理学研究理路，但以之分析文学经典《老人与海》效度有限。在资本主义大生产的异化环境下，个体往往主动寻求"兽化"，回归"荒野"，以弥合与压迫性群体格格不入的心理创伤。由此，可以看到伦理学批评术语能指的滑动。我们在应用概念时要考虑具体文本环境，避免教条。有些概念还需要更明确的逻辑推演及多维度的批评阈值推敲，这样才会使伦理批评体系根深叶茂。

第三节 《骑鲸人》: 海洋原住民的处所认同

威提·依希马埃拉 (Witi Ihimaera, 1944—) 是以英语写作毛利文化的先驱者, 出生于新西兰吉斯本, 曾担任外交官多年, 后任职于奥克兰大学, 教授英文、毛利文、太平洋文学与写作。他的《绿岩绿岩》(*Pounamu Pounamu*, 1972) 是毛利人所著的第一部短篇故事选集。他的《葬礼》(*Tangi*, 1973) 是毛利人所著的第一部小说, 赢得了瓦提文学奖 (Wattie Prize)。之后, 他又以家族史诗小说《女族长》(*The Matriarch*, 2012) 和《吉普赛女王》(*Bulbasha*, *King of the Gypsies*, 2016) 两度获得新西兰的蒙大拿年度好书奖 (Montana Book of the Year)。除了小说, 他亦涉足舞台剧、交响乐和童书。他以自己独特的文化传承为荣, 数十年来热情推广毛利文化, 书写毛利文学。

一、 海洋原住民感知的传统与现代

《骑鲸人》(*The Whale Rider*, 1987) 是威提·依希马埃拉的代表作, 是一部完全以毛利人社区为呈现对象的, 并由毛利人撰写的长篇小说, 体现了新西兰原住民毛利人对文化认同的坚持与思考。根据小说改编的电影在世界诸多电影节上获奖。小说以毛利小女孩卡呼的成长为主线, 通过将远古传说与现实生活经历交织在一起, 向读者展示了毛利人的当代困境。正如作者本人在序言中所说: "《骑鲸人》的故事发生在新西兰——地球下端的岛国。其舞台设置在泛歌拉, 一个真实的地方。那里的居民相信自己的祖先是派克阿, 他是骑着鲸鱼来到新西兰的。但是, 《骑鲸人》不是一个古老的故事, 而是关于现今的状况, 描述人们如何从传统文化中成长起来，如何面对新的挑战，即新的生活方式在取代旧的过程中，新的领路人出其不意地登场。此小说的主人公是一个女孩，她必须完成她的使命。在走向目的地的途中，她不得不向传统观念挑战。这是所有青年人都倾向于做的事。"①

小说中不断提及的"骑鲸人"是新西兰毛利人"东海大浪族"关于祖先的传说，是关于本族群在星罗棋布的太平洋岛屿间寻找最适合的生存空间的口述史。小说由鲸与人类的两条故事线交织而成。一条故事线是关于曾带领"东海大浪族"的祖先派克阿（亦称卡呼提阿）来到新西兰泛歌拉海岸的巨鲸，如今这条巨鲸带领鲸群从阿根廷的阳光海岸回泛歌拉寻根，寻找当年离开自己的骑鲸人卡呼提阿。鲸群迁徙的故事在每个章节的开头都有出现。另一条线以主角卡呼的小叔叔拉威力的视角娓娓道来，他亲眼见证了卡呼这个具有神奇特质的女孩的出生与成长。故事发展到高潮，人和鲸这两条故事线重新交织到一起。

小说的写作结构很有特色，共分为序幕、春季、夏季、秋季、冬季和尾声 6 个部分，前后呼应，都以不知主语的画外音"聚集一方……聚集一方……如愿以偿……"结束。这可能是回访泛歌拉海岸的鲸群的合唱，可能是神灵的偈语，可能是祖先派克阿的祈福，甚至是被神灵选定的先知才能听到的来自天堂的空灵的声音。

"序幕 天人卡呼提阿的到来"很短，用诗一样的语言，用原住民口述的方式，讲述了泛歌拉海岸的毛利人先祖派克阿（亦称卡呼提阿），如何骑着头顶有神圣的漩涡刻印的巨鲸来到富饶的新西兰南岛东海岸。他们认为自己的先祖应天地之邀而来："在长期盼望的岁月中，大地和海洋急迫地希望结束这渴求的痛楚。森林随着东风散发出甜蜜的芬香，把原产圣诞树的花冠置于东流的海浪之上。海水不时闪烁，飞鱼高高跳出水面，眺望地平线的彼方，试图首先宣布天赐之物的到来……一天正午，地平线上的第一个泡沫被发现了。从海底的绿岩深处，上升出暗色的影子，一个令人敬畏的巨大海兽冲破海面，向天空猛掷身体，然后落回海中……飞鱼明白时机已到。它又看到巨兽前额上有一个神圣标记——漩涡形刻印。飞鱼

---

① 威提·依希马埃拉：《骑鲸人》，郭南燕译，上海人民出版社，2006，序言第 1 页。

又好奇地看到，当鲸鱼冲向上空时，有一个男子跨坐在其头部……鲸鱼的自我推动使他感到了巨大的力量。骑鲸人看到了远方的大地——找到了，他终于找到了长年寻求的土地！"[1]

在毛利人有关祖先迁徙的传说中，鲸鱼是迁徙的海中载体，可能因为波利尼西亚的独木舟看上去更像鲸鱼。值得注意的是，毛利人认为正是他们的祖先为新西兰的南北二岛带来了生命。"在通向大地的壮观旅途中，他向大海和大地投掷出具有赋予生命能力的、用毛利杉木做成的小矛。有的小矛在空中变成鸽子，飞向森林；有的刺进海水变成鳗鱼……当他想扔出手中最后一支小矛时，小矛拒绝离开他的手。无论怎么尝试，小矛总是不飞走。骑鲸人手中拿着小矛，祈祷说：'我已栽培了足够的小矛，将来再种它吧。让它在人们受苦和最需要它的时候开花结果吧。'"[2] 这就为下文毛利女孩卡呼的出场埋下伏笔。

"春季　命运的力量"这一章紧接着序幕留下的悬念。那只飞翔了一千年的小矛，掉落大地，这时一个小女孩诞生了。已经非常年老的巨鲸开始不间断地怀旧，思念那曾经骑着他涉过遥远海洋的骑鲸人卡呼提阿，回忆他们在哈瓦以基的浅滩相识并发展出难以割舍的友谊，因此他决定率领整个鲸群家族冒险返回泛歌拉海岸，重温友情。当年的骑鲸人卡呼提阿的后人仍然居住在这里，只是很多年轻人已不会讲毛利语，对毛利的一切了解得越来越少，都想逃离此地去大城市打工。族长阿皮拉纳老人很担心毛利文化失传，急切地想找到未来的族长接班人。让他失望的是，长孙泊罗浪击却给他生了一个曾孙女。孙媳瑞花产后不久就去世了，曾祖母大花奶奶自作主张，用祖先卡呼提阿的名字给小女孩命名，并将孩子的胞衣和脐带埋在部族会堂的土壤中。小女孩卡呼有返祖现象，喜欢毛利的一切，非常依恋曾祖父。因为族长位置传男不传女，阿皮拉纳非常不喜欢卡呼，更不允许她参加毛利文化培训班，但小卡呼一直在会堂外偷学。

"夏季　翡翠鸟的飞翔"这一章中，年老的巨鲸带着由六十多头鲸鱼组成的大队，按照他记忆中的海底地图长途旅行。和他年轻时的情况不一

---

[1]　威提·依希马埃拉：《骑鲸人》，郭南燕译，上海人民出版社，2006，第4—6页。

[2]　威提·依希马埃拉：《骑鲸人》，郭南燕译，上海人民出版社，2006，第6—7页。

样，他们提防的不是海中生物，而是威胁所有生命的最大危险物——人类。只要看到人类，他们就立刻躲到深海的避难所。此时，卡呼在族长阿皮拉纳的嫌弃中成长。族长一心一意投身于毛利文化训练班，希望从训练班的男孩中发现一个好苗子，担任未来的族长，然而没有一个男孩对此上心，只有在门窗外偷学的卡呼学到了真髓，这其中包括背诵部族漫长的家谱，培养敏捷力、脑力、体力，提升心理强度，学习游泳、潜水等。阿皮拉纳老人告诉年轻人在过去人类如何与神灵相处融洽，如何敬神，如何与动物对话，但如今人类失去了与其他生物对话的能力，也失去了灵性，人类越来越贪婪，滥杀鲸鱼。老人提醒说："孩子们记着，过去我们曾经有很多守护者，现在几乎没有神在保护我们。你们听，大海变得如此空寂！"[①]

"秋季　鲸鱼深潜的季节"这一章中，洄游去泛歌拉的鲸群，在图阿默图附近遭遇水下核试验，不得不逃往南极，重寻回新西兰的路线。本故事的叙述者，卡呼的叔叔拉威力到澳大利亚和巴布亚新几内亚打工，看到了海外毛利人无所皈依的漂泊处境，并开始产生毛利人如何面对新技术的思考。大家都希望阿皮拉纳老人的训练班能给大家答案，因为他是唯一能够把神圣知识传授给下一代的人。成长中的卡呼，在传承毛利文化方面越来越出色，获得东海岸小学生毛利语演讲比赛奖，在学校毛利文化表演班担任领队，还擅长演唱毛利语歌曲，甚至到深海中，将阿皮拉纳族长扔下的小石雕取了上来。取回石雕是训练班中任何一个男孩都没有能力做到的事，也是让老人失望到深夜饮泣的事。

"冬季　鲸鱼之歌，骑鲸人"这一章中，回归泛歌拉的巨鲸越来越沉醉于回忆他和天人卡呼提阿的友谊，甚至出现幻觉，从南极每块冰晶的镜面上看到坐在自己身上的主人卡呼提阿，他决定将最后的目的地泛歌拉作为自己的坟墓。在巨鲸越来越接近泛歌拉之时，在宁静的外奴衣海滩上，数百头鲸搁浅，甚至被人屠杀，大量保护鲸鱼人士的努力宣告失败。就在发生这一悲惨事件的第二天，一场风暴席卷泛歌拉。年老的巨鲸不顾鲸群中其他鲸的劝解，毅然决然冲向海岸，准备与当年骑着它来到泛歌拉的天

---

① 威提·依希马埃拉：《骑鲸人》，郭南燕译，上海人民出版社，2006，第46页。

人卡呼提阿永远在一起。大家都看到鲸额头上那神圣的漩涡形刻印，老族长走近年老的巨鲸说："哦，圣鲸哟。我向您致敬。请问您是来求死，还是来求生？"①巨鲸的回答没有人能懂，老人指着大海对大家说："你们都已经看到那鲸鱼和他头上的神圣刻印。那个刻印是巧合，还是命中注定？为什么如此大的鲸鱼不在外奴衣搁浅，而到泛歌拉来……这是对我们的启示，让我们回忆起远古世界曾经有过的整体感。这像婴儿的脐带，把过去和现在、现实和虚幻连接在一起……那头巨鲸是一个启示，他选择在这里搁浅。如果我们能把他推回大海，便可证明我们依然具有这个整体感。如我们无法把他推回大海，那证实我们变得虚弱了。如果巨鲸生存下去，我们也能够生存。假如他窒息而死，我们也会死。我们同时面临着鲸鱼的命运和我们自己的命运…… '我们应该生存，还是死亡？'"②在老人慷慨激昂的号召中，大家一起努力，希望将巨鲸推回大海中，但巨鲸仍然固执地回到岸边。就在大家一筹莫展，无法施救之时，卡呼悄悄登上了鲸背，用鲸的语言与巨鲸交流。巨鲸心花怒放："这是我的主人天人卡呼提阿！"他带着卡呼小姑娘返回鲸群，一起游向深海。卡呼对鲸耳语："让人们活下去吧！"卡呼在鲸背上向这个世界告别。当鲸回到水面时，她镇静地告别天空、土壤、海洋和陆地，也辞别了部族的人们。巨鲸为重获友谊而满心喜悦："她是天人卡呼提阿。她是派克阿。她是骑鲸人。"③众人眼看着小姑娘随着鲸群在海中消失。大花奶奶将卡呼从海中捞出的小石雕交给阿皮拉纳老人，老人这才明白早已有神启——卡呼是未来泛歌拉族人的拯救者，只是他被性别偏见蒙蔽了双眼，一直没有领会神启。

"尾声 来自大海的姑娘"描述了鲸群中的母鲸最终意识到巨鲸身上的骑鲸人不是巨鲸一直口口声声念叨的当年的卡呼提阿，可能只是卡呼提阿的后裔。巨鲸在母鲸的循循善诱下，最终回忆起卡呼提阿扔出最后一支小矛时犹豫了，并说："将来再种植这支小矛吧。让它在人们受苦和最需要它的时候开花结果吧。"④那支小矛最终飞出去，掉回大地，在土壤中

---

① 威提·依希马埃拉：《骑鲸人》，郭南燕译，上海人民出版社，2006，第110页。

② 威提·依希马埃拉：《骑鲸人》，郭南燕译，上海人民出版社，2006，第112-113页。

③ 威提·依希马埃拉：《骑鲸人》，郭南燕译，上海人民出版社，2006，第127页。

④ 威提·依希马埃拉：《骑鲸人》，郭南燕译，上海人民出版社，2006，第135页。

休息，后来一个女孩子的脐带和胞衣被埋在那块土壤里。巨鲸开始明白，他之所以能够活得如此长久，一定有其理由。回到泛歌拉后，卡呼提阿的后裔骑上他，也绝不是偶然，他的命运和骑鲸人的命运是相连的，无法分割。他决定将卡呼送回人类的海岸。那一边，大花奶奶因为失去卡呼而痛苦昏迷，醒来后发现卡呼也在同一间病房。就在阿皮拉纳老人及所有人在内心接纳卡呼作为未来族长之时，卡呼听到老母鲸对她说："孩子，你部族的人在等着你呢。回到人类之神拓那的王国去吧，完成你的使命。"①卡呼看着老人，两眼发光。"老人，您听不见吗？我已经听了好久了。哦，老人，鲸鱼还在唱歌呢。聚集一方……聚集一方……如愿以偿。"②

　　小说本身充满诗意，曾经的人、神、鲸，在历史发展中彼此越隔越远，直至彼此间已无法再沟通。人类的理性已经发展到不再相信神话，不再相信创世，鲸不过是可以被捕杀的，能提供油和肉的普通海洋生物；人认为自己才是世界的中心，自然万物是为人类服务的他者。当这种思维一统天下久了，我们就发现《骑鲸人》这部小说虽然语言简单，情节也像童话故事，阅读起来却很吃力，似乎有一张生命之网（web of being）缠绕着我们的常规思维，导致我们无论往哪个维度思考都磕磕绊绊，头绪不断地打结。这是一个毛利原住民作家面对四处包抄过来的新技术革命，对海洋原住民如何安身立命的思考。皆大欢喜的结局似乎不过是一出戏剧的幕间插曲，在卡呼出院后，社区的发展与文化传承问题将直击一个尚未成年的女孩。会唱毛利语歌，会跳毛利舞，会吟诵毛利语祷词，会主持毛利仪式，就够了吗？如果让新技术进入泛歌拉，毛利人还是毛利人吗？也许我们需要借助特定的生态思想，才能洞悉这部小说的真谛。

二、"天、地、人、神"四方生态关联体

　　实际上这个充满诗情画意的单纯的海洋原住民故事，之所以不那么好懂，是因为叙述中出现了多个平行世界。一是骑着巨鲸来到泛歌拉海岸定居下来，其后代不断繁衍的毛利人世界；二是驮来泛歌拉人先祖卡呼提阿的巨鲸和他繁衍出的哈瓦以基弓头鲸群；三是海神淌歌若阿及其他与之相

---

① 威提·依希马埃拉：《骑鲸人》，郭南燕译，上海人民出版社，2006，第144页。
② 威提·依希马埃拉：《骑鲸人》，郭南燕译，上海人民出版社，2006，第144页。

关的神所构成的世界。一开始这三个世界就是德国哲学家荷尔德林所谓的"万有合一"，正如族长阿皮拉纳对年轻人所说的："过去，在我们的世界中，神灵同祖先有互相间的交流。神灵有时赋予他们特殊能力。比方说……派克阿有能力和鲸鱼对话，可以向他们发号施令。人、动物和神灵都和睦共处，融为一个相互依靠的整体。"① 随着需求增加，认知方式变化，人逐渐占据了天地间的几乎所有空间，将神和动物排挤出去。我们通常将这种认知方式称为"理性"，将先祖的整体性认知方式称为"混沌"。"理性"霸道地将所有其他认知方式斥责为愚昧，正如阿皮拉纳老人所说："人们变得傲慢了，把自己置于神灵之上。他们甚至想战胜死亡，但都失败了。他们的傲慢破坏了整体感，把世界分成两半：一半是他们可以相信的，另一半是他们不能相信的；现实世界和非现实世界；自然世界和超自然世界；现今世界和远古世界；科学世界和幻想世界。他们把这两个世界远远分开，在他们那边的所有东西都是合理的，不在那边的则是不合理的……我们毛利人对神灵的信仰一直被认为是不合理的。"② 这种变化也有一个缓慢的过程，至少先祖卡呼提阿尚有与神灵沟通、与鲸交流的能力。正因为如此，他结交了年幼且失去双亲的小公鲸，在跨越物种的友谊的加持下，卡呼提阿骑着鲸，为南岛带来人的灵性，彻底改变了南岛的荒芜。直到人类开始贪婪地屠杀鲸鱼，这种人、神、海、鲸的相互关联才结束。

要理解这种以我们今天的"理性"所不能理解的关系，有必要借助海德格尔在思考人与自然的关系时提出的"天、地、人、神"四方关联体的概念。他强调这个整体的各方之间存在不可分割的密切联系，"任何一方都不是片面地自为地持立和运行的。在这个意义上，就没有任何一方是有限的。若没有其他三方，任何一方都不存在。它们无限地相互保持，成为它们之所是，根据无限的关系而成为这个整体本身"③ 海德格尔以此批评了人类中心主义，认为只有尊重"天、地、人、神"这四重存在，才有可能拯救陷入困境的人类。他进而指出："拯救地球靠的不是统治和征服

---

① 威提·依希马埃拉：《骑鲸人》，郭南燕译，上海人民出版社，2006，第111-112页。
② 威提·依希马埃拉：《骑鲸人》，郭南燕译，上海人民出版社，2006，第112页。
③ 海德格尔：《荷尔德林诗的阐释》，孙周兴译，商务印书馆，2000，第210页。

它，只需从无度的掠夺破坏向后退一步，迈向最根本的四位一体——大地与天空，神性与道德（人）结合成一体。"① 在这个思想中，天和地是指物质世界，同时也营造了一个生存空间，为人和神的诗意栖居提供了处所。然而，海德格尔所谓的神是古希腊传说中那能力高于人，能左右人的命运却又与人不断发生纠缠的，掌管自然万物的神族，还是基督教中那创造一切、掌握一切的唯一神上帝？

在海德格尔之前的哲学家荷尔德林提出："与万有合一，这是神性的生命，这是人的天穹。与生命万有合一，在至乐的忘己中回归自然宇宙，这是思想和欢乐的峰顶，它是神圣的峰顶，永恒的安息地。"② 他的思想与中国的"天人合一"思想几乎是一致的。中国哲学中的"天"可以被理解为无垠的物理世界，同时也可以被理解为这个物理世界所内含的某种精神内核。在基督教中天地万物是所谓的神的意志的具象化，因此无论"天"还是"地"，还是万物，都是包含了神性的存在物，并不能彼此分开，但在表述中，一般并不将"神"单独作为一个存在的维度提取出来，并和天、地、人构筑四方连续体。海德格尔这么做应该是为了强调隐形的"神性"在将天、地、人"万有合一"过程中所起的凝聚作用。

天和地构成空间，人居于其中，在这三维格局中，人似乎成了这空间的中心，因此必须有一种制约防止人肆意妄为。当天、地、人、神构成一个四方连续体时，这种制衡机制就产生了，而且彼此嵌入，彼此映射。海德格尔曾说："天、地、神、人之纯一性的居有着的映射游戏，我们称之为世界（Welt）。"③ 更进一步说，这个"神"并不是一个在物理世界中居于我们之上的外太空的神，也不是自然神论中那个外在于世界，处于形而上彼岸的神。汉斯·昆等学者认为如果要理解海德格尔的"神性"维度，"恰切的方式是，思考世界中的上帝和上帝中的世界，亦即有限中的无限，内在中的超越，相对中的绝对。因此，上帝、神性作为包容万物、统治万

① Martin Heidegger, *Basic Writings*. (London: Routledge & Kegan Paul Ltd., 1978), pp. 327–328.
② 荷尔德林：《荷尔德林文集》，戴晖译，商务印书馆，1999，第8-9页。
③ 孙周兴：《海德格尔选集》，上海三联书店，1996，第1180页。

物的现实，处于事物之中，处于人之中，处于整个世界之中"①。因此神/神性就是运行于包括人在内的整个世界中的，决定和制约着整个生态系统的真理和规律。学者王诺更是明确指出，海德格尔的"神"指的是自然规律，是自然之大道，是运行于世界整体内的自然精神。②

我们再回到《骑鲸人》中海洋原住民对天、地、人、神四方关联体的朴素认知。四方关联体中的天与地是单纯的物理概念，只是天有时会被赋予某种神秘色彩，被想象为神的居所，或者能力强大的英雄的力量来源。在《骑鲸人》中，泛歌拉毛利人的祖先就被称为"天人卡呼提阿"。在泛歌拉人的认知中，海、鲸、人、神（海神淌歌若阿等众神）构成了四方关联世界，基本对应于海德格尔的四方关联体。在毛利人来到泛歌拉之初，人类处于天、地、人、神和谐共处的黄金时期。"啊，派克阿在海中游；啊，海神在海中游；啊，海中巨兽也在海中游。派克阿，您在阿乎阿乎登陆，变成天人卡呼提阿，啊！"③族群的口述谱系特别强调："我们部族的家系属于'东海大浪族'，祖先的发源地是古人和神灵们的居住地——哈瓦以基，在地平线的彼方。"④卡呼提阿带来赋予生命的小矛。"小矛被用于栽培在新发现的土地上，有它们的特殊能力，告诉人们如何同陆地野兽和海中生物对话，使地球上所有造物都生活得如同伙伴，相互依赖，和谐共处，成为一个整体。"⑤

阿皮拉纳老人面对毛利文化的衰微、年轻人的离开、生态的恶化，无限怀旧地告诉参加毛利文化培训班的学员："在我们村庄里，我们尽一切努力同淌歌若阿的王国及守护神和睦相处，祭奠海中神灵，当我们需要它们的庇护，或者处于困境时，我们总是呼唤守护神。而且在淌歌若阿的面前，给每一个新鱼网和新钓鱼线祝福……为感谢它们，我们常常把具有护符力的源头看作圣地，使鱼儿也得到了保护，并把它们吸引到捕鱼区来，保证我们的捕鱼量。我们尽量不过多捕鱼，因为我们不愿滥用淌歌若阿的

---

① 汉斯·昆、瓦尔特·延斯：《诗与宗教》，李永平译，生活·读书·新知三联书店，2005，第122页。
② 王诺：《生态批评与生态思想》，人民出版社，2013，第148页。
③ 威提·依希马埃拉：《骑鲸人》，郭南燕译，上海人民出版社，2006，第25页。
④ 威提·依希马埃拉：《骑鲸人》，郭南燕译，上海人民出版社，2006，第27页。
⑤ 威提·依希马埃拉：《骑鲸人》，郭南燕译，上海人民出版社，2006，第28页。

好意，否则，会遭惩罚的。"① 紧接着老人非常哀伤地说："但是，有时我们不遵守同淌歌若阿达成的协议。在当今的商业主义时代里，要顶住诱惑是不容易的……太多的人使用潜水设备，太多的人拿着商业捕鱼证……孩子们记着，过去我们曾经有很多守护者，现在几乎没有神在保护我们。你们听，大海变得如此空寂！"②

作为一部激发了广大毛利族群情感共鸣的作品，《骑鲸人》的意义不只是怀旧，更是为了重建曾经有过的可持续的四方和谐共融，希望泛歌拉重新焕发生机，成为毛利人热爱并乐于定居的家园。在这里人能与天、海、鲸、神对话，资源丰富却采之有度。小女孩卡呼的降生成为一种文化复兴的象征，一种神启，并且贯穿小说始终。她的艰难成长也隐喻了文化复兴之难。在"序幕　天人卡呼提阿的到来"的结尾，骑鲸人卡呼提阿拿着最后一支小矛祈祷说："我已栽培了足够的小矛，将来再种它吧。让它在人们受苦和最需要它的时候开花结果吧。"③ 小姑娘出生后，曾祖母大花奶奶决定将她的胞衣和脐带埋进毛利会堂的土壤里，这时月光照在屋顶的天人卡呼提阿雕塑上，拉威力看见空中有一物飞过，像一支小矛，从远方海面上传来了鲸鱼的歌声"聚集一方……聚集一方……如愿以偿……"

另外，巨鲸也被作为海神的使者，成为神启展示在海中的部分。在离开泛歌拉许多个世纪后，巨鲸重启与天人卡呼提阿的后裔们的对话。最后作为卡呼提阿的现代化身的女孩卡呼与作为海神化身（同时也隐喻为祖先的化身）的巨鲸在大海中拥抱在一起。巨鲸带着卡呼游向深海，象征着天、地、人、神四方关联体的重建。她骑在鲸背上，对着天空和大海叫道："神圣的祖先，我在呼唤您呢，我是卡呼，是天人卡呼提阿。"④ 当然，巨鲸最终明白了他身上的骑鲸人不是曾经在人、神、海之间自由生存的卡呼提阿，而是他的后裔。

在医院病床上苏醒后的卡呼似乎听到了鲸对她的耳语："孩子，你部

---

① 威提·依希马埃拉：《骑鲸人》，郭南燕译，上海人民出版社，2006，第45页。
② 威提·依希马埃拉：《骑鲸人》，郭南燕译，上海人民出版社，2006，第45-46页。
③ 威提·依希马埃拉：《骑鲸人》，郭南燕译，上海人民出版社，2006，第6页。
④ 威提·依希马埃拉：《骑鲸人》，郭南燕译，上海人民出版社，2006，第121页。

族的人在等着你呢。回到人类之神拓那的王国去吧，完成你的使命。"①鲸群的歌声亦从远处传来。至此，天、地、人、神的四方关联体在魔幻中重建，为读者留下想象的空间。

三、处所依附与处所剥夺

对于这部认知方式独特的海洋原住民作品，我们不仅可以从海德格尔的存在主义视角加以理解，同样也可以从生态社区（Eco-community，也译为生态共同体），更进一步说从生态处所理论（place theory）的视角加以理解。

生态社区是介于社会学的社区与生态学的群落之间的一个概念，兼具二者的含义，是指人与非人类生命在自然状态下共存的生活方式。在天人卡呼提阿骑着巨鲸，从哈瓦以基的海岸迁移到泛歌拉，在这里投掷产生生命的小矛后，一个包括人在内的生物群落产生了。不同群落彼此磨合，动态平衡，形成一个非常精致而生机勃勃的生命之网，同时这张生命之网由于内部成员之间的互相勾连与影响，也产生了人类学家常说的缠绕之网（web of entanglement）。作为有理性的人，应对维护这张网的健康承担责任。生态社区的政治、经济和社会生活，应当依顺而非忤逆这个区域的生态节奏。海洋生态社区、沙漠生态社区、平原生态社区的运作方式、承载力和限制彼此不同，不同区域内的人应该使用理性去了解自己所生活的生态区域的运作方式、承载力和限制，把自然的节奏作为生存模式，把它的法则当作生活指南。

生态主义者塞尔指出："要成为大地上的栖居者，就要真诚而彻底地了解地球，关键的或许也是唯一的全面任务，就是去理解处所，我们直接地生活于其中的具体处所。"② 这里的处所指的是人所依附的特定自然区域，它决定、影响和标记着人的生存特征、生态思想和人的生态身份，同时这个自然区域也受到在其中生存的人的影响和呵护。住所并非指有特定形状的地点，可以是海岸（如泛歌拉）、岛屿、山谷、平原，但一定是该

① 威提·依希马埃拉：《骑鲸人》，郭南燕译，上海人民出版社，2006，第144页。
② Kirkpatrick Sale, "Mother of All: An Introduction tp Bioreginalism", in *The Schumacher Lectures*, Volumn Ⅱ.Satish Kumar(London: Anthony Blond Ltd.,1984),p.24.

地域的居住者所认同并产生情感依附的自然区域，一般情况下会有大河、高山、海洋等自然边界，而不是行政边界。在这样的自然区域中，人的生存、人的异化和人的生态身份更加可感。处所理论强调了特定区域的自然整体对人的生存、人格特征和思想文化的影响，拉近了个体与生态建设之必要性的距离。人的感知、人的认同及由此产生的人的责任意识和能动性，在处所理论中处于突出的地位。处所理论相比于单纯的反对人类中心主义批评要亲切许多，也更容易使生态问题具体化，解决方法本地化，激发人们从自我、从处所的生态社区做起，从而走向宏观的生态整体主义。

处所理论的起点是处所依附（place-attachment）。如果我们仔细观察，就会发现相当多的文学经典都是特定的处所依附的具体化，如莫言的山东高密乡、汪曾祺的苏北水乡、沈从文的湘西、华兹华斯的英格兰湖区、哈代的威瑟克斯、利奥波德的沙郡农场、卡森的缅因州海岸、福克纳的约克纳帕塔法县等。英国作家劳伦斯说过："人只有在生机勃勃的故乡才是自由的，而不是在外漂流和放逐……当人属于一个生机勃勃的、有机的、令人信赖的社区，活跃地去完成某些未竟的、可能不现实的目标时才是自由的。"[1] 梭罗的《瓦尔登湖》多以一条河流、一个湖泊、一个半岛、一片森林作为标题，他笔下的人物不管多么有趣或者有代表性，都只在与某一处风景的关系中才有意义，对处所的坚持是梭罗作品始终如一的特征。[2]

在《骑鲸人》中，卡呼的叔叔威拉力说："泛歌拉一定是世界上最美的地方之一，像翡翠鸟的窝，漂浮在夏至时分的水面上。看，一个教堂在前方，后面是毛利会堂，再后方则是澎湃的大海。那里有派克阿，我们永恒的守护者，防止他人侵犯他的后裔。"[3] 从这样的地理概况，我们可以看出，一方面，叙述者所依附的特定自然区域是泛歌拉海岸，泛歌拉海岸决定、影响和标记着当地毛利人的生存特征、生态思想和人的生态身份；另一方面，毛利会堂和教堂表明这个自然区域受到在其中生存的人的影

---

① D.H.Laurence, *Studies in Classic American Literature* (Cambridge, UK: Cambridge University Press, 2003), p. 17.

② John Hildebidle, *Thoreau: A Naturalist's Liberty* (Cambridge, Mass: Harvard University Press, 1983), p. 149.

③ 威提·依希马埃拉：《骑鲸人》，郭南燕译，上海人民出版社，2006，第107页。

响。会堂是毛利人从波利尼西亚迁移过来刚上岸时建立的，更靠近大海，屋顶上有骑鲸人派克阿和巨鲸的雕塑，这表明了泛歌拉人的海洋性本质。教堂是白人跨海而来之后建立的，所以离海岸稍远，但表现出英国殖民文化对当地的入侵。在长期的冲突与融合之后，二者在当下共同塑造泛歌拉毛利人的文化，影响他们对故土家园的认知。这番描述呈现的是一个物理形态和文化形态相对和谐的地方。然而，阿皮拉纳老人面对的是年轻孙辈离开故土去往大城市生活的现状，他们已不学习毛利人下海作业的技能，不会开展民族文化仪式，理解不了部族传说，甚至连毛利语都不会说了。这是一个处所被剥夺的现实。要想帮助像拉威力那样从新西兰漂泊到澳大利亚又漂泊到巴布亚新几内亚，却始终无所皈依的年轻人，就要对被现代白人文明打击得七零八落的泛歌拉海岸进行处所重建，让年轻人在这里产生安定的处所感，并建立处所认同。但这并非一件易事。

小说中提到阿皮拉纳老人参加全国大会，讨论如何建立全新西兰的"语言之网"，使毛利儿童可以学习毛利语。[1] 他在泛歌拉的毛利会堂开设训练班，让年轻人知道自己的历史、习俗、语言、族谱，让他们知道自己的祖先、自己的根，这些都是典型的处所再建的努力。他和部族有远见的成员访问了拉舞卡瓦地区，对当地毛利青年组织起来迎接 21 世纪的挑战，深感钦佩。问题是，如果毛利人迎接了新科学技术，还能保持毛利人的特性吗？大家都希望老人成立的训练班给大家带来答案，因为他是唯一能够把神圣知识传授给大家的人。[2] 即使他面对新时代同样一筹莫展，但他始终扮演着在现实生活和通向未来的潮流中应该扮演的角色，即努力为毛利年轻人重建处所认同，让他们在这个世界上有所归依。

这样的处所认同既是文化的也是生态的，老人既要传授年轻人如何处理与鲸等海洋生物的关系，还要通过讲述奇幻的部族形成和迁移史，激发年轻人的文化自豪。在毛利人的部族史中，海洋生物是深度嵌入的。毛利人的部族史是海洋生物和人共同演绎的历史，是海洋生物与人共享的历史。这样的跨界史能唤起年轻人对海洋生物的敬意，对神所代表的自然律

---

[1] 威提·依希马埃拉:《骑鲸人》，郭南燕译，上海人民出版社，2006，第35页。

[2] 威提·依希马埃拉:《骑鲸人》，郭南燕译，上海人民出版社，2006，第67页。

的敬意，对具有自我约束力的行为的敬意。

　　当然，处所依附还以某种神秘的方式建立。女孩卡呼出生后，老族长相当失望，因为这打破了部族世世代代的男性传统，大花奶奶却用部族始祖的名字称呼她卡呼，并把她的脐带与胞衣埋在部族会堂的土壤中，对着会堂屋脊上那骑在鲸背上的卡呼提阿雕塑祈祷："在天人卡呼提阿的关注下，我们将把脐带埋在这里，卡呼是取自他的名字。请祖先一直守护她，求大海保护她一辈子，因为是大海为我们带来了天人。"[1] 她对暂时寄养到外祖母家的婴儿卡呼说："不用担心，你的脐带已经埋在这里。不管你走到哪里，你总要回来的。你绝对不会离开我们的。"[2] 卡呼不仅对泛歌拉有全心全意的住所认同，而且努力学习与毛利相关的一切。她唱毛利语歌，担任文化表演领队，获得毛利语演讲比赛奖，而且勇敢地潜入深海，取回老人为了测试部族男孩而故意投入海中的小石雕。卡呼甚至能和鲸交谈对话，几乎是部族先祖卡呼提阿再世，勇敢地承担起毛利文化复兴的天职。她以自己与鲸对话的能力及不惧生死的勇敢，成为那支在族人最需要的时候拯救部族的小矛，那个预言中的新的骑鲸人。她的行为给了所有族人面对新时代的信心和勇气，巩固了泛歌拉海岸的东海大浪族的处所认同，甚至能将那些漂泊在海外的毛利游子召唤回故土。

　　在小说对处所依附与处所剥夺的描写中，最令人动容的是巨鲸不惜冒着生命危险率领鲸群从万里之外返回泛歌拉。书的每一章都描写他从阿根廷到泛歌拉的这一段充满艰险的行程。表面上看，这是年老的巨鲸怀念青春与友谊，实际上是巨鲸以实际行动落叶归根。他到了泛歌拉就冲上沙滩，将泛歌拉当作自己永远的坟墓，这是多么深刻的处所之爱（topophilia）。在"春季"部分，巨鲸在阿根廷的"阳光小径"沉浸于对青春岁月的追忆，这是他与天人卡呼提阿的共享记忆。在他听来，海水的回声不断传递着主人的长笛声。到了"夏季"部分，巨鲸已经率领鲸群，按照记忆库中的海底地图开始长途旅行。一路上鲸群要提防人类的捕杀。在"秋季"部分，鲸群在抵达图阿默图群岛时遇到水下核试验。一些鲸被

---

① 威提·依希马埃拉：《骑鲸人》，郭南燕译，上海人民出版社，2006，第 21 页。
② 威提·依希马埃拉：《骑鲸人》，郭南燕译，上海人民出版社，2006，第 27 页。

当场炸死，一些鲸遭遇核辐射，因此巨鲸只好放弃年轻时走过的路线，去南极寻找航路。他们没想到那些曾经是神灵和生命住所的地方，如今会成为他们的墓地。这里其实说明科技发展及人类的贪婪已经剥夺了鲸所代表的海洋生物的家园处所，导致海洋生态架构的坍塌。在"冬季"部分，鲸群终于抵达泛歌拉海岸，巨鲸在悲切地回忆了他和卡呼提阿跨越物种的友谊之后，全力以赴冲向沙滩，静静等待死亡，希望以自己的生命向故园献祭。

同许多代之前的同胞一样，老族长已经不会鲸语。老族长走近巨鲸，向他致敬，询问他求死还是求生。鲸没有回答，因此他无法理解巨鲸的意图，只能以想当然的方式用拖拉机等工具，试图将鲸拖回大海，但巨鲸仍然固执地又游回到浅滩。最后，还是卡呼以其返祖的天赋与巨鲸交流。她骑上鲸背，指挥巨鲸奔向重生之路。作为部族源起象征的巨鲸如果死亡，则预示着部族的消亡，会对所有人产生剧烈的消极的心理影响。因此，带着拯救部族使命的卡呼努力让巨鲸在重温与人的替代性友谊后重获新生，重归海洋处所。这也成为泛歌拉毛利人处所意识复兴的开始，尽管如何让毛利年轻人留在当地找到工作，如何借用科技发展生态可持续性和生态友好型产业，尚处于未知状态，但希望毕竟已经点燃。正如几乎每一章的结尾都传来的画外音"聚集一方……聚集一方……如愿以偿……"

结　论

《骑鲸人》是没有书写文字的毛利人用英语创作的最早的小说，采用人与鲸的故事线多头并进的叙事手法，并将口述的部族传奇穿插其中，营造了强烈的魔幻现实主义的氛围，所反映的是全球原住民面临的共同问题，即如何应对科技与强势文化对原住民文化的冲击。作者刻意用海岸毛利人的认知方式组织情节，具有特别的诗性，呈现了毛利人从波利尼西亚迁移到新西兰时的黄金时代，天、地、人、神，互相映射，彼此嵌入，构成万有合一的和谐的四方关联体。然而，人类破坏了这一均衡，成为将神驱逐出去的天地间的霸主。与此同时，人对世界的感知力下降，不再能与万物对话，而这种无法沟通的状态越发将物、我的距离拉大，外部世界被他者化为被掠夺的对象。鱼群减少，鲸群遭到屠戮，海洋空荡荡。反过来，这种反冲力也在摧毁人类的生存。

　　人们如何自我救赎，自我修复？作者以魔幻现实主义的方式将部族先祖转世为一个女孩，这是一个能领会神启，能与鲸互动对话，而且对部族文化充满深情的女孩。她讲毛利语，背诵族谱，能深潜，能与鱼类交流，以一己之力带动了文化复兴的社区热情，最后也以一己之力证明并复活了部族关于骑鲸人的传说，为族人未来热爱泛歌拉、认同泛歌拉、维护泛歌拉提振了信心。人们之于泛歌拉的处所认同、处所依附均在可期之中，只要在文化上固本强基，主动对接新技术，为族人在生态可承受的范围内提供新时代的生计之道，顺应泛歌拉的生态节奏，那么泛歌拉就会成为一个健康繁荣的生态社区，一个一切生物都能在此繁衍生息的处所。